Bibbeleskäs

D1921047

Brigitte Glaser, geboren 1955 in Offenburg, wuchs im Badischen auf. Sie studierte in Freiburg Pädagogik und wechselte danach nach Köln, wo sie heute als freie Schriftstellerin lebt.
www.brigitteglaser.de

Dieses Buch ist ein Roman. Handlungen und Personen sind frei erfunden. Ähnlichkeiten mit lebenden oder toten Personen sind nicht gewollt und rein zufällig.

BRIGITTE GLASER

Bibbeleskäs

Katharina Schweitzers siebter Fall

DER BADISCHE KRIMI

emons:

Bibliografische Information der Deutschen Bibliothek
Die Deutsche Bibliothek verzeichnet diese Publikation
in der Deutschen Nationalbibliografie; detaillierte bibliografische
Daten sind im Internet über http://dnb.d-nb.de abrufbar.

FSC
www.fsc.org
MIX
Papier aus verantwortungsvollen Quellen
FSC® C083411

© Emons Verlag GmbH
Alle Rechte vorbehalten
Umschlagmotiv: photocase.de/UlrikeA
Umschlaggestaltung: Tobias Doetsch
Gestaltung Innenteil: César Satz & Grafik GmbH, Köln
Druck und Bindung: CPI – Clausen & Bosse, Leck
Printed in Germany 2016
Erstausgabe 2013
ISBN 978-3-95451-143-3
Der Badische Krimi
Originalausgabe

Unser Newsletter informiert Sie
regelmäßig über Neues von emons:
Kostenlos bestellen unter
www.emons-verlag.de

Für Gebhard und die deutsch-französische Freundschaft

EINS

Hör auf deinen Bauch, sagen alle, lausche in dich hinein, der Verstand kann so trügerisch sein! Wenn's dann rumpelt oder flattert, drückt oder zwickt, gärt oder verstopft, dann stimmt etwas nicht. Der Bauch als Alarmanlage, als verlässlicher Hüter vor Ungemach, als siebter Sinn. Aber mal ernsthaft: ein Organ mit verschlungenen Windungen, ein Labyrinth aus Därmen, ausgestattet mit Kassandra'schem Weitblick? Alles Humbug, alles maßlos überschätzte Hobbypsychologie.

Mein Bauch zumindest muckte kein bisschen auf, als an diesem Spätsommertag in aller Herrgottsfrühe der Bus auf dem Parkplatz der Linde vorfuhr. Gut, er hatte aufgemuckt, als Martha vor ein paar Wochen in Köln anrief und mir dazu gratulierte, dass ich die Weiße Lilie tatsächlich für zwei Wochen schloss, um Ferien zu machen. Aber bei meiner Mutter muckt mein Bauch immer auf, der traue ich selten über den Weg.

Der Bus war ein Oldtimer, ein original Büssing-Senator von 1964. Besorgt vom Busunternehmer Käshammer aus Oberkirch, der das alte Teil selbst kutschierte.

Der dicke Mann kletterte aus dem Bus und erzählte jedem, wie viel Mühe es ihn gekostet hatte, den Oldtimer zu beschaffen, weil doch die Fautenbacher in einem baugleichen Modell dieses Busses anno 1967 zum ersten Mal ins elsässische Scherwiller gefahren waren.

»Fünfundvierzig Jahre deutsch-französische Freundschaft«, wiederholte er immer wieder. »Wer hätte gedacht, dass es so lange gut geht?«

Käshammers Worte gingen im Geschnatter der Wartenden unter, die nach der Ankunft des Busses in Bewegung gerieten. Das halbe Dorf fuhr mit ins Elsass. Manche sausten noch schnell über die B 3, um beim Ganter-Beck Kaffee und Frühstücksweckle für die Fahrt zu kaufen, andere drückten hastig die erste Zigarette des Tages unter unserem Lindenbaum aus, ein paar Nachzügler signalisierten vom Rathausparkplatz her, dass sie es gerade noch geschafft hatten. Die meisten aber drängten bereits mit ihren Taschen und Instrumenten ins Innere des Busses.

Instrumente, ja. Denn natürlich war bei den Feierlichkeiten der Musikverein mit von der Partie. Von Anfang an war der Musikverein dabei gewesen, weil Musik die Völker verbindet wie sonst kaum etwas. Der Ortschaftsrat kam natürlich auch mit und die Fußballer. Freundschaftsspiele machte man immer gerne, auch wenn diese, Freundschaft hin oder her, je nach Spielverlauf und Ergebnis durchaus auch mal völkertrennend sein konnten. Neu war dagegen das diesjährige Wettkochen. Essen verbindet natürlich auch, doch die Frage, ob die elsässische oder die badische Küche die bessere sei, wurde links und rechts des Rheins unterschiedlich beantwortet. Ein Kochduell sollte am heutigen Tag Klärung schaffen.

Martha winkte mir von der hinteren Bustür zu. Sie werde mir einen Platz frei halten, rief meine Mutter, bevor Erwin Droll ihren breiten Hintern weiter nach drinnen schob. Auf dem Parkplatz schüttelte Käshammer Hände, klopfte Schultern, zeigte auf seine Armbanduhr, deutete auf den Bus. Wie ein Rattenfänger trieb er die Leute zusammen.

Keinen störte es. Ein Schubsen und Drängeln, ein Lärmen und Wiehern, ein Kichern und Grummeln am frühen Morgen war das. Und mein Bauch ruhig, kein bisschen gekräuselt, glatt wie der Mummelsee an einem Sommertag. Vielleicht war es für einen Morgenmuffel wie mich zu früh für Bauchgefühle. Vielleicht war es zu früh für Alarmantennen aller Art. Wird wieder heiß werden, dachte ich nur, als sich hinter der Hornisgrinde eine prächtige Sonne in den blassblauen Morgenhimmel schob. Und die Vögel in unserem Lindenbaum trällerten so laut, dass sie den geschwätzigen Käshammer fast übertönten.

Als ich endlich in den Bus steigen wollte, klopfte mir jemand auf die Schulter, und beim Umdrehen strahlte mich mein alter Freund FK Feger an. Direkt hinter ihm seine Frau Rita. Die zwei waren also wieder zusammen. Die Kinder, das Geld, die Einsamkeit, das Alter, die Liebe. Irgendwas davon musste sie bewegt haben, es noch einmal miteinander zu versuchen. Ich hoffte nur, dass FK Rita im großen Beziehungsaufwasch nichts von unserer kurzen

Affäre vor drei Jahren erzählt hatte. Ein Blick in Ritas Augen und ich wusste: Er hatte.

»Die Presse darf natürlich nicht fehlen«, sagte ich, umarmte FK und schüttelte dann Rita die Hand, die durch mich hindurchsah. Sie war eindeutig der Typ Frau, der dem Gatten einen Seitensprung schwer verzieh. Dabei war es wirklich nur eine harmlose, sentimentale, folgenlose, sehr, sehr kurze Affäre gewesen.

»Komm schon, Fritz-Karl«, drängelte Rita.

Rita war die Einzige, die ihn mit vollem Namen anredete, den FK hasste, seit er fünfzehn war. Schon das wäre für mich ein Trennungsgrund gewesen, aber nun ja. Wo die Liebe hinfällt oder liegen bleibt …

»Ich habe eine ganze Seite in der Montagsausgabe«, sagte FK. »Schließlich ist Fautenbach die Gemeinde in unserer Region, die sich nach dem Krieg als Erste ein französisches Partnerdorf gesucht hat. Und wehe, ihr gewinnt das Wettkochen nicht.«

Das ist so sicher wie das Amen in der Kirche, dachte ich, während FK strahlte, Rita die Lippen zusammenpresste und ich blöd zwischen den beiden stand. Felix Ketterer löste durch sein Auftauchen die missliche Situation auf.

»Grüß dich, Katharina«, sagte er leise und drückte zuerst seine Zigarette aus und dann vorsichtig meine Hand.

Er besaß immer noch diesen herzerweichenden Hundeblick, der ihm in unserer gemeinsamen Grundschulzeit die Herzen aller Mädchen hatte zufliegen lassen. Beim »schönen Felix«, wie wir Mädchen ihn wegen seiner blonden Locken nannten, standen wir damals Schlange für einen Kuss. In der dritten Klasse gab es keinen besseren Knutscher, und das Leckerste an Felix' Küssen war, dass sie nach MAOAM schmeckten. Ich hatte keine Ahnung, wie er heute küsste, aber seine Attraktivität war unwiederbringlich dahin. Dabei war er immer noch gut aussehend, aber ein bisschen zu grau und ein bisschen zu schlaff für Mitte vierzig. Er wirkte wie einer, der zu früh verwelkt war.

»Jetzt aber«, drängelte Käshammer und wies auf die Bustür.

»Sophie, meine Frau, kommt noch«, erklärte Felix, deutete mit dem Kopf in Richtung Rathausparkplatz und zündete sich schnell noch eine weitere Zigarette an.

»Die kommt immer auf den letzten Drücker!« Käshammer schnaubte verärgert, stieg nun seinerseits in den Bus, fragte nach, ob noch jemand fehlte, was nicht der Fall war, kam zurück und knurrte: »Zwei Minuten. Dann fahr ich.«

Die Frau, die da telefonierend auf uns zukam, war keine, die sich hetzen ließ. Klein und drall, mit einem Hintern breiter als mein eigener oder der von Martha, winkte sie schon mal, pausierte dann aber vor der Tankstelle und führte in aller Seelenruhe ihr Gespräch zu Ende.

»Der Fraktionsvorsitzende. Die Sache mit dem Hochregallager, der Teufel steckt wie immer im Detail. Grüß dich, Manfred«, sprudelte sie los, und Käshammer schien tatsächlich zu verstehen, wovon sie redete. Sie bat Felix, im Bus einen Platz für sie beide zu suchen, dann musterte sie mich neugierig. »Das ist also die erfolgreiche Köchin! Sterne, Hauben, Gäbelchen, Lobeshymnen. Chapeau!«

Die Bewunderung wärmte mir das Herz, auch wenn das mit den Sternen, Hauben und Gäbelchen schwer übertrieben war. Für die Weiße Lilie, mein Kölner Restaurant, hatte ich vor zwei Jahren gerade mal zwei Gäbelchen im Gault Millau bekommen.

»Bist auf Heimaturlaub, hat der Felix erzählt. Recht so. 's gibt wenig Gegenden, die so schön sind wie die Ortenau.«

Heimaturlaub, das stimmte irgendwie, aber eher gezwungenermaßen. Ich nickte stumm, während Sophie Ketterers Aufmerksamkeit von mir weiter zu Käshammer wanderte.

»Bin ich wirklich die Letzte?«, fragte sie.

»Fast wären wir ohne dich g'fahre!«

»Bestimmt nicht.« Ein kurzes, knackiges Lachen, dann schlängelte sie ihren gewaltigen Hintern behände ins Businnere. Käshammer zwängte sich nach ihr hinein, ich und mein gewaltiger Hintern mussten warten, bis Käshammer sich hinter das Lenkrad geklemmt hatte.

Martha winkte aus dem Fond, ich kämpfte mich an Musikinstrumenten und Fußballerbeinen vorbei nach hinten und ließ mich dann neben meine Mutter auf den einzigen noch freien Platz fallen.

Käshammer lenkte den Bus auf die A 5 in Richtung Basel.

Martha nutzte die Zeit für eine Lagebesprechung der Küchencrew. Rezepte wurden memoriert, Aufgaben rekapituliert, Notfallpläne besprochen. Alle, wie sie da saßen, fuhren ihr Adrenalin hoch. Ich hoffte, dass noch etwas davon übrig sein würde, wenn wir es beim Kochen wirklich brauchten.

Martha sprühte an diesem Morgen vor Energie und strahlte die unverschämt gute Laune eines aufgekratzten Teenagers aus. Ich dagegen dachte an den Jörger-Metzger, der mit seinem Kühlwagen bereits auf dem Weg ins Elsass war. Gestern Abend hatte ich mit ihm die Töpfe mit Rinderbrühe, die Schäufele, Markklößle und Flädle und all die anderen Dinge, die wir zum Kochen brauchten, einer letzten Inspektion unterzogen. Super Zutaten, alles Eins-a-Qualität. Aber damit konnten die Elsässer mit Sicherheit auch aufwarten. »Vergiss deinen Ehrgeiz«, hatte Martha gemeint, »s' geht doch nur um den Spaß an der Freud. Und wenn wir verlieren, dann wetzen die Fußballer die Kerbe aus. Die gewinnen sowieso meistens.«

Dass wir gewinnen und die Fußballer verlieren würden, sagte mir weder mein Bauch noch sonst was. Zudem trieb an diesem Morgen nicht eine dunkle Wolke über dem Rhein. Der glitzerte unter einem blitzblauen Sommerhimmel und floss gemächlich gen Norden, als wir ihn eine halbe Stunde später auf der neuen Pierre-Pflimlin-Brücke bei Altenheim überquerten.

Dabei wäre an diesem Morgen eine dunkle Wolke das Mindeste gewesen. Als sichtbarer Vorbote des Unheils, das uns auf der anderen Seite des Flusses, jenseits von Kochen und Fußballspielen, erwartete.

ZWEI

So also setzte der Bus die Reise durch die französische Rheinebene unbekümmert fort. Die Musiker nutzten die Fahrt, um ihre Instrumente auszupacken und sich warm zu spielen. Sie stimmten einen fröhlichen Walzer an, Martha summte die Melodie mit und tätschelte mütterlich meinen Oberschenkel.

»Das wird dir gefallen.« Sie unterbrach für einen Moment ihr Summen. »Außerdem bist du schon so lange nicht mehr in Scherwiller gewesen.«

Martha hatte mich für dieses badisch-elsässische Wettkochen weichgeklopft. Dabei, das musste ich meiner Mutter lassen, war sie äußerst geschickt vorgegangen. Ein Anruf vor ein paar Wochen just zu dem Zeitpunkt, als der Ecki-Trennungsschmerz besonders heftig an mir nagte, weil nichts mehr aus den Ferien in der Wachau und aus all den anderen gemeinsamen Plänen wurde. Ein Geschenk wolle sie mir machen, jetzt, wo ich wieder Single sei, kündigte sie ohne Vorrede an. Gaston Deville, der beste Patissier Frankreichs, biete einen Dessert-Kurs für Profi-Köche in Straßburg an, den spendiere sie mir. »Wohnen tust du bei uns, ist ja nur ein Katzensprung nach Straßburg, und das Wettkochen in Scherwiller erledigen wir dann ganz nebenbei.«

Ich hatte zugesagt. Wegen dem Ecki-Schmerz, der Wachau-Lücke und Deville. Das Wettkochen hatte ich glatt vergessen, bis Martha es mir vor einigen Tagen in allen Einzelheiten aufs Butterbrot schmierte. Austragungsort: *Salle polyvalente* Scherwiller, eine Schulküche, zwei Kochmannschaften, drei Gänge, dreihundert Portionen, vier Stunden Vorlauf. Das badische Menü: Markklößchensuppe mit Flädle, Schäufele mit Meerrettichcreme und Kartoffelsalat, zum Nachtisch Schwarzwälder Kirschtorte. Das passte zum elsässischen Pendant: *Pâté en croûte*, *Coq au Riesling*, *Tarte aux myrtilles*. Aber sonst passte wenig: eine mir unbekannte Küche, außer Martha und mir kein Profi in der Küchencrew. Martha, mit der ich noch nie gemeinsam kochen konnte, als Küchenchefin. Das musste schiefgehen.

Vor zwei Tagen hatte Martha die Küchencrew zusammengetrommelt, um das Essen vorzubereiten. Obwohl ich Felix seit einer Ewigkeit nicht gesehen hatte, wusste ich nach einem Blick in seine Hundeaugen sofort, wer vor mir stand. MAOAM kaute er heute nicht mehr, stattdessen zeigte er sich als begeisterter Hobbykoch. Teure Messer, eigene Kochjacke, Abonnent von *Beef*. So der Typ Koch. Ich vermutete, dass er bestimmt ein ordentliches Steak braten und dabei die Küche gründlich in Unordnung bringen konnte, aber sonst?

Beef schätzte auch Pascal Eckerle, der zweite Mann unserer Truppe. Groß, ein wenig schwerfällig, auch in der Küche in robuster Outdoor-Kleidung, eher der bärige, fleischfressende Typ. Der zerteilte einen Ochsen oder stand am Grill seinen Mann, beides Eigenschaften, mit denen er bei unserem Kochduell nicht unbedingt punkten konnte. Erna Burger und Hedwig Lang, die eine dürr, die andere rund, zwei gestandene Landfrauen, komplettierten unsere Brigade. Die konnten schuften und wurden unter Druck nicht nervös. Aber Erna war eine große Freundin von Fondor-Würze, die sie bei Bedarf über alles streute, und Hedwig liebte Dr. Oetkers chemische Wundermittel.

»Die Hedwig«, so schwärmte meine Mutter, »ist die Kuchenkönigin von Fautenbach. Was kann die dir für Torten zaubern! Nachtische auch, selbstverständlich. Ich bin natürlich froh, dass sie dabei ist, aber …« Und dann tratschte sie darüber, dass Hedwig vor allem einen neuen Mann suche, seit ihrer sie im letzten Jahr sitzen gelassen habe, sie Pascal Eckerle, den ewigen Junggesellen, im Blick habe, der sich aber ein bisschen sperre. Ich hatte nur die Augen verdreht. Beziehungsstress in der Küche war ein verlässlicher Garant für verunglückte Gerichte. – Wie gesagt, die Sache mit dem Wettkochen konnte nur schiefgehen.

Abgeerntete Weizenfelder, Weideland und nicht enden wollende Maisplantagen zogen an uns vorbei. Ich schloss die Augen und dachte an die Weiße Lilie, mein verwaistes Restaurant in Köln. Nach sieben Jahren leistete ich mir zum ersten Mal seit der Eröffnung zwei Wochen Ferien. Jedem, der mir vor einem halben Jahr erzählt hätte, dass ich den hart verdienten Urlaub auf einer Busfahrt zu diesem Wettkochen verbringen würde, hätte ich den

Vogel gezeigt. Doch jetzt, wo die Liebe mal wieder den Bach heruntergegangen war und ich nicht ewig Trübsal blasen wollte, war mir jede Art von Ablenkung recht.

Mais, Mais und noch mehr Mais. Achtzig Prozent der Gesamtfläche des Oberrheingrabens wurde auf deutscher Seite mit Mais bebaut, auf der französischen nicht weniger. Ich dachte an das große Bienensterben vor vier Jahren. Chemische Keulen zur Vernichtung von Maisschädlingen waren dafür verantwortlich gewesen. Den öffentlichen Aufschrei von damals hatte man längst niedergeschlagen, nirgendwo war eine Reduzierung des Maisanbaus erfolgt, im Gegenteil. Bis ans Ende ihrer Tage würden sich die Lobbyisten der Saatguthersteller die Hände reiben, weil es ihnen zudem gelungen war, der EU den Mais auch noch als Grundlage für Biogas anzudrehen. Darüber konnte ich mich ohne Ende aufregen.

Tat ich auch. Zudem stach mir die Erinnerung an das Bienensterben ins Herz, weil der Tod meiner Patentante Rosa damit zusammenhing. Rosa, die ich sehr gemocht hatte. Rosa, die mir in den schwierigen Jugendjahren weit nähergestanden hatte als meine leibliche Mutter.

»Guck mal, Störche!«, unterbrach diese meine Gedanken und deutete aus dem Fenster. »Die begrüßen uns. Der Storch ist das Wahrzeichen des Elsass!«

Drei, vier, fünf landeten auf einem abgeernteten Weizenfeld. Ganz zum Schluss setzte mit noch ungelenkem Flattern ein Jungvogel am Boden auf.

»Wie schmeckt eigentlich Storch?«, wollte Felix wissen.

»Badischer oder elsässischer?«, fragte Pascal.

»Storch schmeckt auf der rechten und auf der linken Rheinseite nach Frosch«, behauptete Erna. »So wie Katze nach Maus schmeckt.«

Antoinette fiel mir ein, Rosas elsässische Freundin. Die hätte auch so eine Antwort geben können. Seit Rosas Tod hatte ich sie nicht mehr gesehen, und mit einem Mal freute ich mich auf Scherwiller, denn ich würde den Aufenthalt für einen Abstecher zu Antoinette nutzen.

Aufgereiht wie eine Perlenkette zogen in der Ferne die Dörfer der Elsässischen Weinstraße an uns vorbei. Obernai, Heiligenstein, Barr, Dambach la Ville. Orte, eng in die Täler und Ausläufer der Vogesen geschmiegt, Fachwerk, Blumen, schmale Sträßchen, alte Kirchen, stolze Weingüter, feine Restaurants. Ein Bilderbuchdorf nach dem nächsten! Scherwiller, so erzählte mir Martha, musste sich im Reigen dieser prächtigen Orte erst seinen Platz erkämpfen. Noch in der Ebene gelegen, mit Weinbergen, die sich weit ins Rheintal schoben, gehörte das Dorf lange Zeit nicht zum Muss für Weinstraßentouristen. Aber der hervorragende Riesling, der mittlerweile hier angebaut wurde, der hübsche Dorfkern und die üppige Blumenpracht lockten heute immer mehr Besucher an.

Käshammer fuhr seinen Bus durch ein kleines Industriegebiet nach Scherwiller hinein und brachte ihn auf dem Marktplatz, der hier Place de la Libération hieß, zum Stehen. Die Fußballer hüpften als Erste nach draußen, gefolgt von Musikern und Ortschaftsrat, den Schluss bildeten wir Köche. Alle strömten zu einem Tisch, der vor dem Rathaus stand. Dort warteten der Bürgermeister und einige Mitglieder der *Confrérie des Rieslinger* und hießen die Gäste mit einem *Vin d'honneur* und einem Stück Gugelhupf willkommen.

Kein Wölkchen trübte den blauen Himmel, in den Blumenkübeln summten die Bienen, unter der *Mairie* plätscherte der Aubach, auf dem Platz davor schnatterten und tratschten Badener und Elsässer in breitem Alemannisch, das auf beiden Seiten des Rheins gesprochen wird. Man trank auf die deutsch-französische Freundschaft, auf Gesundheit und Wohlstand und auf die nächsten fünfundvierzig Jahre.

Nachdem wir alle für ein Gruppenfoto posiert hatten, fragte ich einen der Elsässer nach einem Taxi und versprach Martha, in spätestens einer Stunde zurück zu sein.

Kientzville, wo Antoinette wohnte, lag ungefähr drei Kilometer von Scherwiller entfernt. Als die ersten Bullerbü-Holzhäuschen auftauchten, überkam mich plötzlich die Angst, zu spät zu kommen. So wie ich vor vier Jahren bei Rosa zu spät gekommen war. Antoinette hatte die achtzig längst überschritten, ob sie überhaupt noch lebte? Und wenn ja, ob sie noch in ihrem Häuschen wohnte?

Doch als das Taxi vor ihrem Haus anhielt, trat sie vor die Tür, als hätte sie mich erwartet. Immer noch groß und kräftig, immer noch mit rot bemalten Lippen, immer noch mit wachen Augen, dazwischen die mächtige Habichtnase. Ein Fels in der Brandung des Lebens, das es oft nicht gut mit ihr gemeint hatte. Der Großvater war 1915 am Hartmannsweiler Kopf gefallen, der Vater 1943 in Stalingrad, der Mann war 1956 bei einem Autounfall ums Leben gekommen, der Sohn 1969 im Atlantik ertrunken. Ein Leben mit vier toten Männern im Gepäck. »Dodron gehscht kabutt, oder 's schtählt dich für din reschtliches Läwe«, hatte sie mal gesagt und damit klargemacht, welchen Weg sie gewählt hatte. Ich bezahlte eilig das Taxi und lief auf sie zu.

»Catherine! *Quelle surprise!*« Sie umarmte mich und hüllte mich mit dem Duft ihres Parfüms ein, das sie nie gewechselt hatte. Die drei *bisous*, dann sagte sie: »Ich wollt grod zu minere *petite promenade* aufbreche, da kommschd du. Jetzt gehsch mit. *Mais alors*, warum bisch do?«

Ich bemerkte, dass sie einen Stock benutzte und recht wackelig auf den Beinen war. Sehr langsam spazierten wir durch die kleinen Straßen, vorbei an den Holzhäuschen, die der Textilfabrikant Kientz nach dem Krieg von deutschen Kriegsgefangenen für seine Arbeiter hatte aus dem Boden stampfen lassen. Kientzville war damals als Frankreichs jüngstes Dorf bekannt geworden. Manche Häuser sahen noch so aus wie früher, andere hatten An- und Umbauten verändert, ein Neubaugebiet war hinzugekommen. Aber für mich verlor der Ort trotzdem nichts von seinem Bullerbü-Charme. Seit meinem ersten Besuch war ich davon überzeugt, dass in diesem Dorf nur fröhliche Kinder in glücklichen Familien aufwuchsen.

Natürlich wusste Antoinette von dem Fest und dem Wettkochen, und sie würde kommen, denn der *Maire* hatte alle, die beim ersten Mal dabei waren und noch lebten, besonders herzlich eingeladen. Ein Ehrentisch, schließlich hatten sie damals die *Jumelage* auf den Weg gebracht und mit Leben gefüllt. Wenn Rosa doch noch leben würde …

Rosa und Antoinette hatten sich bei diesem ersten Treffen kennengelernt und mir die Geschichte dazu mehr als einmal erzählt. Rosa hatte sich sofort beim Bürgermeister gemeldet, um mit von der Partie zu sein, als die Fautenbacher zum ersten Mal ihr französisches Partnerdorf besuchten. Antoinette dagegen hatte lange gezögert, bevor sie auf der *Mairie* anmeldete, einen deutschen Gast beherbergen zu wollen. Etliche im Dorf, erzählte Antoinette immer wieder, waren dagegen gewesen, als *Maire* Haag für Scherwiller als Partnerdorf das deutsche Fautenbach vorschlug. Mit den Deutschen wollte man nach dem Krieg nichts mehr zu tun haben. Für Antoinette war letztendlich de Gaulle, den sie sehr bewunderte, ausschlaggebend. Das Bild, wie de Gaulle Adenauer nach der Unterzeichnung des Élysée-Vertrages umarmte. Wenn der General mit den Deutschen Frieden schließen konnte, dann wollte sie das auch. Außerdem war sie sehr neugierig auf die Besucher aus Deutschland gewesen.

Und so hatte sie Rosa kennengelernt. Beide waren verwitwet und alleinstehend, beide ungewöhnlich selbstbewusst und selbstständig. Zwei, die sich nicht gesucht, aber dennoch gefunden hatten. In der Zeit, als ich bei Rosa lebte, hatte ich die beiden manchmal begleitet, wenn sie sich gegenseitig ihre Heimat zeigten: Straßburg und Freiburg, Grand Ballon und Hornisgrinde, Haut Koenigsbourg und Brigittenschloss, Westwall und Hartmannsweilerkopf, die Acherner Illenau und das KZ Struthof. Alemannische Fasnacht und *Bal des veuves*, Weinfeste in Waldulm und Ribauvillé, Schwarzwälder Kirschtorte in Baden-Baden, *Glace-meringue* in Sélestat. »Bei uns«, sagten beide gerne, »hat die deutsch-französische Freundschaft funktioniert.«

Obwohl der Spaziergang sie erschöpft hatte, ließ es sich Antoinette bei unserer Rückkehr nicht nehmen, mich nach Scherwiller zurückzubringen. Sie fuhr tatsächlich noch Auto, einen alten 2 CV, erstaunlich forsch. Zum Abschied drei schnelle Küsse und ein Hauch Parfüm. Heute Abend würden wir uns wiedersehen.

Sie setzte mich vor der Winstub Mueller ab, weil unsere Kochgruppe hier untergebracht war. Durch die breite Toreinfahrt blickte ich auf weinbewachsene Mauern und einen Biergarten. Vor der Treppe zum Eingang der Winstub verteilte Martha Schälchen mit Cremes und Knabbereien auf drei mit Sektgläsern bestückte Stehtische. Als sie mich sah, nestelte sie schnell einen Schlüssel aus ihrer Jackentasche und schnalzte ungnädig mit der Zunge.

»Du hast Zimmer sieben, den Koffer hab ich dir aufs Bett

gelegt. Los, mach schnell, in fünf Minuten kommen die Franzosen. Gemeinsamer Aperitif, bevor wir mit dem Kochen loslegen.«

Wie üblich vorwurfsvoll. Kein Wort zu Antoinette. Rosas Freunde hatte Martha nie gemocht. Ich schnappte mir wortlos den Schlüssel, trat ins Haus und folgte dem Schild *»Chambres«*. Mein Zimmer lag zur Straße hin im zweiten Stock. Von draußen war das Plätschern des Aubachs und Stimmengemurmel zu hören. Ich beugte mich aus dem Fenster und sah Felix und Pascal auf einem der alten Waschsteine direkt am Aubach stehen.

»Das letzte Grundstück an der Scherwiller Straße«, hörte ich Pascal sagen. »Du weißt genau, dass Bauland in Fautenbach immer teurer wird. Wenn ich das Grundstück jetzt nicht kaufe, kann ich es mir nicht mehr leisten. Ich habe wirklich lange gewartet, Felix, aber jetzt brauch ich mein Geld zurück.«

»Keiner hat doch damit gerechnet, dass die Glashütte dichtmacht. Achtzig Prozent weniger Aufträge, das musst du erst mal wegstecken. Ich hätte doch sonst niemals die zwei neuen Lkws gekauft.«

Felix, wieder rauchend, lief unruhig auf den schmalen Waschsteinen auf und ab, Pascal dagegen hatte die Hände über der Brust verschränkt und stand wie festgemauert auf der Stelle. Er trug ein verwaschenes T-Shirt, eine Hose mit allerlei Taschen und gelbe Turnschuhe. Wie vielen klassischen Junggesellen schien ihm sein Aussehen egal zu sein.

»Was ist mit der Erbschaft?«

»Das dauert und dauert. Weißt doch, wie viel Zeit es braucht, bis so was geregelt ist.«

»Dann verkauf die Lkws«, brummte Pascal.

»Das ist doch ein Verlustgeschäft«, jammerte Felix. »Du bist doch mein bester Freund. Warum kannst du nicht noch warten?«

»Du weißt genau, warum ich ausgerechnet das Grundstück will. Weil es direkt an der Straße liegt. Und die Straße brauch ich, sie ist mein Revier.«

»Wie, dein Revier?« Felix warf die Zigarette weg, nur um sich sofort eine neue anzuzünden.

»Roadkill-Fleisch«, antwortete Pascal nur, und ich lehnte mich weit aus dem Fenster, weil ich von Straßentod-Fleisch noch nie etwas gehört hatte.

»Roadkill«, wiederholte Felix entgeistert. »Das ist jetzt nicht dein Ernst, oder? Ich verfluch den Tag, wo du das angefangen hast! Hätte ich dir doch bloß nie das Kochbuch von diesem McGowen geschenkt! Bevor du auf den Roadkill-Trip gekommen bist, hast du es mit dem Bauen nie eilig gehabt. Und unsere Freundschaft? Ist dir die gar nichts wert? Wegen dem blöden Roadkill-Fleisch willst du, dass ich Bankrott mache?«

»Das ist nicht blöd! Das ist eine Philosophie, hinter der ich voll und ganz stehe. Du weißt, dass das meiste Fleisch, das wir kaufen, mit Chemie vollgepumpt ist. Roadkill-Fleisch ist Natur pur, da hat keiner der Verbrecher aus der Fleischindustrie jemals seine Drecksfinger reingesteckt! Einen größeren Respekt vor der Schöpfung, als nur Tiere zu essen, die sowieso schon tot sind, gibt es für einen Fleischesser nicht. Was glaubst du, was auf der Straße alles überfahren wird! Katzen, Füchse, Dachse, Ratten, Karnickel, manchmal Rehe. Ich kann mir jeden Tag einen Braten von der Straße ins Haus holen.«

»Und wegen deinem Fleisch muss ich meinen Laden dichtmachen. Weil du auf Braten aus Viechern stehst, die von Autos überfahren wurden!«

»Nicht überfahren, nur von Autos getötet«, widersprach Pascal ernsthaft. »Du weißt, dass ich keine platt gefahrenen Viecher verwende. Hat dir das Eulenragout nicht geschmeckt oder die Bolognesesoße mit Fuchsfleisch?«

»Aber da muss man doch keine Lebensphilosophie draus machen!« Felix sog verzweifelt an seiner Zigarette. »Und deswegen schon gar keinen Bauplatz kaufen. Ich mein, was sind ein paar Ratten und Füchse im Vergleich zu zwei Lkws?«

Mein Handy klingelte, Martha blies mir den Marsch, weil ich noch nicht nach unten gekommen war. »Hey«, rief ich den beiden zu. »Es gibt einen Aperitif im Innenhof.«

Als hätte ich sie bei etwas Verbotenem ertappt, sahen sie zu mir hoch und nickten eilfertig. Ich schloss das Fenster, nahm meine Messertasche und die Kochklamotten aus der Tasche. Auf dem Weg nach unten stieß ich auf Hedwig, die ihren kleinen, runden Körper in ein rosa Kleid mit weißem Kragen gesteckt hatte. Sehr kuchenaffin, wie ich fand. Sie schloss sich mir an und fragte nach meinem Patissier-Kurs.

»Deville! Ich habe sein Buch über Dekorationen in der Patisserie gelesen. Kannst du dich erkundigen, ob er auch Kurse für Laien anbietet?«

Das versprach ich und stieg mit ihr in den Innenhof hinunter, wo wir auf Pascal und Felix stießen. Hedwig lächelte Pascal an und lief mit ihm weiter, Felix blieb stehen, nestelte schon wieder eine Zigarette aus seiner Packung. Er rauchte Roth-Händle, die bereits in unserer Jugend Tot-Händle genannt wurden, und schenkte mir einen seiner melancholischen Hundeblicke.

»Hab gar nicht gemerkt, dass du am Fenster stehst«, sagte er beim Anzünden der Zigarette.

»Dabei bin ich eigentlich unübersehbar.«

»Stimmt. Rote Locken und Sommersprossen hat nicht jeder.«

»Und so groß und schwer sind auch nicht so viele.«

»Weißt du noch, wie ich versucht habe, deine Sommersprossen in der dritten Klasse zu zählen? Ich bin auf dreihundertfünf gekommen.«

»So weit hast du damals schon zählen können?«

Die Antwort ein leichtes Lächeln, dann folgten wir Pascal und Hedwig zu den Stehtischen, wo ich neben Martha und Erna ein paar neue Gesichter entdeckte. Mitglieder der elsässischen Küchencrew, die uns der Hausherr Pierre Mueller vorstellte, der ein bisschen wie der Franzose aus der Camembert-Werbung aussah: klein und drahtig, dunkler Schnäuzer, Baskenmütze. Hände wurden geschüttelt, Küsschen getauscht, mit Cremant d'Alsace aus Scherwiller angestoßen, Blätterteigstangen in Kräuterquark getaucht.

»Bibbeleskäs heißt der bei uns«, sagte Erna. »Und bei euch? *Fromage de bibbelebib?*«

»Bibbeleskäs wie bei euch!«, antwortete Pierre Mueller.

Allgemeines Gelächter, wieder wurde miteinander angestoßen.

»Die wolle uns b'soffe mache, bevor mir mit dem Kochen anfange«, kicherte Hedwig schon leicht angeschickert und lehnte sich wie zufällig gegen Pascal, der neben ihr stand.

Ich stellte mir kurz eine Mahlzeit im zukünftigen Haushalt der beiden vor: Fleisch, frisch von der Straße, und als Nachtisch eine Torte aus dem Dr.-Oetker-Backlabor. Ob das gut gehen konnte?

»Einer von uns fehlt noch, d'r Luc«, sagte Pierre. »Do isch er jo!«

»Mannomann«, entfuhr es Hedwig. Sie richtete sich auf, zupfte ihr Bonbonkleid zurecht und suchte Abstand zu Pascal.

Ich sah auf. Dieser Luc kam direkt auf mich zu. Unsere Blicke trafen sich, und zum ersten Mal an diesem Tag spürte ich meinen Bauch. Der geriet von einer Sekunde in die nächste in hellen Aufruhr.

Es war Martha, die zum Aufbruch drängte. Wir seien nicht nur zum Vergnügen hier, Feiern könne man später noch, erst gelte es, zu kochen. Also, auf in die Küche! Frisch ans Werk!

Wenig später zeigte uns Pierre Mueller die *Salle polyvalente*, und es galt, sich in einer fremden Küche zu orientieren. Der Jörger-Metzger hatte unsere Zutaten ordentlich im Kühlraum abgestellt. Von dort schafften wir sie in die Küche. Während die Franzosen noch auspalaverten, wer wo arbeiten sollte, herrschte auf deutscher Seite wilder Arbeitseifer. Pascal stemmte den schweren Topf mit der Rinderbrühe auf den Herd, Hedwig schlüpfte in ihre rüschenumrankte Schürze. Martha sortierte Zutaten hin und her, während Erna schon die Spüle mit Beschlag belegte, um ihre Kartoffeln zu waschen. Felix breitete seine Messer genau da aus, wo ich mir das *Mise en place* für die Suppeneinlagen aufbauen wollte. Hedwig rief nach einem Mixer, Erna nach einem Topf, Felix nach einer Aufgabe, Pascal, zwischenzeitlich mit einem großen Beil bewaffnet, suchte nach den Markknochen.

Einmal mehr leuchtete mir ein, warum eine professionelle Kochmannschaft streng hierarchisch aufgebaut ist. An der Spitze der Küchenchef, darunter die einzelnen Posten: Saucier, Gardemanger, Entremétier, Patissier und so weiter. Klar verteilte Aufgaben also, jeder wusste genau, was er zu tun hatte, jeder achtete auf den anderen. *Mise en place* hieß der erste Schritt, sprich alles bereitstellen, was man für seine Gerichte brauchte. Nur durch gute Vorbereitung konnte man zeitgleich mit den Kollegen fertig werden. Denn es war katastrophal, wenn das Fleisch vor dem Gemüse fertig war oder der Fisch bereits vertrocknete, während die Soße erst aufgeschlagen wurde. Exaktes Timing, ein gemeinsamer

Rhythmus, nur so funktionierte es. Und das Tempo gab immer der Küchenchef vor. Er war der Kapitän, der die Crew Abend für Abend durch die stürmische See von dreißig, vierzig, fünfzig verschiedenen Essen steuern musste.

Ich wartete darauf, dass Martha endlich das Kommando übernahm, aber sie sortierte und zählte weiter, während die anderen wild und ziellos vor sich hin werkelten. Es kostete mich wahnsinnige Überwindung, nicht selbst ans Ruder dieses schlingernden Kahns zu springen, um ihn für den Abend ins richtige Fahrwasser zu setzen, denn das war Marthas Job. Mach dir nichts draus, bleib ganz ruhig, du weißt doch, dass die Sache schiefgehen muss, redete ich mir ein, während ich an meinem Arbeitsplatz Däumchen drehte.

Die Franzosen auf der anderen Seite der Küche gerieten jetzt in Bewegung, ich schnappte ein paar knappe Befehle von Pierre Mueller auf, und kurze Zeit später stand jeder ohne viel Federlesen an seinem Platz und schien genau zu wissen, was er zu tun hatte. Luc, groß, breites Kreuz, das halblange blonde Haar jetzt zu einem Pferdeschwanz zusammengebunden, schickte mir einen amüsierten Blick, als er einen schweren gusseisernen Topf auf den Gasherd wuchtete. Seine Augen gefielen mir. Kastanienbraun, ganz warm.

»*Coq au Riesling*, das ist mein Job. Und deiner?«, fragte er.

»Dies und das«, gab ich zurück und bekam mit einem Schlag bessere Laune.

»Une tournante«, kam retour.

Oho. Einer, der sich mit Kochposten auskannte! Der Tournant ist der Springer in einer Kochbrigade, ein Alleskönner.

»Ich bin die Patissière«, krähte Hedwig.

»Das ist unübersehbar!«

Er deutete mit einem Kochlöffel auf ihre Schürze. Sie zupfte ein wenig daran herum und kicherte. Charmant, charmant, der Herr am Fleischtopf!

»Au travail!«, rief ihn Pierre Mueller zur Ordnung, der wie ein richtiger Küchenchef alles im Blick hatte, und deutete auf Zwiebeln, Speck und Champignons, die Luc für seinen *Coq* zu schneiden hatte.

Auf unserer Seite betrachtete Pascal das als Aufforderung, die

Markknochen mit solcher Wucht zu zerhacken, dass sie wie Wurfgeschosse durch die Gegend flogen. Ich brachte ihm die zurück, die auf meinem Arbeitsplatz gelandet waren. Immerhin spülte er sie ab.

»Falls dich das Roadkill-Fleisch interessiert, kannst du gern mal bei mir vorbeikommen. Fuchs schmeckt sehr gut, ich hab da ein Ragout probiert, das man noch ein bisschen feiner hinkriegen könnt. Du als Profi ...«

»Klar doch«, meinte ich und sah zu, dass ich Land gewann. Ich stellte mir vor, wie Pascal am frühen Morgen die Straßen nach totgefahrenen Tieren absuchte, diese in dem Rucksack sammelte, aus dem er vorhin sein Beil geholt hatte, sie in seiner Küche enthäutete, ihnen Köpfe und Schwänze abhackte, das Fleisch von den Knochen kratzte und daraus tatsächlich etwas kochte ...

Erna verzweifelte derweil am Gasherd, den sie nicht entflammen konnte, Felix schliff seine Messer zum zweiten Mal, und Hedwig suchte mit lautem Getöse nach einem Topf für die Sauerkirschen.

Sprich endlich ein Machtwort, Mama, flehte ich in Gedanken und sprang Erna am Gasherd zu Hilfe. Mach dem Tohuwabohu ein Ende!

Schon kräuselte sich der sanfte Duft des *Coq au Riesling* in der Küchenluft, schon wurden auf der Franzosenseite die Böden für die Tartes ausgerollt, die Küchenmaschine zum Reiben der *Crudités* angeworfen, die Heidelbeeren nach Blätterresten durchsucht, schon sah es also so aus, als würden sie uns locker schlagen, da wieselte Pierre Mueller plötzlich auf unsere Küchenseite, flüsterte Martha etwas ins Ohr und kehrte dann ohne ein weiteres Wort wieder in sein Reich zurück.

Was immer der kleine Franzose ihr eingeflüstert hatte, es wirkte Wunder. Martha straffte den Rücken, klatschte in die Hände, sammelte unsere desperate Kochschar um sich und machte endlich klare Ansagen. Höchste Eisenbahn, wir hatten nur noch zwei Stunden Zeit. Was ich nicht für möglich gehalten hatte, geschah: Wir fanden einen gemeinsamen Rhythmus. Felix präparierte die Schäufele, Pascal kratzte das Mark aus den Knochen – erstaunlich behutsam –, Erna schnippelte Zwiebeln für den Kartoffelsalat, Martha schnitt Pfannekuchen für die Flädle klein, ich rieb unter

Tränen Meerrettich, Hedwig dickte ihre Sauerkirschen ein, nicht ohne vorher alle – Deutsche und Franzosen – ihr Schwarzwälder Kirschwasser riechen und kosten zu lassen, das sie am Ende großzügig über die Sauerkirschen goss.

Plötzlich herrschte in der Küche eine bombige deutsch-französische Stimmung mit emsigem Treiben und viel Gelächter, es gelang mir sogar, Ernas Fondor verschwinden zu lassen, bevor sie damit den Kartoffelsalat »nachwürzen« konnte. Und dann, als die Bestellungen Schlag auf Schlag eintrudelten, legten wir gemeinsam ein hoch konzentriertes Hand-in-Hand-Arbeiten beim Rausschicken der Teller hin.

Da stand ich ganz zufällig oder schicksalhaft neben Luc und verliebte mich nach seinen Augen in seine Hände, die einerseits kräftig und an Arbeit gewohnt waren, andererseits mit einer derart sanften Bewegung einen Hauch Petersilie auf den *Coq au Riesling* streuten, dass ich nichts anderes wollte, als von ihnen berührt zu werden.

DREI

Ich war im siebten Himmel, als jemand aus weiter Ferne meinen Namen rief. Aber ich wollte mich auf keinen Fall aus dem Paradies vertreiben lassen, also ignorierte ich das Rufen, drehte mich zur Seite, tauchte mein Gesicht in das Kissen neben meinem, atmete den fremden Duft ein, der daran haftete.

»Luc«, murmelte ich und tastete mit der Hand nach seinem Körper. »Luc!«

Ich richtete mich auf, öffnete jetzt doch die Augen, suchte im Zimmer nach dem Mann, fand ihn nicht. Stattdessen erblickte ich meine Mutter, die sich im Türrahmen festhielt. Nachthemd, zerzauste Haare, nervöser Blick. Martha, natürlich. Wer sonst würde mich mitten in der Nacht wecken? Trotzig warf ich mich wieder aufs Kissen, zog das Plumeau über den Kopf und schloss die Augen. Aber der Weg zurück ins Paradies war versperrt.

»Katharina! Da liegt einer. Los, steh auf!«

Eilige Schritte, dann wurde meine Bettdecke zur Seite geschlagen. Martha ließ sie schnell wieder sinken, als sie merkte, dass ich nackt war. Immer, immer schon hatte ich es gehasst, wenn sie mir die Bettdecke wegzog. Damit ich endlich aufstand, damit ich tat, was sie wollte … Zumindest heute war es ihr peinlich. Sie sah zur Seite, bis ich das Bettlaken aus der Matratze gewurstelt und mich darin eingewickelt hatte.

»Du musst aus dem Fenster sehen.«

Mit nackten Füßen und wackeligen Schritten tapste ich über den Teppichboden. Lucs Duft hing im ganzen Zimmer, Martha hatte ihn nicht vertreiben können. Sie deutete aufs Fenster, zog sich aber selbst wieder zum Türrahmen zurück. Ich sah hinaus. Milchiges Morgendämmerlicht, menschenleere Straße, geschlossene Fensterläden an den gegenüberliegenden Häusern. Über allem lag noch die nächtliche Stille, nur der Bach gurgelte leise. Es musste noch sehr früh sein. Irgendwas zwischen vier und fünf, schätzte ich. Noch lang hin zur Frühmesse. Wenn ich also meine Sünden nicht bereuen sollte, was wollte meine Mutter dann von mir?

»Im Bach! Siehst du das nicht?«

Doch. Jetzt sah ich es. Da lag einer im Wasser. Auf Höhe der Waschsteine, ungefähr da, wo gestern Mittag Felix und Pascal gestanden hatten.

»Zu viel Riesling«, murmelte ich.

»Du musst nachsehen, was mit ihm los ist«, drängte Martha.

Martha sagte das mit der Selbstverständlichkeit von jemandem, dem auf der Stirn geschrieben stand, dass er dies auf keinen Fall selbst tun konnte. Und ich war noch zu schwach für jede Form des Widerstandes. Also raffte ich mein Leintuch zusammen und stolperte nach draußen über die Straße zu den Waschsteinen am Bach.

Im Gehen streifte mein Arm die Hängegeranien, die in den Blumenkästen am Bachgeländer wucherten. Deren Feuchtigkeit und die morgendliche Kühle spürte ich nicht. Schlaftrunken, liebesverwirrt und alkoholbenebelt kletterte ich zu den Waschsteinen hinunter und blickte auf den Mann, der da bäuchlings und reglos, das Gesicht vollständig im Wasser, im schmalen Aubach lag.

Ich sah sofort, dass der Riesling, egal wie viel der Mann davon getrunken hatte, nicht der Grund sein konnte, weshalb er im Bach gelandet war. Ich starrte auf das Loch in seinem Kopf, aus dem eine ekelige Mischung aus Hirnmasse, weißen Haaren, Blut und Knochen quoll. Die brutale Verletzung stand in merkwürdigem Gegensatz zu dem Wasser, das klar und rein, leise und behutsam, unbeeindruckt und kalt um den zerstörten Kopf herumfloss.

Das Messer in seinem Rücken bemerkte ich erst auf den zweiten Blick. Es steckte in der rechten Schulter, um die Einstichstelle herum zog sich ein kleiner roter Rand. Mehr war nicht zu sehen, eine regelrecht saubere Verletzung im Vergleich zu der am Kopf. Das Messer hatte einen schlanken schwarzen Holzgriff mit Stahlknauf und kam mir bekannt vor, denn genau so einen Stahlknauf hatte mein Ausbeinmesser. Eines aus der Solinger Schmiede, kein solitäres Stück, aber schon ein gutes Messer, eines, das sich nicht jeder leistete. Aber mein Ausbeinmesser lag in der Küche der *Salle polyvalente* in meiner Messertasche, oder etwa nicht?

Ich brauchte Gewissheit. Also zog ich mein Leintuch nach oben und kniete ich mich auf den Waschstein. Der Bach war höchstens zweieinhalb Meter breit. Als ich mich mit weit vorgestrecktem Oberkörper über den Rücken des alten Mannes beugte, rumorte mein Magen heftig, ich schluckte trocken und zwang mich, das Holz unterhalb des Stahlknaufs unter die Lupe zu nehmen. Ich entdeckte den kleinen Brandfleck schnell. Resultat der kurzen Bekanntschaft zwischen Holz und Gasflamme in der Küchenhektik der Weißen Lilie, wie ich mich erinnerte. Mit einem Schlag war ich hellwach, denn das Messer im Rücken des Toten war mein Ausbeinmesser. Tatsächlich meines.

»Des isch d'r Emile, Emile Murnier.«

Vor Schreck fiel ich beinahe ins Wasser. Ich raffte eilig das Leintuch über meinem Busen zusammen, bevor ich den Oberkörper zurückzog und mich umdrehte. Dort stand Pierre Mueller im Schlafanzug, hinter ihm tauchte Martha auf. Auf ihrem Nachthemd flatterten rosa Schmetterlinge, der Schlafanzug von Pierre war blau-grün kariert und falsch zugeknöpft. Was für banales Zeugs einem auffiel, nachdem man festgestellt hatte, dass das eigene Messer als Mordwerkzeug benutzt worden war!

»Wie heißt der Mann?«, flüsterte ich und stand auf.

Pierre wiederholte es. Ich hatte mich nicht verhört. Murnier. Der Nachname von Luc. Luc, den ich heute Nacht mit in mein Bett genommen hatte, Luc, der nicht da gewesen war, als Martha mich weckte. Luc, der verschwunden war, und mein Ausbeinmesser, das im Rücken eines Toten steckte. Verdammt viele unangenehme Neuigkeiten an einem frühen Sonntagmorgen.

»Du musst die Polizei rufen«, sagte Martha zu Pierre.

»Ich geh mich anziehen«, murmelte ich.

Ich wollte weg von dem Toten, weg von Martha, ich musste unbedingt allein sein. Es hatte mich nämlich schwer erwischt.

Dabei hatte ich mir nach der Ecki-Geschichte geschworen, das Schlachtfeld der Liebe nie mehr zu betreten. Nie kam man ungeschoren davon, jedes Mal neue Fallstricke, in denen man sich verhedderte, immer wieder zog man sich neue Verletzungen zu. Teuer bezahlte Momente des Glücks, letztendlich ein Elend!

Doch gestern Nacht war ich kampflos und mit wehenden Fahnen zu Luc übergelaufen. Dass ich das tun würde, hatte ich schon gewusst, als er mich in der Winstub Mueller zum ersten

Mal ansah. Diese Augen! Herbstaugen, ganz viel Kastanie. *Valse musette* hatten wir miteinander getanzt. Eng aneinandergepresst, die Füße im Gleichschritt, der doppelte Herzschlag. Hände, die überall sein wollten, Blicke, die das Ausziehen vorwegnahmen. Himmel, ich war schon beim Tanzen kurz vor dem Explodieren. Ein Wunder, dass wir es noch bis ins Hotelzimmer schafften.

Vor dem stand ich jetzt wieder und trat ein. Martha hatte das Fenster aufgelassen. Der Duft von Luc hatte sich verflüchtigt, fast so, als wäre er nie da gewesen. Ich suchte nach anderen Spuren von ihm. Im Bett, unter dem Bett, zwischen den Laken. Dann im Bad. Nichts. Wann war der Mann verschwunden? Und warum steckte mein Ausbeinmesser im Rücken eines Toten?

Eigentlich wollte ich sofort zur *Salle polyvalente* rennen und nach dem Messer sehen, in der winzigen Hoffnung, es doch in meiner Messertasche zu finden, aber ich konnte jetzt nicht weggehen. Pierre Mueller hatte die Gendarmerie gerufen. Die würde gleich da sein. Ich nahm eine kalte Dusche und zog mich an.

»Die komme us Schlettstadt«, sagte mir Pierre, als ich in der Winstub zu ihm und Martha stieß. Pierre jetzt in Hemd und Hose, Martha in einem fliederfarbenen Sommerkleid, das ich noch nie an ihr gesehen hatte. »Die sin schnell do!«

Ich nickte dankbar, als er mir wenig später einen Espresso über den Tresen schob. Fünf Uhr zehn zeigte die Uhr inmitten des Spirituosenregals dahinter an. Die Zeiger der Uhr, ein geöffneter Storchenschnabel. Der Kaffee brannte im übersäuerten Magen. Er machte den Kopf nicht klarer, ich hatte gestern eindeutig zu viel Cremant d'Alsace gesoffen.

Die Gendarmerie kam an, kaum dass ich das Tässchen geleert hatte. Zwei junge Männer in blauen Uniformen, beide eher klein, der eine mit der ledernen Haut eines Nordafrikaners, der andere hatte noch Aknereste im Gesicht. Die beiden sprachen nur Französisch. Pierre erklärte ihnen, was passiert war. Dann führte er sie zum Aubach, Martha und ich folgten mit Abstand. Immer noch herrschte frühmorgendliche Ruhe, immer noch schliefen alle, immer noch hatte niemand im Dorf bemerkt, was geschehen war. Doch zumindest einer wusste von dem Toten im Aubach. Der, der ihn umgebracht hatte.

Wie ich zuvor stiegen die zwei Gendarmen die Treppe zu den Waschsteinen hinunter, besahen sich den Toten von dort aus, besprachen sich kurz, dann telefonierte der mit der Akne. Der andere eilte zum Polizeiauto und kehrte mit einer Rolle Absperrband zurück. Während der Mann mit der Lederhaut den Tatort absicherte, sprach der Pickelige wieder mit Pierre und winkte Martha und mich dann hinzu. Er nahm unsere Personalien auf und fragte mich, ob ich ins Wasser gestiegen sei, die Leiche berührt habe, mir etwas Besonderes aufgefallen sei, ob ich den Toten kenne und so weiter. Pierre übersetzte, mein Französisch war nicht so gut. Ich antwortete wahrheitsgemäß, nur über das Messer verlor ich kein Wort.

»Sie haben die *Section de recherche* in Straßburg informiert«, flüsterte uns Pierre danach zu. Das sei so etwas wie die deutsche Kriminalpolizei. »Wir sollen uns zur Verfügung halten, die wollen noch mal mit uns reden.«

Aber nicht sofort, wusste ich. Von Straßburg brauchten sie mindestens eine halbe Stunde, bis sie in Scherwiller ankamen. Genügend Zeit, um nach meinem Messer zu sehen. Vom Kochen wusste ich, dass Pierre einen Schlüssel für die Halle besaß, ich bat ihn darum, murmelte etwas von einem verlorenen Portemonnaie, das ich dort wiederzufinden hoffte. Es wunderte ihn, dass ich es ausgerechnet jetzt suchen wollte, dennoch rückte er den Schlüssel ohne weiteres Nachfragen heraus.

Sechs Mal schlugen die Glocken der Scherwiller Dorfkirche, als ich am Bach entlang in Richtung Place de la Libération lief. Immer noch war kein Mensch auf der Straße, aber lärmiges Vogelgezwitscher füllte die Luft, und im Aubach führten zwei Entenmamas ihre Kinder zum Sonntagsspaziergang aus. Sie hatten keine Ahnung, wie mies dieser Sonntag ein paar Meter bachaufwärts begonnen hatte.

Die *Salle polyvalente* lag proper und rotsteinig in der Morgensonne, aber mit sauber und sonnig war es drinnen vorbei, dort glich der Saal einem verlassenen Schlachtfeld. Mit offenem Mund besah ich mir das Chaos. Die Vorhänge der Bühne waren heruntergerissen, die Wappenschilder von Fautenbach und Scherwiller zerfetzt, die Blumengestecke auseinandergerupft, Tische und Stühle umgekippt und teils kaputt, der Boden war klebrig und voller Glasscherben. Da musste nach unserem Weggang ordentlich die Post abgegangen sein!

Am schlimmsten hatten die Vandalen in der kleinen Bar links der Bühne gewütet. Gestern, als ich mit Luc dort ein Glas Cremant trank, hatte ich über deren Siebziger-Jahre-Partykeller-Charme gespottet. Selbst der war jetzt unwiederbringlich dahin. Die Schnapsflaschen aus den Regalen gerissen und zerschlagen, die Sitze der Barhocker aufgeschlitzt, der ehemals holzgeflammte Tresen mit roter Farbe verschmiert. In Schwarz hatte jemand »Hellsass Devils« an die Wand gesprüht. Der Raum stank nach scharfem Alkohol, vom Elsässer »Schnapsela« war so viel verschüttet worden, dass mir vom Einatmen ganz schummrig wurde. Der Schriftzug an der Wand verschwamm vor meinen Augen.

»Hellsass Devils«, irgendwas klingelte da bei mir. Aber ich erinnerte mich nur an den Motorradlärm, den Luc und ich gestern auf dem Weg zum Hotel gehört hatten, und an Lucs alarmierten Blick dabei, und daran, dass der Krach schnell vergessen war. Wir hatten gestern Nacht anderes im Sinn gehabt.

Wir wollten miteinander ins Bett, aber was hatten die Hellsass Devils gewollt? Die deutsch-französische Freundschaft aus dem Takt bringen? Nur Samstagabendstunk machen? Einen alten Mann mit meinem Messer erstechen? Ich verließ die Bar und ging in die Küche, die rechts der Bühne durch einen langen Tresen mit dem Festsaal verbunden war. Aufgeräumt und geputzt, komplett von der Gewaltorgie verschont. Fürs Aufräumen und Putzen hatten Martha und Pierre gesorgt, schließlich verließ kein Koch seinen Arbeitsplatz als Saustall. Ich erinnerte mich, dass ich meine Tasche auf die Messerkoffer von Felix und Pascal gelegt hatte. Und da lag sie auch noch. Ich löste den Klettverschluss und rollte die Tasche auf.

Das Ausbeinmesser fehlte.

Okay, sagte ich mir, ganz ruhig bleiben, denk nach! Das Ganze muss gar nichts mit dir zu tun haben! Als wir gegangen sind, war keiner mehr nüchtern, da hat keiner mehr darauf geachtet, wer sich außer den Serviermädchen in der Küche zu schaffen machte!

Und dann müssen irgendwann diese Schlägertypen aufgetaucht sein ... Jeder Gast hätte mein Messer klauen können.

Beruhigte mich das? Kein bisschen! Weil mir plötzlich klar wurde, dass es gar keine so gute Idee war, hier allein nach dem Messer zu suchen.

Bei Alban Brandt, dem Kölner Polizisten, mit dem ich mich nach dem Mord an meiner Spülfrau Minka angefreundet hatte, würde ein solches Verhalten alle Alarmglöckchen klingeln lassen. Und Alban Brandt war ein sanfter, ein menschenfreundlicher Bulle. Der würde zu meinen Gunsten immer noch in Erwägung ziehen, es könnte stimmen, dass ich nur hierhergekommen war, um zu überprüfen, ob mein Messer wirklich fehlte. Aber die französische Polizei? Da hörte man doch immer, dass das ganz, ganz scharfe Hunde seien. Harte militärische Schule, *l'état c'est moi* und so weiter, dagegen war nicht nur Alban Brandt, dagegen waren die meisten deutschen Polizisten Weicheier.

Ich sah mich in der Küche um. Zwei Kochzeilen wie in einer Schulküche mit Spülbecken, Arbeitsflächen, einem großen Kühlraum dahinter und drei Profiherden. Alles sauber und aufgeräumt, keine herausgezogenen Schubladen, keine offen stehenden Schranktüren. Der Diebstahl meines Messers also nicht das Ergebnis einer spontanen, hektischen Suche, sondern mit Bedacht ausgeführt. Nicht die Tat eines wild gewordenen Rockers. Eine völlig andere Handschrift als die im Saal und in der Bar.

»Für jedes Verbrechen gibt es Vorzeichen und Vorgeschichten«, behauptete Alban Brandt. Ich konnte seine sanfte Stimme hören, seine wachen grauen Augen vor mir sehen, als er mir in seinem Schrebergarten davon erzählte. »Man erkennt den Ausbruch, der zum Mord führt, nur, wenn man alle Spuren zu ihrem Anfang zurückverfolgt. Wenn man Glück hat, bringt einen schon die erste oder zweite Spur zum Ziel, wenn man Pech hat, erst die zehnte oder zwanzigste. Alles kann wichtig sein.«

Alles? Bei diesem Fest mit mindestens dreihundert Gästen, geschätzten fünfhundert Litern Riesling und einer randalierenden Motorradgang als Zugabe würde die französische Polizei bei der Spurensuche ihre helle Freude haben. Bei so einer verwirrenden Ausgangslage würde sie sich mit Sicherheit auf die wenigen vorhandenen Indizien stürzen. Und das Messer würde sie früher oder später zu mir führen …

Hatte ich es gestern überhaupt benutzt? Ich wusste es nicht mehr, ich war überhaupt keine gute Zeugin, hatte ich doch die ganze Zeit nur Augen für Luc gehabt: Die Franzosen hatten ihm den *Coq au Riesling* anvertraut. Der köchelte in großen Töpfen bei kleiner Flamme, den hatte man schon vorbereitet, denn er schmeckte am besten, wenn er über Nacht durchgezogen hatte. Sein feiner Duft mischte sich in der Luft mit dem des deftigen Schäufeles.

Luc schnitt Champignons klein, würfelte Speck, schaute zwischendurch zu mir herüber und ich zu ihm hinüber. Immer mehr zufällige Blicke kreuzten sich, mal von mir, mal von ihm, es folgten Blicke, die sich suchten und fanden, Augen, die sich verstanden, bevor nur ein Wort gewechselt wurde. Liebe, das alte Spiel, fing immer mit Blicken an.

Natürlich bekam ich mit, wie Hedwig Luc gelegentlich etwas zurief oder ihn die Sauerkirschen kosten ließ, weil die Franzosen die doch nicht kannten. Und dass Pascal, der dies auch sah, dabei besonders heftig das Mark aus den Rindsknochen bohrte. Ja, die rosafarbene Kuchenkönigin flirtete mit Luc. Dabei merkte sie nicht oder wollte nicht merken, dass der Mann sich längst an mich verloren hatte.

In der Küche hatte also neben all den deutsch-französischen Düften Liebe in der Luft gelegen, und sosehr ich mich auch anstrengte, bei diesem geschäftigen, fröhlichen, lärmigen, deutsch-französischen Kochduell Anzeichen für einen Mord zu entdecken, der ein paar Stunden später stattfinden würde, es gelang mir nicht.

Es war nicht gut, hier zu sein, dachte ich wieder. Ich überlegte, was ich jetzt machen sollte, und entschied: gar nichts. Ich rollte also meine Messertasche wieder ein und legte sie auf die beiden Messerkoffer. Dann schob ich sie noch mal zur Seite und öffnete erst den einen und dann den anderen Koffer. Beide Koffer waren leicht zu öffnen, man musste sie nicht umständlich aufrollen wie meine Tasche. Ein kurzer Klick, und die ganze Messerpracht lag direkt vor einem. Warum hatte sich der Täter nicht daraus bedient?

Als ich wieder auf die Place de la Libération trat, hielt vor dem gegenüberliegenden Rathaus ein Auto an. Schnell lief ich in eines der rechts der *Salle polyvalente* abbiegenden Gässchen, ich wollte nicht gesehen werden. Ich benahm mich schon wie eine Verdächtige, was völliger Schwachsinn war, aber ich war verwirrt, mehr noch, ich war wütend: Wieso musste eine Liebesnacht mit einer Leiche enden? Wieso konnte es das Leben nicht einmal gut mit mir meinen?

Mit der Faust in der Tasche stapfte ich durch das kleine Sträßchen. Die schnuckeligen Fachwerkhäuser, das sanfte Plätschern des Baches, das milde Rauschen des Windes in den Linden, all das beruhigte mich nicht, und dann stieß ich noch auf den Namen Emile Murnier. Er stand über einem der breiten Tore, die in die Innenhöfe der Häuser führten. Über dem Tor ein Ölbild von Jeanne d'Arc, die die Franzosen zum Kampf anführte. Unten, neben dem Tor, ein alter eiserner Fußabkratzer, wie man sie früher oft neben den Haustüren fand. Daneben lag ein Streichholzbrieflein mit der Aufschrift *Queen's Pub*. Neben dem Tor ein Schild: *Vin – achate et dégustation.*

Da lag also ein toter Winzer im Bach. Luc hatte mir erzählt, dass er auch Winzer war, aber Winzer gab's in Scherwiller viele. Luc! Wann hatte er das Zimmer verlassen? Wieso war er ohne Abschied gegangen? Was hat er mit dem Toten gleichen Namens zu schaffen?

Nichts, gar nichts, hat er mit dem Tod des alten Mannes zu tun. Sein Verschwinden wird einen banalen, geradezu lächerlich einleuchtenden Grund haben, auch wenn du es dir jetzt nicht erklären kannst. Und bestimmt hat er dich zum Abschied geküsst, dir zugeflüstert, warum er wegmuss. Nur, du hast zu tief geschlafen oder erinnerst dich nicht daran. – Himmel, dass die Liebe mich noch mal so heftig erwischte, hätte ich nicht für möglich gehalten!

Ich war wieder bei der Winstub angekommen. Der Fundort war jetzt großräumiger abgesperrt, als es der Gendarm mit der Lederhaut vorhin gemacht hatte, im Bach und auf den Waschsteinen arbeiteten die Leute von der Spurensicherung. Auf der Straße standen mehre Polizeiautos dicht an dicht, dahinter ein Leichenwagen. Wie ein Lauffeuer musste in der Zwischenzeit die Nachricht von der Ermordung Murniers durchs Dorf gegangen sein, denn hinter der Absperrung hatten sich die Kochgruppe, der Musikverein, die Fußballer, der Ortschaftsrat, eigentlich alle Fautenbacher, und viele Scherwillerer versammelt, dazwischen Polizisten in blauer Uniform. Ich suchte Luc unter all den Menschen, fand ihn aber nicht. Als mich jemand am Arm packte, dachte ich schon, er wäre es, sah aber beim Umdrehen in das Gesicht von Sophie Ketterer.

»Du hast den Toten gefunden?«, fragte sie.

Nein, wollte ich sagen, Martha hat ihn entdeckt, sie hat sich nur nicht getraut, sich ihn anzusehen. Aber ich kam nicht dazu, denn Sophie redete einfach weiter: »*Capitaine* LeBoeuf von der *Section de recherche* will dich sprechen, wir haben dich schon gesucht.«

Fast rennend zog sie mich in den Innenhof der Winstub, dann weiter ins Haus hinein, durch die Weinstube hindurch.

»Und du?«, fragte ich und versuchte, mit ihr Schritt zu halten. »Was hast du für eine Aufgabe?«

»Ich kümmere mich darum, dass wir Deutsche zügig befragt werden, damit wir danach abreisen können. Wird trotzdem dauern, bei dreiundsiebzig Fautenbachern. Zum Glück spricht LeBoeuf fließend Deutsch, sodass wir nicht noch auf einen Dolmetscher warten müssen. Zudem sind die Profis von dem Gemeinsamen Zentrum für deutsch-französische Polizeiarbeit schon vor Ort. Ausgerechnet Emile Murnier, schwierige Gestalt, und dann noch die Hellsass Devils …«

Sie brach mitten im Satz ab, als würden mir diese Andeutungen alles erklären. Weiter ging's im Eilschritt durch einen düsteren Flur.

»Aber die Franzosen sind sehr kooperativ, zufällig kenne ich den ermittelnden Staatsanwalt von einem deutsch-französischen Verwaltungsseminar. Er hat mir versprochen, dass wir heute Abend wieder zu Hause sind. Vorausgesetzt, keiner von uns hat Emile Murnier ermordet.« Wieder dieses kurze, knackige Lachen, das ich schon beim Einstieg in den Bus von ihr gehört hatte, dann stoppte sie an einer Zimmertür, vor der ein Gendarm Wache stand. *»C'est Katharina Schweitzer«*, sagte sie in feinstem Französisch. *»Elle a découvert le mort.«*

»Nein«, erzählte ich wenig später *Capitaine* LeBoeuf, »ich habe den Toten nicht entdeckt, ich habe ihn mir nur aus der Nähe angeschaut. Von meinem Zimmerfenster aus konnte man ja nicht sehen, ob er wirklich tot war.«

»Warum waren Sie so früh auf?«, wollte er wissen. »Was hat Sie geweckt?«

LeBœuf war Elsässer, merkte ich an seinem Deutsch. Ich schätzte ihn ein paar Jahre älter als mich, Ende vierzig, wenn er sich schlecht, Mitte fünfzig, wenn er sich gut gehalten hatte. Er trug Zivil, Jeans und gestreiftes Hemd, und diesen sehr modischen militärischen Kurzhaarschnitt. Mit den rosigen Bäckchen und den kleinen Lachfältchen um die grauen Augen wirkte er vom Gesicht her allerdings überhaupt nicht militärisch. Einen scharfen Hund hatte ich mir anders vorgestellt.

Er fragte mich all das noch mal, was der pickelige Gendarm vorhin schon hatte wissen wollen. Dann, ob mir Emile Murnier auf dem Fest aufgefallen sei. Ich hatte ja noch nicht mal sein Gesicht von vorne gesehen, wie sollte ich das wissen? Es folgten Fragen zu unserer Kochgruppe und der französischen. Ich zählte alle Namen auf, bei den Franzosen nur die Vornamen, weil ich es besser fand, den von Luc erst mal nicht zu erwähnen. Nein, antwortete ich auf die nächste Frage, von den Franzosen kannte ich vor dem Wettkochen keinen.

»Und was haben Sie gemacht, als der letzte Nachtisch serviert war?«, wollte er wissen.

»Gegessen und gewartet, bis die Bewertungszettel für die Menüs ausgezählt waren.«

Am großen Küchentisch hatten wir gegenseitig unsere Menüs probiert. Die *Pâté en croûte* übrigens ausgezeichnet und erst die *Tarte des myrtilles*! Beim *Coq au Riesling* dagegen ein bisschen zu viel Speck. Damit musste man sehr vorsichtig sein, damit er den zarten Geschmack des Huhns nicht übertönte. Luc saß neben mir und spielte bei der Kritik an seinem *Coq* den Empörten. Unterm Tisch machten sich allerdings unsere Oberschenkel schon näher miteinander bekannt.

»Und dann?«

»Wurden wir zur Preisverleihung auf die Bühne gerufen.«

Gott, hatten sie das spannend gemacht! Wir Deutschen wurden vor das Fautenbacher Wappen drapiert, die Franzosen vor das aus

Scherwiller, zwischen uns die beiden Bürgermeister. Hinter uns auf der Bühne der Fautenbacher Musikverein, der erst die französische, dann die deutsche Nationalhymne spielte. Genügend Zeit, um weitere Blicke mit Luc zu tauschen, im Wechsel sein Lächeln und meines über die Bühne hinwegsegeln zu lassen. Die Reden der Bürgermeister nur ein fernes Rauschen, ich war ganz bei Luc. Wie er wohl küsste? Wonach er wohl roch? Wie sich seine Hände wohl anfühlten? Martha musste mich in die Seite kneifen, damit ich mit den anderen nach vorne trat, um den Beifall des Publikums für unseren Sieg entgegenzunehmen. Danach Fototermin: Pascal hebt den Finger zum V-Zeichen, Felix hält sich im Hintergrund, Martha mit stolz geschwellter Köchinnenbrust, Hedwig, die schnell ihren Lippenstift nachzieht – rosa natürlich –, Erna, die sich bei Martha unterhakt.

All das interessierte mich nicht, mich interessierte nur Luc. Auf dem gemeinsamen Foto mit den Franzosen standen wir wie selbstverständlich nebeneinander.

»Madame Schweitzer?«

Ich erschrak, als ich die rosigen Wangen von *Capitaine* LeBoeuf direkt vor meinen Augen sah. Er musste sich zu mir heruntergebeugt haben, ohne dass ich es bemerkt hatte.

»Pardon. Die Nacht war kurz«, murmelte ich. »Was wollten Sie wissen?«

»Und nach der Preisverleihung? Wie ist es weitergegangen?«

Er kehrte an seinen Platz auf der anderen Seite des Tisches zurück, und erst jetzt sah ich, dass wir in der Wäschekammer des Hotels saßen. Neben dem Tisch standen Körbe mit noch nicht gefalteten Handtüchern, daneben ein Bügelbrett, hinten an der Wand eine Heißmangel für die Bettwäsche, und über allem hing der Geruch von Weichspüler.

»Wir haben gefeiert.«

In dieser Bar mit geflammtem Holz und schummrigem Licht. Sekt und Selters, Riesling und *Eau de vie*, eng war's und laut, lustig und neckisch, ein Gedränge und Geschubse, irgendwann Lucs Mund an meinem Ohr, der fragte: »Und? Was machen wir jetzt mit uns?« – »Ich würd so gern tanzen«, flüsterte ich zurück in sein Ohr, und schon griff er nach meiner Hand, schlängelte sich mit mir aus der Bar hinaus in den Saal, wo jetzt die Scherwiller Musiker zum Tanz aufspielten. Akkordeonmusik, *Valse musette*. Die Musik liebte ich, seit ich zum ersten Mal Edith Piaf gehört hatte. Lucs Hand auf meiner Hüfte fühlte sich so gut an wie sein Arm um meine Schultern, immer näher zog er mich zu sich heran, während er uns beide über die Tanzfläche schob, so nah, dass unsere Nasenspitzen sich berührten und ich ihn nur noch küssen wollte.

»Danach hierher, ins Hotel«, ergänzte ich laut für LeBoeuf.

Zum Glück fragte er nicht, ob allein oder zweit, er wollte nur wissen, wann ich gegangen war, doch das wusste ich nicht. Denn die Zeit hatte letzte Nacht nicht existiert und exakte Uhrzeiten schon gar nicht.

Ob die Hellsass Devils vor meinem Weggang im Saal aufgetaucht waren, kam als nächste Frage. Nein, nur deren Motorräder hatte ich gehört. Ob es ansonsten aus meiner Sicht noch etwas Erwähnenswertes über diese Nacht zu berichten gebe?

Mais oui, Monsieur le commissaire, tausend Dinge! Der erste Kuss vor La Pizza bella, der zweite auf einem Aubachbrückchen, der dritte vor dem Tor zur Winstub. Küsse und Kichern auf dem Weg zum Hotelzimmer. Die Hast des Ausziehens, der erste schnelle Fick, dann der zweite, langsamer, genussvoller. Luc als erfindungsreicher Erkunder meines Körpers, und sein Körper gefiel mir auch verdammt gut.Danach, erschöpft nebeneinanderliegend, wieder sein Mund an meinem Ohr: »Das ist mehr als eine Bumsgeschichte, nicht wahr?« – »Viel mehr. Vom ersten Augenblick an.«

Das alles würde ich dem Kommissar niemals erzählen, das war nichts, was er wissen musste, aber wissen musste er etwas anderes. Und das sagte ich ihm: »Das Messer im Rücken des Toten gehört mir.«

VIER

Aus dem Verhör entlassen, stolperte ich im Innenhof der Winstub direkt FK in die Arme. Der machte bereits einen sehr wachen Eindruck, wirkte regelrecht elektrisiert. Wann hatte ein kleiner Lokalreporter schon mal das Glück, als Erster bei einem Kapitalverbrechen vor Ort zu sein? Dagegen war sein üblicher Artikel über das wer weiß wievielte Treffen der beiden Dörfer Bibbeleskäs, den musste er knicken, dafür konnte er jetzt über einen Mord berichten.

»Stimmt es, dass du den Toten gefunden hast?«

Ich verfluchte Martha dafür, dass sie mich gezwungen hatte, schlaftrunken zu dieser Leiche hinunterzustolpern. Während FK meine Antworten notierte, sah ich mich im Innenhof um. Da hatte sich in der Zwischenzeit das ganze Dorf versammelt. In kleinen und größeren Grüppchen standen die Leute zusammen oder rannten hin und her, tuschelten über den gestrigen Abend, erinnerten sich an Details oder behaupteten Unsinn. Wieder sah ich mich nach Luc um. Ich entdeckte ihn nirgends. Stattdessen stand immer noch FK vor mir.

»Hast du schon was über den Toten in Erfahrung gebracht?«, wollte ich von ihm wissen.

»Klar! Emile Murnier, Ende siebzig, ein reicher Winzer, soll die größte Rebfläche im Ort haben, ehemaliger Fußballer, lang im Sportverein aktiv. Seit drei Jahren Witwer, seit zwei Jahren wohnt und arbeitet ein polnisches Ehepaar bei ihm. Sie macht den Haushalt und hilft in den Reben, er ist der Kellermeister, und der alte Murnier hält auf allem den Daumen drauf«, zählte FK auf. »Ein Eigenbrötler, eher streitsüchtig, immer aufs Geld aus, heißt es.«

»Aber seinen Mörder hast du noch nicht entdeckt?«

»Im Gegensatz zu dir misch ich mich nie in die Arbeit der Polizei ein«, konterte er. »Ich berichte nur.«

Dass ich ihn damals überredet hatte, mit mir nach Rosas Mörder zu suchen, rieb er mir immer wieder unter die Nase. Und es gab noch viel mehr, was er mir gerne vorhielt. All meine Alleingänge fand er furchtbar, zog mich aber trotzdem, wenn es sein musste, aus der Bredouille. Sex konnte ja manchmal alles zerstören, aber auch nachdem wir vor drei Jahren mit einer kurzen Affäre nachgeholt hatten, was wir uns als Jugendliche nicht getraut hatten, blieb FK, was er immer gewesen war. Ein echter Freund.

»Ich will mich diesmal nicht einmischen, ehrlich, FK.«

»Mhmm«, nickte FK. »Luc Murnier.«

»Glaub nicht, dass dich das was angeht.«

»Hab's trotzdem mitbekommen. War ja unübersehbar, dass es zwischen euch gefunkt hat.«

»Eifersüchtig?«, fragte ich.

»Das haben wir zwei doch hinter uns, oder?«

»Wie läuft's denn mit Rita? Hättest ihr wirklich nichts über uns erzählen müssen.«

»Vergebung gibt es nur nach der Beichte. Alles auf den Tisch, Großreinemachen und so. – Gut läuft es übrigens.«

»Schön, schön.«

»Hab das mit Ecki gehört«, kam leise zurück. »Tut mir echt leid.«

»Schon gut.«

»Hab dich beim Tanzen beobachtet, gestern Nacht. Hat alles gestimmt, jede Bewegung. Ein schönes Paar, hab ich gedacht, und dass ich es dir gönne, ja wirklich. Aber Luc Murnier …«

»Was?«, unterbrach ich ihn und dachte, jetzt kommt: Er ist verheiratet, Vater von drei unmündigen Kindern oder ein Weiberheld, der jeder nachsteigt. Nein, nein, nein!

»Er ist der Sohn des Toten. Und die zwei, so hört man, waren sich alles andere als grün.«

»Aha.« Mehr bekam ich nicht heraus. Die Frage, wann Luc mein Zimmer verlassen hatte, schrillte plötzlich in einer falschen Tonlage. Es tat weh, den Wunsch, ihn aus dieser Mordsache herauszuhalten, endgültig begraben zu müssen. Ich hakte bei FK nicht nach, weitere schlechte Nachrichten konnte ich im Augenblick nicht ertragen. Ich wollte nur noch weg, raus aus dieser Gerüchteküche.

Aber so einfach war das nicht. Jeder Fautenbacher auf meinem Weg nach draußen wollte wissen, ob ich den Toten wirklich gefunden hatte, wie es beim Verhör war, was die Franzosen von einem wissen wollten. Das war nervig und zermürbend, und so tat es gut, als Hedwig, die ich am Ausgang des Hofes traf, zunächst nichts sagte, sondern ihre Arme ausbreitete und mich an ihren rosafarbenen Nicki-Anzug drückte.

»Du arme Maus«, flüsterte sie tröstend. »Jetzt hängst du mitten in einem Mordfall drin. Aber Liebe macht halt blind. Glaub mir, ich hab sofort gemerkt, dass mit dem Luc was nicht stimmt …«

Ich nahm sofort meinen Kopf von ihrer Schulter und sah in ihrem Blick nicht nur Mitleid, sondern auch besserwisserischen Triumph. Beides zusammen machte mich sprachlos.

»Ich mein, der eigene Vater …«

»Hör nicht auf ihre Verschwörungstheorien«, mischte sich Sophie ein, die an diesem Morgen überall gleichzeitig zu sein schien. »Hedwig hat's gern schaurig.«

Ich nickte ihr dankbar zu, ließ sie und Hedwig stehen und lief einfach davon. Ziellos irrte ich durch die Gassen des Dorfes, bis ich irgendwann wieder auf der Place de la Libération stand. Auch hier parkten jetzt Polizeiautos, die Tür zur *Salle polyvalente* war geöffnet. Ein hektisches Kommen und Gehen. Spurensicherung, Reinigungskräfte, wer auch immer. Es interessierte mich nicht, ich musste mit Luc reden.

Er hatte erzählt, dass er außerhalb des Dorfes in der Nähe der Kapelle am Tannehues wohnte, und so marschierte ich bald durch Rebfelder, die sich von der Ebene aus in sanften Hügeln bis zum Wald zogen. Alles Riesling, wie ich seit gestern Abend wusste, unterhalb der Ortenburg sogar auf sehr guten Granitböden gezogen, auf denen ein hervorragender Wein gedieh, teilweise *Grand Cru*. Die Ruine der Ortenburg erkannte ich wieder. Zu der war ich als Jugendliche mal mit Rosa und Antoinette gewandert.

Bei der kleinen Kapelle bog ich rechts ab und stand wenig später vor Lucs Haus, das inmitten der Weinberge lag. Gebaut mit viel Glas und Beton, hatte es nichts mit den gemütlichen Fachwerkhäusern im Dorf gemeinsam, selbst die dort übliche Blumenpracht im Hof und an den Fenstern fehlte. Eine trutzige Demonstration von Anderssein. Die Hofeinfahrt bedeckte grauer

Kies, unter dem Carport fanden sich ein kleiner Traktor und anderes Gerät fürs Weingärtnern. Daneben ein Flachbau, neben dessen Tür das gleiche Schild hing wie am Haus seines Vaters. *Vin – achate et dégustation.* Ich ging auf das Wohnhaus zu. Das Grün der Eingangstür war das Grün der Reben, die rechts und links davon nach oben rankten. Ich drückte auf die Klingel, über der schlicht der Name »Murnier« stand.

Die Tür wurde von einem Mädchen aufgerissen. Vielleicht sechzehn, siebzehn, ganz in Schwarz gekleidet, sehr helle Haut, die Haare schwarz, eindeutig gefärbt, zu einer wirren Hochsteckfrisur aufgetürmt. Der dicke Kajalstrich, mit dem sie die Augen umrandet hatte, gab diesen etwas Schreckhaftes. Die Augen waren die von Luc. Herbstaugen, kastanienbraun.

»Bonjour«, sagte die Tochter weder schreckhaft noch erstaunt, sondern eindeutig mürrisch und keineswegs erfreut, eine fremde Frau vor der Tür stehen zu sehen.

Ob ich Luc Murnier sprechen könne, stakste ich auf Französisch.

»Der ist nicht da«, antwortete sie auf Deutsch, drehte sich um und knallte mir die Tür vor der Nase zu.

Dass Luc eine Tochter hatte, musste ich erst verdauen. Ob es auch eine Mutter dazu gab? Natürlich gab es eine Mutter, sagte ich mir, aber keine andere Frau. Trotzdem dauerte es, bis ich genügend Kraft gesammelt hatte, erneut zu klingeln. Wieder öffnete das Mädchen.

»Wo finde ich ihn? Ich muss ihn wirklich dringend sprechen!«

Sie zuckte mit den Schultern, sagte, sie wisse nicht, wo er sei, und knallte dann wieder die Tür zu.

So vor den Kopf geschlagen stand ich noch ein Weilchen vor der Tür und trat den Rückweg an, ohne ein drittes Mal zu klingeln. Der Kies unter meinen Füßen knirschte schmerzhaft laut. Das Geräusch ließ ein paar Krähen auffliegen, die die Luft mit klagendem Krächzen füllten. Ich sah, wie schwarze Wolken die Sonne wegdrängten, in der Ferne krachte ein erstes Donnergrollen. Die Vorboten eines Sommergewitters, gleich würde es regnen. Ich lief schneller. Vor mir lagen die Kapelle und die Kreuzung. Der Donner grollte lauter, erste Blitze zuckten über den schwarzen Himmel.

Ein Motorrad, von der Kapelle kommend, wirbelte jede Menge Staub auf und schoss an mir vorbei. Ich sprang verärgert zur Seite und blickte ihm nach. Auf der Jeansjacke des Fahrers erkannte ich das Emblem der Hellsass Devils, und dann sah ich, wie das Motorrad zum Murnier'schen Haus abbog und dort stoppte.

Trau deinem Herzen, befahl ich mir, als die ersten Tropfen auf den Boden klatschten, denn das sagte mir, dass Luc mit all dem nichts zu schaffen hatte. Dann fiel mir ein, dass wir nicht mal unsere Handynummern getauscht hatten. Aber Liebe brauchte keine Handynummern. Liebende fanden sich ganz von allein. Und während ich diese von Kitsch triefenden Sätze dachte und vor dem Regen Schutz in der Kapelle suchte, betrachtete ich mich für einen Moment von außen und stellte erstaunt fest, dass ich, eine gestandene Frau von Mitte vierzig, eine, der die Liebe schon viele Wunden geschlagen hatte, wie ein Teenager fühlte, der überzeugt war, die große Liebe gefunden zu haben.

Aufgewühlt setzte ich mich auf eine der harten Kirchenbänke. Der Himmel hinter den schmalen Fenstern schwarz wie die Nacht, der Donner rollte heran, Blitze zuckten, Regentropfen hämmerten auf das Dach. Die Wolken öffneten ihre Schleusen, nirgendwo ein Hoffnungsschimmer auf ein baldiges Ende des Regens. Der nächste Blitz erhellte einen unter dem Altar schlafenden Jesus, der übernächste einen ans Kreuz geschlagenen über dem Altar, und diese Gipsleiber leuchteten bei jedem Blitz in krankem Weiß auf. Als ich mich umdrehte, sah ich den Glockenstrang, der wie ein Strick zum Hängen über der Tür baumelte. Ich dachte an die Sintflut und das Jüngste Gericht, Überbleibsel meiner katholischen Erziehung. Was sollte ich bereuen? Dass ich die Nacht mit einem Fremden verbracht hatte, der mir gefiel?

Das Gewitter wütete jetzt direkt über der Kapelle, der Donner brachte den Strick zum Schwingen, und die Jesus-Leiber erzitterten unter weiteren Blitzen. Eine verdrängte Kinderangst kehrte zurück: der verbotene Besuch in der alten Kirche. Der Sturm, der die Tanne gegen das Fenster peitscht. Das splitternde Glas, das Auge der heiligen Katharina in meinem Knie.

Lieber nass werden als hier bleiben, entschied ich und stolperte in den Regen hinein. Braune Sturzbäche liefen am Straßenrand entlang, die langen Reihen der Rebstöcke verschwammen zu einem dreckigen Grün, das in einem grauen Niemandsland endete. Der Weg zurück ins Dorf dreimal so lang wie vorhin, die Weinfelder wollten kein Ende nehmen, und weit und breit fand sich keine Hütte, um sich unterzustellen.

Als ich im Dorf ankam, triefte ich vor Nässe. Scherwiller wirkte wie ausgestorben, selbst die Polizeiwagen, die immer noch auf der Place de la Libération standen, schienen vergessen worden zu sein. Mir war es recht, dass mich keiner so sah. Ich beeilte mich, in die Winstub Mueller zu kommen.

Dort hatte der Regen den Biergarten leer gefegt, umso voller war es in der Gaststube drinnen, die ich leider auf dem Weg zum Hotelzimmer durchqueren musste. Fast nur Fautenbacher saßen da an den Tischen, die Franzosen hatten sich, wohin auch immer, zurückgezogen. Ich spürte, dass die aufgeregte, nach Sensationen gierende Stimmung von vorhin verflogen war, stattdessen einer von zermürbender Warterei geprägten Langeweile Platz gemacht hatte. An einem Tisch saßen die Musiker, an einem die Fußballer, an einem der Ortschaftsrat, und unsere kleine Kochgruppe hatte sich am Tresen versammelt. Kurze neugierige, auch genervte Blicke flogen in meine Richtung. Ich wusste selbst, dass ich wie ein begossener Pudel aussah, und wollte mich nicht erklären, sondern nur so schnell wie möglich in mein Zimmer, um mich umzuziehen, um ein bisschen allein zu sein.

Doch das verhinderte Martha, die mit Pierre so selbstverständlich hinter dem Tresen stand und Getränke ausschenkte, als wäre dies kein fremdes Lokal, sondern unsere heimische Linde. Als ich den Tresen passierte, fuhr ihre Hand blitzschnell nach vorne und hielt meinen Arm fest.

»Torschlusspanik, anders lässt sich dein Verhalten nicht erklären«, zischte sie. »Wo hast du gesteckt? Der französische Kommissar will noch mal mit dir reden.«

»Bis ich was Trockenes am Leib habe, muss er schon warten.«

Es hatte mich gewundert, als LeBoeuf mich vorhin so ohne Weiteres gehen ließ, nachdem ich ihm von meinem Messer im Rücken des Toten erzählt hatte. Meine Ehrlichkeit verbunden mit der Auskunft, dass ich es in der *Salle polyvalente* hatte liegen lassen, schienen ihm genügt zu haben. Falsch gedacht, wenn er mich jetzt noch mal sprechen wollte.

Ich schleppte mich nach oben. In meinem Zimmer blitzte beim Blick auf das ungemachte Bett das Glück der vergangenen Nacht auf. Ich fühlte mich mit einem Mal nur noch elend. Kein Glück hielt ewig, das wusste ich längst, aber es war doch nicht zu viel verlangt, sich zu wünschen, dass es länger als ein paar Stunden blieb. Ich rubbelte die nassen Haare trocken und wischte ein paar Tränen weg. Verheult wollte ich auf keinen Fall beim Verhör erscheinen. Dann schälte ich mich aus Hemd und Hose, tauschte beides gegen ein trockenes Sommerkleid und machte mich auf den Weg zu LeBoeuf.

Der kam nicht sofort auf das Messer zu sprechen, sondern legte mir ein Foto von einer Gruppe alter Männer auf den Tisch und deutete auf den Mann links außen.

»Erkennen Sie den Mann?«

Er war kleiner als die anderen auf dem Foto, sein schlohweißes Haar wirkte kräftig, sein Gesicht erinnerte ein wenig an das von Jean Gabin. Bestimmt kam es mir deshalb bekannt vor. Er musste mal ein schöner Mann gewesen sein.

»Ist das der Tote?«

»Das ist Emile Murnier«, bestätigte der Kommissar. »Haben Sie ihn gestern Abend gesehen?«

»Vielleicht, vielleicht nicht. Sie wissen selbst, wie viele Leute auf dem Fest waren. Da kann man sich unmöglich alle Gesichter merken.«

»Sie haben ihn also nicht geohrfeigt?«

Deshalb kam mir sein Gesicht bekannt vor! Wie gut ich die kurze, unangenehme Episode des gestrigen Abends verdrängt hatte! Der alte Mann vor dem Damen-WC. Ich hatte nur den lüsternen Blick in seinem Gesicht gesehen und die Alkoholfahne gerochen, als der Alte mir an der schmalsten Stelle im Flur auf dem Weg zu den Toiletten wie zufällig mit einer erstaunlich schnellen Bewegung seiner Greisenhand zwischen die Beine fuhr.

»Jedem, der mir an den Busen grapscht oder mir zwischen die Beine fährt, knalle ich eine«, sagte ich.

»Er hat Sie belästigt?«

»Natürlich. Wie würden Sie es nennen, wenn Sie jemand unerlaubt bei den Eiern packt?«

»Sie waren wütend und aufgebracht?«

Ich beugte mich über den Tisch und funkelte LeBoeuf an. »Man darf nie aufhören, sich darüber aufzuregen, wenn Männer denken, dass Frauen Freiwild sind, die man nach Belieben jagen, begrapschen oder flachlegen darf. Eine Ohrfeige, finde ich, ist das Mindeste, was ein Mann für so ein schweinisches Verhalten verdient. Murnier habe ich übrigens noch sehr laut einen geilen alten Bock genannt.«

LeBoeuf ließ mein flammendes Statement ungerührt über sich ergehen und forderte mich auf, mich wieder zu setzen. Dann fragte er: »Was haben Sie nach diesem Vorfall gemacht?«

Mir ausgiebig die Hände gewaschen und mir dabei von Hedwig, die die Szene mitbekommen haben musste, zuflüstern lassen, ob ich nicht ein bisschen überreagiert hätte. Ich wusste also genau, wer LeBoeuf von diesem Zwischenfall berichtet hatte.

»Ich bin zurück in die Bar und habe nicht mehr daran gedacht.«

»Sie sollen sich« – kleine Pause – »sehr intim mit Luc Murnier, dem Sohn des Toten, unterhalten haben.«

»Stimmt. Aber ich wusste nicht, dass Emile der Vater von Luc ist.«

»Haben Sie Luc Murnier von dem Vorfall erzählt?«

Hatte ich? Ein Nebensatz, eine flüchtige Bemerkung? Ich erinnerte mich nur daran, dass Luc mir beim Zurückkommen ein frisches Glas Sekt in die Hand drückte und ich bereits nicht mehr an den Alten dachte, als ich beim Anstoßen tief in seine Herbstaugen blickte. Warum hätte ich über so etwas Unangenehmes reden sollen?

»Haben Sie bei radikalen feministischen Aktionen teilgenommen?«

Ich schüttelte ungläubig den Kopf. So blöd konnte LeBoeuf nicht sein. Das Motiv war mit der ganz, ganz groben Nadel gestrickt!

»Dann wissen Sie also nicht, dass Luc Murnier ...« LeBoeuf brach mitten im Satz ab, weil sein Handy klingelte. Er nahm das

Gespräch an, hörte aufmerksam zu, sagte am Ende *»achat et dégustation – J'arrive«*, was sogar ich verstand. »Warten Sie hier!«, befahl er mir, stand auf und lief aus dem Zimmer.

Da saß ich nun allein in dieser Wäschekammer und wartete. Ich schloss die Augen und malte mir aus, wie dieser Sonntag hätte verlaufen können, wenn Emile Murnier nicht ermordet worden wäre: Luc wäre – von wo auch immer – zurück zu mir ins Bett gekommen. Er hätte mich festgehalten, mir seinen warmen Atem in den Nacken geblasen, mich vielleicht zu schlaftrunkenem, frühmorgendlichem Sex verführt. Gefrühstückt hätten wir auf keinen Fall in der Winstub unter den neugierigen Blicken der Fautenbacher und Scherwillerer. Vielleicht in Schlettstadt? Bestimmt hätte er mir die Croissantkrümel aus den Mundwinkeln gewischt oder eine Locke hinters Ohr geschoben. Über was hätten wir geredet? Über Reisen? Über die Liebe zum Essen? Oder wären wir ganz schnell wieder zurück ins Hotelzimmer gegangen? Wann hätte ich Luc von der Weißen Lilie erzählt? Oder von Ecki?

Ich besah mir die Handtücher in den Körben neben dem Tisch, die darauf warteten, gefaltet und in das Regel links des Tisches gelegt zu werden, wo weitere Handtücher in Fünfer-Stapeln lagerten. Die schlaflose Nacht und der Leichenfund saßen mir in den Knochen, ich war verwirrt, verliebt, durcheinander und hoffte, dass LeBoeufs Kollegen den Mörder Murniers gefunden hatten, damit LeBoeuf mich laufen ließ. Doch seinen Satz über Luc hätte ich gerne zu Ende gehört. Was immer LeBoeuf über ihn sagen wollte, ich hätte es mit Sicherheit nicht gewusst, denn eigentlich wusste ich gar nichts über ihn. Elternhaus, Schule, Ausbildung, Frau eins, Frau zwei, Frau drei, Kinder, beruflicher Werdegang, über all diese Dinge hatten wir nicht gesprochen, stattdessen hatte mir Luc von Australien erzählt.

Von den riesigen Weinfeldern in Clare Valley, wo ein Riesling angebaut wurde, den man *Rhine Riesling* nannte, von den ausgeklügelten Bewässerungssystemen für die Reben, von den Rosen, die die Weinfelder begrenzten, von der unendlichen Weite des Landes, der sengenden Sonne und dem ewig blauen Himmel. Und dieses Australien stellte ich mir vor: Ich sehe Luc und mich auf Pferden an diesen Weinfeldern entlangreiten. Ein sanfter Wind spielt mit meinen Locken, Lucs Herbstaugen blitzen in einem braun gebrannten Sommergesicht, im Reiten schneidet er eine Rose ab und wirft sie mir zu. Himmel, was für Kitschbilder mir durch den Kopf spazierten!

Ich war noch nie in Australien gewesen, aber Luc hatte sogar ein paar Jahre dort gelebt. Das zumindest wusste ich von ihm.

Heftiges Türenknallen brachte mich in die Wäschekammer zurück. Ich stand auf, um nachzusehen, was los war, als die Tür aufgerissen wurde und ein junger Kerl mit glühenden Augen auf mich zuschoss. Wütend kickte er das Bügelbrett zur Seite, dann pfefferte er einen Stuhl in die Ecke. Bevor er mich packen konnte, drückte ich mich an das Regal mit den Handtüchern.

»Immer mit der Ruhe, *silence, silence*«, stammelte ich, als seine Pranke neben mir ins Regal schoss und nach den Handtüchern packte. Diese warf er in Richtung der zwei Gendarmen, die jetzt in den Raum stürmten. Das Regal im Rücken, bewegte ich mich auf die Tür zu, den Blick auf das wilde Gerangel gerichtet, in das sich das Kraftpaket mit den Gendarmen verwickelte. Mit und ohne Handtücher schlug der Kerl wild um sich, und es dauerte, bis die zwei Gendarmen den Angreifer zu Boden gerungen hatten und ihm, jetzt auch sie mit hochroten Köpfen, Handschellen anlegten. Als sie ihn abführten, sah ich den schwarzen Schriftzug auf seiner Jacke. Er war einer der Hellsass Devils.

Ich blieb mit klopfendem Herzen und den herausgerissenen Handtüchern in der Wäschekammer zurück. Ich konnte mich nicht entschließen, sie einzusammeln. Als ich mich irgendwann doch nach dem ersten Handtuch bückte, kam LeBoeuf herein und legte ein Blatt Papier auf den Tisch.

»Das müssen Sie unterschreiben.«

Es war das Vernehmungsprotokoll. Der letzte Satz lautete: Die Zeugin schüttelt den Kopf.

»War's der Typ von den Hellsass Devils?«, fragte ich.

Anstatt einer Antwort runzelte LeBoeuf nur die Stirn und deutete auf das Papier. Ich unterschrieb.

»Sie können gehen. Bei weiteren Fragen setzen sich unsere deutschen Kollegen mit Ihnen in Verbindung.«

Er hielt mir sogar die Tür auf. Im Flur begegneten mir zwei

weitere Gendarmen, die zwischen sich einen Mann um die dreißig führten, der nicht wie ein Rocker, eher wie ein Bauer aussah. Ein Bauer aus früheren Zeiten mit derben Gesichtszügen und schrundigen Pranken, aber mit dem Blick eines verwirrten Jungen, der nicht wusste, wie ihm geschah.

»Führen Sie Herrn Sajdowski herein«, befahl LeBoeuf den Gendarmen auf Deutsch. »Er soll sich setzen.«

Ich stolperte zurück in die Winstub. Dort saß Martha allein mit ihrem und meinem Koffer neben dem Stuhl.

»Na endlich«, sagte sie. »Wenn wir uns beeilen, kriegen wir den Bus noch. Dass du uns immer in Schwierigkeiten bringen musst. Das war schon so, als du noch ein Kind warst.«

FÜNF

Sie hetzte in einem Tempo los, dass ihre Kofferrollen nur so auf der Straße schepperten und die Vögel in den Bäumen aufflogen. Vom Bach her quakten ein paar Enten.

»Wieso habe ich dich in Schwierigkeiten gebracht? Wer hat mich denn aus dem Bett geworfen und auf die Leiche gestoßen?«, rief ich und stolperte ihr hinterher.

»Hast du den Alten wirklich ohrfeigen müssen?«, fragte sie, als ich mit ihr gleichauf war.

»Hätte ich etwa weitergehen und so tun sollen, als hätte ich nichts gemerkt?«

Ihr Blick beantwortete die Frage eindeutig. Nicht auffallen! Keinen unnötigen Streit riskieren! Fünfe gerade sein lassen! Um des lieben Friedens willen Ruhe geben! Das Dorf vergisst nichts! Wenn es sein muss, den Leuten nach dem Mund reden! So lauteten einige ihrer goldenen Lebensregeln, und es fuchste sie, dass diese Regeln nicht auch die meinen geworden waren.

Ein Blick auf die Uhr und sie schluckte mit zusammengekniffenem Mund weitere Vorwürfe hinunter, was ihren Walkürenkörper zum Beben brachte. Dann liefen wir weiter.

Auf der Place de la Libération war der Bus vorgefahren, alle saßen bereits auf ihren Plätzen, nur Sophie und Käshammer warteten draußen. Die Polizeiwagen standen immer noch herrenlos auf dem Platz, aus den Blumenkübeln tropfte das Wasser, die *Mairie* wirkte verwaist. Von den Franzosen war keiner zu sehen. Vielleicht hatte man wegen des Mordes auf eine offizielle Abschiedszeremonie verzichtet. Vielleicht war sie auch bereits vorbei. So ein Ende der Feierlichkeiten zu fünfundvierzig Jahren deutsch-französischer Freundschaft hatte sich bestimmt keiner gewünscht. Vergebens sah ich mich auf dem Platz mal wieder nach Luc um.

»Da hat's ja noch geklappt«, schnaufte Martha und stellte Käshammer ihren Koffer vor die Beine. »Geh, sei so gut und verstau ihn. Wirst schon noch ein Plätzel dafür finden.«

Der Busfahrer murrte zwar, griff aber nach dem Koffer. Derweil kam Sophie auf mich zu.

»Schön, dass wir dich mit zurücknehmen können. Eine Zeit lang hat's ja nicht so ausgesehen. Glück für dich, dass die Franzosen Jakub Sajdowski festgenommen haben.«

Der junge Mann, dem ich vor dem »Verhörzimmer« begegnet war.

»Wer ist das?«, wollte ich wissen.

»Sein Verwalter«, erklärte Martha ungeduldig.

»Steckt das blutverschmierte Hemd einfach in die Dreckswäsche«, brummte Käshammer. »Manche sind so blöd, dass sie sich schnell erwischen lassen. Ich mein, für uns ist es gut. Wer weiß, wann wir sonst hätten fahren können.«

»Und warum?«, wollte ich wissen.

»Ja, wegen seiner Frau«, erklärte Martha, und die anderen beiden nickten. Alle schienen Bescheid zu wissen, nur ich nicht.

»Lass uns fahren, Manfred«, befahl Sophie dem Busfahrer. »Bevor die Franzosen es sich anders überlegen. War schwer genug, sie zu überzeugen, dass keiner von uns davonläuft, nur weil wir wieder auf unsere Rheinseite fahren.«

»Gestanden hat dieser Jakub also nicht?«, hakte ich nach.

Keiner antwortete. Martha und Sophie zwängten sich in den Bus, Käshammer bedeutete mir, den beiden zu folgen, stieg dann hinter mir ein und schloss die Tür. Sophie blieb direkt vorne bei den Mitgliedern des Ortschaftsrates hängen, Martha murrte, als sie bemerkte, dass unsere beiden Plätze schon anderweitig belegt waren, und setzte sich neben Erna. Ich kämpfte mich weiter nach hinten und musste feststellen, dass es nur neben Felix Ketterer noch einen freien Platz gab, der leider direkt hinter Pascal und Hedwig saß. Hedwig! Deren Nachbarschaft hätte ich mir heute nicht freiwillig ausgesucht. Felix hielt den Kopf gesenkt, starrte seine Knie an und war mit seinen Gedanken weit weg. Er bemerkte mich überhaupt nicht.

»Felix?«

Er schreckte hoch. Es schien ihn zu erleichtern, dass ich es war, die vor ihm stand, und nicht jemand anders.

»Sophie?«, rief er durch den Bus, und als sie nickte, sagte er:

»Kannst dich ruhig setzen. Sophie wird die Fahrt über noch mit Politik und Krisenmanagement beschäftigt sein.«

»Lässt du mich ans Fenster?«, fragte ich, und Felix ließ mich. Ich knüllte meine Handtasche zu einem Kissen zusammen und lehnte sie samt Kopf ans Fenster. Gott, waren die alten Holzsitze unbequem!

»Sie muss ja noch ein bisschen üben, jetzt wo sie Oberbürgermeisterin von Oberkirch werden will«, kam es von vorne. »Müsst ihr eigentlich umziehen, wenn Sophie die Wahl gewinnt?«, fragte Hedwig und drehte den Kopf um. Mit dem weißen Poloshirt und dem um die Schultern gelegten rosa Strickjäckchen wirkte sie so frisch und fröhlich, als wäre sie einer Barbie-Küche entsprungen. »Gibt es Residenzpflicht?«, fragte sie interessiert.

»Wird empfohlen, ist aber nicht zwingend«, nuschelte Felix knapp und rutschte tief in seinen Sitz und schloss die Augen. Entweder war ihm das Thema unangenehm, oder er wollte überhaupt nicht reden. Oder er wollte nur nicht mit Hedwig reden. Wie vorhin schob er seinen Kopf in den Flur des Busses hinein und hielt Ausschau nach seiner Frau. Doch der Blick wurde ihm von Erna versperrt, die von Sitzreihe zu Sitzreihe ging und Gugelhupfstücke verteilte. Felix nahm ein kleines, ich direkt zwei Stücke, ich hatte den ganzen Tag noch nichts gegessen.

»Habt ihr mal die Serie ›Die First Ladys der Ortenau‹ in der Acher-Rench-Zeitung gelesen?« Hedwig, die sich keinen Kuchen genommen hatte, drehte sich nun vollständig um, kniete sich auf ihren Sitz und schob ihr Gesicht ganz nah auf Felix zu. Punktgenau gesetztes Rouge, ein Hauch von Lippenstift. Was ihr Aussehen betraf, überließ diese Frau nichts dem Zufall. »Wenn Sophie OB wird, wirst du dann der erste First Lord der Ortenau?« Sie fragte das so laut, dass es der halbe Bus hören musste, und lachte glockenhell, als in den Sitzen davor und dahinter gekichert wurde.

»Sophie wäre nicht die erste. Offenburg hat schon eine Oberbürgermeisterin«, gab Felix zurück, steckte den Kopf in den Gang des Busses und blickte sich wieder nach seiner Frau um. Aber die drehte ihm den Rücken zu und bekam von seiner Not nichts mit, denn sie debattierte immer noch mit dem Ortschaftsrat.

»Dann kannst du ja mit dem Offenburger eine Leidensgemeinschaft gründen oder eine Selbsthilfegruppe«, zündelte Hedwig weiter. »Gibt es dann für euch bei offiziellen Anlässen ein Herrenprogramm?«

Felix entschied sich fürs Aussitzen. Er pickte konzentriert die Rosinen aus dem Gugelhupf und sagte nichts mehr. Merkte er nicht, dass das die falsche Strategie war? Hedwig brachte er damit nicht zum Schweigen.

»Ich meine, das muss doch schwer sein, wenn die Frau eine so steile Karriere macht und man selber geht mit der eigenen Firma den Bach herunter. Mach dir nichts draus. Bestimmt reicht ihr OB-Gehalt, dass sie dich als Hausmann durchfüttert. Musst halt nur waschen, bügeln und putzen.«

Wieder allseitiges Gekicher. Felix schluckte alle Rosinen auf einmal hinunter, so als ließen sich auch Probleme lösen, indem man sie hinunterschluckte. Wieso widersprach er nicht? Fehlten ihm für eine saftige Replik der Schneid oder die Worte? Er musste doch merken, dass er Hedwig so nicht zum Aufhören brachte. Im Gegenteil, die blühte durch sein Verhalten auf, die hatte ihr Pulver noch lange nicht verschossen. Immer noch auf ihrem Sitz kniend sah sie sich im Bus nach Unterstützern um. Schließlich wirkte ihr Gift nur, wenn sie die Lacher weiter auf ihrer Seite hatte.

Ich konnte Leute nicht ausstehen, die sich auf Kosten von anderen amüsierten, außerdem fand ich, dass es Zeit für eine Retourkutsche wegen ihres Anschwärzens bei LeBoeuf war. Am liebsten hätte ich ihr den Mund mit Gugelhupf gestopft, aber der war viel zu schade dafür. Also beugte ich mich zu Hedwig vor und zwang sie, mir direkt in die Augen zu sehen.

»Merkst du nicht, dass Felix nicht mit dir reden will? Also halt endlich den Mund«, flüsterte ich ihr zu. »Und wenn du ihn nicht hältst, dann stopf ich ihn dir. Glaub mir, ich kann so was.«

Dann rupfte ich ein großes Stück Gugelhupf ab und schob es mir in den Mund. Dabei ließ ich Hedwig nicht aus den Augen. Sie hielt dem Blickkontakt nicht lange stand und drehte sich bald um.

Ich genoss es, sie fürs Erste zum Schweigen gebracht zu haben. Felix kaute immer noch an seinen Rosinen, den Blick stur auf seine Knie gerichtet, seine Hände, die auf den Oberschenkeln lagen, zitterten. Armer Kerl!

Ich lehnte den Kopf an das Fenster und schloss die Augen. Als ich sie wieder öffnete, fuhren wir wie am Vortag an Maisplantagen entlang. Gestern, das schien eine Ewigkeit her zu sein. Gestern, als alle noch fröhlich und gut gelaunt gewesen waren! Gestern, als keine böse Ahnung die Vorfreude auf das Fest getrübt hatte! Gestern, als es zwischen Musikproben, Fußballstrategien und Kochplänen keinen Platz für eine gegeben hatte, die, anstatt süßen Kuchen zu rühren, Gift und Galle spuckte.

»In einer halben Stunde sind wir an der Grenze«, rief Käshammer von vorne.

Erleichtertes Aufatmen allerseits, man war froh, bald wieder auf deutschem Boden zu sein. Vielleicht, dachte ich, infiziert so ein Verbrechen alle, die darin verwickelt sind, und sei es nur als zufällige Zeugen. Vielleicht bringt es nicht nur beim Mörder, sondern bei allen Beteiligten deren dunkle Seiten zum Vorschein.

Felix stupste mich an und setzte sich wieder aufrecht hin. »Die zwei Sachen hast du schon als Kind gekonnt«, flüsterte er mir zu. »Andere verteidigen und anderen Angst machen. Weißt du noch, wie du mich bei dem Gewitter aus der alten Kirche gezogen hast?«

»Ich hab dich rausgezogen? Aber du hast mir doch die Glassplitter aus dem Fenster der heiligen Katharina entfernt.«

»Aber erst, als wir wieder in der Sakristei waren. Jesses, war das ein Gewitter! Als sich die Tanne in das Fenster gedrückt und es Glasscherben geregnet hat, hab ich gedacht, die Welt geht unter. Ich hätte mich wahrscheinlich schreiend unter einer Bank versteckt, wenn du mich nicht fortgezogen hättest.«

So wie er mich dabei ansah, erkannte ich den kleinen, sanften Jungen wieder, der er damals gewesen war. Einer, der keiner Fliege etwas zuleide tun konnte, einer, der sich, im Gegensatz zu mir, nie geprügelt hatte. Ein friedlicher Junge, immer mit einem Lächeln ins Gesicht. Mir war er als Kind sehr glücklich vorgekommen. Doch das Glück schien ihn irgendwann verlassen zu haben.

»Es wäre bestimmt sicherer gewesen, unter der Bank zu bleiben, als in die Sakristei zu laufen«, meinte ich.

»Vielleicht. Aber wie du es auch drehst und wendest, es war doch so, dass ich den Kopf in den Sand gesteckt habe und du gehandelt hast. Dieses Forsche und Zupackende habe ich sehr bewundert an dir.«

Hatte er sich deshalb eine so forsche und zupackende Frau ausgesucht? Eine, die ihn unter ihre Fittiche nahm und gegen das Böse in der Welt verteidigte? Und deren Part ich heute zufällig übernommen hatte?

»Dein Motto war immer: Angriff ist die beste Verteidigung«, ergänzte Felix.

»Ich war so angriffslustig, dass ich mitten in die Glasscherben gestolpert bin! Und du hast mir hinterher mit einer Engelsgeduld in der Sakristei alle Splitter aus dem Knie gezogen.«

»Weißt du noch? Auf einem Splitter war das Auge der heiligen Katharina.«

»Das war so gruselig! Wochenlang ist mir in Alpträumen dieses Auge erschienen, ich habe Pfarrer Schmidt gebeichtet, dass wir heimlich in der alten Kirche waren. Zu zwanzig Gegrüßet-seist-du-Maria hat er mich verdonnert, und danach bin ich jeden Sonntag in die Frühmesse gerannt und hab zu meiner Namenspatronin gebetet, dass sie mir –«

»Dabei hast du heute bestimmt mehr zu beichten als damals«, meldete sich Hedwig mit ihrer glockenhellen Stimme zurück. Sie schien ihre Giftkartuschen aufgefüllt zu haben.

Felix zuckte zusammen und sackte sofort wieder tief in seinen Sitz. Wieso ließ er sich von ihr so viel Angst machen? Jetzt sprühte sie ihr Gift doch in meine Richtung.

»Du willst über Sünden reden?« Ich beugte mich vor und verschränkte meine Arme auf Hedwigs Sitzlehne, sodass sie gezwungen war, sich umzudrehen. Ich sah, dass sie erstaunlich kleine Ohren hatte. »Dann zähl mir doch mal auf, welche Sünden der alte Murnier begangen hat, dass ihn einer deswegen erstochen hat. Oder war er ohne Schuld?«

»Jetzt sag bloß, du weißt das nicht? Woher auch? Warst ja viel zu beschäftigt damit, dem jungen Murnier hinterherzusteigen. Vielleicht wollt der sich von dir gar nicht finden lassen?«

Mach dir niemals eine Frau mit kleinen Ohren zur Feindin, war der Ratschlag meiner Küchenchefin in Florenz gewesen, denn die sind am gemeinsten! Für so einen abergläubischen Kram hatte ich noch nie eine Antenne, aber jetzt fiel mir der Satz wieder ein, weil bei Hedwig die Kombination stimmte. Die hatte kleine Ohren und war richtig gemein. Das war eine, die ein Talent für die Schwachstellen der anderen hatte. Eingepackt in eine süße rosa Fassade blühte sie auf, wenn es ans Sticheln ging, für sie war es ein innerer Vorbeimarsch, andere mit Dreck zu bewerfen. Ich entschied, dass Angriff auch bei ihr die beste Form der Verteidigung war, und bluffte.

»Du hast also nicht mitbekommen, wie Murnier Sajdowskis Frau begrapscht hat?«

»Oh, ich habe mehr mitbekommen als jeder andere!«, erwiderte sie eifrig. »Bei mir ist nämlich nach einem Glas Sekt immer Schluss mit Trinken, denn ich weiß genau, was der Teufel Alkohol mit den Leuten macht. Und gestern Nacht ist gesoffen worden, was das Zeug hält. Da sind alle Hemmungen gefallen. Das weißt du ja selbst am besten.« Eine kleine Pause, in der sie scheinbar besorgt auf Antwort wartete. Als ich ihr den Gefallen nicht tat, machte sie weiter. »Und so alte Leut wie der Murnier, die denken dann, dass sie wieder jung sind und dass alle Frauen sie für heiße Feger halten. Ich mein, die Sache hätte man auch eleganter aus der Welt schaffen können. Der Sajdowski hätte den Murnier nicht zu Boden schubsen müssen. 's hätt doch gereicht, er klatscht seine Frau ab und tanzt mit ihr von der Tanzfläche. Aber der hat ja schon nicht mehr geradeaus gucken können, so besoffen wie der war.«

»Und hinterher ist er mit dem Messer auf Murnier los und hat ihn erstochen?«

Jetzt schüttelte sie den Kopf, wie man ihn schüttelt, wenn ein kleines Kind Unsinn erzählt.

»Erst hat er sich mit seiner Frau gestritten und die dann heimgeschickt«, erklärte sie im Tonfall einer genervten Erzieherin. »Er ist noch geblieben und hat weitergesoffen. Ist kurz nach dem alten Murnier gegangen. Weiß ich genau. Weil ich hab in der Zeit mit der Erna vor der Tür gestanden und ein bisschen frische Luft geschnappt, 's war doch so heiß drinnen. Ich kann nur sagen, der Pole hat nimmer geradeaus gehen können, aber seine Augen haben geglüht vor Hass.«

Und genau das hatte sie LeBoeuf erzählt, da war ich mir sicher.

»Behauptetes Wissen«, nannte Alban Brandt das. Etwas, das immer nur mit allerhöchster Vorsicht zu genießen sei.

»Und das Messer?«, fragte ich. »Hatte er das bei sich?«

»Also, wenn der mit einem Messer aus dem Saal gekommen wäre, hätte ich doch sofort Alarm geschlagen.« Wieder ein glockenhelles Lachen für den ganzen Bus.

»Hätte er es irgendwo verstecken können?«

»Ich habe keinen Röntgenblick, wenn du das meinst.«

»Die Heimat hat uns wieder«, unterbrach Käshammers Stimme unser Duell.

Alle Blicke richteten sich nach draußen auf den Rhein, der genauso träge dahinfloss wie bei der Hinfahrt. Allerdings glitzerte er heute nicht im Sonnenlicht, heute trieb der Wind schwarze Wolken gen Osten auf den Schwarzwald zu. Ich fragte mich, wann dieser Sajdowski mein Messer eingesteckt hatte, wenn er Murnier direkt gefolgt war.

»Ein Messer«, sagte Felix, als hätte er meine Gedanken erraten, »lässt sich leicht besorgen. Jeder im Festsaal hat gewusst, dass in der Küche Messer waren. Und leicht verstecken lässt sich ein Messer allemal. Im Hemdsärmel, in einem Socken, wenn's ein Klappmesser ist, in der Hosentasche.«

»Aber«, widersprach ich. »Wenn einer ein Messer versteckt, dann will er es benutzen, dann plant er einen Mord. Und was Hedwig über Sajdowski sagt, klingt nicht nach Vorsatz, eher nach Affekt.«

»Weißt du, ob die Gesetze der Logik bei einem Mord gelten? Es passieren so viele Verbrechen, für die es keine Erklärung gibt. Es gibt sogar Täter, die hinterher nicht sagen können, warum sie es getan haben.«

Aber ich wollte wissen, warum sich der Täter mein Messer dafür ausgesucht hatte, ob es nun für den Mord eine Erklärung gab oder nicht. Doch das konnte ich nicht laut sagen, also hielt ich den Mund und sah nach draußen, wo – na was wohl? – Maisfelder den Weg bis zur Autobahn säumten. Die schwarzen Wolken, die bleiern auf den Mais drückten, reisten mit uns. Nachdem wir die Raststätte Appenweier passiert hatten, ließ sich ein erstes, fernes Donnergrollen hören. Ich dachte an Luc, der mit einem Mal so weit weg war, und daran, dass mir immer noch die leiseste Erklärung dafür fehlte, wann und wohin er heute Nacht verschwunden war. Es gab nur einen, der mir da vielleicht weiterhelfen konnte.

Als der Bus in Fautenbach auf dem Parkplatz der Linde anhielt, fing es an zu regnen. Dicke, fette Tropfen trieben die Ankömmlinge zur Eile, man drängte sich aus dem Bus, schnappte sich das Gepäck, hastete schnell zu den parkenden Autos vor dem Rathaus oder lief zu Fuß nach Hause. Ich erwischte Rita und FK, bevor sie zum Sprint in Richtung Rathausparkplatz ansetzten.

Ich packte Rita am Arm. »Leihst du mir deinen Mann noch für eine halbe Stunde? Ich muss etwas Dringendes mit ihm besprechen.«

Überrumpelt sah sie abwechselnd von mir zu FK, gleichzeitig wollte sie auf keinen Fall nass werden. FK murmelte, dass er eh noch in die Redaktion müsse, ich hielt ihren Arm weiter fest.

»Zum Abendessen bist du spätestens zu Hause«, entschied sie, befreite ihren Arm und sauste los, FK seufzte hinter ihr her.

»Na los. Schnell nach drinnen«, forderte ich ihn auf. »Ich spendiere dir auch ein Tannenzäpfle. Oder ist dir ein Ulmer Bier lieber?«

Erst als wir die paar Meter auf den Eingang der Linde zuliefen, sah ich, dass mein Vater dort unter dem Vordach stand und das Treiben vor seiner Tür beobachtete. Als alter, erfahrener Wirt hatte Edgar eine Antenne für Gerüchte und Geschwätz, er konnte sogar das Gras wachsen hören. Bevor er ins Haus zurückkehrte, würde er wissen, was in Scherwiller passiert war. FK und ich sprangen die wenigen Treppen zur Linde hinauf, dann traten wir in die Gaststube. Jetzt, wo es draußen aus Kübeln schüttete, wirkte der Raum wie eine Höhle. Die niedrige Decke, die knarzenden Bodenbalken, die kleinen Fenster, der alte Kachelofen und mittig zwischen den Tischen die schwere Holzsäule, die das alte Haus schon immer zusammenhielt. Licht brannte nur über dem verwaisten Tresen, am Stammtisch hockten die üblichen Gestalten beim Bier, ansonsten war die Gaststube leer.

Unter normalen Umständen hätte sie sich nach der Ankunft des Busses und bei so einem Wetter schnell gefüllt, im Dorf war es üblich, noch ein »Scheidebecherle« zum Ausklang eines Ausfluges zu trinken. Auf den Heimweg machte man sich erst, nachdem die Musik ein Abschiedslied gespielt hatte. Doch heute drängte keiner in die Gaststube, und es würde auch keiner mehr kommen. Das sagte mir das Verhalten von Martha und Edgar, die nun ebenfalls in die Gaststube traten und einfach stehen blieben, sich nicht wie sonst schnell in die Küche oder hinter den Tresen stürzten.

Edgar hielt Marthas Koffer in der Hand, Martha die schwere Handtasche unter dem Arm geklemmt. Sie wirkten wie bestellt und nicht abgeholt. Ein altes Paar, nach vielen Reibereien zu einer Einheit verwachsen, inzwischen mit fast fünfzig gemeinsamen Ehejahren auf dem Buckel. Untrennbar, auf ewig ineinander verkeilt, dachte ich, bis Martha sich mit einem Ruck aus der Erstarrung löste und in Richtung Küche verschwand, während Edgar den Koffer die Treppe hoch ins Schlafzimmer schleppte.

Ich zapfte FK ein Ulmer Bier, holte mir ein Tannenzäpfle aus dem Kühlschrank und setzte mich zu ihm auf die Bank vor dem alten Kachelofen, meinem Lieblingsplatz in der Gaststube, seit ich denken konnte.

FK nahm einen kräftigen Schluck und stieß dann ein wohliges Aaahh aus.

»Mit ihrem Kronenbourg-, Fischer- oder Meteor-Bier mögen die Elsässer bei den Innerfranzosen punkten, aber im Vergleich zu unserm Ulmer können sie einpacken. – Also, was willst du wissen?«

Ich fragte nach Luc.

»Mannomann! Dich hat's ja wirklich schwer erwischt.«

Er betrachtete mich mit einer Mischung aus Sorge und Spott, nahm einen weiteren Schluck Bier, mit dem er einen biestigen oder mitleidigen Kommentar zu meinem Zustand hinunterspülte, dann räusperte er sich. »Obwohl dir der junge so wichtig ist, fang ich doch mit dem alten Murnier an. Schillernde Gestalt, im Dorf nicht ohne Einfluss. In seiner Jugend ein begnadeter Fußballer, dank ihm hat die *Union sportive* Scherwiller in den sechziger Jahren im elsässischen Fußball ganz weit vorne gekickt. Ein kleiner Star damals, zudem ein Weiberheld. Emile war übrigens als Stürmer beim ersten Spiel Fautenbach – Scherwiller im Einsatz. Da allerdings hat er den Franzosen nicht zum Sieg verholfen. Du musst dir mal Bilder von ihm aus der Zeit ansehen. Erinnerst du dich an den jungen Jean Gabin in ›Hafen im Nebel‹, den wir mal im Tivoli gesehen haben? Dem sieht er auf den alten Fotos verdammt ähnlich.«

»Dass er früher gut Fußball gespielt hat, wird ja nichts mit seinem Tod zu tun haben«, unterbrach ich ihn. »Ich will doch eigentlich nur wissen, ob Luc …«

»Jetzt wart's doch ab, ich komm schon noch zu deinem Luc! Du sollst nur erst das Familiendurcheinander kennenlernen. Also, der schöne Fußballgott Emile heiratet die scheue Ernestine, die drei Hektar Rebland mit in die Ehe bringt – ein Schelm, der denkt, er hat sie nur deshalb geheiratet! –, Ernestine wird die Mutter von deinem Luc, dem einzigen Kind der Murniers übrigens, und der soll natürlich den elterlichen Betrieb übernehmen. Aber vor zwanzig Jahren haben sich Emile und Luc so verkracht, dass Luc auf und davon ist. Brauchst gar nicht zu fragen, zu dem damaligen Streit weiß ich nichts. Auf alle Fälle ist Luc in Australien gelandet, hat dort als Kellermeister gearbeitet und ist erst vor einigen Jahren wieder zurückgekehrt. Aber nicht etwa, weil Vater und Sohn sich wieder versöhnt haben, sondern weil Luc von dem kinderlosen Bruder seiner Mutter Haus, Hof und Rebland geerbt hat. Von Australien war er Weinbau im großen Stil gewohnt und wollt daheim nicht mehr in Klein-Klein machen, also hat er Rebland getauscht oder gekauft, um ein großes Ganzes zu kriegen, und in diesem Zusammenhang hat Luc wieder Kontakt zu seinem Vater aufgenommen, weil sich ein Teil von dessen Weinfeldern wie ein Riegel in Lucs Rebland schiebt. Aber anstatt zu verhandeln, streiten sich die zwei. Vater und Sohn kommen nicht auf einen grunen Zweig miteinander, im Gegenteil, die Fronten werden immer erbitterter. Der neueste Höhepunkt ihrer Streitereien liegt grade mal zwei Tage zurück. Da ist der alte Murnier mit der Rebschere auf den jungen losgegangen. Ort der Handlung war der Hof von Emile, das Hoftor stand offen, mindestens fünf Scherwillerer haben den Krach mitgekriegt.«

FK nahm einen weiteren Schluck Bier und sah mich an. »Du weißt so gut wie ich, dass die meisten Morde Beziehungstaten sind.

Und hier hast du eine alte, seit Jahren schwelende Familienfehde, also ein astreines Motiv.«

»Und warum hat LeBoeuf dann Jakub Sajdowski verhaftet und nicht Luc?«, warf ich ein. »Oder hat er etwa auch Luc verhaftet?«

»Sicher nicht, nachdem man in Sajdowskis Wohnung das blutverschmierte Hemd gefunden hat. Damit sind wir beim zweiten Hauptverdächtigen. Sajdowskis Streit mit Murnier auf der Tanzfläche haben viele mitbekommen. Gerüchteweise nicht das erste Mal, dass der Pole wegen seiner Frau mit Murnier aneinandergeraten war. Den Alten hat wohl immer wieder der Hafer gestochen, hast du ja selbst mitgekriegt, wenn die Geschichte, die die Hedwig herumtratscht, stimmt.«

Jetzt nahm ich einen Schluck Bier. Wie konnte ich nur annehmen, dass Hedwig außer LeBoeuf nur meiner Mutter davon erzählt hatte? FK hackte zum Glück nicht auf der Geschichte herum, er erzählte einfach weiter.

»Jakub Sajdowski arbeitet seit zwei Jahren für Murnier. Er schuftet von früh bis spät und lässt sich vom alten Murnier wie ein Stallknecht herumkommandieren. Wenn er gesoffen hat, soll sein unberechenbares slawisches Temperament mit ihm durchgehen. Gut, es muss noch analysiert werden, ob das Blut auf seinem Hemd das von Murnier ist, aber für alle, mit denen ich gesprochen habe, ist klar, dass er den alten Murnier umgebracht hat. Hat die ewigen Demütigungen nicht mehr ertragen, ist ausgeklinkt.«

»Warum sollte er sonst das blutverschmierte Hemd versteckt haben?«

»Nicht von der Hand zu weisen«, stimmte FK mir zu, aber eher halbherzig. »Weißt du, wie stark die Rechten im Elsass sind? Der *Front national* kriegt bei jeder Wahl im Elsass mehr und mehr Stimmen. Und jetzt überleg mal: So ein Fremder ist für ein Dorf immer der ideale Täter. Damit kommt das Böse von draußen und bleibt draußen. Auch für die Fautenbacher ist er die beste Lösung, denn so sind sie alle raus, der Mordfall wird zu einer innerfranzösischen Angelegenheit. Oft ist ja wirklich der Erstbeste der Täter. Aber …«

»Du bist nicht davon überzeugt?«

»Reines Bauchgefühl. Alles spricht gegen Jakub Sajdowski, aber gestanden hat er nicht.«

»Was ist mit den Hellsass Devils?«

FK nickte. »Verdächtige Numero drei. Mit denen wird die Polizei noch ein Weilchen beschäftigt sein. Es heißt, dass sie in der Gegend gern Feste aufmischen. Samstagabend-Randale, um ihr Mütchen zu kühlen. Auch, dass einige von ihnen mit dem *Front National* sympathisieren. Und denen ist so ein deutsch-französisches Freundschaftsfest ein Dorn im Auge. Sie sind eine größere Gruppe, so an die dreißig Mann, ein paar Mädchen sind auch dabei. Aber wer von ihnen war gestern dabei? Hatten sie eine Rechnung mit Murnier offen? Das sind alles noch ungeklärte Fragen.«

»Einen von ihnen habe ich auf den Hof von Luc fahren sehen.«

»Interessant«, murmelte FK und trank sein Bier aus. »Aber wie auch immer, um deinen Luc musst du dir keine Sorgen machen. Dank dir hat er doch das perfekte Alibi, weil er mit dir im Bett gelegen hat.«

Eben nicht, wollte ich ihm gestehen, das ist es, was mir solche Sorgen macht! Aber es fiel mir schwer, den Verdacht aus dem Reich der Gedanken in die Welt hinauszuschicken, selbst wenn die Welt nur aus FK bestand, der doch ein alter, treuer Freund war. Leider auch ein Reporter, der sich in jede gute Geschichte verbiss und allem nachging, was ihm nicht koscher schien.

»Was ist mit der Mama los?«

Edgar, der wieder in die Gaststube zurückgekehrt war, unterbrach meine Gedanken.

»Die wirkt ja wie zehn Tage Regenwetter und schwätzt kein Wort. Ich mein, die hat doch den Toten kaum gekannt. Wieso nimmt sie das so mit?«

Woher sollte ausgerechnet ich wissen, was mit meiner Mutter los war? Die war mir ein Buch mit sieben Siegeln oder eines mit lauter unbekannten Buchstaben. Ich verstand sie so wenig wie sie mich.

»Sie hat kaum geschlafen«, fiel mir ein.

»Aber ihr habt doch den Kochwettbewerb gewonnen. Nach so einem Sieg steckt sie locker eine schlaflose Nacht weg.« Er wischte mit seiner Hand ein paarmal über den Tisch, so wie man es früher bei den Rubbelbildchen gemacht hatte, damit das verborgene Bild sichtbar wurde. Auf dem Tisch wurde außer ein paar

Staubflocken nichts sichtbar, stattdessen verrückte Edgar eines von Marthas grauenvollen Deckchen, das er danach schnell wieder in Form zog.

»Sie wird sich schon wieder berappeln«, murmelte er und schlurfte in Richtung Stammtisch weiter, wo ihm der Weber Gustl sein leeres Bierglas entgegenstreckte. »Fast hätt ich's vergessen.« Er drehte sich zu mir um. »Der Marek und die Sylwia waren da. Die wollen mit dir wegen Rosas Haus reden.«

Den beiden hatte ich vor zwei Jahren das Haus, das mir meine Patentante Rosa vererbt hatte, vermietet. Sie würden es mir gerne abkaufen, aber ich hatte mich noch nicht entschieden, ob ich es verkaufen wollte oder nicht. Und im Augenblick wollte ich darüber nicht nachdenken, ich hatte anderes im Kopf. FK hatte in der Zwischenzeit seinen Schreibblock aus der Tasche gezogen und sich in seine Notizen vertieft.

»Welchen Titel findest du besser?«, fragte er. »Fünfundvierzig Jahre deutsch-französischer Freundschaft von einem Mord überschattet. Oder: Tragischer Zwischenfall nach einem großen Sieg.«

»Großer Sieg weckt Erinnerungen an sehr, sehr schlechte deutsch-französische Zeiten, also die erste Variante.«

»Hast recht. Gesiegt und verloren wurde auf beiden Seiten des Rheins genug.« FK steckte seinen Schreibblock in die Tasche und stand auf. »Ich schwing dann mal die Hufe. Weißt ja, ich muss pünktlich sein heute Abend.«

»Damit der Haussegen nicht in Schieflage gerät.«

»Damit meine geliebte Gattin weiß, dass sie sich auf mich verlassen kann.«

»Ach, FK …«

Ich zog ihn zurück auf die Bank. Wir redeten und redeten, und irgendwann schreckte FK auf, weil es schon so spät war. Ich fuhr ihn zu seiner Redaktion nach Achern. FK stieg am Rathausplatz aus und hetzte los, aber auch wenn er seinen Artikel im Flug ablieferte, würde er nicht mehr pünktlich zum Abendbrot kommen. Kalte Küche und eine enttäuschte Gattin würden ihm zu Hause serviert werden, doch wenn seine frisch aufpolierte Ehe diesen kleinen Fehltritt nicht überlebte, dann hatte sie eh kein solides Fundament.

Ich parkte den Wagen vor der Sparkasse. Der Regen hatte aufgehört, die nassen Pflastersteine am Rathausplatz glänzten im Licht der Abendsonne. »Pflaschterschisser«, so hatte man die Acherner früher genannt, weil sie vor allen anderen Gemeinden der Gegend eine gepflasterte Straße bekamen. Auch heute noch hatten sie einen großen, gepflasterten Rathausplatz. Und das hässlichste Rathaus weit und breit. Ich marschierte in die andere Richtung davon.

In der Pizzeria an der Ecke wurde das Wasser von den Außentischen gewischt, und mich überkam Heißhunger, nicht auf Pizza, sondern auf Eis. In der Ratskellerstraße kaufte ich mir drei Kugeln, Nuss, Pistazie, Kaffee. Die Eistüte in der Hand, besah ich mir lustlos die Auslagen der Schaufenster in der Hauptstraße. Wenig später landete ich vor dem Brunnen am Adlerplatz.

Dort saß immer noch der steinerne Hirte mit seinem langen Speer. Die rechte Hand unters Kinn geschmiegt, starrte er auf das Wasser zu seinen Füßen, wohl wissend, dass er auf ewig von seinem »Mümmele« getrennt war. Die Liebe hatte ihm kein Glück gebracht. Zu noch einem Tanz und noch einem hatte er die schöne Mummelseenixe verführt, sodass sie nicht rechtzeitig zum See zurückkehrte. Sie musste sterben und ließ ihn einsam zurück. Vor diesem Brunnen hatte ich schon heulend mit siebzehn gehockt, nachdem Hubert Lamm mir geschrieben hatte, dass zwischen uns Schluss war. Auch nach der Trennung von Hansi Burgert hatte ich hier gesessen und Trübsal geblasen. Heulen tat ich heute nicht, eher wunderte es mich, dass ausgerechnet ein Lied über einen One-Night-Stand durch meinen Kopf spukte. »Bye, bye my love, machet jot, die Nacht mit dir war schön« sangen die Bläck Fööss. Vielleicht hatten sie recht: Ich sollte Luc vergessen.

Zurück in der Linde fand ich an zwei Tischen neue Gäste, meinen Vater hinter dem Tresen und Martha in der Küche stehend. Während ein paar Wiener Schnitzel in der Pfanne brutzelten, schob sie auf dem Brett vor sich drei Äpfel hin und her. Mal legte sie diese zwei zusammen, mal jene, dann rollte sie alle drei vom Brett herunter, um sie wieder aufzusammeln und erneut hin- und herzuschieben. Ich drehte ihre Wiener um, ohne dass sie es merkte.

»Was brauchst du dazu? Fritten oder Kartoffelsalat?«, fragte ich.

Sie erfuhr erschreckt zusammen. »Mach, dass du rauskommst«, fauchte sie mich an. »Das ist meine Küche!«

Ich schnappte mir einen der Äpfel und ging in mein Zimmer. Zu gerne hätte ich mit meiner Freundin Adela telefoniert und ihr alles erzählt. Ich vermisste ihre Schätzelchen-Sätze voll praktischer Lebensweisheit! Aber Adela war mit ihrem Kuno auf Weltreise und zurzeit irgendwo in Tibet, wo es keinen Handyempfang gab.

Und so saß ich allein in meinem Zimmer, wieder den besorgten Blick FKs vor Augen, als ich ihm erzählt hatte, dass Luc beim Aufwachen nicht in meinem Zimmer war, immer noch seine Sätze dazu im Ohr.

»Oh, verdammt, Katharina! Luc verschwindet aus deinem Zimmer, und morgens liegt der tote Emile vor deiner Tür. Das sieht nicht gut aus. Gar nicht gut aus.«

SECHS

Gaston Deville entsprach völlig dem Klischee eines schwulen Zuckerbäckers: Er war rund und rosig, trug eine rosa Kochjacke mit goldenem Namenszug und eine Föhnfrisur, die einem Mitglied der Bay City Rollers alle Ehre gemacht hätte. Wie ein kleiner Schlaraffenlandkönig stand er am Eingang der Küche und wies jedem beim Hereinkommen einen Arbeitsplatz zu. Drei Kochzeilen gab es, mich schickte er in die hinterste.

Zu zehnt waren wir, ich erstaunlicherweise die einzige Frau, die meisten Kollegen blutjung, aber zum Glück waren zwei in meinem Alter dabei. Während Deville die jungen Hüpfer einzeln in Augenschein nahm, machte ich mich mit den Herren meiner Altersklasse bekannt. Thomas und René hießen sie, und ich erfuhr, dass die beiden in Brüssel kochten. Brüssel, ausgerechnet Brüssel, da hatte ich auch schon gekocht! Wie das so ist, fragte man nach diesem und jenem, es stellte sich schnell heraus, dass Thomas Roger kannte, mit dem ich mal im La Maison de Cygne gearbeitet hatte, und René Elena, mit der ich bei Gerer in Wien auf dem Garde-manger-Posten gestanden hatte. So ist das immer mit uns Köchen. Jeder von uns wechselt im Laufe seines Berufslebens mehrfach die Stelle und lernt dabei immer andere Köche kennen, die ebenfalls mehrfach die Stelle gewechselt haben. Auch wenn nicht jeder jeden kennt, so kennt man gemeinsam irgendeinen dritten. Eigentlich sind wir Köche ein riesiger Inzuchtverein.

Es tat gut, mit Kollegen zu reden, es tat mir gut, in einer Küche zu stehen. Kochen beruhigte und erdete mich. Genau das brauchte ich nach dem gestrigen Tag.

Der Patissier-Kurs fand in einer nagelneuen Hotelküche in der Rue de Francs Bourgeois im Herzen von Straßburg statt. Macarons, diese bunten Mandelplätzchen, die seit einigen Jahren in Frankreich en vogue waren, standen heute auf dem Programm. Keine Pariser Patisserie, in der sie nicht zu barocken Pyramiden aufgetürmt oder in asiatisch anmutender Strenge in kunstvollen, farblich aufeinander abgestimmten Mustern präsentiert wurden. Deville war berühmt für seine Macarons.

»Das A und O für das Gelingen der Macarons ist das exakte Einhalten der Mengenangaben. Selbst die kleinste Abweichung kann sich auf das Endprodukt auswirken«, predigte uns Deville, als wir alle die Zutaten für die Plätzchen vor uns aufgebaut hatten. »Ihr braucht dazu eine Hand, so ruhig wie die eines Chirurgen bei einer Herzoperation.«

Also zog ich mittels einer Spritze exakt fünfzig Milliliter Eiweiß auf, pulverisierte gemahlene Pistazien und Puderzucker mit Hilfe eines leistungsstarken Blenders und trieb diese Masse durch ein Haarsieb, damit ja kein übrig gebliebenes grobes Pistazienkrümelchen überleben konnte.

Deville prüfte das Nusspulver jedes Einzelnen. Der König der Süßspeisen schritt militärisch streng die Kochzeilen ab, tauchte bei jedem zwei Finger in die Nussmasse, zerrieb sie, schnüffelte daran, rieb noch einmal. Dann nickte er oder gab Order, die Masse erneut durchs Sieb zu streichen. Es fuchste mich, dass ich zu denen gehörte, die wiederholen mussten. Würde mich so ein Nusskrümelchen stören? Nein. Würde es den Teig zum Einsturz bringen? Mit Sicherheit nicht. Aber Patissiers waren nun mal Korinthenkacker, kein Wunder, dass man diese Bonsai-Perfektionisten immer in die hintersten Winkel einer Küche verbannte.

Weiter ging es mit Eischnee-Schlagen. »Erst aufhören, wenn beim Herausziehen der Rührer steife Spitzen stehen bleiben«, tönte der Meister.

Die »steifen Spitzen« ließen zwei der Jungspunde kichern, Deville verzieh es mit einem gnädigen Lehrer-Lächeln, mahnte dann aber an, die Nussmasse *très doucement*, sehr vorsichtig, unter den Eischnee zu heben. Er kritisierte, er lobte, er ließ wiederholen. Genau wie ein Lehrer in der Schule. Fehlte nur noch ein Rohrstöckchen, mit dem er uns auf die Finger klopfte. Als hätte man sie nicht schon längst überwunden, stellten sich sofort die alten Schulmechanismen ein. Ich kam mir plötzlich wie eine blutige Anfängerin vor. Dabei hatte ich schon literweise Eiweiß steif geschlagen!

Die fertige Masse, wieder vom Meister geprüft, wanderte in

Spritztüten. Jetzt war die ruhige Chirurgenhand gefragt, um die Masse gleichmäßig auf die Silikonmatte zu spritzen.

»Kleine Rondelle, eines so schön wie das andere«, befahl Deville.

Ich gab mein Bestes, aber die ruhige Chirurgenhand ließ sich nicht erzwingen. Mit jedem Kreis, den ich spritzte, kehrte die Erinnerung an das runde Loch im Kopf des toten Murnier zurück. Die Erinnerung an die glibberige Hirnmasse, die Knochensplitter, die Hautfetzen, die blutverklebten Haarbüschel. Und an diesen widerlichen Gestank von Rost und Verwesung. Dieses Loch, war es das Ergebnis eines brutalen Schlages? Oder das eines unglücklichen Sturzes? Und das Messer, hatte man es dem Mann vor oder nach dem Schlag oder Sturz in den Rücken gestoßen? Und warum hatte man meines benutzt? War der Fundort der Tatort? War es möglich, dass direkt unter unserem Fenster Lucs Vater ermordet wurde, während Luc und ich, Luftlinie keine zehn Meter entfernt, wilden Sex miteinander hatten?

»Das sind keine lieblichen Macarons, das sieht aus wie Kraut und Rüben«, stöhnte der Meister, als er sich meine Produktion ansah. »Gleichmäßig, Catherine, das sieht so aus!« Er nahm mir den Spritzbeutel weg und malte aus dem Handgelenk ebenmäßige Tupfer auf die Silikonmatte. »Schau her! Sanfter Druck mit dem Handballen auf den Beutel, die Spritztülle leicht schräg ansetzen, auf drei zählen. *Et voilà!* Probier es noch mal!«

Ich tat wie geheißen und mühte mich leidlich, aber meine Hand ließ sich nicht zur Ruhe zwingen. Wie auch, wo doch alles in mir in Aufruhr und durcheinander war? Mein Ergebnis war eine sehr ungleiche Geschwisterreihe. Es gab kleine und große und alle Varianten dazwischen, wie im wirklichen Leben halt, aber das galt nicht für Macarons, die mussten gleichmäßig sein.

»Zur Seite mit ihnen, sie müssen dreißig bis vierzig Minuten an der Luft trocknen, bevor sie in den Backofen kommen«, gab Deville vor. »Danach brauchen sie vierzehn Minuten bei hundertvierzig Grad. Gelungen sind die Macarons, wenn sie eine feste, seidig glänzende Haube und ein schönes Füßchen haben. Füßchen, soll ich das erklären?«

Für wie blöd hielt er uns eigentlich? Jede badische Hausfrau wusste aus der Weihnachtsbäckerei, was ein Füßchen war. Springerle hatten Füßchen, Anisplätzchen hatten Füßchen. Wenn die Füßchen fehlten, hatte man die Eiermasse nicht lang genug geschlagen …

Die Macarons wanderten nach dem Trocknen in den Ofen, zum Schluss unterzog Deville alle einer Inspektion. Ich stellte fest, dass ich nicht die Einzige war, deren Plätzchen nicht ganz gleichmäßig gediehen waren. Drei minus, so würde ich Devilles Urteil darüber zusammenfassen. Nur Übung macht den Meister, morgen würden wir einen weiteren Versuch starten. Die heutige Produktion durften wir mit nach Hause nehmen. Wie großzügig!

Nach dem Unterricht verließ ich das Hotel, in der Hand einen rosa Deville-Kuchenkarton mit grünen Macarons sehr unterschiedlicher Größe. Ich lief in Richtung Place Kléber. In einer Nebenstraße auf der anderen Seite von Straßburgs zentralem Platz hatte ich heute Morgen mit Mühe einen Parkplatz ergattert. Die Place Kléber lag in der Nachmittagssonne, die Straßencafés waren gut besetzt, die futuristisch anmutenden Straßenbahnen fuhren an und ab, nicht nur Kinder ließen ihre Füße in dem großen, rechteckigen Wasserbecken baumeln. Ich orientierte mich an Klebers Statue. In der Blickrichtung des Generals lag die Straße, in der mein Auto stand. Ich fand es wieder und entschied, nicht zurück auf die andere Rheinseite zu fahren.

Die *Toutes-directions*-Schilder leiteten mich auf die Autobahn in Richtung Mulhouse. Ich verließ sie eine halbe Stunde später bei der Ausfahrt Sélestat. Ich fuhr sofort auf Lucs Hof. Wieder öffnete mir die Tochter die Tür. Auch heute ganz in Schwarz, der Kajalstrich noch dicker als gestern.

»Er ist nicht da.«

»Wo find ich ihn?« Ich schob schon den Fuß nach vorne, damit sie mir die Tür nicht wieder zuschlagen konnte.

»Er ist in den Reben«, erklärte sie, zwar immer noch mürrisch, aber durchaus bereitwillig. »Warten Sie, ich zeig Ihnen, wo.« Sie lief aus dem Haus über den Kiesweg bis zu meinem Wagen, blieb dort stehen und deutete mit der Hand nach links zu den Weinbergen unter der Ortenburg, wo zwischen den Reben ein silbernes Auto stand. »Das ist seins. An der Kapelle rechts, dann den Berg hoch und die zweite links.«

Ich bedankte mich und stieg ein. Sie klopfte zum Abschied kurz aufs Autodach, dann öffnete sie die Tür und deutete auf den rosa Karton auf dem Beifahrersitz. Ihre Augen blitzten, als hätte sie eine sensationelle Entdeckung gemacht.

»Sind das Macarons von Deville?«

Ich reichte ihr den Karton und sagte: »Ich schenk sie dir.«

»Welche Sorte? Ich mag nämlich nicht alle. Rosen-Macarons zum Beispiel schmecken ganz komisch, aber die mit Kaffee oder Schokolade …«

»Es sind welche mit Pistazien«, unterbrach ich sie.

»Pistazien? Die mag mein Vater besonders, aber ich eigentlich nicht. Wieso haben Sie keine Melange gekauft? Da ist doch für jeden was dabei.«

»Soll ich sie zurücknehmen?«, fragte ich und startete den Wagen.

»Nein, nein, ist schon okay. Danke übrigens.« In Windeseile öffnete sie den Karton, steckte sich das erste Plätzchen in den Mund und wühlte dann mit einer Hand in dem Karton herum. »Komisch«, sagte sie. »Die sind ja unterschiedlich groß. Und wieso sind die nicht gefüllt?«

Weil Ganache erst übermorgen auf dem Lehrplan steht, du verwöhntes Gör! Ich verdrehte die Augen und fuhr davon.

Fünf Minuten später parkte ich hinter dem silbernen Kombi. Luc war nirgends zu sehen. Ich lief die Straße entlang, auf der das gestrige Gewitter Geröll und Schotter angeschwemmt hatte, und suchte zwischen den Rebzeilen nach ihm. Die Reben zogen sich in sattem, frischem Grün mit einer leichten Rechtskurve weit den Berg hinauf, ihr Ende war nicht zu erkennen. Keine Spur von Luc, stattdessen traf ich auf zwei junge Frauen, die das Laubwerk um die Trauben ausdünnten. Ich fragte nach Luc.

»Luke«, schrie eine der beiden in die Reben hinein. *»Here is a big woman looking for you.«*

Big Woman, eine treffende Charakterisierung. Denn Marthas Walkürenkörper hatte ich leider geerbt. Ein Meter achtzig groß, mehr als achtzig Kilo schwer, das war ich. Unübersehbar.

Weit oben zwischen den Rebzeilen tauchte er auf und kam in eiligen Schritten nach unten gelaufen. Der Mann steckte in Gummistiefeln, Jeans und einem verwaschenen T-Shirt, bald konnte ich sein Gesicht erkennen. Braun gebrannt mit diesen wundervollen Herbstaugen. Es strahlte, als er vor mir zum Stehen kam.

»Hallo«, sagte er.

»Luc«, sagte ich und strahlte auch.

Wir strahlten uns gegenseitig an, und das Strahlen löschte alle Fragen in meinem Kopf aus. Wie weggeblasen waren sie, mit einem Mal völlig ohne Bedeutung. Vor mir stand der Mann, mit dem ich *Valse musette* getanzt, der mir wundervolle Sachen ins Ohr geflüstert, mit dem ich großartigen Sex gehabt hatte. Und sein Strahlen sagte mir, dass die Aussichten gut standen, all diese Dinge zu wiederholen. Wieso küsste er mich nicht? Wieso fiel ich ihm nicht um den Hals?

»Ich muss oben an der Baumgrenze noch zwei Reihen Riesling auf Gewitterschäden kontrollieren, dann bin ich hier fertig. Kommst du mit?«, fragte Luc, der als Erster von uns die Sprache wiederfand.

Aus den Augenwinkeln sah ich sehr wohl, dass die beiden jungen Frauen nicht weiterarbeiteten, sondern uns neugierig beobachteten. Engländerinnen? Amerikanerinnen? Australierinnen? – Jetzt verstand ich. Luc wollte mit mir allein sein.

»Warum nicht?«, gab ich zur Antwort.

»Welche Größe?«, fragte er und deutete auf meine Schuhe.

»Zweiundvierzig.«

Er war schnell beim Auto, öffnete den Kofferraum und holte ein paar Gummistiefel heraus.

»Probier die.«

Wie umsichtig von Luc! An so etwas hätte ich überhaupt nicht gedacht, mich erst im Nachhinein geärgert, wenn die hellen Allstars versaut gewesen wären. Ich stützte mich am Auto ab, um die Schuhe zu tauschen. Sie passten so grade. Die beiden Frauen glotzten mich weiter an. Ich kam mir vor wie auf dem Präsentierteller. Wer waren sie? Was hatten sie mit Luc zu schaffen? Wie einfache Arbeiterinnen sahen beide nicht aus.

»Bist du so weit?«, fragte Luc.

Ich warf die Schuhe in den Kofferraum meines Autos und stiefelte dann hinter ihm her. Der Berg war steil, der Boden nach dem Regen rutschig, bald klebten Erdklumpen unter der Stiefelsohle und machten das Ansteigen noch mühsamer. Doch Luc störte das nicht. Er schritt zügig aus, ich hatte Mühe, mit ihm Schritt zu halten. Ich drehte mich um, sah die beiden jungen Frauen, die sich wieder an die Arbeit gemacht hatten, kleiner und kleiner werden. Scherwiller lag mir bald zu Füßen, links zwischen den Reben leuchtete das Weiß von Lucs Haus, dahinter erstreckte sich die Ebene, die der Rhein als glitzerndes Band teilte. Auf der anderen Seite des Flusses verschwamm wie in Pastell gemalt der Schwarzwald mit dem Himmel. Als ich weiterkletterte, sah ich, dass Luc schon vorangegangen war. Er wartete oben auf mich, zog mich zu sich hinauf, ließ meine Hand nicht los, als ich schon längst vor ihm stand. Sein Gesicht war mir so nah, dass ich seine Bartstoppeln hätte zählen können. Meine Hand befreite sich aus der seinen und fuhr ihm über die Wange.

»Da sind auch schon ein paar graue drunter«, flüsterte ich.

Da packte Luc meinen Kopf von hinten und küsste mich. Es fühlte sich so gut an wie beim ersten Mal.

»Himmel«, flüsterte Luc danach. »Es funktioniert! Ich habe gar nicht gewusst, ob ich das noch darf, nach allem, was passiert ist.«

»Mir hat es auch den Boden unter den Füßen weggerissen, als ich gehört habe, dass der Tote dein Vater ist«, sagte ich und merkte, wie alle Fragen in meinen Kopf zurückkehrten. »Mein Beileid, übrigens.«

»Beileid, vergiss es«, entgegnete Luc. »Ich trauere nicht, weil mein Vater tot ist … Er war ein furchtbarer Tyrann. Nicht, dass ich ihm so ein Ende gewünscht hätte, aber es macht mich wütend, dass sein Tod immer mit unserem Anfang verbunden bleibt. So als wollte er mir über den Tod hinaus nicht gönnen, dass ich mich in dich verliebt habe.«

So eine ähnliche Wut hatte mich vor zwei Tagen auch gepackt. Bei Luc war die Wut noch ein bisschen irrationaler als bei mir, sein Vater war schließlich nicht aus Boshaftigkeit Luc gegenüber gestorben, man hatte ihn umgebracht. Aber Wut hielt sich genau wie die Liebe nicht an die Regeln der Vernunft. Denk an deine Fragen, sagte mir die.

»Hast du etwas mitbekommen vorletzte Nacht?«, traute ich mich vorsichtig an die erste heran. Die Antwort kam prompt.

»Wie denn? Da warst nur du! Selbst im Schlaf habe ich von dir geträumt.«

Das glaubte ich nur zu gerne. Mir wurde ganz wohlig. Ich hätte ihn am liebsten geherzt und gedrückt und ihm hier mitten in den Reben die Kleider vom Leib gerissen ... Denk an deine Fragen, ermahnte mich die Vernunft wieder.

»Aber irgendwann warst du verschwunden. Wohin? Wann?«

Anstelle einer Antwort machte Luc ein paar Schritte auf eine Reihe Reben zu und begann, die Rebstöcke und Trauben zu begutachten.

»Ich will schnell damit fertig sein, damit wir zwei hier verschwinden können«, erklärte er mir.

Ich folgte ihm auf der anderen Seite der Rebstöcke. »Erzähl mir, wohin du vorgestern verschwunden bist.«

»Ich bin nicht verschwunden! Ich war im Badezimmer, als deine Mutter plötzlich ins Zimmer stürzte. Ich bin dringeblieben, schließlich war ich nackt, außerdem wusste ich nicht, ob du willst, dass deine Mutter weiß, dass ich bei dir ...«

Dass ich darauf nicht selbst gekommen war! So einfach und völlig verständlich. Mein Blick saugte sich an Lucs Händen fest, mit denen er behutsam die unreifen Trauben nach Druckstellen untersuchte. Die gleichen Hände, die vorgestern Nacht meine Schenkel gestreichelt hatten. Von mir aus hätte er das sofort wieder tun können.

»So habe ich es übrigens auch der Polizei erzählt«, ergänzte Luc. »Ich hoffe, das war jetzt nicht indiskret oder so ...«

»Nein, nein, überhaupt nicht«, erwiderte ich schnell. »Allerdings habe ich, weil ich nicht wusste, wohin du verschwunden warst, gar nichts von dir erzählt, weil ich wiederum nicht wusste, ob dir das recht ... Und LeBoeuf hat mich auch nicht gefragt, ich habe also verschwiegen, dass du –«

»Hey!« Er griff zwischen den Reben hindurch nach meiner Hand und ignorierte einen merkwürdigen Glockenton, der plötzlich verirrt durch die Rebberge schallte. »Genau deshalb macht mich das Ganze so wütend, weil es uns in eine unmögliche Situation gebracht hat. Natürlich will ich, schon aus eigenem Interesse, dass der Mörder meines Vaters schnell gefasst wird. Aber ich will nicht, dass dadurch Misstrauen zwischen uns gesät wird, ach *ma belle …*«

Es war sein Handy, und es läutete hartnäckig weiter. »Aus eigenem Interesse? Was heißt das?«, fragte ich, als die Glocken endlich schwiegen.

»Die Polizei hat mich ganz schön durch die Mangel gedreht. Tausend Fragen, misstrauisches Nachbohren. Jeder im Dorf weiß, dass das Verhältnis zu meinem Vater nicht das beste ist. War«, korrigierte er sich. »Deshalb ist es natürlich blöd, dass du nichts von mir, von uns beiden –«

»Kein Problem«, unterbrach ich ihn. »Ich kann das doch klarstellen. Soll ich direkt zur Gendarmerie nach Schlettstadt …?«

Wieder begannen die Glocken zu läuten.

»Aber sag doch noch, was du gemacht hast, nachdem meine Mutter und ich zum Bach gelaufen sind. Warum bist du nicht auch nach draußen gekommen …?«

Diesmal nahm er das Gespräch an. Er brüllte ein wütendes *»oui«* in das Telefon, dann hörte er zu, und seine Miene verfinsterte sich. Er lief den Berg hinunter, bevor er das Gespräch beendete. Ich folgte ihm.

»Ich muss sofort zurück«, rief er mir zu und stürmte dabei in Riesenschritten vorwärts. »Die Polizei ist da und Sandrine allein zu Hause. Die hat doch keine Ahnung, wie sie mit so einer Situation umgehen soll. Und ich will nicht, dass die überall herumschnüffeln.«

»Soll ich mitkommen?«, rief ich ihm hinterher. »Dann kann ich doch direkt erzählen, dass du bei mir warst.«

»Nein, nein. Wer weiß, was sie jetzt von mir wollen. Ich will dich nicht mehr als nötig mit hineinziehen«, rief er zurück und hetzte weiter.

»Was will die Polizei von dir? Sie haben doch Jakub Sajdowski festgenommen.«

Ich rutschte, stolperte und polterte hinter ihm den steilen Abhang hinunter. Unten an der Straße angekommen, blieb ich völlig außer Puste stehen, aber Luc lief ohne Pause weiter, stieg sofort ins Auto, wendete, gab Gas, bremste, ließ die Scheibe herunter und rief: »Ich seh dich doch wieder, *ma belle*? Sag mir, dass das nicht das Ende ist!«

»Nein, nein«, japste ich. »Kannst du mir vielleicht deine Telefonnummer …?«

Aber da trat er bereits wieder aufs Gas und sauste mit quietschenden Reifen die Serpentinen hinunter. Als ich endlich zu Atem kam und mit den dreckigen Gummistiefeln zu meinem Wagen schlurfte, starrten mich die beiden jungen Frauen wieder an. Wahrscheinlich fragten sie sich, warum ihr Chef vor *the big woman* davonlief. Ich strengte mich an, die Gummistiefel so elegant wie möglich zu wechseln. Dann klemmte ich mich hinter das Steuer und fuhr davon. Sollten die zwei doch denken, was sie wollten! Neugierige Schachteln!

SIEBEN

Lass uns in den Süden fahren, lass uns den Mord und die Verdächtigungen vergessen, rief ich Luc in Gedanken hinterher. Mir war zum Davonlaufen, zum Brücken-Abbrechen, nach Neuanfang. Warum immer vernünftig sein? Einmal einen radikalen Schnitt wagen, sich einmal aus den Fallstricken der Vergangenheit lösen, einmal ein neues Leben beginnen. In Australien?

Nein, das war nichts für mich, eindeutig zu heiß. Amsterdam könnte mir gefallen, ein kleines Restaurant mit badisch-elsässischen Spezialitäten, an einer der Grachten gelegen. Luc wäre bestimmt ein vorzüglicher Sommelier, ich konnte ihn mir gut im Service vorstellen. Ich würde wie immer in der Küche stehen, die klein und beengt wäre, ein schmaler Schlauch, wie in all diesen alten Amsterdamer Häusern. Die Holländer würden uns die Bude einrennen! Dennoch würden wir höchstens vier Tage die Woche aufmachen, um genügend Zeit für uns zu haben. Für Sex zu jeder beliebigen Tageszeit, für lange Meerspaziergänge in Zoutelande, für Wochenendausflüge zu Weingütern in der Dordogne und für lauter andere schöne Dinge.

Würde Luc Amsterdam gefallen? Welche Städte gefielen ihm überhaupt? Oder müsste er für einen Neuanfang den Kontinent wechseln, wie er es schon mal getan hatte? Ich wusste es nicht. Noch war der Mann ein unbeschriebenes Blatt, das ich mit meinen Wünschen vollkritzeln konnte. Ist das nicht das Großartige an einer neuen Liebe? Dass alle Wege offen sind? Dass alles möglich ist? Kann eine neue Liebe nicht Berge versetzen?

Während ich diesen liebestrunkenen Gedanken nachhing, lenkte mich mein Auto den gleichen Weg zurück. So fand ich mich unversehens zur Rushhour in Straßburg wieder. Ich mühte mich im nervigen Stop-and-go-Verkehr durch die Stadt. Als mein Handy klingelte, stand ich auf der großen Baustelle an der Zufahrt zur Europabrücke endgültig im Stau.

»Brauchen Sie Zucchini? Ich kann Ihnen welche in jeder Größe liefern. Frei Haus natürlich«, bot mir Alban Brandt an, der nicht nur ein Kriminaler, sondern auch ein begeisterter Schrebergärtner war.

»Ich mache Betriebsferien, Herr Brandt. Ich bin gar nicht in Köln«, antwortete ich und fuhr zehn Meter weiter, bevor der Verkehr wieder ins Stocken geriet. Neben mir hob ein ächzender Bagger braune Erde aus und lud sie in einen Lkw, der mit laufendem Motor wartete.

»Wie schön für Sie! Nach Strandurlaub oder Bergwandern hört sich das aber nicht an. Dem Lärm nach zu urteilen, tippe ich auf Neapel.«

»Nicht ganz so weit südlich, Herr Brandt. Straßburg.«

»Straßburg, interessant. Und was machen Sie da? Europäisches Parlament, Münster, Altstadt. Damit sind Sie doch in einem Tag durch.«

»Einen Patissier-Kurs.«

»Sie arbeiten auch im Urlaub? Aber braucht eine Köchin denn nicht auch mal eine Pause von ihrem Job? Also ich würde in meinen Ferien sehr ungern über eine Leiche stolpern.«

»Eine Leiche gibt es hier leider auch«, gestand ich und erzählte ihm in groben Zügen, was passiert war.

»Ach herrje! Und Sie stecken in der Sache drin?«

»Wo denken Sie hin?«

Ich bedauerte schon, ihm von dem Toten erzählt zu haben. Alban Brandt war ein sehr korrekter Kriminaler. Wenn ich ihm von meinen Zweifeln an Luc erzählte, würde er nicht nur nachbohren, sondern möglicherweise auch seine badischen Kollegen informieren. Ach, was dachte ich überhaupt noch an Zweifel! Die hatte Luc doch zerstreut. Im Badezimmer war er gewesen, aus Diskretion hatte er sich nicht gezeigt. Das war die Wahrheit, denn wie hätte er sonst wissen können, dass meine Mutter ins Zimmer gekommen war?

»Ist Ihnen an der Leiche etwas aufgefallen?«, wollte Brandt wissen.

»Sie lag im Wasser, hatte ein Loch im Kopf und ein Messer im Rücken.«

»Was für ein Messer?«

»Ein Ausbeinmesser.«

»Steckte es grade oder krumm im Rücken des Toten?«

»Ganz grade.«

»Soso. Und wann sind Sie zurück in Köln?«

»In zehn Tagen«, sagte ich und dachte: wenn überhaupt!

Der Lastwagen fuhr rückwärts aus der Baustelle und schaffte Platz für drei Bauarbeiter, die ihre Presslufthämmer anwarfen, um ein neues Stück Beton aufzureißen.

»Wissen Sie was?«, brüllte Brandt. »Dann hebe ich die Zucchini auf. Im Kühlen halten sie sich mehr als zehn Tage lang, besonders die dicken Kawenzmänner. Sie können in der Weißen Lilie nach Ihrer Rückkehr doch eine Zucchini-Woche anbieten. Reine Bioware, die Zucchini, aber das wissen Sie ja.«

Zucchini! Das langweiligste Gemüse überhaupt! Hätte ich ihm auch nicht abgenommen, wenn ich in Köln gewesen wäre. Gut, vielleicht ein paar kleine, wohlgeformte. Die machten sich farblich gut in einer Gemüse-Julienne.

»Herr Brandt, alte Zucchini sind nichts für mich«, schrie ich zurück. »Verschenken Sie sie, oder laden Sie Ihre Freunde zu einem Zucchini-Menü ein. Rezepte dazu gibt es in Hülle und Fülle.«

Hinter mir drückte einer auf die Hupe, vor mir fädelte sich der Lastwagen mühsam in den Stau ein, dann ging es im ersten Gang wieder ein paar Meter vorwärts. Der Lastwagen zog eine dichte Staubwolke hinter sich her, und das Rattern der Presslufthämmer dröhnte brutal in den Ohren. Brandt sagte irgendwas, ich fragte nach, am Ende verstand ich, dass auch er Zucchini hasste.

»Und wieso bauen Sie dann welche an?«

»Weil ich als frischer Schrebergärtner alles ausprobiere. Habe nicht damit gerechnet, dass sich die Dinger wie Unkraut im Garten breitmachen«, brüllte Brandt gegen den Lärm an.

Irgendjemand wird sich schon finden, dem er die grünen Dinger andrehen kann, dachte ich. Dann fielen mir die Zucchini-Körbe ein, die manchmal morgens vor der Tür der Linde gestanden hatten, heimlich abgestellt von jemandem, der hoffte, dass Martha dafür Verwendung in ihrer Küche finden würde. Als wäre die Linde ein Waisenhaus für unerwünschte Zucchini! Und Martha, die keine Lebensmittel wegwerfen konnte, hatte sie zu Brei, Puffer, Quiche oder Suppe verwurstet. In der Hauptsache natürlich für unser Familienessen, nicht für die Gaststube. Wochenlang Zucchini-Gerichte, ich hatte sie gehasst!

Ich merkte, dass der Lärm der Presslufthämmer nachließ, und sah schon die Brücke vor mir. Endlich löste sich der Stau auf, es war wie ein kleines Wunder, dass man danach so mir nichts, dir nichts weiterfahren konnte.

»Herr Brandt, es geht weiter«, sagte ich ins Telefon.

»Und Sie hängen wirklich nicht in diesem Mordfall drin? Ermitteln nicht wieder auf eigene Faust? Oder werden gar selbst verdächtigt?«

»Ei, woher.«

»Sie sagen das so betont sorglos.«

Natürlich hörte ich den misstrauischen Bullenton in seiner Stimme. Man durfte einem Polizisten gegenüber einfach keinen Mord erwähnen. Da fingen sie sofort an, mit den Hufen zu scharren, selbst wenn sie für den Mord nicht zuständig waren und zwischen ihnen und dem Mord vierhundert Kilometer lagen.

»Bestimmt ist Telefonieren beim Fahren auch in Frankreich verboten. Ich muss Schluss machen«, sagte ich schnell und legte das Handy brav auf den Beifahrersitz.

Ich fuhr über die Brücke und sah rechts von mir, wie sich die *Passerelle des deux rives* federleicht über den Fluss spannte. Ich hatte gelesen, dass man die Fußgängerbrücke zur Bundesgartenschau 2004 als Symbol für das zusammenwachsende Europa gebaut hatte. Die Brücke verband das prächtige Straßburg mit der hässlichen kleinen deutschen Schwester Kehl.

Genau hier hatte Berlusconi Merkel und Sarkozy beim NATO-Gipfel 2009 brüskiert. Während Sarkozy mitten auf der Brücke auf die Staats- und Regierungschefs wartete und Merkel die Bündnispartner auf dem roten Teppich vor dem Gang auf die *Passerelle* begrüßte, lief Berlusconi mit Handy am Ohr am Rheinufer entlang, telefonierte in einem fort und scherte sich einen Teufel um die Zeremonie. Berlusconis rüpelhaftes Verhalten hatte Kehl zumindest an diesem Tag in die Gazetten der Welt geholt, ansonsten tauchte das Städtchen eher selten in der überregionalen Presse auf. Im Krieg schwer zerstört, mühte sich der Ort in den letzten Jahren um ein bisschen Ansehnlichkeit. Allerdings nicht an der

Brückenzufahrt. Die stillgelegte, heruntergekommene Zollstation links und die hässlichen Hochhäuser rechts ließen an alte Ostblock-Grenzübergänge denken. Neben einem der Hochhäuser zwang mich eine rote Ampel erneut zum Stehen.

Auf meinem Handy sah ich, dass in der Mailbox zwei neue Nachrichten auf Abruf warteten. Die eine war von Sylwia, die nachfragte, ob ich heute Zeit hätte, wegen des Hauses bei ihnen vorbeizukommen. Die andere kam erstaunlicherweise von meinem Vater, der eigentlich nie anrief, weil ihm Telefonieren ein Graus war.

»Ich weiß nicht, was mit der Mama los ist«, hatte er hinterlassen. »Sie liegt im Bett und weigert sich aufzustehen. Reden tut sie auch nicht mit mir.«

Das war eine wirklich sensationelle Neuigkeit: Martha, die tagsüber im Bett lag! Das einzige Mal, dass ich meine Mutter tagsüber im Bett hatte liegen sehen, war nach ihrem Unfall gewesen. Sie hatte sich das Bein gebrochen und war dazu verdonnert worden, zwei Wochen lang zu liegen. Tyrannisch und unausstehlich hatte sie Edgar und mir vom Bett aus die Hölle heißgemacht, und wir waren heilfroh gewesen, als sie, das Bein noch im Gips, wieder in ihrer Küche gestanden hatte. Denn auch wenn sie nur eine Schnitzelküche betrieb, liebte sie ihre Küche nicht weniger als ich meine. Ich verstand also, warum sich mein Vater Sorgen machte.

Ich nahm die B 36 über die Rheindörfer in Richtung Achern und kam mal wieder kilometerweit an Maisfeldern vorbei. Auf dem Rathaus von Diersheim entdeckte ich ein Storchennest, auf dem einer der langbeinigen Vögel elegant landete. »Da brat mir einer einen Storch«, fiel mir ein, und sofort dachte ich an meine Mutter. Denn eines musste man ihr wirklich lassen: Sie war immer für eine Überraschung gut.

Von Rheinbischofsheim aus fuhr ich direkt auf den Schwarzwald zu. Die tief stehende Sonne spiegelte sich in den Häusern der Brandmatt. Wie kleine Edelsteine blitzte das Fensterglas aus dem Berghang auf. Rosa hatte immer erzählt, dass die Bergfeen diese glitzernden Lichter entzündeten und den Berg hinauf zu den Mummelseenixen schickten, damit Licht und Wärme zu ihnen in die Tiefe des Sees drangen.

Zehn Minuten später fuhr ich über die Scherwiller Straße ins Dorf hinein, bog an der B 3 rechts ab und hätte nur noch einmal rechts abbiegen müssen, um auf den Parkplatz der Linde zu gelangen. Stattdessen fuhr ich links in die Talstraße hinein. Mir graute vor einer im Bett liegenden Martha und einem verzweifelten Edgar. Weder für die eine noch für den anderen war ich bereit.

So fuhr ich am Bach entlang. Im Gegensatz zum Aubach, der sich im Halbrund durch Scherwiller schlängelte, plätscherte der Fautenbach schnurgerade durch unser Dorf. Gott, wie oft war ich diese Straße hier am Bach entlanggeradelt, als ich als Teenager eine Zeit lang bei Rosa lebte! Der alte Hof von Blasis, der vom Lorenz Emil, der Eichberg, die Nepomuk-Brücke, die alte Kirche, seit Kindertagen vertraute Orte, die allen Veränderungen, Verschönerungen und Erweiterungen im Dorf hartnäckig widerstanden hatten.

Ich fuhr hinauf bis zur alten Ölmühle und dort über die kleine Brücke zu Rosas Haus. Es war das letzte im Dorf, dahinter erstreckten sich die Kirschbaumhügel bis hinüber nach Mösbach. Von nirgendwo anders im Dorf hatte man einen so prächtigen Blick ins Achertal. Man sah den Bienenbuckel mit seinen Weinbergen, die Schwend, die Burg Rodeck und natürlich den Turm und die Windräder auf der Hornisgrinde.

Auch Rosas Haus war mir immer wie ein Fels in der Brandung im Meer der stetigen Umwälzungen erschienen, und auf den ersten Blick wirkte es unverändert. Der Kies auf dem Hof, die große Kastanie, das alte Fachwerk, die grünen Fensterläden, die Tür mit dem kleinen schmiedeeisern vergitterten Fenster. Nur die frei laufenden Hühner fehlten und der säuerliche Gestank des Schweinestalles, der einen hier immer empfangen hatte.

Ich erinnerte mich an die grüne Gießkanne, die unter dem Abflussrohr gestanden hatte, an das Körbchen mit Schnüren und Bastfäden auf dem schmalen Fensterbrett links neben der Tür und an die bunten Bienenstöcke unterhalb der ersten Kirschbaumreihe. Und an Rosa! Rosa, die Bienenkönigin, die Alleinherrscherin dieses kleinen Anwesens, die Retterin in höchster Not, weil sie mich bei sich aufgenommen hatte, als ich es mit Martha überhaupt nicht mehr aushielt. Vier Jahre war Rosa nun bereits tot.

Sie hatte mir dieses Haus vererbt. Ein Geschenk, das mich beschämt hatte, denn die letzten Jahre vor ihrem Tod hatte ich mich wenig um sie gekümmert. Selbst zu ihrem achtzigsten Geburtstag hatte ich nur einen Strauß Fleurop-Blumen geschickt. Rosa hatte es mir nicht übel genommen. Zu Menschen, die sie liebte, war sie immer großzügig gewesen.

Bald nachdem der ganze Papierkram erledigt war und das Haus de facto mir gehörte, kam ein sehr lukratives Angebot der Firma Retsch ins Haus geflattert. Man wollte das Grundstück dem Bauland oben am Rückhaltebecken einverleiben und Rosas Haus abreißen. Rosa hätte dem niemals zugestimmt, und sie hatte mir das Haus nicht vererbt, damit ich es an ihrer Stelle tat. Sicher, das muss ich ehrlicherweise sagen, wäre ich schwach geworden, wenn ich das Geld dringend gebraucht hätte. Doch das war nicht der Fall. Also lehnte ich das Angebot ab. Leer stehen lassen und dem Verfall preisgeben wollte ich das Haus aber nicht, also hatte Edgar nach Mietern für mich Ausschau gehalten und Marek und Sylwia gefunden. Ein junges Paar, das Freude an diesem alten, wenig komfortablen Haus hatte, weil es sie an die Häuser in ihrem Heimatdorf in der Nähe von Kattowitz erinnerte.

Eine Klingel hatte es an Rosas Tür noch nie gegeben, und es gab sie auch heute nicht. Hier hörte man, wenn jemand kam, und wenn nicht, musste der Gast sich bemerkbar machen. Marek hatte mich gehört, er öffnete die Tür weit und bat mich einzutreten. Das war der Moment, vor dem ich mich am meisten fürchtete. Denn auch wenn das Haus von außen unverändert wirkte, drinnen würden nicht mehr Rosas Möbel stehen, nicht mehr Rosas Duft hängen, nicht mehr ihre Vorräte lagern. Allein die Erinnerung an ihren Speck ließ mir das Wasser im Munde zusammenlaufen.

»Komm in die Küche«, schlug Marek vor.

Anstelle des Gasherdes eine moderne Küchenzeile, anstelle der Eckbank ein runder Tisch und vier gepolsterte Stühle. Wohin war der alte Tisch verschwunden? Der Tisch mit dem hässlichen Linoleum-Belag, an dem ich als Kind mit Rosa Karten und Mensch-ärgere-dich-nicht gespielt und in der wilden Teenagerzeit hitzige Diskussionen über den Sinn des Lebens geführt hatte. Und gelbe Vorhänge hätte Rosa im Leben nicht in die Fenster gehängt!

Ich schluckte die Enttäuschung über all die Veränderungen hinunter. Rosa war tot, was für einen Sinn hatte es, ihre Wohnung im Originalzustand zu erhalten? Ich hatte kein Museum, sondern ein Haus zum Wohnen vermietet. Es war völlig in Ordnung, dass die zwei es sich nach ihren Vorstellungen gemütlich machten.

»Magst du Kaffee?«, fragte Sylwia und füllte einen Wasserkocher.

Erst da sah ich, dass sie hochschwanger war. Marek trat auf sie zu und strich ihr über den prallen Bauch.

»Das ist der Grund, weshalb wir das Haus kaufen wollen.«

»Wasser«, sagte ich, »und wenn ihr habt, einen Schnaps.«

Rosa hatte vor schwierigen Entscheidungen immer einen Kirsch getrunken, Marek servierte mir ein Zwetschgenwasser. Während der Alkohol in der Speiseröhre brannte, erzählten die zwei von dem neuen Bad, das sie bauen, und dem Durchbruch zum Wohnzimmer, den sie machen wollten. Und oben vielleicht zwei Gauben, wenn sie dafür die Baugenehmigung bekämen, damit es Platz gab für den Nachwuchs. Zwei Kinder wollten sie auf alle Fälle, ein drittes wäre auch recht.

Während sie ihre Pläne vor mir ausbreiteten, überlegte ich, was Rosa sich gewünscht hätte. Sie hatte genau gewusst, dass ich nicht zurückkehren würde, auch, dass ich nicht der Typ für ein Wochenendhaus war. Sie, die ihr einziges Kind verloren hatte, würde sich über Kinder in ihrem Haus freuen. Sie, die eine Zeit lang in der Fremde heimisch geworden war, fände es gut, wenn ihr Haus für zwei Fremde zur Heimat würde. Das wäre ganz in ihrem Sinne. Aber noch zögerte ich.

Marek bot mir ein zweites Glas Zwetschgenwasser an, und Sylwia stand auf und verschwand in der Speisekammer, aus der mir kurz der Duft von Rosas Speck entgegenwehte. Wie schön, dass er sich so hartnäckig hielt! Oder wursteten Sylwia und Marek auch? Aber Sylwia kam nicht mit Speck, sondern mit einem Glas Honig zurück.

»Drei Bienenvölker wir haben seit letztem Sommer. Musst du probieren!« Sie schraubte das Glas auf und reichte mir einen Löffel. »Vielleicht nicht so gut wie von deiner Tante …«

Der Honig schmeckte so sehr wie der von Rosa, dass mir fast

die Tränen kamen. Jetzt konnte ich ihre Stimme in meinem Kopf deutlich hören: »Willst du warten bis zum Sankt-Nimmerleins-Tag?«, schimpfte sie. »Was Besseres als die zwei gibt's für mein Haus nicht. Was hab ich eine Freud, dass in meinem Garten wieder Bienen summen! Hast du gesehen, wie sanft und behutsam die Sylwia sich bewegt? Genau das braucht's fürs Imkern. Und 's wird Zeit, dass in dem Haus mal wieder Kinder schreien. Du warst die Letzte, die hier herumgebrüllt hat, und das ist jetzt schon ein paar Jahre her. Also los, schlag ein!«

»Über wen wollt ihr die Finanzierung machen?«, fragte ich. »Die Sparkasse? Dann soll die doch ein Gutachten erstellen, damit wir eine Verhandlungsbasis haben.«

Marek goss Zwetschgenwasser ein, ein Glas für sich, eines für mich, für Sylwia füllte er ein Schnapsglas mit Wasser. Ich bestellte ein viertes Glas für Rosa und deutete nach oben. Dann stießen wir miteinander an.

Die zwei freuten sich, und ich war erleichtert, weil ich spürte, dass die Entscheidung stimmte. Es war alles besprochen, also stand ich auf, um zu gehen, doch Marek wollte noch mal nachschütten, ich wiegelte ab, eilig stellte Sylwia dann einen Mohnstrudel auf den Tisch.

»Sag schon«, forderte Marek Sylwia auf.

»In Scherwiller«, begann sie, als ich mich wieder gesetzt hatte. »Du hast gefunden den Toten, Emile Murnier.«

Es wunderte mich, dass sie den Namen des Toten kannte. »Ja?«, fragte ich vorsichtig.

»Kuba hat nicht ermordet alten Mann, nie im Leben er tut so was«, brach es aus ihr heraus, und sie strich eilig über ihren dicken Bauch, als müsste das Kind dadrinnen beruhigt werden.

»Jakub Sajdowski ist dein Bruder?«

»Jakub, ja. Mein kleiner Bruder, Kuba.«

Und nicht nur das, erfuhr ich. Es waren Marek und Sylwia gewesen, die Murnier auf dem Fautenbacher Zwiebelfest vor drei Jahren gefragt hatten, ob er nicht jemanden zum Arbeiten bräuchte. Jakub hatte als Erntearbeiter schon oft bei der Erdbeer- und Spargelernte und der Weinlese im Badischen ausgeholfen. Zwischendurch musste er immer zurück nach Polen, aber er wollte für immer im Westen bleiben. Murnier brauchte tatsächlich jemanden, er sagte zu.

Jakub zog ins Elsass, und weil Murnier auch jemanden für den Haushalt brauchte, hatte Jakub ein halbes Jahr später seine Frau Katjuscha geholt. Seit dieser Zeit arbeiten die beiden gemeinsam für den alten Mann.

»Viel Arbeit von früh bis spät, aber Kuba und Katjuscha sind froh über Arbeit. Warum Kuba soll alten Mann töten?«

»Ich würde meinen Bruder auch bis aufs Messer verteidigen«, antwortete ich. »Aber es gibt belastendes Material: der Streit auf der Tanzfläche, das blutverschmierte Hemd.«

»Ein bisschen blöd ist er schon, dein Bruder, und noch blöder ist er, wenn er trinkt«, warf Marek ein und erntete einen sehr bösen Blick von Sylwia.

»Was er hat sollen machen?«, regte sich Sylwia auf und vergaß für einen Moment, weiter ihren Bauch zu streicheln. »Streitet mit altem Mann auf Fest, läuft ihm hintendrein, alter Mann haut ihm auf Nase, Nase blutet, nächster Morgen alter Mann tot. Katjuscha sagt, Kuba braucht guten Anwalt, aber sie nicht weiß, wie das geht. Wie soll sie finden so einen? Weißt du das?«

»Und Jakub hat nicht zurückgeschlagen?«, fragte ich. »Oder Murnier ist beim Streit gestürzt und auf einen spitzen Stein oder was Ähnliches gefallen?«

»Alter Mann steht wackelig, aber steht, als Kuba geht. Ich dir sagen, warum Kuba ihn nicht umgebracht hat«, machte Sylwia weiter. »Man nicht tötet Gans, die goldene Eier legt! Kuba und Katjuscha, sie sollen werden Erben von Hof! Das hat alter Mann versprochen, weil eigener Sohn ein Nichtsnutz, der nicht soll zerschlagen, was Vater aufgebaut hat.«

Luc ein Nichtsnutz? Nie im Leben! Alles in mir wollte ihn verteidigen, aber dann fiel mir ein, dass Sylwia nur nachplapperte, was Katjuscha ihr erzählt hatte, die wiederum Luc durch Emiles Brille sah. Auch dachte ich an Alban Brandt und die vielen Fäden, die man in einem Mordfall auf der Suche nach der Wahrheit entwirren musste. Und deshalb war eine ganze andere Frage interessant.

»Dieses Erbe«, fragte ich. »Ist das bereits überschrieben oder nur ein Versprechen?«

»Nächste Woche sie wollten gehen zu Notar. Stell dir vor, Pole mit Weingut! Davon es gibt nicht viele auf der Welt. Kuba, er ein Kenner von Weinbau, macht alles gut. Das sieht alter Mann, sonst er hätte niemals Hof angeboten. Kuba auch gut bei Handel und Geschäften. Will Weinversand nach Polen machen. Deshalb er und der alte Mann reden vor dem Fest mit Busunternehmer.«

»Mit Käshammer?«, fragte ich erstaunt.

»Aus Oberkirch, ja. Kuba gearbeitet für ihn, früher. Ich dich noch mal frage: Warum Kuba soll töten seine goldene Gans?«

Aus vernünftigen Gründen sicher nicht, aber die wenigsten Morde geschahen aus Vernunftgründen. Der Suff oder die Eifersucht konnten ein ehrgeiziges Ziel schnell zunichtemachen. Spekulationen, würde Alban Brandt sagen, das Einzige, was weiterhilft, sind wasserdichte Fakten.

»Murnier hat auf dem Fest mit Katjuscha getanzt. Hat Katjuscha erzählt, was dabei passiert ist?«

Erst dachte ich nein, weil Sylwia den Kopf schüttelte, aber dann merkte ich, dass sie es wegen ihres Bruders tat, den sie zwar verteidigte, aber nicht in allem verstand.

»Kuba immer meint, er muss beschützen Katjuscha. Glaubt, beschützen geht wie im Actionkino. Drohen, draufhauen, fertig. Dabei Katjuscha kann viel besser auf sich aufpassen als Kuba auf sich.«

»Wirklich?«, fragte ich zweifelnd. »Auch wenn so ein besoffener Patron zudringlich wird?«

»Paahh«, machte Sylwia und schüttelte schon wieder den Kopf. »Wenn Murnier was hat getrunken, er sehr anhänglich. War alt, aber immer noch ein Mann, alle Männer wollen Sex, also man sie muss zähmen. Katjuscha ihm erlaubt, Hand auf Po beim Tanzen, aber mehr nicht. Katjuscha auf den ersten Blick sanft, doch starker Wille.«

»Der starke Wille fehlt Kuba«, meldete sich Marek kurz zu Wort, wurde aber vom Blick seiner Frau schnell zum Schweigen gebracht.

»Okay«, sagte ich. »Selbst wenn Katjuscha den Alten im Griff hatte« – was ich nach meiner Erfahrung mit ihm stark bezweifelte –, »Jakub hatte sich nicht im Griff. Er sieht die fremde Hand auf dem Po seiner Frau und weiß, dass alle anderen im Saal auch sehen, wie Murnier ihm in aller Öffentlichkeit Hörner aufsetzt. Da denkt er bestimmt nicht an das versprochene Erbe, sondern nur an die Demütigung, und schlägt zu.«

Jetzt nickte Sylwia. »Katjuscha sehr, sehr sauer deswegen. Weil Kuba ihr nicht traut, weil er nicht glaubt, dass sie das alleine kriegt geregelt. Sehr, sehr sauer, weil er sie schleppt durch den Saal und schickt nach Hause.«

»Er hat sie allein nach Hause geschickt, er selbst ist noch geblieben. Und als Murnier gegangen ist, ist Jakub ihm gefolgt. Was, wenn Jakub immer noch wütend war? Was, wenn Murnier gestichelt hat oder ihn einen Schlappschwanz nannte? Warum hätte Jakub dann nicht noch einmal zuschlagen sollen?«

»Vielleicht zuschlagen«, gab Sylwia zu. »Aber mit Messer stechen? Niemals! Anderer hat wirklich Grund, alten Mann zu töten. Der Sohn. Was er kriegt, wenn Kuba und Katjuscha übernehmen Hof? Nicht viel. Aber Sohn braucht Erbe, hat viel Schulden. Hat gekauft viele neue Maschinen, hat gebaut neues Haus mit feiner Verkostung für Wein. Alles teuer, wie soll Sohn das zahlen ohne Geld von Vater?«

Niemals, dachte ich. Luc war ein freier Geist, der sein Leben nicht durch ein strittiges Erbe bestimmen ließ.

»Kuba hat getroffen ihn, letzte Woche, diesen Luc Murnier, hat erzählt von den Plänen von Emile. Sohn ihm nicht wollen glauben! Er doch gedacht, Erbe ihm sicher, egal, wie viel er mit Vater streitet. War aber nicht sicher, war für Kuba und Katjuscha. Erst jetzt, wo Vater tot, sein Erbe ist sicher. Und Katjuscha und Kuba? Haben Arschkarte gezogen, wie es auf Deutsch heißt.«

Arschkarte, sicher hatten sie die gezogen, was das Erbe betraf. Aber das machte Luc nicht zum Mörder. Ich fragte mich, was zwischen Vater und Sohn passiert war. Was verzieh der Alte dem Jungen nicht? Was wog so schwer, dass er seinen Hof lieber Fremden vermachte als dem eigenen Sohn?

»Du kennst Anwalt in Frankreich? Anwalt, der Kuba holt aus Gefängnis?«, fragte Sylwia noch einmal.

Ich schüttelte den Kopf. Nein, kannte ich nicht. Und ich wusste auch nicht, ob mir Sylwia die Wahrheit erzählte oder ob sie ihren

Bruder blind verteidigte. Zuschlagen vielleicht, Messer auf keinen Fall … Wieso sollte das stimmen? Wenn einer im Blutrausch war, stach er auch zu. Aber warum mit meinem Messer?

Als ich aufstand, um mich zu verabschieden, klingelte mein Handy. Es war mein Vater.

»Katharina, ich brauch dich in der Linde. Die Mama steht immer noch nicht auf. Jetzt hat sie sogar die Tür zum Schlafzimmer zugesperrt.«

Ich bereute sofort, das Gespräch angenommen zu haben. Denn jetzt konnte ich meine Rückkehr in die Linde nicht mehr aufschieben.

Mein Vater kam nach draußen gerannt, als ich den Wagen vor der Linde parkte. Wie ein nervöser Zausel rieb er sich die Hände an seiner dunklen Schürze und hatte nichts mehr von dem behäbigen Wirt, der alles mit verschmitztem Humor nahm.

»Ich hab fest damit gerechnet, dass sie wenigstens zum Kochen runterkommt!«, jammerte er. »In einer halben Stunde ist das Training vom Fußballverein zu Ende, die Kerle haben dann Kohldampf. Da gehen mindestens fünfmal Wiener und fünfmal Holzfäller-Steak über den Tresen. Und die Landfrauen kommen auch noch. Die bestellen immer die Salatkarte rauf und runter. Das weiß doch die Martha ganz genau, aber …«

»Papa«, unterbrach ich sein Lamento. »Kochen kann ich.«

Die Küche meiner Mutter war die Hölle, aber Arbeit im Moment allemal besser, als Problemgespräche mit den Eltern zu führen. Ich besah mir im Kühlhaus Marthas Vorräte: Convenience-Produkte rauf und runter, Fertigsoßen, Puddingpulver, das Grauen pur, aber heute ritt mich nicht der Ehrgeiz, Marthas Arbeitsplatz in einen Tempel der Kulinarik zu verwandeln, heute war ich froh, dass sie nur eine bescheidene Schnitzelküche betrieb. Tiefkühlfritten, bereits panierte Schnitzel, marinierte Holzfäller-Steaks, alles zum In-die-Pfanne-Hauen oder In-die-Fritteuse-Werfen fand ich vor, *à point* musste ich mich nur um den Salat kümmern. Den grünen waschen, Möhren, Gurken, Sellerie durch die Schneidemaschine jagen, Zwiebeln und Radieschen würfeln, eine Vinaigrette anrühren. Basta!

Als die ersten Bestellungen eintrudelten, stellte ich Marthas schwere Pfannen aufs Gas und warf die Fritteuse an. Die nächsten anderthalb Stunden schickte ich ein Essen nach dem nächsten raus, alles Routine, ich war kampferprobt, mich konnten zwanzig Essen an einem Abend nicht schrecken.

Der Schrecken lag woanders, er verbarg sich hinter der Tatsache, dass Martha mir freiwillig ihre Küche überließ. Immer wieder schielte ich zur Tür, fest davon überzeugt, sie gleich dort stehen zu sehen. Aber sie tauchte den ganzen Abend nicht auf.

So gegen elf hatte ich die Küche aufgeräumt und geputzt. Ich überlegte, mich heimlich nach oben in mein Zimmer zu verkrümeln und meine verstörten Eltern mit ihrem Problem allein zu lassen. Dagegen sprach die unbändige Lust auf ein frisches Bier. Nach zwei Stunden in Dampf, Fett- und Schweißdunst plagte mich ein wahnsinniger Brand. Die Lust siegte also über die Vernunft, als ich in die Gaststube stapfte und mir aus dem Kühlschrank hinter dem Tresen ein Tannenzäpfle holte. Damit setzte ich mich auf die Bank vor dem Kachelofen und sah mich um.

Die Landfrauen waren bereits gegangen, die Fußballer im Aufbruch, an den Tischen zwei und drei saßen Leute, die ich nicht kannte, und vom Katzentisch hinten auf dem Weg zu den Toiletten winkte mir schüchtern Felix Ketterer zu. Er saß allein vor einem Glas Wein. Ich hob meine Flasche zum Gruß, wendete den Blick von ihm ab, schloss die Augen, nahm einen ersten Schluck und folgte mit großem Vergnügen dem Bier auf seinem Weg durch die Speiseröhre.

Als ich die Augen wieder öffnete, stand Felix vor mir und sagte: »Wenn ich gewusst hätt, dass du heut in der Linde am Herd stehst, dann hätt ich mir daheim nicht die Reste in die Pfanne gehauen, sondern wär bei dir essen gegangen. Ist die Martha heute nicht da?«

»Der geht es nicht so gut.«

»Oh. Was Schlimmes?«, fragte er und nestelte seine Roth-Händle-Packung aus der Hosentasche.

»Denk nicht.«

»Wünsch ihr gute Besserung von mir. Ich geh dann mal …« Er deutete mit dem Kopf in Richtung Ausgang.

Während Felix rauchte, zapfte Edgar zwei Ulmer, brachte eines davon an Tisch drei, stellte das zweite zu mir auf den Tisch und setzte sich neben mich auf die Bank.

»Den ganzen Tag frag ich mich, was mit ihr los ist. Wir sind jetzt fast fünfzig Jahre verheiratet, aber so habe ich sie noch nie erlebt. Das muss was mit Scherwiller zu tun haben«, fing er sofort an.

Mund halten, reden lassen, ja nicht zwischen die Fronten geraten, dachte ich und hoffte, dass ich mich dank dieser Strategie bald verabschieden konnte.

»Ich bin nur beim ersten Mal dabei gewesen«, erzählte er. »Anno 1967. Und an den Emile Murnier erinnere ich mich genau. Der hat nämlich der Martha schöne Augen gemacht.«

Ich verschluckte mich an meinem Bier.

»Die Martha hat es gar nicht gemerkt«, wiegelte er ab, »die hat nur Augen für mich gehabt, so verliebt sind wir damals gewesen. Aber ich hab genau gesehen, wie Murnier sie mit den Augen ausgezogen hat und wie er vor unserem Tisch gestolpert und wie zufällig auf sie draufgefallen ist. Aber das war extra, da bin ich mir ganz sicher. Entschuldigt hat er sich, wollt Martha auf einen Sekt einladen. So die Masche hat er abgezogen. Die Martha hat nur gelacht und gesagt, dass sie jetzt mit ihrem Mann tanzen will, und mich auf die Tanzfläche bugsiert. Ich bin ganz sicher, dass Murnier ihr damals nichts bedeutet hat. Aber jetzt ist er tot, und die Martha schließt sich in ihrem Zimmer ein. Nur deshalb ist mir die alte Sache wieder eingefallen.«

Ich trank schnell einen Schluck Bier und konzentrierte mich auf die Flasche zwischen meinen Händen. Eltern sollten sich nicht bei ihren Kindern ausheulen, dachte ich egoistisch. Felix kam vom Rauchen zurück und blieb leider nicht bei uns stehen, sondern setzte sich wieder an den Katzentisch.

»Ich bin nie mehr mit nach Scherwiller, ich bin halt einer, der sich in den eigenen vier Wänden am wohlsten fühlt«, erzählte Edgar weiter. »Am Anfang hat Martha mich zum Mitfahren überreden wollen, aber in den letzten Jahren war's ihr sehr recht, dass ich daheimgeblieben bin. Versteh mich nicht falsch, Kind, das ist in Ordnung. Wenn man so eng aufeinandergluckt wie die Mama und ich, da tut es gut, wenn der eine mal was ohne den anderen macht. Aber jetzt denk ich halt, ob der Murnier es noch mal versucht hat? Ob die Martha schwach geworden ist?«

Martha und Murnier? Ich verschluckte mich erneut und schüttelte danach ungläubig den Kopf.

»Ist dir was aufgefallen? Hast du die zwei zusammen gesehen?«, machte mein Vater weiter und klopfte besorgt meinen Rücken. Ich schüttelte weiter den Kopf. »Aber das ist doch kein Zustand, dass sie sich einsperrt! Kannst du nicht mal mit ihr reden? Von Frau zu Frau?«

Nur damit das klar ist: Ich mag meinen Vater! Ihn so unglücklich und verzweifelt zu sehen, tat mir weh. Dennoch gab es Dinge, die ich nicht für ihn tun wollte.

»Papa!«, wand ich mich. »Du weißt genau, wie Problemgespräche zwischen der Mama und mir laufen. Dabei ist noch nie was Vernünftiges rausgekommen.«

Natürlich wusste er das. Bei mehr als einem Konflikt zwischen Martha und mir war nämlich er zwischen die Fronten geraten. Familien sind komplizierte Gebilde. Überkreuz vernetzt und verkabelt, Fallstricke rechts und links, Stolpersteine und verstecktes Dynamit, so funktionieren Familienbande. Kann man sich daraus jemals lösen? Kann man damit aufhören, immer in dieselbe Sackgasse zu rennen, kleine Bömbchen zu zünden oder stets aufs Neue Salz in alte Wunden zu streuen?

Mir zumindest war es bisher nicht gelungen. Anstatt bei meinem Vorsatz der Nichteinmischung zu bleiben, überlegte ich schon, wie ich das Gespräch mit Martha beginnen könnte, ohne dass es wie üblich sofort aus dem Ruder lief. Da fiel mir Gerti Ketterer ein. Marthas beste Freundin, die Mutter von Felix. Dass ich nicht früher darauf gekommen war! Ein Außenstehender ist in so einem Fall immer besser als ein Familienmitglied.

»Ach, das weißt du gar nicht?«, fragte Edgar erstaunt. »Die Gerti ist vor zwei Monaten gestorben. Hat's ja schon lang mit dem Herzen gehabt, und dann ist es plötzlich ganz schnell gegangen. War ein harter Schlag für Martha und für ihn.« Er deutete auf den einsamen Felix am Katzentisch. »Mutter und Sohn haben sehr aneinander gehangen. Der Felix hat sie daheim gepflegt die letzten

Wochen. Aufopfernd, sagen alle. Ist ein armer Kerle! Die Mutter stirbt, die Frau hat ehrgeizige politische Pläne, und der Betrieb läuft schlecht.«

»Wieso ist es schlecht für einen Mann, wenn seine Frau ehrgeizig ist?«, hakte ich nach, froh darüber, dass das Gespräch von Martha wegführte.

»Was heißt schlecht«, ruderte Edgar zurück. »Sie hat halt keine Zeit für ihn. Jetzt, in der Schlussphase vom Wahlkampf. Heut hockt der Felix schon wieder zwei Stunden da und wartet auf sie.« Er deutete mit dem Kopf in Richtung Katzentisch. »Manchmal sitzt er auch drüben im Queen's Pub, weil er dort rauchen darf, aber wenn Sophie noch was zu essen braucht, dann kommt er zu uns.«

Felix könnte seine Frau begleiten, sie aktiv unterstützen, Plakate kleben, Unterschriften sammeln oder was sonst im Wahlkampf anstand. Warum sollten Männer nicht das Gleiche für ihre Frauen tun, was Frauen schon lange taten? Doch dann sah ich mir den einsamen Felix an und wusste, dass es in diesem Fall nicht um Gleichberechtigung ging. Er war nicht der Typ fürs Getümmel. Er war einer von den Stillen, einer von denen, die sich im Schatten wohler fühlten als im Licht. Ob Sophie ihn vor ihrer Entscheidung, zu kandidieren, um Rat gefragt hatte? Ob es ihr reichte, dass er wie heute auf sie wartete? Ob sie sich mehr Unterstützung wünschte, aber wusste, dass sie diese nicht bekam?

Ehen waren von außen so wenig zu durchschauen wie Familien.

»Mit der Spedition hat der Felix nie Glück gehabt«, machte mein Vater weiter. »Manchmal ist es nicht gut, wenn die Eltern die Kinder in die Nachfolge zwingen, gell, Katharina?«

Endlich lächelte er mal ein bisschen. Im Gegensatz zu Martha hatte Edgar schon lange akzeptiert, dass ich die Linde nicht übernehmen würde.

»Eigentlich hat der Felix ja Schreiner werden wollen. Aber der alte Ketterer hat halt gemeint, dass die Spedition das bessere Geschäft ist. Ist ja auch ganz gut gelaufen, solange sie noch für die Glashütte gefahren sind. Früher mal tausend Beschäftigte, der größte Arbeitgeber von Achern, am Ende waren es noch zweihundert, und dann von einem auf den anderen Tag Schluss. Obwohl der Standort schwarze Zahlen geschrieben hat. Aber bei diesen internationalen Konzernen geht's doch bloß um Umsatz, um Konzentration, um Effizienz. Denen ist das egal, wenn sie so einen Traditionsbetrieb dichtmachen. Und denen ist es egal, wenn dann so eine kleine Spedition vor die Hunde geht. Im Nachhinein kann man immer sagen, dass es falsch war vom Felix, sich so auf die Glashütte zu konzentrieren. Aber ehrlich gesagt, keiner hat damit gerechnet, dass sie den Standort komplett dichtmachen. Ein Schock war das für die Region, ein echter Schock. Und wenn dann wie beim Felix so einiges zusammenkommt, dann kannst du schon den Boden unter den Füßen verlieren.«

»Vielleicht ist es gut, wenn er den Laden dichtmacht. Ein Neuanfang schadet den wenigsten.«

Mein Vater schüttelte sein weißes Haupt. Früher waren seine Haare so rot gewesen wie meine, und lange hatten sich im Grau rote Sprenkel gehalten, aber die letzten Jahre hatten ihn ganz weiß werden lassen.

»Neuanfang, das Wort klingt nur schöner als Bankrott«, meinte er. »Und ein Bankrott tut keinem gut, da lässt jeder Federn. Und dann mit einer Frau wie Sophie. Da denkt doch jeder im Dorf, er ist ein Waschlappen. – Was ist jetzt, Katharina? Redest du mit der Mama?«

Ich nahm den letzten Schluck Bier und suchte weiter nach einem Ausweg.

»Und wenn du auf dem Wohnzimmersofa schläfst?«, fiel mir ein. »Vielleicht ist sie morgen früh schon wieder ganz die Alte?«

Edgars Blick war empört und herzerweichend zugleich, ich konnte mich nicht länger vor dem Gespräch drücken. Ich stand auf, schlurfte hinter die Theke, stellte meine Bierflasche in den Kasten, wischte einmal über den Tresen und stapelte die Bierdeckel ordentlich.

Wahrscheinlich, dachte ich, als ich mich endlich auf den Weg nach oben machte, wollte meine Mutter sowieso nicht mit mir reden. Also: einmal klopfen, Mama-was-ist-los fragen und nach ihrem Lass-mich-in-Ruh die Mission abbrechen.

Auf dem Weg zur Treppe signalisierte ein Gast von Tisch zwei, dass er bezahlen wollte, gleichzeitig wurde die Tür aufgerissen, und Sophie stürmte herein. Ihr »'n Abend miteinander« füllte die ganze Gaststube mit frischer Energie. Sie stiefelte auf Felix' Tisch zu, küsste den Gatten zärtlich, rief »Edgar, eine Weißweinschorle!«, schob den Stuhl herzhaft zurück, setzte sich aber nicht, sondern kam auf mich zu.

»Ich weiß, dass die Küche zu hat, Katharina. Aber ich hab seit heute Mittag nichts gegessen, mir hängt der Magen in den Kniekehlen. Eine Suppe, ein Salat, irgendwas, das schnell geht. Meinst du, das lässt sich machen?«

Eine rein rhetorische Frage, Sophie war eine, die bekam, was sie wollte. Wie ich aus Edgars eiligem Kopfnicken schloss, briet man ihr in der Linde nicht zum ersten Mal eine Extrawurst. Mir war's an dem Abend recht, ich stand lieber noch mal in der Küche als vor der Tür des Elternschlafzimmers.

Aus der Kühlung holte ich eine rote und gelbe Paprika, setzte in der Küche Wasser für Spaghetti auf und würfelte eine Schalotte klein. Sophie schob zuerst ihren Kopf und, als ich nicht protestierte, den ganzen Körper in die Küche, setzte sich mit ihrem breiten Hintern auf den Pass, ließ die kurzen Beine baumeln und beobachtete interessiert, wie ich die Paprika zerkleinerte.

»Immer aus dem Handgelenk. Ich find's toll, wie ihr Profis schneidet. So leicht, so schnell und dann noch gleichmäßig. Der Felix hat das lang geübt, jetzt kann er es einigermaßen. Was hat der an Geld in Messer investiert! Was machst du mir? Mhmm, Paprika mag ich. Mir läuft schon das Wasser im Mund zusammen. Dauert es noch lang?«

»Acht Minuten«, gab ich vor, als ich die Spaghetti ins kochende Wasser warf und ihr zwei Paprikastücke zum Knabbern hinlegte.

»Nach so einem Tag frage ich mich immer, warum ich mir das antue.« Stöhnend stützte sie die Arme auf dem Pass ab, dehnte den Oberkörper nach hinten, drehte den Kopf nach rechts und nach links und griff dann mit jeder Hand nach einem Paprikastreifen. »Heute Morgen Kreistagssitzung und ein Gespräch mit dem Landrat, heute Nachmittag Besuch im Altenheim Sankt Josef und bis grade eben Fragerunde zum Wahlprogramm mit den beiden anderen Kandidaten bei der Oberkircher SPD. Sehr anstrengend, vor allem der Bäuerle, weil der einem so gern an den Karren pisst. Aber ich habe mich wacker geschlagen, und zum Glück ist schon Endspurt. Am Sonntag heißt es entweder Daumen rauf oder runter.«

»Und? Wie stehen deine Chancen?« Ich legte ein Stück Butter in eine kleine Pfanne, briet die Zwiebeln an, fügte Zucker zum Karamellisieren und die Paprika dazu und löschte das Ganze mit einem Schuss Wermut ab.

»Nicht schlecht, so wie's ausschaut. Aber genug jetzt von der Bürgermeisterei. Wie geht es dir denn? Hast du Scherwiller gut überstanden?«

Sie sah mich an. Interessiert, freundlich, offen, ohne erkennbaren Hintergedanken. Keine schlechte Grundhaltung für eine Politikerin. Aber Vorsicht war die Mutter der Porzellankiste.

»Ich habe nichts mehr von der Polizei gehört, wenn du das meinst«, sagte ich.

Sie nickte zwischen zwei Paprikabissen. »Ja, die können einem schwer zusetzen. Machen aber nur ihren Job. Und du hast nun mal Murnier eine geknallt. Ich kann das übrigens gut verstehen. Die alten Machos müssen endlich merken, dass Frauen sich nicht mehr alles gefallen lassen.« Dann, nach einer kleinen Pause, fügte sie hinzu: »Klug war es allerdings nicht.«

»Hab ich ahnen können, dass der Typ ein paar Stunden später ermordet wird?«

»Das meine ich nicht. So eine Ohrfeige tut nur kurzfristig weh. Wirksamer ist, wenn so einer länger leiden muss. Am besten, wenn es gelingt, seinen guten Ruf zu ruinieren. Eine Anzeige wegen sexueller Belästigung, Briefe an Familienangehörige, ein Artikel in der örtlichen Presse und so weiter.«

»Da geht aber die Politikerin mit dir durch«, sagte ich, als ich die Spaghetti abschüttete. »Der Kerl hat mich beleidigt, ich hab ihm dafür eine geknallt. Damit ist für mich die Sache erledigt. Und so eine öffentliche Ohrfeige trägt bestimmt auch dazu bei, dass er in Zukunft seine Drecksfinger bei sich hält«, fügte ich hinzu.

»Wenn Murnier nicht umgebracht worden wäre, vielleicht«, lenkte Sophie ein. »Aber jetzt hat die Ohrfeige dich nur in Schwierigkeiten gebracht.«

»Ich habe den Typen nicht erstochen, wenn es das ist, was du wissen willst.«

»Gott bewahre! So was denk ich nicht im Schlaf! Eine Ohrfeige ist doch ein ganz anderes Kaliber als Mord.«

Spaghetti auf den Teller, einen Schuss Sahne in die Soße, Salz und Pfeffer drüber.

»Et voilà«, sagte ich. »Eigentlich gehört noch ein bisschen frischer Parmesan drübergerieben, aber so was führt meine Mutter nicht. Soll ich dir den Teller draußen an Felix' Tisch stellen?«

»Nein, nein! Lass ihn direkt hier. So spätabends mag ich es unkompliziert. Es gibt zum Essen keinen schöneren Ort als die Küche.«

Sie platzierte den Teller zwischen den Oberschenkeln, drehte sich mit der Gabel eine mundgerechte Portion Spaghetti und verschlang sie mit Genuss. Ich spülte Topf und Pfanne aus und wischte den Herd sauber.

»Was hat eigentlich die Hedwig Lang gegen dich?«, fragte Sophie zwischen zwei Bissen.

Die hatte ich in meinem Kopf weit zurückgedrängt. Ich erinnerte mich, dass sie beim ersten Treffen der Kochgruppe richtig nett gewesen war. Gut, vielleicht hatte sie etwas zu viel von ihrem neuen Thermomix geschwärmt, den sie Pascal Eckerle für seinen Junggesellenhaushalt anpries, aber sie hatte drei Variationen Schwarzwälder Kirschtorte zum Probieren mitgebracht, damit wir auswählen konnten, welche die beste war. Alle sehr gut, übrigens. Backen konnte sie wirklich! Vom Wesen her proper und fröhlich. Von Gift noch keine Spur, alles übertüncht mit süßer Sahne. Doch als Luc in der Winstub zu uns stieß, änderte sich ihr Verhalten schlagartig. Er schien ihr im Vergleich zu dem rustikalen Junggesellen die bessere Partie. Vom ersten Augenblick an hatte sie keinen Zweifel daran gelassen, dass sie an ihm interessiert war.

»Sie denkt wohl, ich bin ihr in die Quere gekommen«, sagte ich zu Sophie.

»Interessant!«, rief sie. »Welcher Mann? Luc Murnier? Oh, Hedwig wird zur Furie, wenn man ihr einen Mann ausspannt.«

»Ich habe ihn ihr nicht ausgespannt.«

»Wirklich nicht? Frag mal Hedwig. Nicht Leichen, verschwundene Männer pflastern ihren Weg. Der erste Freund ist mit ihrer besten Freundin auf und davon, der zweite hat eine neue Liebe in Holland gefunden, der Gatte ist einfach nur verschwunden. Einfach nicht mehr aufgetaucht. Nach drei Jahren kam Post aus Dänemark mit den Scheidungspapieren.«

»Bist gut informiert«, sagte ich.

»Drei Thermomix-Abende und ich hab alles gewusst«, meinte Sophie trocken. »Was meinst du, warum solche Abende auf dem Land so gut laufen? Weil das nicht nur Verkaufsevents sind, sondern Brutstätten von Klatsch und Tratsch. Ich kann gut zuhören, interessiere mich für die Menschen, kann eins und eins zusammenzählen, manchmal sogar um Ecken denken. Und so erfährst du alles! Das ist sehr hilfreich, wenn du in der Politik bist.«

Ja, sicher. So lief das auf dem Dorf. Jetzt hatte ich zumindest eine Erklärung für Hedwigs Attacke gegen mich. Nur, ich war nicht die Einzige gewesen, die sie angegriffen hatte.

»Und was hat Hedwig gegen deinen Mann?«, fragte ich.

Ein erstaunter Blick, ein kurzes Überlegen, dann sagte sie »Es wird viel g'schwätzt, wenn der Tag lang ist« und kratzte geschäftig Soßenreste aus dem leer gegessenen Teller. Felix, so schloss ich aus ihrem Verhalten, hatte ihr nichts über das Gespräch im Bus erzählt. Vielleicht, weil es ihm peinlich war, vielleicht, weil er seine Frau damit nicht belasten wollte.

Sophie stellte den Teller zur Seite, sprang vom Pass und deutete auf den Teller. »Total lecker! Jetzt, wo ich satt bin, merke ich, wie müd ich bin. Und meinen Mann will ich auch nicht länger allein lassen. Tausend Dank, du hast was gut bei mir!«

Sie zog die Hose in Form und die Bluse glatt, marschierte in Richtung Ausgang. Kein Wort mehr zu Felix. Kurz vor der Tür drehte sie sich noch einmal um und sagte: »Was den Mordfall angeht, der ist alles andere als geklärt. Sajdowski leugnet die Tat, der DNA-Abgleich der Blutspuren auf seinem Hemd liegt noch nicht vor. Die Kripo muss weiter ermitteln. Wunder dich also nicht, wenn die Polizei bei euch auftaucht. Und mein Angebot steht: Kannst mich bei Problemen jederzeit anrufen.«

Sie trippelte in die Küche zurück, legte ihre Visitenkarte auf den Pass und verschwand mit einem freundlichen »gute Nacht«.

Mir kam es vor, als würde sie alle Energie mit sich nehmen, so erschöpft fühlte ich mich nach ihrem Weggang. Ich musste mich zwingen, noch Teller und Besteck abzuwaschen, so müde war ich auf einen Schlag, nicht mal mehr die Erinnerung an die Nacht mit Luc munterte mich auf. Ich wollte nur noch schlafen. Während Edgar die letzten Gäste verabschiedete, schlich ich mich nach oben. Das Licht im Flur brannte, aber hinter der Tür des Elternschlafzimmers war es dunkel und nicht ein Laut zu hören.

Ob Martha schon schlief? Ob sie die Tür für Edgar wieder geöffnet hatte? Ich wollte es nicht herausfinden. Nicht heute.

ACHT

Ich verschwand schnell in meinem Zimmer, ließ mich aufs Bett fallen und schlief sofort ein. Ich träumte von einem Schwein, das ich mir als Haustier hielt und das nichts anderes als Zucchini und rote Rosen fraß. Mit diesem Schwein saß ich in einer Partner-TV-Show und verkündete, dass ich nur im Doppelpack zu haben sei und das Schwein mit in mein Bett dürfe. Irgendein Lärm weckte mich. Das Schwein blieb zum Glück im Traum zurück, ich stolperte allein aus dem Bett und sah aus dem Fenster hinaus auf die B 3.

Vor dem Queen's Pub gegenüber starteten drei schwere Maschinen. Klar! Was sonst sollte mitten in der Nacht einen solchen Lärm machen? Martha war diese Kneipe schon immer ein Dorn im Auge, der Laden brachte sie regelmäßig zur Weißglut. Trotz vieler Intrigen war es ihr bisher nicht gelungen, den Rockertreff schließen zu lassen.

Natürlich war ich zwischen sechzehn und achtzehn Besitzerin einer Motorradjacke und regelmäßiger Gast in Joes Queen's gewesen. Joe betrieb den Laden immer noch, wie ich von Martha wusste. Unter Bikern war der Pub bekannt, Motorradfahrer aus der gesamten Ortenau, auch von weiter her, trafen sich in der ehemaligen Bäckerei.

Dennoch stutzte ich, als ich im Licht der Straßenlaterne auf den Jacken der Fahrer das Emblem der Hellsass Devils erkannte. Joe kam herausgerannt und drückte einem der drei einen Umschlag in die Hand. Ich sah mir die Jungs genauer an: Der auf der roten Suzuki konnte sehr wohl das Kraftpaket sein, das in der Winstub mit Handtüchern um sich geworfen hatte. An einem Wochenende hätte ich mich über ihr Auftauchen nicht gewundert, aber was trieben die Elsässer an einem normalen Montagabend in Fautenbach? Und wieso war das Kraftpaket schon wieder auf freiem Fuß?

Mit dem trat er jetzt kräftig in die Pedale, die beiden anderen taten es ihm gleich. Noch einmal ließ das Trio seine Maschinen mächtig aufheulen, dann brauste es in Richtung Achern davon. Joe sah ihnen nach, bevor er zurück in den Pub ging.

Kurzzeitig kehrte auf der B 3 Ruhe ein, dann rauschte das nächste Auto vorbei. Ich konnte mich beim besten Willen nicht mehr erinnern, was mich als Teenager geritten hatte, mir ausgerechnet dieses Zimmer im Haus auszusuchen. Vielleicht hatte mich damals der Straßenlärm nicht gestört, wahrscheinlicher war, dass ich mindestens ein Zimmer zwischen meinem und dem der Eltern haben wollte. Die Zimmeraufteilung wurde nie verändert, wie in der Linde nie etwas verändert wurde. Deshalb sah mein Zimmer noch genauso aus, wie ich es mit siebzehn verlassen hatte. An der Wand hingen die Filmplakate von »Das Imperium schlägt zurück«, »Indiana Jones« und »Blade Runner«, auf dem kleinen Schreibtisch stand der verstaubte Miniaturnachbau von Han Solos Rasendem Falken. – Brauchten Eltern das, damit die Kinder für sie immer Kinder blieben? Oder war es meine Aufgabe, hier Tabula rasa zu machen, um das Kindsein endlich hinter mir zu lassen?

In einem blau lackierten Rahmen zwischen den beiden Fenstern hing immer noch das Foto von Harrison Ford, dem Schwarm meiner Jugend. Mit fünfzehn liebte ich Abenteurer und Draufgängertypen, viel später war ich mit so einem hoffnungslos gescheitert. Wo Ecki, der Verräter, sich wohl herumtrieb? Tokio? San Francisco? Buenos Aires? Ob er schon die nächste Frau mit seinem Wiener Charme einwickelte? Nicht weiter dran denken! Der treulose Hund konnte mir endgültig gestohlen bleiben.

Ich war ins Bett gefallen, ohne mich auszuziehen, und merkte, dass ich stank. Nach einem langen Tag, nach Fett und Schnitzelküche, nicht nach Schwein. Ich konnte mich nicht riechen und nahm im Bad eine späte Dusche. Auf dem Rückweg bemerkte ich, dass die Tür zum Wohnzimmer einen Spalt aufstand, durch den blauweißes Fernsehlicht schimmerte. Edgar hatte sich also fürs Sofa entschieden. Auf Zehenspitzen schlich ich mich in mein Zimmer und schloss schnell die Tür.

Mein Handy klingelte, als ich mich wieder im Plumeau eingemummelt hatte. Luc, dachte ich elektrisiert und drückte schnell die On-Taste.

»Oui, oui«, flüsterte ich ins Telefon.

»Sind Sie das, Frau Schweitzer?«, fragte Alban Brandt.

»Was ist los?« Irgendwas musste passiert sein. Warum sonst sollte mich Brandt so spät noch anrufen?

»Nein, nein. Mich hat unser Telefonat nicht losgelassen. Ich habe Sie doch nicht geweckt, oder?«

»Das haben drei Motorräder kurz vor Ihrem Anruf erledigt«, brummte ich.

»Da bin ich aber froh, dass ich nicht der Bösewicht bin. Sie als Nachtarbeiterin, habe ich gedacht, sind um Mitternacht noch putzmunter. Sonst hätte ich doch nicht zu so später Stunde ...«

»Schon gut, Herr Brandt«, unterbrach ich ihn. Seine Entschuldigungen konnten ewig dauern.

»Wie hängen Sie in diesem Mordfall drin?«

Keine Frage mehr, eine Tatsache jetzt. Brandt hatte eine feine Antenne für Zwischentöne. Ich hätte ihm nie von dem toten Murnier erzählen sollen.

»Wenn ich Ihnen helfen soll, muss ich schon ein bisschen mehr wissen«, fuhr Brandt fort.

»Ich glaube nicht, dass Sie mir helfen können«, wiegelte ich ab.

»Oh«, sagte Brandt.

Mehr nicht. Draußen rollten weitere Autos über die B 3. Eine Tür klatschte zu, wahrscheinlich die des Queen's Pub, ein Motorrad wurde gestartet. Vielleicht Joe, der die Heimfahrt antrat, nachdem er seinen Laden dichtgemacht hatte. Dann Stille, in die irgendwann sanft und leise das Plätschern des Baches drang, bis dieses von einem weiteren Auto übertönt wurde. Brandt konnte gut und ausgiebig schweigen, wusste ich. Das war seine Spezialität. Durch Schweigen brachte er andere zum Reden. Auch mich. Ich erzählte ihm von den Hellsass Devils, von der Zerstörungsorgie auf dem Fest, von dem Kraftpaket und von den zwei anderen im Queen's Pub.

»In der Gegend von Lahr gab es vor ein paar Monaten einen spektakulären Mord an einem Mitglied der Hells Angels«, fiel Brandt ein. »Ein Kollege aus Offenburg hat mich deswegen kontaktiert, es gab eine Spur zur Kölner Gruppe der Hells Angels. In der Gartenhütte des Toten wurden große Mengen Rauschgift sichergestellt. Marihuana, Haschisch, Kokain, die ganze Palette. Rocker- und Drogenmilieu, schwieriger Fall, aufwendige Spurensuche. Zur Trauerfeier kamen achthundert Hells Angels. Der Fall ist noch nicht aufgeklärt.«

»Meinen Sie, da gibt es einen Kontakt zu den Hellsass Devils?«

»Durchaus möglich. Rockerbanden sind gut vernetzt. Vor allem das Drogengeschäft funktioniert nicht ohne internationale Kontakte.«

»Ich kann Joe, den Wirt des Queen's, fragen. Ich kenne ihn von früher.«

»Lassen Sie bloß die Finger davon! Wenn Sie in dem Milieu herumstochern, wird man Ihnen schnell die Fresse polieren, was ausgesprochen schade wäre. Geben Sie die Information an die örtliche Polizei weiter. Die sollen sich kümmern. Und jetzt erzählen Sie mir, was Ihr Messer im Rücken des Toten macht!«

Wie hatte Brandt das herausgefunden? Geheime Polizeikanäle? Buschtrommeln?

»Also wirklich. Woher …?«

»Sie haben es mir selbst erzählt. An einem Messerknauf – und mehr ist, wenn das Messer in einem Körper steckt, nicht zu sehen – kann man nicht erkennen, um was für eine Art Messer es sich handelt. Aber Sie wussten, dass es ein Ausbeinmesser ist. Sie müssen das Messer also am Knauf erkannt haben. Und welche Messer kennt man besser als die eigenen?«

Ein unüberlegtes Wort und schon hatte Brandt mich am Haken. »Die Polizei weiß, dass es mein Messer ist. Ich habe meine Messer in der Küche des Festsaals liegen lassen. Jeder hätte sich das Messer nehmen können.«

»Viel interessanter ist doch, wer wusste, dass es Ihr Messer war. Also?«

»Die beiden Kochgruppen.« Mir fiel ein, dass Pascal, Felix und Luc während des Kochens über Messer gefachsimpelt hatten. Ein beliebtes Thema bei männlichen Hobbyköchen. Felix schwor auf japanischen Stahl, Pascal auf Jagdmesser, Luc brach eine Lanze für die Messer von Laguiole. Was hatte ich über meine Solinger gesagt? Wer hatte dabei zugehört?

»Kann es sein, dass Sie da einer in die Scheiße reiten will?«, fragte Brandt. »Wem sind Sie denn auf die Füße getreten oder in die Quere gekommen?«

Hedwig? Aber was hatte die mit Emile Murnier zu tun? Und spuckte die nicht schon ohne Messer genügend Gift? Warum sollte mich einer der anderen in Schwierigkeiten bringen wollen?

»Denken Sie nach, Frau Schweitzer! Versuchen Sie, sich so genau wie möglich an den Abend zu erinnern. Alles kann hilfreich sein. Gibt es zum Beispiel eine direkte Spur zwischen den Hellsass Devils und dem Toten?«

»Ja«, fiel mir ein. »Einen von ihnen hab ich im Hof von Murniers Sohn fahren sehen.«

»Murnier hatte einen Sohn? Was macht er?«

»Er ist Winzer wie sein Vater.«

»Aber er bewirtschaftet nicht den elterlichen Betrieb? Wieso?«

»Luc hat nichts mit dem Mord zu tun«, sagte ich. Zu schnell und zu heftig.

Klar, dass Brandt nach dem Satz alarmiert war. Ich war müde, ich war erschöpft, also erzählte ich ihm doch den Rest der Geschichte.

»Wenn Sie nicht bemerkt haben, dass Luc Murnier im Bad verschwunden ist, dann könnte es sehr wohl sein, dass der Mann bereits früher Ihr Zimmer verlassen hat«, folgerte Brandt. »Ach, Frau Schweitzer«, ergänzte er mit einem Seufzer. »Sie haben ein Händchen für zwielichtige Männer. Wollen Sie sich nicht mal nach was Soliderem umsehen?«

Nein. Wollte ich nicht. Zwielichtig! Luc war nicht zwielichtig. Ich verfluchte Brandt dafür, dass er die Zweifel an Luc in mir verstärkt hatte.

NEUN

Sophie Ketterer, las ich im Guller, der Wochenzeitung der Ortenau, hatte bereits eine beachtliche Karriere hinter sich. Studium an der Hochschule für öffentliche Verwaltung in Kehl, der »Kaderschmiede für Bürgermeister«. Erste Sporen verdiente sie sich im Vorzimmer des Bürgermeisters von Achern, nächste Station der Bürgerservice Kehl, danach bereits Leiterin des Fachbereiches Familie und Soziales in Offenburg. Durch ihre berufliche und politische Arbeit bestens in der Ortenau vernetzt, strebte sie nun das Amt des Oberbürgermeisters in Oberkirch an. Als Winzertochter in Ringelbach geboren und aufgewachsen, hatte sie nie den Kontakt zu ihrer Heimatstadt verloren, auch wenn sie seit der Heirat mit ihrem Mann in Fautenbach lebte, schrieb die Wochenzeitung. Ihre offene und zupackende Art – Arbeit war sie von Kindesbeinen an gewohnt – machte sie bei den Menschen beliebt, ihr klarer Verstand und ihr Talent, komplizierte Sachverhalte verständlich zu erklären, verschafften ihr Respekt, auch beim politischen Gegner.

Okay, dachte ich, die Frau war ordentlich durchgestartet. Das passte zu meinem Eindruck von ihr. Sie flirrte vor Energie. Beim Weiterlesen verstand ich auch, was es mit dem Hochregallager auf sich hatte, über das sie bei unserer Abfahrt nach Scherwiller mit Käshammer gesprochen hatte. Dieses Hochregallager wollte die Papierfabrik Koehler in Oberkirch errichten, geplant als monströser Bau am Eingang des Renchtals, der vor allem wegen seiner Höhe von fast fünfzig Metern in die Kritik geraten war. In der Zwischenzeit war es um fünf Meter Höhe reduziert worden, und der Gemeinderat hatte das Projekt nach einem gescheiterten Bürgerbegehren befürwortet, Koehler war schließlich einer der größten Arbeitgeber der Gegend. Bei diesem Bau musste sich Sophie, so sie die Wahl gewinnen würde, also nur noch mit den Folgen herumschlagen.

Befragt nach den wichtigsten Projekten in Oberkirch, antwortete sie: »Natürlich werde ich die Umgestaltung der Hauptstraße zügig in Angriff nehmen. Ob nun verkehrsberuhigt oder als Fußgängerzone, das werde ich im Wesentlichen von der Bürgerbefragung zu diesem heiß diskutierten Thema abhängig machen. Für den weiteren Verbleib der Geburtsstation im Klinikum Oberkirch kämpfe ich wie eine Löwin, denn nicht immer ist die Zentralisierung und Spezialisierung von Kliniken im Interesse der Bürger.«

Hatten Felix und Sophie eigentlich Kinder?, fragte ich mich, schloss es aber fast aus. Eltern redeten immer über ihre Kinder, aber weder Sophie noch Felix hatten je ein Kind erwähnt. Wenn die zwei tatsächlich keine Kinder hatten, wieso? Bewusste Entscheidung dagegen? Oder weil es nicht geklappt hatte? Interessante Frage, vor allem wenn man auf dem Land lebte. Ungewollte Kinderlosigkeit war tragisch, gewollte hatte das »Geschmäckle« von zu großem Ehrgeiz.

»Sehr glücklich bin ich über die Entscheidung, den Oberkircher Bahnhof nicht an einen Investor zu verkaufen«, las ich weiter. »Ich kann mir den Bahnhof sehr gut als ein Bürgerzentrum vorstellen, wo Jugendliche sich genauso zu Hause fühlen wie junge Familien und Migranten. Wo es Musik, Literatur und Kunst, Gespräche und Debatten gibt. Ein Ort des Austausches und der Begegnung.«

Mit diesem Leuchtfeuerprojekt konnte sie bei der Jugend und bei jungen Familien punkten. Interessant fand ich, dass sie kein Wort über die Finanzierung sagte. Vielleicht wollte sie dafür die Papierfabrik gewinnen? Als Revanche für das genehmigte Hochregallager? »Mer kenne uns, mer helfe uns«, hieß das in Köln.

Am meisten wünsche Sophie Ketterer sich für ihre Amtszeit, so wurde am Ende des Artikels berichtet, dass Oberkirch von der Bevölkerung sowohl als badisch gemütliche als auch als weltoffene Stadt erlebt werde.

Eine Doppelseite hatte ihr die Zeitung gewidmet. Sie lachte auf dem großen Porträtfoto. Im Hintergrund Weinberge, die Kurzhaarfrisur windzerzaust, die Augen energisch in die Zukunft gerichtet, strahlte sie Bodenständigkeit und Weitblick aus. Die Zeitungsmacher trauten ihr den neuen Job zu, das war die eindeutige Botschaft. Keine schlechte Werbung für die Wahl am kommenden Sonntag. Ob Felix als Bürgermeisterin-Gatte gerüstet war? Gestern Abend war er mir noch verlorener, noch verhuschter vorgekommen als bei unserer Fahrt ins Elsass.

Es tat gut, sich mit den Problemen fremder Menschen zu beschäftigen, aber irgendwann legte ich die Zeitung doch beiseite. Immer noch saß ich allein beim Frühstück auf der Bank vor dem Kachelofen. Acht Uhr war es, um diese Zeit werkelte Martha normalerweise schon lautstark in der Küche, und Edgar studierte beim Kaffee die Zeitungen. Aber noch war keiner der beiden heruntergekommen, und ich würde einen Teufel tun, an die Schlaf- oder Wohnzimmertür zu klopfen. Ich würde gleich zu meinem Patissier-Kurs nach Straßburg starten und darauf hoffen, dass die beiden bei meiner Rückkehr wieder auf ihren Posten standen.

Ich überflog die Überschriften des Acher und Bühler Boten, als Edgar wie ein geprügelter Hund die Treppe hinunterschlich. Sein Hemd war falsch zugeknöpft, und unter seinem Arm klemmte ein altes Album. Ich schenkte ihm eine Tasse Kaffee ein und stellte sie vor ihn auf den Tisch. Ich vermied den direkten Blick, weil ich Angst vor der Verzweiflung in seinen Augen hatte.

Wortlos kippte er Milch in die Tasse, nahm den ersten Schluck und schob mir das Album hin. Es war nicht das große weinrote, in das die in Bildern konservierten Höhepunkte unserer Familiengeschichte gepresst waren: die Hochzeitsbilder von Edgar und Martha, die Baby- und Kinderfotos von Bernhard und mir, Bilder von Kommunionen, Geburtstagen, Weihnachtsfeiern, Reiter- und Zwiebelfesten. Edgars in grünes Leinen eingeschlagenes Album kannte ich überhaupt nicht. »Fahrten und Reisen« stand in Marthas spitzer Handschrift auf der ersten Seite.

Edgar schlug das Album in der Mitte auf und deutete auf ein Foto, das Martha, ihre Freundin Gerti und Emile Murnier zeigte. Die beiden Frauen flankierten Murnier, der seine Arme um deren Schultern gelegt hatte. Alle drei lachten den Fotografen an. Emiles blonde Locken waren nach hinten gekämmt, Martha trug so eine Art toupierten Knoten und Gerti eine komplizierte Hochsteckfrisur. Im Hintergrund sah man lange Tische, an denen Menschen beim Essen saßen.

»Du willst ihr doch nicht aufgrund dieses Fotos eine Affäre andichten«, wiegelte ich ab und blätterte im Album zurück, bis ich unter dem Schriftzug »Erste Fahrt nach Scherwiller 1967« das Foto eines Büssing-Busses fand, der tatsächlich genauso aussah wie der, mit dem wir vor vier Tagen ins Elsass gefahren waren. Von diesem ersten Treffen wusste ich nur das, was Rosa und Antoinette mir erzählt hatten. Ich bat meinen Vater, davon zu erzählen, in der Hoffnung, ihn dadurch von der fixen Idee, Martha habe ihn mit Murnier betrogen, abzulenken. Edgar war einer, der gern erzählte. Und das tat er dann auch.

»Für die meisten von uns, sieht man von den Männern ab, die im Krieg waren, war das der erste Ausflug ins Ausland«, begann er. »Martha und ich sind auf unserer Hochzeitsreise immerhin schon in Österreich gewesen, aber Straßburg, das ja direkt vor der Haustür liegt, haben wir nur aus den Erzählungen der Großmütter 'kennt. Prächtig muss die Stadt vor dem Ersten Weltkrieg gewesen sein. Die Preußen haben Straßburg nach dem 1870er-Krieg aus dem Mittelalter herausg'holt und ein eigenes deutsches Viertel gebaut. Der Kaiserpalast am Platz der Republik, das Ägyptische Haus, die Städtische Badeanstalt. Vom großen Wochenmarkt hat meine Oma erzählt, wo die Fautenbacherinnen ihre Eier verkauft haben. Zurückgekommen sind sie mit feinen Stoffen, Posamenten und Spitzen.« Für das Vergnügen, in Straßburg einmal in der Woche richtige Großstadtluft zu schnuppern, erzählte er, seien sie gern die halbe Nacht hin- und bis in die Nacht zurückgelaufen mit den großen Eierkörben auf dem Kopf.

»Natürlich sind wir bei der ersten Fahrt nach Scherwiller über Straßburg gefahren, 's gab doch keine andere Brücke über den Rhein, mitten durch die Stadt hat man gemusst, um auf die N 86 zu gelangen. Aber von der Pracht war nichts mehr zu sehen, damals 1967. Straßburg war eine graue Stadt, zwar im Krieg kaum zerstört, aber trotzdem ärmlich, verlottert, wie ausgehungert. Du musst sie dir vorstellen wie die ostdeutschen Städte nach Öffnung der Mauer. Auch bei den Dörfern auf der Strecke nach Schlettstadt war nichts frisch geweißelt oder neu gebaut, kein Vergleich zu den fein herausgeputzten von heute, dagegen sind uns unsere Dörfer schön und blitzsauber vorgekommen. Sah grad so aus, als ob die Franzosen den Krieg verloren hätten und nicht wir.«

Edgar deutete auf das Foto eines Dorfplatzes, der tatsächlich wie zu Beginn des zwanzigsten Jahrhunderts aussah.

»Das war Scherwiller damals?«, fragte ich ungläubig.

»Nein, nein. Das war irgendwo unterwegs, weil eine von den Frauen ›gemusst‹ hat. Plumpsklo hat es ja bei uns damals noch gegeben, aber nur ein Loch im Boden, über dem man frei schwebend sein Geschäft verrichten musste, das haben wir nicht ’kennt. Nach dem ›Erlebnis‹ haben wir ja mit dem Schlimmsten g’rechnet. Im Bus natürlich aufgeregte Stimmung, außer dem Pfarrer Schmitt und dem Herre Franz, dem alten Bürgermeister, hat noch keiner je im Leben mit den Franzosen geredet, man hat ja nicht g’wusst, auf was für Leut man da trifft und wie man mit denen umgehen soll. Und in Scherwiller dann erst ins Hochamt, war doch das Patronatsfest, Peter und Paul ist die Scherwiller Kirch gewidmet, der Fautenbacher Kirchenchor hat g’sunge. Und nach der Messe sind dann alle aufgeteilt worden, der Bürgermeister zum Bürgermeister, der Pfarrer zum Pfarrer, die Musik zur Musik und auch Wirtsleut zu Wirtsleut. Martha und ich also zu Alphonse und Odette Mueller, den Eltern von Pierre von der Winstub Mueller.«

Er deutete auf ein Foto, das im Innenhof der Winstub aufgenommen worden war. Edgar zwischen einem älteren Ehepaar, die Frau trug eine weiße Schürze, Tische und Stühle der Gaststube waren nach draußen getragen worden, davor pickten ein paar Hühner im Lehmboden.

»Bei denen sind damals noch die Hühner im Hof rumgelaufen, Mistkratzerle haben sie geheißen wie bei uns, und wie bei uns sind die Bibbele mit Bibbeleskäs gefüttert worden.«

»Pierre habt ihr damals noch nicht kennengelernt?«, fragte ich.

»Doch, doch. Aber beim Mittagessen war er nicht da, nur hinterher abends bei dem großen Fest.«

»Und was ist das? Rührei?«, wollte die interessierte Köchin in mir beim Blick auf ein weiteres Foto wissen. Dort lag auf einem Teller ein gelbes Etwas.

»Läufiger Munsterkäs! Kein Mensch bei uns hat damals Käse nach dem Essen gegessen. Beim Essen haben wir nämlich genauso gestaunt wie bei den Häusern, nur umgekehrt. Was die alles aufgefahren haben, so was hat man bei uns doch gar nicht ’kennt! Selbst gemachte Pasteten, Baekeoffe, Meringen. Und Käse. ›Der Munsterkäs‹, hat der alte Alphonse Mueller g’sagt, ›isch ein typischer Elsässer Käs. Er schtinkt dütsch und schmeckt französisch.‹

Gegesse hab ich damals nur ein kleines Stück, höflichkeitshalber, so streng, wie der gestunke hat. Heute esse ich ihn gerne. Hast du g'sehe? Die Martha hat ein Gericht mit Munsterkäse auf der Speisekarte.«

Ich blätterte weiter in dem Album. Die nächsten Fotos waren beim Fußballspiel aufgenommen. Die deutsche Mannschaft, die französische Mannschaft, die zwei Kapitäne bei der Übergabe der Wimpel. Der deutsche war Hubert Ketterer, der Vater von Felix, der französische Emile Murnier. Er sah gut aus, wirklich ein bisschen wie der junge Jean Gabin.

»Der alte Ketterer hat mal Fußball gespielt?«

»Und frag nicht, wie«, bestätigte Edgar. »Dass die Fautenbacher gewonnen haben, war sein Verdienst. Er hat das entscheidende Tor geschossen. Oh, das hat sie gefuchst, die Franzosen! Du weißt ja: In der Kirch und beim Essen kann man höflich sein, beim Fußball aber nicht. Und bei dem Spiel, da ist mit harten Bandagen gekämpft worden. Und Emile Murnier war der verbissenste Spieler. 's war fast so, als ob er uns Deutschen hat zeigen wollen, dass die Franzosen nicht nur im Krieg, sondern auch im Spiel gewinnen können. Bis fünf Minuten vor Schluss haben die Elsässer geführt, dann der Ausgleich durch Edgar und keine Minute später der Siegtreffer vom Hubert. Du, d'r Emile Murnier war so sauer, der hat dem Hubert am Ende nicht mal mehr die Hand gegeben.«

Das nächste Bild zeigte eine große Menschenansammlung vor einem Granitmonument. Die zwei Bürgermeister waren nach vorne getreten, sie hielten ihre Hüte in den Händen, genau wie alle Männer auf dem Bild. Bei genauem Hinsehen gelang es mir, die Inschrift zu entziffern: *A NOS MORTS*, unseren Toten.

»Der Krieg war zwar schon über zwanzig Jahre vorbei«, erklärte Edgar, »aber trotzdem immer noch präsent. Kriegsversehrte Einarmige oder Männer mit Holzbein hat's bei uns in Fautenbach genauso gegeben wie in Scherwiller. Diese Kriegswunden hat jeder sehen können, aber die wirklich schlimmen waren in den Köpfen von den Leuten verborgen. Ich weiß nicht, was passiert ist, als die Franzosen Fautenbach besetzt haben, da war ich ja ein sechsjähriges Büble, für mich war's ein Spiel, als die Mutter uns im Heuschober versteckt und uns eingebläut hat, erst wieder rauszukommen, wenn sie uns ruft. Aber ein paar Jahre älter erinnere ich mich an die Angst von der Mutter, wenn darüber geredet wurde. Und immer sind alle ganz schnell verstummt, wenn sie gemerkt haben, dass ich zuhöre. Und jede Familie hat so eine Angst oder so eine Verwundung mit sich herumgetragen, und die zurückgekehrten Soldaten haben das nicht besser gemacht, die haben nämlich noch einen stummen Schrecken mitgebracht. So hab ich es als Kind empfunden. Und deshalb war das« – er deutete auf das Bild – »der schwierigste Moment bei diesem ersten Treffen. Weil alle schreckliche Erinnerungen an den Krieg hatten, weil alle wussten, dass man zwanzig Jahre früher noch aufeinander geschossen hätte. Alle waren froh, als das Totengedenken vorbei war und es in den Festsaal ging.«

Es folgten Fotos vom Fautenbacher Musikverein, der wohl an dem Abend zum Tanz aufgespielt hatte, und welche von langen, voll besetzten Tischen, die Gesichter der Leute so verwaschen, dass ich keinen erkannte. Dann gelangten wir wieder bei dem Foto von Martha, Gerti und Murnier an.

»Guck mal, wen Martha hier anstrahlt. Doch nicht Murnier, sondern den Fotografen. Und wer hat das Foto gemacht? Du, nicht wahr?«

Edgar nickte. »Du hast schon recht. Damals hat sie wirklich nur Augen für mich gehabt. Aber jede Verliebtheit hat ein Ende, und wenn der Kerl dann irgendwann später noch mal seine Drecksfinger nach ihr ausgestreckt hat ...«

»Papa!«, unterbrach ich ihn, weil ich fand, dass er sich wirklich in etwas hineinsteigerte.

In die unangenehme Stille, die sich danach in der Gaststube breitmachte, drangen die Stundenschläge der Fautenbacher Kirchturmuhr. Ich zählte mit, neunmal schlug sie an. Ich musste gleich aufbrechen. Um zehn Uhr begann mein Patissier-Kurs. Ich stand auf und stellte das Geschirr zusammen.

»Bevor du gehst, kannst du nicht noch mal?« Edgar deutete mit dem Kopf nach oben.

Mein Bruder, entschied ich, war dafür viel besser geeignet als ich. Gutmütig, bodenständig, ein bisschen schwerfällig und Mamas Liebling. Aber Bernhard führte ein eigenes Restaurant in Waldulm und würde sich keineswegs freudig von seinen Kochtöpfen wegholen lassen, um unsere Mutter wieder an die ihren zu stellen.

»Katharina, bitte!«

In Edgars Stimme schwang Hoffnung und Dringlichkeit, dann wurde sein Ton von jetzt auf gleich geschäftsmäßig.

»Die Wirtschaft ist noch nicht auf«, sagte er zu den beiden Männern, die durch die Tür traten. »Wir öffnen erst um zwölf.«

Ich sah mir die Besucher an. Der eine war jung, blond und frisch, der andere grau meliert, mit leichtem Bauchansatz und in meinem Alter. Noch bevor sie sich vorstellten, wusste ich, dass es Bullen waren.

»Wir haben noch Fragen zur Mordsache Emile Murnier«, begann der ältere der beiden, nachdem wir uns bekannt gemacht und sie am Tisch vor dem Kachelofen Platz genommen hatten.

Edgar zog sich hinter den Tresen zurück. Weit genug weg, um nicht indiskret zu erscheinen, nah genug dran, um mithören zu können. Eine Wirte-Disziplin, die er perfekt beherrschte. Ich sah auf die Uhr, pünktlich würde ich zu meinem heutigen Macarons-Backen auf keinen Fall mehr kommen.

»Bitte schildern Sie Ihre Begegnung mit Emile Murnier auf dem Fest in Scherwiller noch einmal«, begann der Ältere.

Ich versuchte, mich an zweierlei zu erinnern. Zum einen an das, was ich LeBoeuf gesagt hatte, und zum anderen an die Begegnung mit Murnier selbst. Beschwingt, aufgeregt, von Lucs Avancen berauscht war ich gewesen, ich hätte die ganze Welt umarmen können. Ich musste dringend pinkeln, sonst hätte ich Luc und die schummrige, enge Bar nicht verlassen. Von der Bar aus musste man auf dem Weg zu den Toiletten den ganzen Saal durchqueren. Grüppchen hier, Grüppchen da, ich achtete auf niemanden. Und wenn Felix mir nicht kurz auf die Schultern geklopft hätte, um mir mit Sophie zuzuprosten, hätte ich ihn auch nicht bemerkt. »Amüsierst du dich?«, hatte er gefragt. Und ob!

Von der ausgelassenen Stimmung im Festsaal war in dem langen, schmalen Flur, der zu den WCs führte, nichts mehr zu merken. Und hier, da war ich mir sicher, war ich niemandem mehr begegnet. Außer Murnier.

»Murnier lehnte an der Flurwand direkt neben dem Frauen-WC«, erzählte ich. »Dass genau da einer lehnt, hat mich stutzig gemacht. Hab gedacht, vielleicht ist ihm schlecht oder er braucht eine Pause, bin, als ich ihn erreicht hatte, ein bisschen langsamer geworden. Da hat er mir ohne Vorankündigung zwischen die Beine gefasst, und ich habe ihm eine geknallt.«

»Und davor?«, fragte der Jüngere der beiden. »Im Laufe des Festes Bruderschaft getrunken? Oder getanzt? Oder schöne Augen gemacht?«

Ich funkelte ihn an. »Dass ihr Männer immer noch denkt, wir Frauen provozieren solch ein sexistisches Verhalten. Seid ihr da bei der Polizei noch nicht weiter? Müssen sich Frauen, die so einen Dreckskerl anzeigen, so was bei euch immer noch anhören?«

»Mein Kollege hat seine Frage unglücklich formuliert«, beeilte sich der Ältere, mich zu beruhigen. »Was wir wissen wollen, ist Folgendes: Sind Sie auf dem Weg zum Flur Emile Murnier zum ersten Mal begegnet? Oder gab es im Vorfeld schon irgendeinen Kontakt?«

»Nein.«

»Sie haben das Fest gegen ein Uhr morgens verlassen«, machte der Ältere weiter, »kurz bevor die Hellsass Devils an der Festhalle eintrafen. Sind Sie allein gegangen?«

Der Ältere wirkte bei dieser Frage ganz unbeteiligt, aber der Jüngere lauerte auf meine Antwort, bereit, sofort zuzubeißen, sobald er mich beim Lügen ertappte.

»Luc Murnier war bei mir. Wir haben die Nacht zusammen verbracht.«

»Das haben Sie im Gespräch mit den französischen Kollegen nicht erwähnt«, warf der Jüngere ein.

Der freut sich, dass er mir wenigstens das aufs Butterbrot schmieren kann, dachte ich und sagte: »*Capitaine* LeBoeuf hat mich nicht danach gefragt.«

»Ach ja? Und nur weil er nicht danach gefragt hat …«

»Kurz vor fünf Uhr morgens hat Ihre Mutter Sie geweckt«, unterbrach der Ältere seinen jungen Kollegen. »Ihre Mutter hat Sie auf den Körper im Bach aufmerksam gemacht. Was genau konnten Sie von Ihrem Fenster aus sehen?«

»Dass es ein Mann war, dass er auf dem Bauch lag, dass der Kopf im Wasser lag. Aber weder die Kopfwunde noch das Messer habe ich gesehen.«

»Warum konnten Sie die Verletzungen nicht sehen? War die Entfernung zu groß?«

»Vielleicht. Vielleicht auch, weil ich noch nicht richtig wach war oder weil man ja nie an so etwas Schreckliches denken will. Ich habe zuerst gedacht, dass da einer besoffen in den Bach gefallen ist.«

»Sie sind dann, gefolgt von Ihrer Mutter, zum Bach gelaufen?«

»Korrekt.«

»Wissen Sie, was Luc Murnier in dieser Zeit gemacht hat?«

»Er war im Badezimmer, als meine Mutter ins Zimmer kam.«

»Ist er ebenfalls zum Bach gelaufen?«

»Nein.«

»Hat er sich wieder ins Bett gelegt?«

Der Jüngere mit Häme in der Stimme. Wieder lauerte er auf Antwort. Ungeduldig war er, stand unter Strom. Der wollte sich seine Sporen durch Angriff verdienen, aber so lief das mit seinem Kollegen nicht.

Der Ältere bremste ihn mit einem strafenden Blick, bevor er sich wieder an mich wandte: »Was denken Sie, wie lange es gedauert hat, bis Sie nach dem Leichenfund wieder zurück in Ihrem Zimmer waren?«

Irgendwas zwischen fünf und zehn Minuten, schätzte ich.

»Wartete Murnier im Zimmer auf Sie?«

»Nein.«

»Hat er Ihnen eine Nachricht hinterlassen?«

»Nein.«

»Wissen Sie, wohin er gegangen ist?«

Ich zuckte mit den Schultern.

Luc musste aus dem Fenster gesehen haben, nachdem Martha und ich gegangen waren. Jeder hätte das getan. Hatte er erkennen können, dass der Tote sein Vater war? Vielleicht, vielleicht nicht. Warum hatte er sich dann nicht vergewissert? Warum war er einfach verschwunden?

»Ich habe Luc Murnier erst an diesem Abend kennengelernt«

sagte ich, als ich merkte, dass die Polizisten auf eine Antwort warteten. »Ich weiß sehr wenig über ihn. Vielleicht hat er eine Frau, die nichts von unserer gemeinsamen Nacht wissen soll?«

In meinem Herzen war ich felsenfest davon überzeugt, dass es diese Frau nicht gab. Aber vielleicht konnte ich mit der Frau eine kleine Nebelspur legen, damit meine Unruhe, was Lucs Verschwinden betraf, nicht bei den Polizisten ankam.

»Haben Sie Murnier danach noch einmal gesehen?«, fragte der Ältere weiter.

»Gestern, aber nur sehr kurz. Ich hatte in Straßburg zu tun und danach einen Abstecher zu seinem Weingut gemacht. Er war in den Reben, seine Tochter hat mir den Weg gezeigt. Kaum hatte ich ihn gefunden, rief seine Tochter an. Sie teilte ihm mit, dass die Polizei auf dem Weingut eingetroffen war, Murnier hat sich daraufhin sofort auf den Heimweg gemacht.«

»Und danach? Es gibt doch Telefon, oder?«

Wieder der Jüngere, diesmal noch eine Spur aggressiver. Wieder schickte ihm der Ältere einen mahnenden Blick. Vielleicht, fiel mir ein, spielten die zwei Theater? Gaben vor mir ihre Variante von guter Bulle, böser Bulle?

»Wir haben nicht telefoniert«, beantwortete ich die Frage.

Der Jüngere sah nicht so aus, als ob er mir das glaubte, hakte aber nicht nach. Der Ältere fragte mich wieder nach der genauen Uhrzeit meines Treffens mit Luc und danach, ob ich im Weingut oder im Weinberg noch jemanden getroffen hätte. Dann schien er zufrieden, denn er klappte sein Notizbuch zu. Aber der Jüngere musste noch mal nachkarten.

»Sie waren also kurz nach ein Uhr nachts im Hotel und sind kurz vor fünf Uhr morgens von Ihrer Mutter geweckt worden. War Luc Murnier die ganze Zeit bei Ihnen?«

»Was glauben Sie denn? Wo soll er denn sonst gewesen sein?«

»Legen Sie dafür Ihre Hand ins Feuer?«

»Denken Sie etwa, Luc Murnier hat seinen Vater umgebracht?«

»Was wir denken, spielt keine Rolle. Bitte beantworten Sie die Frage meines Kollegen«, unterstützte der Ältere zum ersten Mal den Jüngeren.

»Natürlich. Hundertprozentig«, sagte ich entschlossen. Luc war nicht weggegangen in der Nacht, das hätte ich gemerkt, gespürt, gefühlt, was auch immer.

Die zwei Polizisten wechselten bedeutungsschwangere Blicke, dann standen sie auf.

»Können wir jetzt noch Ihre Mutter sprechen?«, fragte der Ältere.

»Natürlich«, sagte ich wieder und nickte Edgar, der beim Polieren eines Glases erstarrt war, beruhigend zu. »Ich gehe nach oben und sag ihr Bescheid.«

Ich war mir sicher, dass Martha mit ihrer Obrigkeitsgläubigkeit sofort die Tür öffnen würde, wenn ich ihr sagte, dass die Polizei mit ihr sprechen wollte. Aber sie tat es nicht. Sie reagierte überhaupt nicht. War sie noch im Zimmer? Oder schon klammheimlich über alle Berge? Oder etwa … Ich klopfte heftiger und drohte, die Tür aufzubrechen, wenn sie nicht wenigstens ein Lebenszeichen von sich gäbe.

Da knurrte sie deutlich hörbar: »Die können mich mal.« Danach wieder Funkstille.

Ich flehte, bettelte, drohte, schimpfte und kam mir völlig bescheuert vor. »Mama«, flüsterte ich irgendwann entnervt, »wenn du nicht aufmachst, sag ich den Polizisten, dass du eine Affäre mit Emile Murnier gehabt hast. Das ist nämlich das, was Papa denkt.«

Wenn Blicke töten könnten, wäre ich auf der Stelle tot umgefallen, als Martha kurz nach diesem Satz die Tür öffnete.

»Des isch Bibbeleskäs«, spuckte sie mir entgegen. »Wieso bist du nicht bei dem Patissier-Kurs?«

Dann stapfte sie ohne ein weiteres Wort in einer gestärkten blütenweißen Kochjacke und mit frisch geföhnten Haaren an mir vorbei und krempelte sich, während sie sicheren Schritts die Treppe hinunterstieg, die Ärmel hoch. Ganz die alte Martha.

Ich stand immer noch vor der Tür und warf nun einen Blick ins elterliche Schlafzimmer. Die Plumeaus glatt gezogen, die Kissen aufgeschüttelt und mit einem mittigen Knick versehen, auf den beiden Stühlen nicht ein liegen gelassenes Kleidungsstück, alles picobello. So als hätte Martha nicht einen Tag und eine Nacht in trotziger Abgeschiedenheit hier gehaust, so als wäre alles wie immer, so als wäre die Welt in der Linde in bester Ordnung.

»Gehen wir hoch ins Wohnzimmer, meine Herren«, hörte ich sie unten zu den Polizisten sagen. »Gleich kommen die Lieferanten, dann wird's in der Gaststube so hektisch.«

Ich stand immer noch vor ihrem Schlafzimmer, als sie mit den beiden Polizisten die Treppe hochkam. Mich würdigte sie keines Blickes, im Gegenteil, sie knallte mir die Tür vor der Nase zu.

Martha wusste etwas, so viel war klar. So eine Geheimnistuerei passte nicht zu ihr, nur aus Spaß an der Freud machte sie nicht so ein Theater. Was hatte sie geweckt in der Nacht, als Murnier getötet wurde? Ein Schrei, ein Kampf, ein Donnerwetter? Hatte sie jemanden bemerkt? Warum war sie nicht selbst nachsehen gegangen? Warum musste sie mich wecken? Hatte sie etwa Angst? Wovor? Vor wem?

Fragen, von denen ich nicht wusste, ob sie mir die je beantworten würde. Aber vielleicht beantwortete sie die Fragen der Polizisten, mit denen sie hinter der verschlossenen Tür redete. Lauschen war mir verhasst, ich mochte nicht glauben, dass ich es wirklich tat. Ich musste mir einen Ruck geben, um mein Ohr an die Tür zu halten. Leider verstand ich so gut wie nichts. Ich konnte das Ohr noch so fest an die Tür pressen, ich schnappte nur das eine oder andere etwas lauter gesprochene Wort auf, alles andere ging in einem breiigen Gemurmel unter. Ente, Fenster, Müller, Magensäure. Wie sollte ich mir darauf einen Reim machen?

Als mein Handy klingelte, zog ich mich ertappt von der Tür zurück und stolperte die Treppen hinunter.

»Interessiert dich der Stand der Ermittlungen?«, fragte FK. »Es ist ja nicht so, dass die deutsch-französische Polizeiarbeit nicht funktioniert. Hab ich dir schon erzählt, dass es seit 1997 ein Gemeinsames Zentrum für deutsch-französische Polizeiarbeit gibt? Schengener Abkommen, Verbrechen macht nicht vor Grenzen halt, zusammenwachsendes Europa und so weiter. Die sitzen in Kehl, sind pari pari mit Deutschen und Franzosen besetzt. Haben kein operatives Mandat, unterstützen aber die Kollegen vor Ort. Deren größtes Plus ist, dass sie genaue Kenntnisse der Verfahrensabläufe in beiden Ländern haben und wissen, wo die Scharniere knirschen. Bei denen laufen alle Ergebnisse zu…«

»Und was gibt es jetzt Neues?«, unterbrach ich ihn, als ich wieder unten in der Gaststube angekommen war.

»Fundort ist nicht gleich Tatort«, erzählte FK. »Und jetzt rate mal, wo Murnier getötet wurde.«

»Etwa vor seinem Haus?«, riet ich.

Kurze Pause an meinem Ohr, dann kam: »Kannst du hellsehen?«

»Nein. Aber Murnier hat das Fest verlassen, um heimzugehen. Jakub Sajdowski ist ihm gefolgt.« Dann erzählte ich ihm vom dem Gespräch mit Sylwia und Marek.

»Interessant, was auf dem Fautenbacher Zwiebelfest so alles besprochen wird«, meinte FK. »Bestimmt verflucht Jakub Sajdowski in seiner Zelle seine Schwester dafür, dass sie ihm den Job bei Murnier verschafft hat. Denn für Sajdowski sieht es nun noch schlechter aus als vorher. Ist wahrscheinlich nur noch eine Frage der Zeit, bis er den Mord zugibt. Mein Bauchgefühl hat mich getäuscht, aber du wirst bestimmt aufatmen, dass dein Luc jetzt aus der Schusslinie ist.«

Mein Bauch atmete aber gar nicht entspannt. Der klumpte sich zusammen und glaubte nicht daran, dass alles so einfach sein sollte. Zu viele offene Fragen.

»Noch hat er nicht gestanden«, sagte ich zu FK. »Würde mich wundern, wenn es nicht noch die eine oder andere Überraschung gibt.«

»Weißt du was, das ich nicht weiß?«, fragte FK misstrauisch.

»Reines Bauchgefühl«, gab ich zurück. »Du weißt, du wärst der Erste, dem ich es erzählte.«

»Wer's glaubt, wird selig«, seufzte FK wenig überzeugt. »Wie lang bist du noch im Land?«

»Mein Patissier-Kurs dauert bis Freitag. Und dann, mal sehen. Meldest du dich, wenn es was Neues gibt?«

»Nur, wenn du deine Karten auch auf den Tisch legst und ein Bier ausgibst.«

»Eine meiner leichtesten Übungen als Wirtstochter.«

FK lachte und beendete das Gespräch.

Ich sah mich um. Edgar hatte den Tisch vor dem Kachelofen aufgeräumt, dort lag jetzt ausgebreitet der Acher und Bühler Bote. Mein Vater stand wieder hinter dem Tresen, der glänzte wie nach einem gewaltsamen Frühjahrsputz.

»Wie hast du sie aus dem Zimmer gelockt?«, fragte er und deutete mit dem Kopf nach oben.

»Ich habe ihr gesagt, dass du glaubst, sie hätte was mit Emile Murnier.«

»Was hat sie geantwortet?«

»Des isch Bibbeleskäs!«

»Weißt, dass sie das schon damals g'sagt hat bei dem ersten Treffen?«, erinnerte sich Edgar und wirkte ein bisschen erleichtert. »Als ich sauer g'wesen bin, weil der Murnier ihr schöne Augen g'macht hat, da hat sie nur g'meint: ›Jetzt schwätz kei Bibbeleskäs.‹ Denkst du, dass sie gleich wieder runterkommt und kocht?«

Ich zuckte mit den Schultern. Ich hatte keine Ahnung, ob Martha ihre Klausur – oder was immer das war – beendet oder nur unterbrochen hatte. Aber ich würde auf keinen Fall mit Edgar am Kachelofen sitzen und darauf warten, dass sie herunterkam. Ich sah auf die Uhr. Mein Patissier-Kurs war bereits in vollem Gange, bis ich in Straßburg sein würde, wäre es Mittag. Viel zu spät, um aufzuholen, was die anderen bis dahin vorbereitet und gemacht hatten. Na prima!

ZEHN

Der Tag war verkorkst, da konnte ich genauso gut mit etwas weitermachen, was ich seit meiner Ankunft im Badischen vor mir herschob: Wein kaufen. In der Weißen Lilie war das bisher Eckis Job gewesen. Aber seine Veltliner und Zweigelts neigten sich dem Ende zu, und ich hatte entschieden, die Österreicher durch Ortenau-Weine zu ersetzen. Nichts mehr sollte mich in der Weißen Lilie an Ecki, den Verräter, erinnern. Die Winzergenossenschaften in Sasbachwalden, Waldulm, Oberkirch und Durbach und einige selbst vermarktende Winzer hatte ich mir dafür ausgesucht.

Ich begann meine Tour in Sasbachwalden, dem berühmtesten Feriendorf der Gegend – Geranienpracht ohne Ende, gepflegtes Fachwerk, blitzblanke Straßen. Selbst den funktionalen Bau der Winzergenossenschaft zierten an der Frontseite Fachwerk und Geranien.

Wein war nicht mein Metier. Natürlich konnte ich einen guten von einem schlechten Tropfen unterscheiden, aber mir fehlten die feine Zunge und die Passion. Ich hatte mich immer aufs Kochen konzentriert, deshalb war ich sehr froh gewesen, dass Ecki damals den Posten des Sommeliers übernommen hatte. Schnee von gestern, es würde auch mir gelingen, ein anständiges Sortiment für die Weiße Lilie einzukaufen.

In Sasbachwalden ließ ich mir ein Probierset zusammenstellen, in Waldulm, meiner nächsten Station, kaufte ich Spätburgunder, in der Gegend gab es keinen besseren. Zum Probieren nahm ich hier einen Karton Pinot Blanc de Noir mit, ein Sekt, bei dem man die Spätburgundertrauben nicht in der Maische rot werden ließ, sondern sofort presste. Ich probierte immer nur einen Schluck, spuckte vieles aus, schließlich war ich mit dem Wagen unterwegs. Meine nächste Station hieß Oberkirch.

Das gewittrige Wetter der letzten Tage hatte sich verzogen, blauer Himmel und Sonnenschein herrschten über der Ortenau. Um den Duft der reifen Zwetschgen ins Auto zu holen, drehte ich alle Fensterscheiben nach unten. Ich wählte die kurvige Strecke über Ringelbach nach Oberkirch. Hier wechselten sich sanfte Weinhügel, Kirschbaumhänge und Wiesen ab, ein Garten Eden, eine Landschaft voll überschäumender Üppigkeit. Sie erinnerte bei Regen an das satte Grün Irlands und bei Sonnenschein an die Toskana im Frühling. Zum ersten Mal an diesem Tag war ich gut gelaunt.

Ob ich zusätzlich ein paar Elsässer Winzer probieren sollte? Was Luc wohl für einen Wein machte? Ob Luc irgendwann die Weinauswahl für die Weiße Lilie zusammenstellte? Ob ich die Weiße Lilie überhaupt behielt? Ob ich wirklich noch mehr Wein kaufen sollte? – Wein wird nicht schlecht, die Weiße Lilie gibt es, und die Zukunft ist so oder so ungewiss, sagte der vernünftige Teil von mir.

Mit schöner Landschaft war's dann erst mal vorbei. Oberkirch empfing seine Gäste mit einem der üblichen, dem Ortskern vorgelagerten Industriegebiete. Handwerk und Kleinindustrie siedelten hier, mittelständische Betriebe allesamt, ein wildes Durcheinander an Bauten und Hallen, keine Augenweide, aber die Lebensader der Region.

Die Winzergenossenschaft lag an der Hauptstraße, die in die Innenstadt führte. Von einem Laternenpfosten lachte mir Sophie Ketterer auf einem Plakat entgegen. Zwei Laternenpfähle weiter blickte der ernste Herr Bäuerle auf die Renchner Straße, und auf der Gegenseite buhlte Herr Zink mit Altherrencharme um die Gunst der Wähler. Kommunalpolitik auf dem Land war immer noch ein Männergeschäft, so wie Kochen noch eines war. Die Bäuerles und Zinks würden Sophie schon genügend Steine in den Weg gelegt haben, damit sie darüber stolperte und es nicht bis zur Bürgermeisterin schaffte.

Ungute Erinnerungen an meine beruflichen Anfänge kochten hoch: das tägliche Lästern der beiden Jungköche in Florenz über meinen fetten Hintern, der Hinweis in Brüssel, man könnte mir die Stelle als Postenchef nicht geben, solange mein Freund – Ecki, der Verräter – nicht eine vergleichbare Position in der Küche hätte. Oder in Wien, wo der Mayrhofer – oh, den hatte ich danach gefressen! – ein Pfund Salz in mein Fischragout geschüttet hatte, damit er und nicht ich den Posten als Sous-Chef bekam. Ich hatte mich dem Postengerangel entzogen, indem ich ein eigenes Restaurant eröffnete. So schwierig sich das Überleben damit oft gestaltete, ich war zumindest meine eigene Chefin. Hut ab vor Sophie, dass sie den Gang aufs kommunalpolitische Schlachtfeld wagte!

Aber, wer weiß? Vielleicht tickten in der Kommunalpolitik und im liberalen Baden die Uhren anders? Vielleicht hatte Sophie am Sonntag wirklich eine Chance, die Wahl zu gewinnen? Ich gönnte es ihr jedenfalls von ganzem Herzen.

Ich ließ die Plakate Plakate sein und ging Wein kaufen, Riesling in diesem Fall. Beim Verlassen der Winzergenossenschaft stellte ich überrascht fest, dass das Busunternehmen und die Spedition Käshammer ihren Sitz genau gegenüber hatte. Ich wechselte die Straßenseite und betrat das Areal durch ein breites, weit geöffnetes Tor. Auf dem Hof standen zwei große Schulbusse, dahinter entdeckte ich den Büssing-Senator. Eine große Lagerhalle, eine Zapfsäule und ein kleiner Flachbau, wahrscheinlich das Büro, komplettierten das Gelände. Im größten Fenster des Flachbaues hing ein Theaterplakat zu »Der zerbrochene Krug«. Ich ging näher ran und las, dass die Freie Bühne Oppenau dieses Jahr eine Mundartversion des Kleist'schen Klassikers in Allerheiligen spielte. Klein gedruckt eine Reihe von Aufführungsterminen.

»Karten dafür verkaufen wir hier aber nicht«, dröhnte neben mir eine Stimme.

Ich drehte mich zur Seite. Käshammer war aus der Tür getreten und rückte sich seine Hose unter dem fetten Bauch zurecht. Er trug ein weißes kurzärmeliges Hemd, er schwitzte und musterte mich eher neugierig als missmutig.

»Oh«, sagte ich überrumpelt. »Ich habe Wein gekauft und dann das Schild ›Käshammer‹ gelesen. Da hab ich gedacht, guck mal, ob der alte Büssing-Senator noch da ist.«

»Oder der alte Käshammer«, ergänzte Käshammer, deutete dann lässig mit dem Kopf in Richtung des alten Busses und klopfte gleichzeitig mit dem Finger auf das Theaterplakat. »Karten dafür kann man im Netz oder beim Fremdenverkehrsbüro in Oppenau erwerben. Die Vorstellungen sind aber so gut wie ausverkauft. 's gibt nur noch ein paar Restkarten. Ich spiele übrigens den Dorfrichter Adam.«

»Oh«, sagte ich wieder. »Interessant«, fügte ich brav dazu.

»In dem Stück geht's um Täuschung, Hinterlist und viel Alkohol, genau wie im wirklichen Leben. Viel Alkohol war in Scherwiller auch im Spiel. Und wer wen wie getäuscht hat, wird sich noch herausstellen.« Ein listiger Blick in meine Richtung und, als ich nicht reagierte, murmelte er: »Muss doch ein mulmiges Gefühl sein, wenn das eigene Messer im Rücken von einem Toten steckt.«

Ich fragte nicht, woher er das wusste. Irgendwie schien in diesem Mordfall jeder was zu wissen. »Ich hab's ihm nicht in den Rücken gestoßen, wenn Sie das meinen.«

Eine leicht abwehrende Bewegung, wieder schob er die Hose in Form, dann kam: »Aber einer hat's gemacht.«

Ich nickte und erinnerte mich an das Gespräch mit Sylwia. »Stimmt es, dass Sie vor dem Fest noch geschäftlich mit dem alten Murnier zusammengesessen sind?«, fragte ich.

Kurz, aber lang genug, damit ich es bemerken musste, blitzte in seinen Augen ein gefährliches Glitzern auf, und der Mann vibrierte vor aggressiver Anspannung. Ich rechnete fest damit, dass er mich sofort von seinem Hof scheuchen würde.

Stattdessen sagte er fast friedlich: »Stimmt. Sie sind ja die Vermieterin von dem polnischen Paar.«

Gut kombiniert, was meine Informationsquelle anging, Käshammer war überhaupt einer, der über vieles Bescheid wusste. »Hätte sich das für Sie überhaupt gelohnt, die Murnier-Weine nach Polen zu transportieren?«

»Kleinvieh macht auch Mist. Der Jakub Sajdowski hätt es halt gerne gehabt, der hat ja früher als Fahrer für mich gearbeitet und weiß, wie viele Kontakte ich in Polen habe. Hab dem alten Murnier ein faires Angebot g'macht, aber der wollt nicht. Der macht keine Geschäfte mit Deutschen.«

»Daran hat's gelegen?«, fragte ich ungläubig. »Dass Sie Deutscher sind?«

»Wortwörtlich hat er g'sagt, dass er keine G'schäft mit uns ›Schwobe‹ macht. Dabei sind viele Franzosen ganz wild darauf, bei uns zu arbeiten oder mit uns G'schäftle zu machen. Schauen Sie sich doch mal um, wo bei uns schon überall Elsässer arbeiten. Die sehen doch, dass wir im Moment führend sind in Europa.

Wirtschaft, Ökologie und so weiter. Solider Mittelstand, so was kennen die nicht, hätten sie aber gern. Lernen wollen sie von uns. Aber so einer wie der Emile Murnier macht keine G'schäfte mit ›Schwobe‹. Na ja, wenn's für seinen Seelenfrieden gut war. Mich hat's nur eine Stunde Lebenszeit gekostet.«

Ein weiterer Griff nach dem Hosengürtel, dann ließ er mich vor dem Flachbau stehen und lief auf den Lkw zu, der auf den Hof fuhr. »Ich glaub übrigens nicht, dass es der Jakub war. Der haut vielleicht zu, wenn ihn einer reizt oder wenn er zu viel g'soffen hat. Aber das Messer passt nicht«, rief er, ohne sich dabei nach mir umzudrehen.

Damit war Käshammer nach Sylwia der Zweite, der das behauptete. »Und wer war's dann?«, rief ich zurück.

»Der Täter wird einen Fehler machen und sich selbst ans Messer liefern. Wie der Adam im ›Zerbrochenen Krug‹«, prophezeite er.

»Aber das Leben ist kein Theater«, widersprach ich.

»Im Gegenteil.« Er drehte er sich noch mal um. »Fast alles im Leben ist Theater.«

Ohne sich umzudrehen, hob er die Hand zum Abschied. Der Mann wusste, was ein guter Abgang war.

Ich entschied, den Klingelberger Riesling in der Winzergenossenschaft Durbach ein andermal zu probieren, und fuhr über Mösbach und dann den für Autos verbotenen Weg durch die Kirschbaumhügel ins Dorf zurück. Die Kirschen waren längst abgeerntet, die Bäume mit den schwarzen Stämmen und dem dichten länglich schmalen Blattwerk warteten bereits auf den Herbst. In ein paar Wochen würden sich ihre Blätter als Erste gelb färben. Ich überholte ein paar Radfahrer, ansonsten war niemand unterwegs. Ich glitt das steile Stück bis zum Maisfeld hinunter, nahm dort die scharfe Linkskurve und fuhr dann weiter am Bach entlang, an der Ölmühle und an Rosas Haus vorbei, das bald das von Jakub und Sylwia sein würde.

Nie mehr den Duft von Rosas Geräuchertem in der Nase, nie mehr in ihrem Garten sitzen und die Bienen beobachten. Plötzlich schmerzte die Vorstellung, den Zufluchtsort meiner Jugend aufzugeben. Dinge verändern sich, hielt ich dagegen. Das Haus war doch nur die Hülle, Rosa war es gewesen, die mir Zuflucht gewährt hatte. Und Rosa war tot, sie existierte nur in meinen Erinnerungen weiter, was wollte ich noch mit ihrem Haus?

Bald hatte ich die Linde erreicht, stieg aber nicht aus. Im Biergarten saßen ein paar ältere Herren vor einem Glas Bier und zwei jüngere in Radlermontur vor einem Weizen. Keiner aß etwas. Weil sie nichts bestellt hatten oder weil es immer noch nichts zu essen gab?

Was hatte Martha nur? In Scherwiller, auch auf der Rückfahrt war sie gewesen wie immer: herrisch, alles im Blick, immer mittendrin, eine Meinung zu allem, immer davon überzeugt, genau zu wissen, was richtig oder falsch war. Ich hatte sie danach nur einmal kurz gesprochen, als sie die drei Äpfel auf dem Holzbrett hin- und herschob und mich aus ihrer Küche warf. Das tat sie gerne, die Küche war ihre Burg, ihr Königreich, Zutritt nur für Auserwählte. Kochen, zumindest das hatten wir gemeinsam, war für sie nicht nur Job, es war Passion. Kochen erdete, Kochen machte den Kopf frei, Kochen verlieh Flügel. Dass sie freiwillig darauf verzichtete … Trugen meine Eltern einen undurchschaubaren Beziehungsclinch aus? Oder hatte Marthas Verhalten gar nichts mit Edgar zu tun?

Wenn ich im Auto sitzen blieb und mir das Gehirn zermarterte, würde ich es nie herausfinden. Eigentlich, merkte ich wieder, hatte ich gar keine Lust, es herauszufinden. Aber irgendwie musste in der Linde wieder Ruhe und Alltag einkehren.

Als ich ausstieg, sah ich, wie Joe gegenüber seine Harley vor dem Queen's Pub abstellte. Martha und Edgar müssen noch ein wenig warten, dachte ich und überquerte die Straße.

»Hallo, Joe.«

Langsam und bedächtig drehte er sich, betrachtete mich ausgiebig vom Kopf bis zu den Füßen, bevor er sagte: »Servus, Katharina. Lang, lang isch's her.«

Zu meiner Zeit im Queen's Pub war Joe der Schwarm aller Bikerbräute und Rockermädchen gewesen. Ein blonder Hüne mit Augen so blau wie der Acherner Baggersee bei Sonnenschein, und – was seinen Reiz noch um einiges erhöhte – er bewegte sich mit der Geschmeidigkeit eines sibirischen Tigers und konnte genauso schnell zuschlagen wie dieser.

»Wohl wahr«, meinte ich. »Dreißig Jahre, so ungefähr.«

»Sagen wir mal so. Wir werden alle nicht jünger.«

Was in seinem Fall definitiv stimmte. Er war immer noch ein Hüne, die Augen waren immer noch blau, aber von Geschmeidigkeit konnte bei der Wampe, die er sich in letzten dreißig Jahren angesoffen oder angefuttert hatte, nicht mehr die Rede sein.

»Und? Wie läuft es so?«, fragte ich.

Joe zog mit einem Ratsch den Reißverschluss seiner XXL-Lederjacke auf und ließ mich auf ein verwaschenes T-Shirt mit der Aufschrift »Blöd sind die anderen« blicken. Er machte keine Anstalten, den Pub aufzusperren, er blieb einfach neben seiner Maschine stehen.

»Machst du einen Höflichkeitsbesuch um der alten Zeiten willen?«, fragte er zurück. »Du weißt schon, dass Markus tot ist? Scharfe Rechtskurve in Hinterseebach, verdammter Bodenfrost, 1998, wenn ich mich recht entsinne. *To old to live, to young to die* ist sein Lieblingsspruch gewesen.«

Markus hatte mich damals gern auf seiner Maschine mitgenommen, er fuhr eine alte BMW, mehr wusste ich nicht mehr. Die Nachricht von seinem Tod musste mich in Wien erreicht haben. Ich erinnerte mich nicht daran.

»Tommi und Günni sind aufs Auto umgestiegen und haben Karriere gemacht. *Money, money, money*, Freiheit ade.«

Tommi und Günni, die Namen sagten mir noch was, aber ich wusste nicht mal mehr, wie sie ausgesehen hatten. Mit manchen Erinnerungen aus der Jugendzeit ging man so nachlässig um, dass sie aus dem Gedächtnis verschwanden.

»Und du? Hast ja auch Karriere gemacht. Erfolgreiches Restaurant in Köln, feine Küche und so weiter. Martha gibt gern mit dir an, wenn sie mich mal nicht wegen dem Motorradkrach beschimpft. Hat sie dich heut vorgeschickt? Weil es ihr gestern wieder zu laut war?«

Schon seit ich die Straße überquert hatte, überlegte ich, wie ich das Gespräch auf die gestrige Nacht bringen konnte. Es war praktisch, dass Joe selbst darüber redete.

»Nein, nein«, sagte ich schnell. »Ich bin wach geworden in der Nacht. Hab gesehen, dass drei von den Hellsass Devils gestartet sind, hab mich gefragt, was die an einem normalen Montag nach Fautenbach treibt. Außer deinem guten Bier und deiner guten Musik natürlich.«

»Sagen wir mal so: So ein gutes Bier kriegen sie auf der anderen Rheinseite nicht.«

So lückenhaft mein Gedächtnis an die kurze Rockerzeit in meiner Jugend war, dass Joe damals schon gern seine Sätze mit »Sagen wir mal so« begonnen hatte, das fiel mir wieder ein.

»Natürlich nicht«, beeilte ich mich, ihm recht zu geben. »Und deine Musik war immer vom Feinsten.«

Er verschränkte die Arme vor der aufgeblähten Brust, war jetzt fast so breit wie hoch, und, auch wenn seine Fäuste nicht mehr so schnell wie früher waren, sicher immer noch einer, mit dem man sich nicht anlegen sollte. Er sah hinüber zu den Biertischen der Linde und nickte meinem Vater zu, der einem der Radler ein weiteres Weizen hinstellte, aber immer noch nichts zu essen brachte.

Edgar stockte kurz, als er mich sah. Ich winkte ihm zu, schenkte Joe dann ein bezauberndes Lächeln, damit unser Gespräch weiter vorankam.

»Warum interessiert dich, was die Hellsass Devils hier gewollt haben?«, fragte er mit Misstrauen im Blick.

»Du weißt von dem Toten im Aubach? In seinem Rücken steckte mein Messer.«

»Oha.«

»Ich hab nichts mit seinem Tod zu tun.«

»Aber die Hellsass Devils?«, kam ganz schnell als Gegenfrage.

»Immerhin haben sie das Fest ganz schön aufgemischt. Und da frag ich mich schon, warum die danach so schnell in Fautenbach auftauchen …«

Er ließ die Arme fallen, steckte sie in die Hosentaschen, sah wieder hinüber zu den Biertischen, wo jetzt eine Familie mit zwei kleinen Kindern Platz nahm. Edgar nahm die Bestellungen auf und linste dabei mehrmals zu uns auf die andere Straßenseite.

»Sagen wir's mal so. Die Hellsass Devils plagen ähnliche Probleme wie dich. Sie hatten die Gelegenheit, waren es aber nicht.«

»Ich hatte nicht mal die Gelegenheit«, sagte ich in ein Handyklingeln hinein. Es war meines. Ich drückte das Gespräch weg.

»Bist du dir da sicher?« Joe lächelte müde und schwieg dann.

»Und was wollten sie jetzt hier?«

Joe ließ mich eine Weile zappeln, bevor er wieder den Mund aufmachte. »Sagen wir's mal so. Das Gras wachsen hören. Schlägerei und Mord sind zwei verschiedene Kaliber. Keiner von denen will sich länger als nötig mit der Gendarmerie herumschlagen.«

»Heißt das, sie sind auf der Suche nach dem Mörder von Murnier und vermuten ihn in Fautenbach?«, fragte ich ungläubig.

Joe lächelte anerkennend und meinte: »Sagen wir's mal so. Damit hast du den Nagel auf den Kopf getroffen.«

»Wen haben sie im Verdacht?« Mein Handy klingelte erneut. Verdammt! Ich drückte es wieder weg. »Wen, Joe?«

Joe wiegte den Kopf und genoss es, dass ich an seinen Lippen hing. »s' heißt, dass es um alte Rechnungen geht«, warf er mir dann vor die Füße.

»Aber Murnier machte keine Geschäfte mit Deutschen.«

»Wer sagt denn, dass die alte Rechnung eine französische ist?«

Schon früher war Joe ein Meister der Andeutungen gewesen. Da einen Halbsatz, dort einen kleinen Hinweis, ein Spiel mit dem Gegenüber. Es war an der Zeit, ihn zu überraschen.

»Du hast einem von den Hellsass Devils gestern Nacht einen Umschlag gegeben. Was war drin?«

Ein anerkennendes Lächeln für die Frage und als Dank eine prompte Antwort. »Das Gruppenfoto von allen Fautenbachern, die in Scherwiller dabei waren. Ich habe den Hellsass Devils erzählt, wer wer ist.« Schweres Seufzen, dann ganz vertraulich. »Katharina, s' war einer von hier, der den Alten ins Jenseits befördert hat.«

»Wer? Wer? Wer?« Wieder das dämliche Handy. Ich stellte es aus.

»Da will einer was von dir.« Joe deutete auf meine Tasche.

»Bitte, Joe.«

Er nestelte umständlich einen Schlüsselbund aus der engen Jeans, ging auf den Eingang des Pubs zu, auf dem groß »Raucherclub« stand, und schloss die Tür auf.

»Sagen wir mal so: Um der alten Zeiten willen war ich dir gegenüber ausgesprochen auskunftsfreudig.«

Aber sagen wir mal so: Damit war es jetzt vorbei, denn Joe verschwand ohne ein weiteres Wort in seinem Laden. Ich stand allein vor dem Queen's Pub, angefüttert oder vergiftet mit neuen, vagen Informationen.

Murniers Mörder einer aus dem Dorf. Eine alte Rechnung. Waren das nur Nebelspuren? Oder wussten die Hellsass Devils tatsächlich etwas und arbeiteten genau wie ich auf eigene Rechnung? Und Joe? Hatten die Hellsass Devils ihm gesagt, wen sie für den Mörder hielten, oder bluffte er?

Zumindest wusste ich, woher das Foto stammte: Das war in der gestrigen Ausgabe des Acher und Bühler Boten unter FKs Artikel über »Fünfundvierzig Jahre deutsch-französischer Freundschaft von einem Mord überschattet« abgedruckt. Edgar hatte es mir beim Frühstück gezeigt. Ich musste mir das Bild gleich ebenfalls ausschneiden, wenn ich in der Linde war, zurück bei Martha und Edgar und ihrem seltsamen Krieg.

Ich betrachtete abwechselnd Joes noch leere Plastikstühle und die Biertische der Linde, wartete, bis sich im regen Verkehr der B3 eine Lücke auftat, und sprintete dann auf die andere Seite. Die Radler hatten sich erhoben, Bierdeckel lagen auf ihren leeren Weizengläsern. Auf dem Tisch der Familie entdeckte ich zwischen Limonadenfläschchen einen Teller Fritten.

War Martha in ihr Reich zurückgekehrt? Oder hatte Edgar in seiner Verzweiflung die Fritteuse angeworfen, damit er zumindest quengelnden Kindern etwas zwischen die Zähne schieben konnte? Schwankend zwischen Hoffen und Bangen beschloss ich, zuerst auf dem Handy nachzusehen, wer etwas von mir gewollt hatte. Eine 0033-Vorwahlnummer. Luc!

Mein Herzschlag explodierte. Ich drückte sofort auf Wahlwiederholung.

»*Ma belle?* Weißt du, dass ich aufgeregt wie ein Teenager war, als ich deinen Vater nach deiner Nummer fragte? Hast du Lust, mit mir essen zu gehen?«

Seine Stimme klang am Telefon noch samtiger, als ich sie in Erinnerung hatte. Mit der Stimme kamen die Bilder der Nacht zurück. Unsere Körper unter dem dünnen Leintuch, seine Küsse, die nach frischen Äpfeln schmeckten. Ich gierte nach mehr davon und fragte: »Wo steckst du?«

»Dreh dich um!«

Er stand auf der anderen Seite der Talstraße, vor dem Schaufenster von Elektro-Schindler, eingerahmt von LCD-Bildschirmen, keine zehn Meter von mir entfernt. Nur zwei an der B 3 wartende Autos trennten uns.

»Ulmer Braustübl«, rief ich über die Autos hinweg und steckte das Handy ein. »Die haben den schönsten Biergarten weit und breit.«

»Willst du bei mir mitfahren?« Er deutete auf den silbernen Renault-Kastenwagen, der vor den Briefkästen stand.

»Pourquoi pas?« Ich überquerte die Straße und setzte mich, ohne mich noch einmal umzudrehen, in Lucs Auto.

Ich brenne durch. Ich bin fünfundvierzig Jahre alt und fahre mit einem Mann auf und davon, vom dem ich so gut wie nichts weiß, dachte ich. Aber wann – wenn nicht blind vor Liebe – betrat man in meinem Alter noch freiwillig unsicheren Boden?

Das überraschende Wiedersehen, die Aufregung, die plötzliche Nähe ließen uns keine passenden Worte finden. Blicke im Sekundentakt, strahlende Augen, nervöses Lachen, elektrisierende, kurze Berührungen über die Gangschaltung hinweg, dann, ganz praktisch: »Da, in Önsbach musst du links abbiegen!«

Parkplatzsuche im kleinen Ulm, im überquellenden Biergarten ein einziger freier Zweiertisch ganz am Rand unter einer Rosskastanie, wie für uns gemacht. Sich zum ersten Mal gegenübersitzen, nach den Händen des anderen greifen, wieder loslassen, ein Bier bestellen, sich die Speisekarten vornehmen, endlich was zum Reden haben.

»Mistkratzerle und Brägele. Sagt ihr im Elsass auch so?« – »Huhn mit Bratkartoffeln, *mais bien sûr.* Aber Rahmkäse, was ist das?« – »Stichfester Frischkäse mit Lab gemacht, erinnert an Mozzarella, aber viel sahniger. – Was hältst du von Kalbskopf?« – »Schau, 's gibt Bibbeleskäs mit G'schwellti.«

»Hmmm, ist das Bier gut!«

Diskutieren, Abwägen, erste gemeinsame Entscheidungen treffen.

Ich: »Wenn du den Kalbskopf nimmst, kann ich dann probieren?« – Er: »Typisch Frau.« – Ich: »Na, na.« – Er lachend: »Wie könnte ich dir was abschlagen?«

Die Bestellung aufgeben, wieder nach den Händen des anderen greifen, unter dem Tisch die Waden aneinanderreiben.

Luc, flüsternd: »Ich habe dich vermisst.« – »Ich dich auch.«

In den Augen des anderen versinken, nicht denken wollen. Alles ist perfekt, ein Augenblick für die Ewigkeit, nach uns die Sintflut.

Dann doch die erste Frage: »Was wollte die Polizei von dir?«

Schweres Seufzen, leichtes Kopfschütteln, mit einer Hand strich er sich durchs Haar. Es hatte einen goldenen Blondton, noch ohne irgendein graues Fädchen. Gott, dachte ich zum wer weiß wievielten Mal, war der Mann schön!

»Routine, nichts, womit wir uns den Abend verderben sollten. Ich habe eine viel interessantere Frage: War der schwere Mann, mit dem du vorhin geredet hast, ein alter Liebhaber?«

»Nein«, lachte ich. »Schon zu alt, als er noch jung und schön war, und jetzt erst recht. Aber es gab andere. Soll ich sie aufzählen?«

»Nur, wenn du mich eifersüchtig machen willst. Sag nur, gibt es einen aktuellen? Einen Gatten vielleicht?«

»Keinen Gatten, keinen aktuellen. Auch keine Kinder, übrigens. Aber du weißt schon, dass man die alten Liebhaber immer mit sich mitschleppt. Schiffbrüche, verlorene Schlachten, vergebliche Hoffnungen, verletzte Eitelkeiten, Narben und Wunden.«

»Irrwege, Sackgassen, Trugschlüsse«, ergänzte Luc. »Vom ›*The one and only*‹ dürfen Teenager träumen. In unserem Alter weiß man, dass die Liebe ein schwer zu beackerndes Feld ist. Ein Wunder, dass sie immer wieder aufblühen kann.«

»Wunderbar ist das!«

Er strahlte, ich strahlte, und in dieses Anhimmeln hinein wurde das Essen serviert.

»Probier den Rahmkäse« – »Mhmm, ist der Kalbskopf zart!« – »In der Vinaigrette sind frische Kräuter.« – »Die Kruste schmeckt nach Holzofen.« – »Beim Brot kann euch Deutschen keiner was vormachen.«

Wir löffelten und pickten, schlotzten und kauten, säbelten und bröckelten und fuhrwerkten im eigenen und anderen Teller herum. Wir genossen die kecke Annäherung mit Messer und Gabel, dieses lustvolle Ausprobieren. Wenn das erste *Menu à deux* darüber Auskunft gab, wie es mit einem frischen Paar weiterging, ließ diese Mahlzeit für uns beide nur das Beste hoffen.

Der Tisch wurde abgeräumt, zwei neue Krüge Bier bestellt.

»Jetzt du«, sagte ich. »Geliebte, Gattinnen, Kinder.«

»Roswitha, Cornelia, Gerlinde, Johanna«, zählte er amüsiert auf. »Mein Leben lang habe ich mich nur in deutsche Frauen verliebt. Selbst in Australien. Dort habe ich Emma kennengelernt, eine Winzerin aus der Pfalz, ganz große Liebe. Wir waren verheiratet, haben eine gemeinsame Tochter, Sandrine. Zehn Jahre harte Arbeit, oft finanzielle Schwierigkeiten, das alles haben wir zusammen gestemmt. Aber ich wollte immer nach Europa zurück, sie wollte bleiben. Keine Liebe hält das auf Dauer aus, wenn zwei in gegensätzliche Richtungen streben. Als mein Onkel starb und ich entschied, seinen Betrieb zu übernehmen, war's das Ende. Sandrine wollte mit nach Europa. Seit fünf Jahren sind wir jetzt hier. *Et voilà, c'est mon histoire.*«

Er nahm einen Schluck Bier, lehnte sich zurück und strahlte mich erwartungsvoll an. Natürlich war das nicht seine Geschichte, sondern nur ein bisschen davon, wusste ich. Das, was man beim ersten Mal erzählte, ein paar Namen, ein paar Fakten, alles ein wenig blank poliert, damit es mir gefiel.

»Du liebst deutsche Frauen, da trifft es sich gut, dass ich auch eine bin«, erwiderte ich. »Aber dein Vater macht keine Geschäfte mit Deutschen.«

»Er hasst die Deutschen!«, stieß Luc aus, und sein Strahlen verschwand. »Emma hat er nur in seinem Haus geduldet, weil sie die Mutter von Sandrine ist. Er war ein sturer Mann mit einem Herz aus Stein und ein Nationalist der üblen Sorte.«

»Und warum geht er dann auf ein Fest, wo fünfundvierzig Jahre deutsch-französische Freundschaft gefeiert werden?«

Luc zuckte mit den Schultern. »Ich habe schon früh aufgehört, diesen Mann verstehen zu wollen.«

»Bist du seinetwegen von zu Hause abgehauen?«

Luc griff nach meinen Händen und drückte sie so fest, dass es fast schmerzte.

»Lass uns heute Abend nicht über meinen Vater reden«, bat er. »Was immer ich dir von ihm erzähle – und es gibt wenig Gutes dabei, glaub mir –, du kannst es nur unter dem Blickwinkel seines brutalen Endes sehen. Und du wirst dich fragen: Ist Luc wirklich schuldlos an seinem Ende? Sag nicht, dass dir der Gedanke noch nicht gekommen ist! Sag nicht, dass du dich nicht gefragt hast, ob es wirklich stimmt, dass ich im Bad war, als deine Mutter ins Zimmer kam. Sag nicht, dass du noch keine Gerüchte gehört hast über die Erbschaftsstreitigkeiten. Sag nicht, dass dir noch keiner erzählt hat, dass ich Jakub Sajdowski nicht leiden kann. – Ich kann keinen leiden, der freiwillig für meinen Vater arbeitet. – Und dann: Dein Messer im Rücken des Toten! Sag nicht, dass du nicht schon überlegt hast, ob ich es genommen habe! Ich hasse den Alten dafür, dass er über seinen Tod hinaus Zwietracht und Zweifel sät!«

Den letzten Satz spuckte er aus, wie man etwas ausspuckte, das schon ewig schwer im Magen lag.

»Ich habe doch nur gefragt, warum du von zu Hause abgehauen bist«, stammelte ich verunsichert. »Das liegt über zwanzig Jahre zurück.«

»Ich flehe dich an! Rühr nicht an alte Wunden. Bitte, lass uns warten, bis sein Tod geklärt ist, bis wir darüber reden.«

In seinen Augen schimmerte nichts mehr von dem warmen Kastanienton, stattdessen hatten sie die Farbe eines matschigen Feldwegs angenommen. Ich war auf eine Tretmine getreten, hatte die Büchse der Pandora geöffnet, Salz in alte Wunden gestreut, irgendwas in der Art. Bei seinem Blick zog sich mir der Magen zusammen. So stellte ich mir den Blick eines waidwunden Tieres vor, das sich zum Überleben zurückziehen muss. Der Mann log nicht, der Mann betrog nicht, der versuchte nicht, mir etwas vorzumachen, aber er zeigte mir eine Grenze auf, die ich nicht übertreten durfte. Weil er mir misstraute? Weil er mich schützen wollte? Weil er ein unappetitliches Familiengeheimnis vor mir verbergen wollte?

Ich hasste mich dafür, dass ich das Gespräch auf den Mord gebracht hatte. Dass ich die flirrende Leichtigkeit der frischen Verliebtheit vertrieben hatte.

»Nachtisch?«, fragte ich vorsichtig.

Luc küsste meine Hand und nickte erleichtert. Wir baten um die Karte, diskutierten über Zwetschgenröster, Kirschwasserbömble, Weinschaumcreme, ob wir einen oder zwei Nachtische nehmen sollten.

Satz für Satz segelten wir zurück in leichtere Gewässer, erzählten dies und das, lachten gemeinsam, führten uns gegenseitig unsere besten Seiten vor. Als die Kellnerin zurückkam, konnten wir uns nicht für einen Nachtisch entscheiden. Sie versprach wiederzukommen und ging.

Luc stand plötzlich auf, umrundete den Tisch, stellte sich hinter mich und flüsterte mir ins Ohr: »Mir ist nach einem anderen Nachtisch. Meinst du, sie haben hier Fremdenzimmer?«

»Lass uns fragen.«

Sie hatten Fremdenzimmer, sogar ein freies. Wir buchten es sofort, konnten schon beim Treppensteigen die Finger nicht von uns lassen. Während Luc die Zimmertür öffnete, knöpfte ich ihm die Hose auf. Danach wilder, schneller, verdammt guter Sex. Gab es einen besseren Nachtisch? Gab es im Leben überhaupt etwas Besseres?

ELF

Am nächsten Morgen weckte mich Glockengeläut, aber kein echtes, merkte ich, als Luc neben mir schlaftrunken nach seinem Handy griff und die Glocken zum Verstummen brachte. Ein paar ärgerlich gemurmelte Sätze auf Französisch, ein Ruckeln und Sich-aufsetzen im Bett, dann ein *»Je viens!«*. Hastiges Zurückschlagen der Bettdecke, kurzer Abstecher ins Bad, eiliges Anziehen.

»Die Polizei«, erklärte er mir. »Es gibt neue Erkenntnisse. Ich muss so schnell wie möglich zum Gendarmerie-Posten nach Schlettstadt.«

Die Morgensonne schien freundlich ins Zimmer, das ganz in Weiß und Blau eingerichtet war, mit Muscheln, Netzen und kleinen Holzbooten als Dreingabe. Ein Raum, der zum Davonsegeln einlud, der die Weite und das Meer versprach, aber uns hatte man gerade mittels einer kalten Dusche an Land zurückbeordert.

»Was für neue Erkenntnisse?«, fragte ich und verschwand ebenfalls im Badezimmer.

»Wollte ich auch wissen«, rief Luc mir hinterher. »Aber es gibt keine Auskunft am Telefon.«

»Soll ich mitkommen?«, fragte ich, als ich mir im Zurückkommen die Haare trocken rubbelte.

Luc schüttelte den Kopf. Meine Sache, halt dich da raus, sagte sein Blick.

»Rufst du mich danach an?«

Luc versprach es. Ein schweigsames Frühstück, eine eilig getrunkene Tasse Kaffee, ein halbes Brötchen für jeden, keiner von uns rührte die üppige Wurstplatte an. Luc fuhr mich ins Dorf zurück, ein hastiger Abschiedskuss, in Gedanken war er woanders.

Die Welt lässt sich nicht aussperren, dachte ich. Man kann ihr ein paar Stunden stehlen, für einen Moment abtauchen, sie eine Zeit lang links liegen lassen. Aber sie holt dich immer wieder ins wirkliche Leben zurück.

Und das wirkliche Leben sah so aus, dass ich frisch verlassen vor der Linde stand.

Weshalb war Luc eigentlich gestern hier gewesen? Nur meinetwegen? Ohne vorher zu klären, ob ich überhaupt da war? Oder hatte er die Rheinseite wegen etwas anderem gewechselt? Etwas, das mit dem Mord an seinem Vater zu tun hatte? Es war sein gutes Recht, mir nichts über Emile Murnier zu erzählen, genauso wie es mein gutes Recht war, mehr über den Mann erfahren zu wollen, in dessen Rücken mein Messer steckte. Martha wusste etwas über den alten Murnier, aber würde sie mit mir reden? Und wenn ja, würde sie mir die Wahrheit sagen? Dann fiel mir Antoinette ein. Bestimmt eine ergiebige Quelle, sie musste Murnier schon von Kindesbeinen an kennen. Ich wählte ihre Nummer. Sie nahm nicht ab, auch sprang kein Anrufbeantworter an.

Auf der B 3 tobte der morgendliche Verkehr, vor dem Elektrogeschäft warteten Mütter darauf, die Straße überqueren zu können, um die lieben Kleinen im Kindergarten abzuliefern, beim Ganter Beck frühstückten zwei Installateure an den Stehtischen. Vor dem Queen's Pub stapelten sich die weißen Plastikstühle in drei krummen Türmen, die Holzstühle der Linde lehnten einzeln an Tischen. So früh morgens war rechts und links der B 3 noch keine Kneipenzeit. Joe schlief wahrscheinlich noch den Schlaf der Gerechten oder Ahnungslosen, aber in der Linde mussten Martha und Edgar bereits beim Frühstück sitzen.

Edgar las immer die Zeitung, Martha hörte immer Radio. Edgar aß immer ein »Schleckselbrod«, Martha immer einen Apfel. Zusammen tranken sie vier Tassen Kaffee, Edgar mit Milch, Martha schwarz. Martha zählte Edgar immer auf, was er den Tag über erledigen musste, Edgar brummte immer ein Ja oder ein Nein. Am Ende faltete Edgar immer die Zeitung zusammen, und Martha wischte mit dem Handrücken die Krümel vom Tisch. So war das immer schon, und so würde es auch bleiben. Die zwei hatten sich über die Jahre zusammengerauft, aneinander abgeschliffen, bekämpft und ihre Pfründe abgesteckt. Der eine war 's Deckele, der andere 's Häfele. Die zwei gehörten zusammen auf immer und ewig. Eigentlich …

Ich steckte das Handy ein, griff entschlossen nach meinem Autoschlüssel, setzte mich hinters Steuer und machte mich auf den Weg nach Straßburg. Heute Nachmittag, wenn mein Patissier-

Kurs zu Ende war, nach meinem Besuch bei Antoinette, würde ich nachsehen, ob Martha wieder am Herd stand und Edgar sich endlich beruhigt hatte.

Kaum hatte ich den Achersee und den doppelten Kreisverkehr – Kreisverkehr, übrigens etwas, das die Deutschen gerne von den Franzosen übernommen hatten – zur Autobahn hinter mir gelassen, tauchten wieder die Maisfelder auf. Der feuchte Boden – Rheinauenland, erst nach dem Zweiten Weltkrieg durch Kanäle trockengelegt – eignete sich besonders gut zum Maisanbau. Hier hatte es schon immer Mais gegeben, lange bevor sein inflationärer Anbau den gesamten Oberrheingraben überzogen, mehr noch, sich der Mais überall in Europa wie eine Seuche ausgebreitet hatte. Ausbeutung des Bodens für Viehfutter und Biosprit. Unsere Nachkommen würden uns deswegen verfluchen.

Zwischen den Maisfeldern blitzte gelegentlich ein Blumenfeld auf: Gladiolen, Dahlien, Sonnenblumen zum Selbstpflücken. Gladiolen und Dahlien je siebzig Cent, Sonnenblumen kosteten ein Euro pro Stück. Bunte Farbkleckse, kleine Erholungsinseln für die Augen in dieser Maisgrün-Hölle. Am Rande der Felder dienten Holz- oder Blechkisten als Kasse. Luc hatte sich gestern darüber gewundert, dass das in Deutschland funktionierte, in Frankreich würde man die Blumen »einfach so« mitnehmen. »Aber hier in Deutschland zahlen die Franzosen«, hatte ich geantwortet, denn es gab etliche Blumenfelder in Grenznähe, und die Kunden waren meist Franzosen. »Wenn sie nicht bezahlten, würde kein deutscher Bauer so ein Feld weiter betreiben.«

»Nun ja«, hatte Luc gemeint. »Vielleicht passen sie sich jenseits der Grenze den Gebräuchen des Nachbarlandes an?« Auch jetzt sah ich wieder zwei Autos mit Elsässer Kennzeichen vor einem Gladiolenfeld parken.

Ich erinnerte mich, dass es Gerti war, Felix' Mutter und Marthas Freundin, die in Fautenbach das erste Blumenfeld angelegt hatte. Am Ende der Scherwiller Straße, kurz vor der Auffahrt zum Zubringer. Jeder hatte damals geunkt, dass sie mit dem Feld nichts verdienen würde, aber das stimmte nicht. Gerti legte im Laufe der Jahre sogar ein zweites Feld an und hatte in der Gegend viele Nachahmer gefunden. Sie legte nicht nur Blumenfelder an, sie besaß auch einen wunderbaren Garten, der sich neben dem zubetonierten Hof der Spedition Ketterer wie ein Paradies ausmachte. Sie hatte als Erste Physalis und Kiwis gezogen und sogar eine Bougainvillea-Staude zum Blühen gebracht. Blumen gehörte ihre Leidenschaft, sie besaß zwei grüne Daumen, mit Menschen konnte sie es nicht so gut. Irgendwas an dem Foto, das sie mit Martha und Murnier zeigte, hatte mich irritiert. Jetzt, wo ich über Gerti nachdachte, fiel mir ein, was es war. Auf dem Foto strahlte Gerti, wirkte voller Lebensfreude, aber so hatte ich sie weder als Kind noch später je erlebt.

Manchmal war sie spätnachmittags in der Linde aufgetaucht. Immer entschuldigte sie sich für den unangemeldeten Besuch, immer brachte sie einen Blumenstrauß mit. Den hatte Martha in der großen grünen Vase auf den Tresen gestellt, bevor sie sich mit Gerti in den hintersten Winkel der Küche zurückzog, darauf bedacht, dass keiner von uns mitbekam, worüber sie redeten. Wenn Gerti ging, hatte sie es immer eilig gehabt, war schnell durch die Tür gehuscht. Martha hatte danach geseufzt, den Kopf geschüttelt oder betrübt aus dem Fenster gesehen.

Als Kind hatte es mich nicht interessiert, über was die beiden Frauen sprachen, aber Gerti hatte für mich immer etwas Erloschenes, etwas Gebrochenes ausgestrahlt. Wie jemand, dem man den Boden unter den Füßen weggezogen hatte. Wie jemand, der glaubte, sich für seine Existenz entschuldigen zu müssen. Felix, stellte ich beim Nachdenken fest, war ein bisschen so, wie ich Gerti in Erinnerung hatte. Auch er hatte das Strahlen aus Kindertagen verloren. Die beiden wirkten wie seltene Pflanzen, die ihre Pracht nur kurze Zeit entfalten und dann früh verblühen.

Diesmal nahm ich den Weg über die Gambsheimer Brücke, und natürlich sah ich rechter Hand das aus dem Boden gestampfte Einkaufszentrum von Freistett. Frisch für die Franzosen gebaut, seit in Frankreich Lebensmittel und Kosmetika teurer waren als bei uns. In Scharen kamen sie zum Einkaufen über die Brücke, so wie früher die Deutschen in Massen in den Super U von Gambsheim gefahren waren. Heute kauften sie da nur noch den Cremant d'Alsace, der preisgünstig war, weil die Franzosen keine Sektsteuer erhoben. Tanken tat man, je nach Tagespreis, entweder auf der rechten oder der linken Rheinseite. Geld wechselte gern und leicht die Grenzen, schon meine Urgroßmutter hatte ihre Eier auf dem Straßburger Markt verkauft.

Ich überquerte die Brücke und fuhr über die *Autoroute des Cigognes*, die Storchen-Autobahn, nach Straßburg hinein. Ein Tipp von Luc, der mir empfohlen hatte, den Wagen auf einem Park-and-ride-Platz abzustellen und dann die Bahn zu nehmen, um der leidigen Parkplatzsuche in der Innenstadt zu entgehen. Das funktionierte tatsächlich ganz wunderbar. Die Bahn fuhr direkt bis zur Place Kléber. In der Straßenbahn versuchte ich noch einmal, Antoinette zu erreichen. Vergeblich.

Es war zehn vor zehn, als ich an der Place Kléber ausstieg. Heute kam ich rechtzeitig zu meinem Patissier-Kurs.

Deville, wieder in seiner rosa Kochjacke, scheuchte mich wie vor zwei Tagen in die letzte Küchenzeile. Zum Glück gesellten sich Thomas und René bald zu mir und erzählten, dass sie den gestrigen Tag mit dem erneuten Herstellen von Macarons zugebracht hatten. Und nein, heute stand nicht die Fabrikation der Macarons-Füllungen auf dem Programm, sondern das Spinnen von Zucker.

Mittels Laptop und Beamer warf Deville zur Einstimmung beeindruckende Bilder an die Wand: einen Turm aus Profiteroles, umhüllt von einem filigranen Zuckernetz; mit Engelshaar verzierte Torten; und, als Königsdisziplin, feinste Spiralen aus Karamell. In Wien hatte ich mich zum letzten Mal in dieser Kunst versucht, aber so etwas Feines wie das, was Deville auf den Fotos zeigte, war mir nie gelungen. Stattdessen viele Karamellklumpen und sehr wenig fein gesponnenes Zuckerhaar.

Einzige Zutat für all diese Wunderwerke war Zucker. Zucker, den man in einem Topf erhitzte, damit er flüssig wurde und karamellisierte. Zunächst brauchte es dafür eine sehr hohe Temperatur, danach eine moderate. Mit ein bisschen Übung kriegte das jeder hin. Doch der Teufel steckte wie überall im Detail. Nur bei einer ganz bestimmten Temperatur hatte der Zucker die richtige Konsistenz zum Fädenziehen. Ich probierte es mit dem Löffel, ich probierte es mit der Gabel. Von streichholzkurzen Fäden bis hin zu fetten Klumpen war alles dabei, nur nie ein wirklich langer Faden, geschweige denn ein ganzes Netz aus Fäden.

Ich war nicht allein mit diesem Problem, alle taten sich damit schwer, einer der Jungspunde ließ bei dem eifrigen Probieren seinen Karamell verbrennen, und nichts riecht so bitter wie verbrannter Zucker.

Deville öffnete eilfertig alle Fenster, bevor er sich wieder an seinen Topf stellte, seine Karamellmasse aufwirbelte, mit ausladenden Bewegungen lange Fäden herauszog und damit ein bisschen in der Luft herumfummelte. Schon hatte er einen lockeren Knäuel Engelshaar gezaubert. Bei ihm sah alles ganz einfach aus. Ich beobachtete ihn eine Zeit lang, versuchte, mir sein Tempo und seinen Rhythmus einzuprägen. Schnell die Gabel eintauchen, dann langsam, aber stetig ziehen. Ich versuchte es erneut. Da! Der erste lange Faden! Leider vergaß ich, ihn zu zwirbeln, der Faden brach ab. Die Bruchstücke warf ich zurück in den Topf, startete den nächsten Versuch.

»Geduld, Geduld«, mahnte uns der Meister. »Geduld und eine ruhige Hand.«

Erstaunlicherweise war meine Hand an diesem Morgen wirklich ruhig. Völlig auf die goldene Flüssigkeit im Topf vor mir konzentriert, versuchte ich es weiter. Und siehe da, mein erstes Knäuel Engelshaar gelang. Jetzt packte mich der Ehrgeiz! Emsig häufelte ich ein Knäuel nach dem nächsten auf das Backpapier neben meinem Topf, während René und Thomas an der Königsdisziplin verzweifelten. Das Gemeine an diesen Kunstwerken ist, dass sie eine sehr geringe Lebensdauer haben. Zucker zieht schnell Feuchtigkeit, die Feuchtigkeit nimmt den Gebilden die Spannkraft, sie sacken zusammen, deshalb können sie nie auf Vorrat hergestellt werden.

Aber ich hatte jetzt den Dreh raus. Also schnappte ich mir eine Glasschüssel, drehte sie um und versuchte mich an einem filigranen Zuckerfadenkörbchen. Einen Faden nach dem nächsten webte ich um die Glaskuppel herum, ein goldenes Spinnennetz der Extraklasse. Ich war so was von stolz, als es mir gelang! Deville, der seinen Topf längst leer gesponnen hatte, trat seinen Kontrollgang an und nickte mir sehr anerkennend zu, als er mein Zuckerkörbchen betrachtete.

»C'est la patience des femmes«, schwärmte er und klopfte mir anerkennend auf die Schulter.

Männer redeten gern von Geduld, so als wäre dies eine geschlechtsspezifische Tugend. Ich bin mit Sicherheit nicht geduldiger als männliche Kollegen, aber ich neige nicht so zur Selbstüberschätzung wie viele von ihnen. Und beim Zuckerspinnen kam mir das jetzt zupass.

»Für die Spiralen ist es wichtig, dass ihr einen glatten, runden Kochlöffel verwendet, keinen, der sich zum Ende hin verdickt, keinen mit einer Öse zum Aufhängen«, erklärte Deville jetzt und hielt mir einen solchen Kochlöffel hin.

Okay, die Königsdisziplin! Es war verdammt schwer, den Faden schnell genug um den Kochlöffel zu wickeln, denn Karamell wurde in Windeseile hart. Wieder ein Fehlversuch nach dem nächsten, dann gelang es mir, den Faden zweimal, dreimal um den Stiel zu wickeln, am Ende gar fünfmal.

Deville lobte mich über den grünen Klee, und ich fragte mich, warum ich überhaupt etwas anderes tat als Kochen. Darin war ich gut, darin war ich geübt, das hatte ich von der Pike auf gelernt, in diesem Metier konnte ich mich jeder Herausforderung stellen. Sogar der, Engelshaar zu spinnen und Spiralen zu rollen. Warum nur wollte ich als Dilettantin einem Mörder auf die Spur kommen?

Bei der Werkschau am Ende des Kurses führte mich Deville als Musterschülerin vor. Die Kollegen schwankten zwischen Neid und Bewunderung, ich strahlte heitere, fast bescheidene Gelassenheit aus, dabei freute es mich schon, dass ich es all diesen Jungspunden gezeigt hatte. Beim Abschied – drei Küsschen – bat mich Deville inständig, nicht noch einen weiteren Termin zu versäumen. Das wäre doch eine Schande bei so viel Begabung.

Natürlich war ich begabt, ich war ehrgeizig, ich war eine ausgezeichnete Köchin. Wenn ich nicht immer über Leichen stolpern und meine Nase in anderer Leute Probleme stecken würde, hätte ich schon längst einen Michelin-Stern für die Weiße Lilie.

Und die letzte Leiche, die von Murnier, ließ mich nicht los. Kaum hatte ich das Hotel in der Rue de Francs Bourgeois verlassen, war's vorbei mit Gelassenheit und Konzentration, ich wurde von einer inneren Unruhe erfasst. Ich lehnte das Angebot von Thomas und René ab, gemeinsam ein Glas in einem Café auf der Place Kléber zu trinken, und rief stattdessen Luc an, der doch schon längst die Gendarmerie wieder verlassen haben musste. Er ging nicht ans Telefon, genau wie Antoinette, die als Nächste auf meiner Liste stand. Was nun? Auf Verdacht nach Scherwiller fahren? Oder zum Gendarmerie-Posten nach Schlettstadt?

Zuerst musste ich zu meinem Auto zurück, also stieg ich wieder in die Bahn, stand eingeklemmt zwischen einem Pulk junger Leute, die in einem wilden Sprachmix miteinander redeten. Englisch, Französisch, Spanisch, was Osteuropäisches, das ich nicht verstand. Studenten wahrscheinlich, Straßburg hat eine berühmte Uni. Normalerweise mochte ich babylonisches Sprachgewirr, weil es mich an meine Anfänge als Köchin erinnerte, wo es abends nach Feierabend in Wien, Brüssel oder Florenz ähnlich zugegangen war, aber heute nervte es mich. Ich war froh, als ich endlich aussteigen und mich allein in mein Auto setzen konnte. Bevor ich losfuhr, versuchte ich es noch einmal vergebens bei Luc und Antoinette, dann wählte ich FKs Nummer.

»Hast du einen siebten Sinn oder was?«, fragte er überrascht.

»Wieso?«, fragte ich zurück und merkte, wie die innere Unruhe meinen Magen verklumpte.

»Sajdowski ist raus. Die Blutanalyse hat ergeben, dass das Blut auf seinem Hemd sein eigenes ist, wie er immer behauptet hat. Der Stich wurde Murnier übrigens post mortem von einem Linkshänder zugefügt. Sajdowski ist aber Rechtshänder.«

Sofort erinnerte ich mich an das gestrige Spiel mit Messer und Gabel. Luc war Linkshänder.

»Was ist los? Hat es dir die Sprache verschlagen?«, fragte FK in mein Schweigen hinein.

»Er war's nicht«, flüsterte ich.

»Wenn er's nicht war, wird sich das herausstellen«, versuchte FK mich zu beruhigen. »Da sitzen fitte Leute bei der Polizei rechts und links des Rheins, die verstehen ihren Job. Klar werden sie ihn nun erneut durch die Mangel drehen, dich wahrscheinlich auch, jetzt, wo wieder alles offen ist. Es muss jedem Verdacht nachgegangen werden, du kennst doch das Spiel. Und die Ermittlungen sind langwierig, weil so viele Leute befragt und deren Aussagen miteinander verglichen werden müssen.«

»Er war's nicht«, wiederholte ich.

»Interessieren dich weitere Einzelheiten der Obduktion?«, überging FK mein Mantra. »Der Gerichtsmediziner hat Rostpartikel in der Kopfwunde gefunden, die zu dem alten eisernen Fußabkratzer vor Murniers Hoftor passen, auf den muss der alte Mann gestürzt sein. Wo ihm dein Messer in den Rücken gestoßen wurde, wissen die Experten nicht. Als sicher gilt, dass der Mörder den Toten durch die kleine Gasse bis zum Bach geschleppt hat. Dafür sprechen die Hautabschürfungen am Bauch und an den Schenkeln des Toten.«

Wie klang es, wenn man eine Leiche über die Straße zog? Laut genug, um das Plätschern des Baches zu übertönen? War Martha davon aufgewacht? Hatte sie gesehen, wer den toten Murnier ins Wasser legte? Ich sehnte mich zurück in Devilles Patissier-Kurs, zurück zu den luftig-süßen Spinnennetzen, die so ganz anders waren als die, die ich mit meinen misstrauischen Fragen auslegte.

»Es ergibt überhaupt keinen Sinn, dass Murnier zum Bach geschleppt wurde«, machte FK weiter. »Damit ging der Täter doch ein zusätzliches Risiko ein! Sinn ergäbe, wenn der Mörder sein Opfer nach der Tat versteckt hätte, um nicht entdeckt zu werden, oder es liegen lässt und wegläuft.«

»Vielleicht war der alte Mann noch nicht tot, und sein Mörder hat ihn in den Bach geschleppt, damit er ertrinkt?«

»Murnier war schon tot, als er in den Aubach gelegt wurde. Kein Wasser in der Lunge.«

Ich dachte wieder an Alban Brandt und seine Fakten-Pedanterie und fragte: »Weißt du etwas Näheres zum genauen Todeszeitpunkt?«

»Genaue Todeszeitpunkte gibt es nur in schlechten Krimis. In der Wirklichkeit legen sich Gerichtsmediziner nie genau fest, weil sie das nicht können. Die Tatzeit lässt sich nur aus den Zeugenaussagen rekonstruieren: Gegen halb eins hat Murnier das Fest verlassen, kurz darauf kam es in der Rue de la Mairie zum Streit mit Jakub Sajdowski, der ist gegen Viertel vor eins mit blutender Nase bei seiner Frau in der Rue de la Gare angekommen. Man geht davon aus, dass Murnier nach dem Streit zu sich nach Hause in die Rue Joffre lief und ihm sein Mörder entweder gefolgt ist oder vor seinem Hof auf ihn gewartet hat, Murnier also mit hoher Wahrscheinlichkeit gegen ein Uhr getötet wurde.«

Gegen ein Uhr war ich mit Luc auf dem Weg zur Winstub Mueller, um die gleiche Zeit tauchten die Hellsass Devils auf dem Fest auf. Danach hatten mit Sicherheit noch mal viele Leute die *Salle polyvalente* verlassen. Unvorstellbar, dass da mitten im Ortskern ein Mord geschah und keiner es merkte.

»Auch der Mörder muss die Motorräder der Hellsass Devils gehört haben«, fuhr FK fort. »Warum hat er nicht das Weite gesucht? Warum hat er die Leiche noch bis zum Bach geschleppt?«

»Und warum ist er dabei nicht gesehen worden?«, ergänzte ich, erleichtert, entspannt, völlig gelöst, denn Luc konnte nicht der Mörder sein.

»Und genau das fragt sich die Polizei auch. Und genau deshalb steht auch die Tatzeit weiter auf dem Prüfstein.«

Für diesen Satz hätte ich FK am liebsten eine geknallt, weil er die zarte Hoffnung auf den sicheren Beweis von Lucs Unschuld so schnell erstickt hatte, wie sie entflammt war.

»Katharina, bist du noch da?«

FK konnte nichts dafür, dass sich meine Hoffnung zerschlug, er war ein journalistischer Spürhund, er sammelte Informationen, um der Wahrheit nahezukommen. Und genau das wollte ich auch. Wegen Luc, sogar wegen Martha. Denn all die Verdächtigungen, all die misstrauischen Fragen fraßen sich wie Gift ins Fleisch und ins Herz, sie waren zerstörerisch, unerträglich, das alles musste so schnell wie möglich aufhören.

»Weißt du noch was, das ich nicht weiß?«, fragte FK.

Bestimmt. Und sicher würden wir schneller ans Ziel kommen, wenn wir unsere Informationen austauschten. Deshalb sagte ich: »Die Hellsass Devils glauben, dass es einer von uns war.«

»Woher weißt du das?«

»Joe hat es mir erzählt. Drei Hellsass Devils waren am Montagabend im Queen's Pub. Joe hat ihnen auf dem Gruppenfoto zu deinem Artikel erklärt, wer wer ist.«

»Die Information würde ich mit Vorsicht genießen. Joe ist ein alter Meister im Gerüchteköcheln. Du weißt selbst, mit wie viel Leuten im Dorf er auf Kriegsfuß steht, allen voran deine Mutter.«

»Es geht um eine alte Rechnung, hat er gesagt.«

»Wie alt? Offen zwischen wem?«

»Darüber schweigt er sich aus.«

»Typisch Joe! Viel Lärm um nichts. Aber ich behalte es im Kopf. Weißt du noch was?«

»Murnier hat die Deutschen gehasst. Sagt Luc, sagt Käshammer.«

»Gehasst? So ganz allgemein? Keinen bestimmten? – Der Mann war fünfundsiebzig, das heißt, er ist 1938 geboren, 1944 ist das Elsass befreit worden, da war er sechs Jahre alt. Hast du das Jeanne-d'Arc-Bild über seiner Hofeinfahrt gesehen? Der Mann war ein alter Nationalist, Mitglied des *Front national*, der hasste alles, was nicht französisch war.«

Ich beschloss, Antoinette danach zu fragen. Wenn Murniers Deutschenhass mit dem Krieg zusammenhing, würde sie das wissen.

»Wo steckst du eigentlich?«, fragte er dann. »Bastelst du noch Törtchen, Schäumchen oder anderen Schi-Schi in Straßburg?«

»Schon erledigt für heute. Ich fahr jetzt heim.«

Genau das würde ich tun. Martha musste endlich mit der Sprache herausrücken.

ZWÖLF

Unterwegs schnitt ich auf einem der Blumenfelder zehn Sonnenblumen und stellte mir vor, wie Martha sie in die grüne Gerti-Vase stellte und sich dann mit mir in die hinterste Ecke der Küche zurückzog und endlich auspackte. Ich klemmte brav einen Zehn-Euro-Schein in die Holzkiste und fuhr weiter.

Im Biergarten der Linde saß noch kein Mensch, aber Edgar hatte bereits die Stühle einladend aufgestellt und kleine Stapel Bierdeckel auf die einzelnen Tische verteilt. Über die B 3 ratterte ein Traktor mit einem Anhänger voller Zwetschgenkörbe. Ich dachte an Zwetschgenkuchen und Kartoffelsuppe, ein Gericht, das keiner so gut zubereiten konnte wie Martha. Der Zwetschgenkuchen mit Hefeteig und ganz wenig Zucker, die Kartoffelsuppe sämig mit einer Spur Knoblauch, zusammen ein Gedicht, obwohl sich das Leute, die nicht damit groß geworden waren, schwer vorstellen konnten.

In der Linde saßen der Schindler Blasi, der Weber Gustl und der Ehmann Karle mit ihrem Nachmittagsbier am Stammtisch, Edgar räumte hinter dem Tresen Limonaden- und Apfelsaftflaschen in die Kühlung und drehte sich um, als er mich kommen hörte.

»Sie ist in der Küche«, sagte er, machte aber keineswegs den Eindruck, als ob wieder alles gut oder zumindest beim Alten war.

In der Küche blubberte in einem großen Topf eine Hühnerbrühe, und in einem anderen hatte Martha Kartoffeln aufgestellt. Sie schnippelte vor dem Fenster zum Schulhof Suppengemüse klein und wandte mir den Rücken zu. Immerhin arbeitete sie wieder.

»Die sind für dich«, sagte ich und hielt ihr, als sie sich erschreckt umdrehte, den Strauß Sonnenblumen entgegen.

Sie wischte sich die Hände an der Schürze ab und sah mich und die Blumen eher misstrauisch als erfreut an.

»Hast du die grüne Vase noch, in die du immer Gertis Blumen gestellt hast?«, fragte ich, immer noch mit den Blumen in der Hand.

»Wie kommst du jetzt auf die Vase?«

Immerhin nahm sie mir die Blumen jetzt ab, legte sie neben

ihr Brett auf die Arbeitsfläche und machte sich dann auf den Weg zur Vorratskammer. Ich rief ihr nach, wie ich auf Gertis Vase gekommen war. Sie kehrte mit einem leeren Gurkenglas zurück.

»Die Vase gibt es nicht mehr«, antwortete sie, als sie Wasser in das Glas laufen ließ.

»Man soll sie erst ein paar Minuten in kochendes Wasser und danach in kaltes stellen. Dann halten sie länger«, sagte ich und brachte, um sie irgendwie zum Reden zu bringen, das Gespräch auf Gertis Tod. »Das war bestimmt schwer für dich.«

»Ja«, beschied mich Martha knapp, schüttete das Wasser aus, schöpfte stattdessen etwas von der heißen Kartoffelbrühe ins Glas und steckte die Sonnenblumen hinein. »Die Guten gehen immer zu früh.«

Ihr Standardsatz bei Todesfällen.

»War sie schon länger krank?«, erkundigte ich mich.

»Das Herz. Bei den meisten wird es immer härter, bei ihr ist es immer wunder geworden.« Sie starrte in die trübe Kartoffelbrühe und das dampfende Glas. »Reicht es jetzt?«

»Denk schon«, meinte ich. Dann atmete ich dreimal tief durch, bevor ich fragte: »Geht es dir wieder besser, Mama?«

»Was ihr alle für ein G'schiss macht, nur weil ich mal ein bissel allein sein hab müssen!« Sie riss die Sonnenblumen aus dem Glas, schüttete die Brühe weg und ließ kaltes Wasser in die Vase laufen. »Ich werd auch älter. Darf man da nicht ein bissel wunderlich werden?«

Ich konnte nicht glauben, mit was sie sich da herausreden wollte. Ausgerechnet mit dem Alter! Martha sah nicht aus wie Anfang siebzig. Sie besaß eine Rossnatur. Wenn sie irgendwas plagte, dann gurgelte sie mit Salzwasser oder trank einen »Borbler«, einen Topinambur-Schnaps, das badische Allheilmittel. Medikamente hatte sie ihr Leben lang nie genommen.

»Wunderlich! Wenn einer nicht wunderlich ist, dann du. In Scherwiller muss mit dir was passiert sein. Was ist mit Emile Murnier? Warum bist du nicht selbst an den Bach gelaufen?«

Falsch! Ich wusste es in dem Moment, in dem ich den Satz ausgesprochen hatte. Bei Martha durfte man nie mit der Tür ins Haus fallen.

Sie ließ das Gurkenglas so hart auf die Arbeitsfläche krachen, dass das Wasser oben herausspritzte, und ihre Augen funkelten vor lauter unausgesprochenen Drohungen.

Ich wusste, dass ich mich auf explosivem Terrain bewegte, aber ich konnte nicht anders, ich redete einfach weiter. »Hast du gesehen, wer Murnier in den Bach geschleppt hat? Verhältst du dich deshalb so komisch? Du verheimlichst etwas, dich drückt eine schwere Last.«

»Und ob mich eine schwere Last drückt!«, polterte Martha jetzt los. »Mehr als eine, oh ja. Hat's dich je interessiert? Nein! Jetzt interessiert's dich nur, weil du dem jungen Murnier hinterherrennst! Was mich drückt und zwickt, war dir doch immer egal. Immer hast du ein eigenes Süpple kochen müssen! Nicht einmal hast du ernsthaft überlegt, die Linde doch zu übernehmen. Nicht einmal ...« Sie packte die Sonnenblumen bei den Stängeln und steckte sie wütend ins Gurkenglas. Erneut schwappte das Wasser über.

Mit noch mehr Immer- und Jedes-Mal-Sätzen schoben wir uns, stetig lauter werdend, gegenseitig den Schwarzen Peter zu, immer nach dem alten Haudrauf-Muster. Wir besaßen jahrelange Übung im Salz-in-die-Wunden-Streuen, im Kinnhaken-Verteilen, im Auf-die-Zehen-Treten, im Porzellan-Zerschlagen, und wir hätten wahrscheinlich noch eine ganze Weile damit weitergemacht, wenn Edgar nicht das Telefon durch die Durchreiche gesteckt und gesagt hätte: »Martha, der Carlo. Will wissen, ob er den Zwiebelkuchen jetzt abholen kann.«

Martha stockte in ihrer Wutattacke, packte mit Schmackes das Gurkenglas und drückte es mir in die Hände.

»Martha. Der Carlo. Wegen dem Zwiebelkuchen«, wiederholte Edgar und steckte jetzt nicht nur das Telefon, sondern auch seinen Kopf durch die Durchreiche in die Küche.

Während ich mit dem Gurkenglas in den Händen und zwischen den Sonnenblumen hindurch von einer zum anderen guckte, machte Martha eine abwehrende Bewegung in Edgars Richtung und malte mit den Lippen die Worte: »Ich rufe ihn zurück.«

»Sie ruft dich gleich zurück«, sagte Edgar ins Telefon, drückte den Off-Knopf, musterte Martha und sagte: »Du hast den Zwiebelkuchen vergessen.«

»Ja und?«, blaffte sie. »Das kann doch jedem passieren.«

»Aber dir ist so was noch nie passiert, Martha«, murmelte Edgar ungläubig. »Du hast doch immer die ganze Wirtschaft im Kopf, du sagst doch immer, dass Zuverlässigkeit in unserem G'schäft das Wichtigste ist. Und was machen wir jetzt mit dem Carlo? Der braucht den Zwiebelkuchen heute Abend für Allerheiligen.«

»Soll er doch ein paar Bleche Pizza bei seiner Sippschaft holen«, giftete Martha ihn an.

»Carlo«, mischte ich mich ein. »Der schlaksige Italiener, der bei dir in die Lehre gegangen ist?«

Martha nickte unwirsch.

»Was macht der in Allerheiligen?«

»Hat die Allerheiligen-Gaststätte gepachtet«, erklärte mir Edgar. »Und heute Abend spielen sie doch ›Der zerbrochene Krug‹, und in der Pause gibt's für alle ein Glas Wein und ein Stück von Marthas Zwiebelkuchen. Der Carlo sagt, 's gibt Leut, die kommen weniger wegen dem Theaterstück als wegen dem Zwiebelkuchen. Martha, so eine Pizza, die ist doch kein ...«

Martha schnaubte mit neuen Drohungen im Blick, und Edgar verstummte. Zumindest diesen Konflikt konnte ich entschärfen: »Den Zwiebelkuchen braucht der Carlo doch frühestens um acht Uhr«, sagte ich schnell. »Mama, wenn du 's ›Deigl‹ machst, kümmere ich mich um den Rest. Papa, sag dem Carlo, ich fahr ihm die Zwiebelkuchen dann nach Allerheiligen.«

Ein dankbarer Blick von Edgar, ein gnädiger von Martha, und schon drückte ich Edgar das Gurkenglas in die Hände, setzte dann, ohne ein weiteres Wort zu verlieren, einen Hefeteig an, wärmte den großen Backofen vor, knetete den Teig durch, schnitt das erste Kilo Zwiebeln in Ringe. Martha rührte derweil genauso wortlos das »Deigl« an, eine Art salziger Eiergrießbrei, der zwischen Hefeboden und Zwiebelmasse gestrichen wurde, den Zwiebeln etwas von ihrer Schärfe nahm und dem Kuchen eine cremige Konsistenz gab. Ich schnitt das nächste Kilo Zwiebeln in Ringe und den Speck in dünne Scheiben, Martha schüttete derweil ihre Kartoffeln ins Waschbecken, schreckte sie mit kaltem Wasser ab, schälte sie und ließ eine nach der anderen in eine große Glasschüssel plumpsen.

Es herrschte Waffenstillstand zwischen uns, mehr noch, eine

regelrecht friedliche Koexistenz. Jede hatte die andere und alles, was sie tat, fest im Blick, kam ihr aber nicht in die Quere. Es gab eine Zeit, da hatte ich die Küche meiner Mutter umkrempeln, Martha von meiner Art des Kochens überzeugen wollen, aber das war lang vorbei. Diese Küche war ihr Reich, ein Reich, um das wir nicht mehr miteinander kämpfen würden. In der Zwischenzeit konnte ich sogar akzeptieren, dass sie bestimmte Gerichte besser kochen konnte als ich: die Kartoffelsuppe, das »Deigl«, die Meerrettichsoße, die ordentliche Rindsbouillon. Und eigentlich hatte meine Mutter auch längst akzeptiert, dass ich nicht zurückkommen und die Linde übernehmen würde, auch wenn sie bei Gelegenheit immer wieder gerne darauf herumritt. Eigentlich hatten wir es in den letzten Jahren bei allen üblichen Streitereien sogar zu einer gewissen Friedfertigkeit gebracht. Und irgendwie wusste ich, dass sie mich im Geheimen schon mochte und auf ihre verschrobene Art stolz auf mich war. Sonst hätte ich so ein großzügiges Geschenk wie den Patissier-Kurs bei Deville niemals von ihr angenommen.

Aber seit der Rückkehr aus Scherwiller verhielt sich Martha wie ein verletzter Kampfhund. Knurrte jeden an, der in ihre Nähe kam, biss zu und schreckte auch nicht davor zurück, das zarte Pflänzchen unserer mühsamen Annäherung zu zertrampeln …

»Dein Hefeteig ist fertig!«

Martha deutete mit dem Kopf auf die Schüssel mit dem überbordenden Teig, holte sich derweil ein Kochmesser aus der Schublade und begann, die geschälten Kartoffeln in Scheiben zu schneiden. Ich knetete den Hefeteig noch einmal durch und rollte einen Teil davon für die ersten drei Bleche aus. Martha unterbrach ihr Schneiden, griff sich die Schüssel mit dem »Deigl«, bestrich den Hefeteig, ich verteilte die Zwiebeln und den Speck obendrauf und würzte leicht mit Salz – wegen des Specks – und kräftig mit Pfeffer und Kümmel.

»Hast du noch neuen Kümmel?«, fragte ich, als ich die Bleche in den Ofen schob. Die Kümmelreste aus der Gewürzschublade hatte ich für die ersten drei Kuchen aufgebraucht.

»Ganz hinten in der Vorratskammer steht eine Kiste mit Gewürzen.«

Martha schob die letzten geschnittenen Kartoffeln in die Schüssel und holte sich dann von meinem Arbeitsplatz einige Zwiebeln, während ich mir die Hände abwischte und in die Vorratskammer eilte. Auf Anhieb fand ich die Gewürzkiste nicht. Ich schob Dosen zur Seite, pustete Staub von Nudelpackungen und entdeckte hinten an der Wand zwischen zwei großen, leeren Gurkengläsern etwas anderes: die grüne Vase für Gertis Blumen. Ich nahm sie mit in die Küche, genau wie den Kümmel, den ich doch noch gefunden hatte.

»Guck mal, Mama!«

Sie sah vom Zwiebelschneiden auf, ihr liefen die Tränen. Das Messer in der Hand, wischte sie sich über die Augen. Ich stellte die Vase neben sie auf die Arbeitsfläche. Sie legte das Messer weg, holte sich aus der Spüle einen Lappen und entfernte mit einer zärtlichen Behutsamkeit die Staubschicht von der Vase.

»Soll ich die Sonnenblumen da reinstellen?«, fragte ich.

»Stell sie zurück«, befahl sie. »Die Gerti ist nicht mehr.«

Ich tat wie geheißen, und als ich zurückkam, schnitt Martha weiter Zwiebeln und weinte jetzt wie ein Schlosshund. Ich tapste auf Zehenspitzen auf sie zu, stellte mich hinter sie und hätte sie zu gerne in den Arm genommen, traute mich aber nicht.

»Mama«, flüsterte ich stattdessen. »Friss nicht alles in dich hinein, Reden hilft.«

Sie hörte auf zu schneiden, rückte den Kopf nach oben, drehte ihn mir zu und zeigte mir ihr Gesicht: nass geheult, voller Altersflecken, von den Jahren zerklüftet, die Knochen verbraucht, in den grauen Augen nur noch ein Rest von Glut.

»Reden hilft«, höhnte sie mit Zorn in der Stimme. »Blödsinn! Nur Schweigen ist Gold. Wenn die Gerti …« Sie brach mitten im Satz ab. »Die Zwiebelkuchen«, sagte sie dann. »Wir müssen uns beeilen.«

Mehr redeten wir an diesem Nachmittag nicht miteinander. Aber ich ahnte jetzt, dass sie etwas wirklich Schwerwiegendes unter Verschluss hielt.

Es war kurz vor sieben, als ich die letzten drei Zwiebelkuchen aus dem Backofen zog. Während Edgar mir wenig später die warmen Bleche im Kofferraum stapelte, zog ich mich in den Schatten der

Linde zurück und wählte Lucs Nummer. Diesmal sprang sofort die Mailbox an und bat auf Französisch, eine Nachricht zu hinterlassen.

»Wo steckst du? Ich mach mir Sorgen. Ruf zurück!«, hinterließ ich auf Deutsch und fragte mich, ob Luc die Mailbox mit Absicht laufen ließ, weil er mich, wie er es nannte, nicht in die Sache hineinziehen wollte. Würde ich an seiner Stelle nicht genauso handeln? Wer neigte nicht dazu, unangenehme Dinge im Stillen zu regeln? Wer zeigte sich schon gern von seiner Schattenseite? Wenn er also das, was er unbedingt alleine regeln wollte, auch geregelt bekam, wunderbar.

Aber leider gab es eine andere Möglichkeit, warum nur die Mailbox ansprang: Luc konnte nicht mit mir reden, weil ihn die Gendarmerie in Schlettstadt immer noch in der Mangel hatte. Ich wollte nicht darüber nachdenken, was das bedeutete. Ich musste abwarten, bis Luc sich meldete. Und ich hasse Abwarten.

»Du kannst«, rief mein Vater und klappte die Kofferraumtür zu.

Ich steckte das Handy weg, klemmte mich hinters Steuer und startete den Wagen. Mit dem Duft von Zwiebeln und Kümmel in der Nase fuhr ich über die L 87 ins Achertal hinein. Die Sonne in meinem Rücken tauchte die Weinberge von Oberachern und Kappelrodeck in ein goldenes Licht und malte, als die Weinberge verschwanden und das Tal enger wurde, lange Waldschatten auf die grünen Wiesen. Hinter Ottenhöfen nahm ich die schmale Straße, die hinauf nach Allerheiligen führte.

Als Kind hatte ich die Wasserfälle von Allerheiligen geliebt. Rosa war mit mir und Bernhard zwei-, dreimal da gewesen, sie hatte in unserer Familie die Sonntagsausflüge übernommen, weil Martha und Edgar am Wochenende arbeiten mussten. Wir starteten immer oben und liefen mit Begeisterung die vielen Treppen hinunter, neben denen der Lierbach in wildem Getöse in die Tiefe stürzte.

Den beschwerlichen Rückweg versüßte Rosa uns, indem sie Geschichten erzählte, die sich um die Wasserfälle rankten. Sie beschrieb uns, wie unwegsam das Gelände noch vor hundert Jahren war. Kein Weg, kein Treppchen, kein Steg, nur der wilde Bach, der steile Abgrund und die zerklüfteten Felsen. Und immer, immer lief mir ein Schauer über den Rücken, wenn wir an dem steinernen

Bild Station machten. Die Umrisse des Gesichts in der vorspringenden Felswand sahen jedes Mal anders aus, je nachdem, ob und wie die Sonne darauffiel, aber immer wirkte es sehr geheimnisvoll. Rosa erzählte von dem jungen Steinmetz, der das Antlitz seiner Geliebten, einer Zigeunerin, in den Stein gehauen hatte und sich danach in die Tiefe stürzte.

»Was ist ein Antlitz? Wie hat der Steinmetz überhaupt an der steilen Wand arbeiten können? Warum war die Frau Zigeunerin?«, hatte ich als Kind von ihr wissen wollen.

»Mit einem Seil hat er sich festgemacht und es durchgeschnitten, als er mit seinem Bild fertig war«, hatte Rosa erklärt. »Und ›Zigeunerin‹ hat man gern zu einer gesagt, die fremd war oder voller Rätsel.«

»Warum hat die Frau den Mann verlassen? War sie böse?«, insistierte ich.

»Niemand ist böse, weil er geht«, antwortete Rosa. »Vielleicht war sie unglücklich? Vielleicht wollte sie nicht mehr in einer modrigen, feuchten Höhle leben? Vielleicht hat der junge Steinmetz ihr die Luft abgeschnürt? Vielleicht wollte sie frei sein und träumte von Amerika? – Die Liebe, Kind, kann sehr kompliziert sein!«

Gute alte kluge Rosa! Gerne hatte sie Geschichten mit ihrer Lebensweisheit gewürzt. Ich hatte immer mehr über die verschwundene Frau wissen wollen, wohl ahnend, dass Geheimnisse einen Menschen interessanter machten, als wenn er sich eifrig aufblätterte, aber meinen kleinen Bruder langweilten solche »Weibergeschichten«, er wollte zum Reitersprung.

Ihm musste Rosa die Geschichte vom wackeren Schweden erzählen, der im Dreißigjährigen Krieg von den Österreichern gejagt wurde und beim verzweifelten Versuch, den Verfolgern zu entkommen, den Sprung über die Lierbach-Schlucht wagte und dabei mit seinem Pferd in die Tiefe stürzte. Ehrenvoll, tapfer, wagemutig. Das Geheimnis, wegen dem er gejagt wurde, nahm er mit in den Tod. Auf solchen Details bestand Bernhard. Aber ob steinernes Bild, Reitersprung oder die anderen Geschichten, die Rosa uns erzählte, alle handelten vom tiefen Fall und eitlen Sturz, vom Zerschellen und Zerschmettern, von Tod und Verderben.

Spätestens wenn wir die letzte Steigung geschafft hatten, der

Lierbach all seine Wildheit verlor und ganz gemächlich neben uns herfloss, vergaßen wir die Schauergeschichten und verhandelten mit Rosa, ob es in der Allerheiligen-Gaststätte ein Wassereis und eine Sinalco oder ein großes Milcheis ohne Sinalco gab. Und wenn das Eis gekauft war und Rosa auf der Terrasse einen Kaffee trank, hüpften wir in den Klosterruinen neben der Gaststätte herum, spielten König und Königin und suchten uns den schönsten steinernen Thron, um dort unser Eis zu lecken.

Während ich diesen Kindheitserinnerungen nachhing, hatte sich mein Wagen von Unterwasser bis hoch zur Bergkuppe gekämpft. Ich ließ ihn langsam am Parkplatz vorbei in die Mulde rollen, in der die Klosterruine und der Gasthof lagen. Das Licht der Abendsonne brach sich in den Fensterhöhlen und den herausgebrochenen Mauerteilen der alten Klosterkirche, die Tannen und Laubbäume legten ihre schützenden Äste über die Ruinen, und ich dachte mal wieder, dass es die Mönche zu allen Zeiten verstanden hatten, ihre Klöster an den schönsten und stillsten Orten zu bauen.

Carlo kam aus dem Gasthof gelaufen und freute sich, mich zu sehen. Wir hatten ein paarmal gemeinsam in der Linde gekocht, als Martha mit ihrem gebrochenen Bein darniederlag. Ich sah ihn noch genau vor mir, wie er nach der Arbeit mit seinem Skateboard in Richtung Achern davonrollerte. Das war jetzt bestimmt zehn Jahre her. Ob er noch Skateboard fuhr?

Wir räumten gemeinsam die Zwiebelkuchen in die Küche, Carlo lud mich ein, zu bleiben, mir das Stück anzusehen, nachher ein Glas mit ihm zu trinken, aber ich lehnte ab. Ich wollte mit Antoinette telefonieren, vielleicht doch endlich Luc erreichen, vielleicht noch ins Elsass fahren. Ansonsten nachdenken, und wenn das zu keinem Ergebnis führte, wenigstens ausschlafen.

Ich fuhr langsam in Richtung Parkplatz, vorbei an einer Prozession von Menschen, viele mit Pullovern über den Schultern oder unter den Arm geklemmten Decken. Hier oben auf sechshundert Metern Höhe wurde es abends empfindlich kühl. Da machte es Sinn, sich einzumummeln, wenn man sich im Freien ein Theaterstück ansehen wollte. Ein kurzes, knackiges Lachen drang durch das geöffnete Fenster an mein Ohr, und ich entdeckte inmitten der Prozession Sophie. Den Arm bei Felix untergehakt, ins Gespräch mit dem Nachbarn auf der anderen Seite vertieft, lachte sie wieder so unverkennbar. Selbst wenn sie es im Dunkeln täte, würde ich sie daran erkennen.

Felix, Gerti, dachte ich, stellte den Wagen auf dem Parkplatz ab und entschied zu bleiben.

Ich lief zurück. Vor dem improvisierten Kartenhäuschen unter dem übrig gebliebenen Torbogen der zerstörten Klosterkirche staute sich eine Warteschlange. Die, die nicht warten wollten oder Durst hatten, strömten in den Biergarten des Gasthofes, darunter auch Sophie und Felix, die gerade den letzten freien Tisch ergatterten.

Ich winkte Sophie zu, sie lud mich sofort ein, bei ihnen Platz zu nehmen, und orderte bei der Bedienung eine Flasche Oberkircher Riesling.

»Was macht man nicht so alles im Wahlkampf«, stöhnte sie. »Aber Käshammer ist ein Parteifreund, und zumindest einmal muss ich ihn in seiner Paraderolle sehen. Ich habe übrigens noch eine Karte. Bist herzlich eingeladen.«

Sie sprang auf, es galt, weitere Bekannte zu begrüßen, hier drei Küsschen zu tauschen, dort ein paar Hände zu schütteln, Käshammer, schon in Richterrobe, dreimal über die Schulter zu spucken, zwei Frauen miteinander bekannt zu machen, einem alten Mann auf die Schulter zu klopfen und so weiter.

Felix blieb am Tisch sitzen, nickte dem einen oder anderen von Sophies Bekannten zu oder hob kurz sein Glas zum Gruß, aber nur mir schenkte er seinen berühmten Hundeblick.

»Sie kann es wirklich gut mit den Leuten«, sagte ich. »Aber du wärst wahrscheinlich froh, du hättest sie mal wieder für dich allein.«

»Sie geht so in ihrer Arbeit auf, hat so tolle Ideen und so viel Energie. Schad, dass ich ihr dabei so wenig helfen kann. Ich wünsch ihr wirklich, dass sie am Sonntag gewinnt, freu mich aber auch, wenn dann der ganze Wahlkampfzirkus vorbei ist.«

Wahrscheinlich sein Standardspruch als braver Ehemann. Warum sollte er mir etwas anderes erzählen? Nur weil er mir als Kind mal das Auge der heiligen Katharina aus dem Knie gezogen hatte?

»Wann fährst du zurück nach Köln?«, fragte er, unverbindlich, freundlich, und zündete sich eine Roth-Händle an.

Ich bemerkte, dass er dafür ein Zündholzbriefchen des Queen's Pub benutzte. »Ich weiß es noch nicht genau«, antwortete ich und deutete auf die Zündhölzer. »Bist du noch oft bei Joe?«

»Schon. Da darfst du wenigstens noch rauchen. Aber wenn er seine Heavy-Metal-Musik auflegt, dann flieh ich.«

Wenn er, wie jetzt, schelmisch lächelte, blitzte kurz das Strahlen wieder auf, mit dem er als Kind gesegnet gewesen war. Er hielt mir die Packung Zigaretten hin, ich lehnte dankend ab. Geraucht hatte ich nur in meiner kurzen Rockerphase.

»Warst du zufällig am Montagabend dort?«

Er schüttelte den Kopf, fragte: »Wieso?«

Ich erzählte ihm vom Besuch der Hellsass Devils und von dem, was Joe über sie berichtet hatte. Felix schüttelte verwirrt den Kopf, meinte, der Fall sei doch aufgeklärt, da die Polizei den Polen verhaftet habe. Erst in dem Moment wurde mir klar, dass ich, dank FK, eine der wenigen war, die bereits wussten, dass Sajdowski nicht Murniers Mörder war. FK hatte mich nicht zur Geheimhaltung verdonnert, und morgen würde es sowieso in der Zeitung stehen, deshalb sah ich keinen Grund, es Felix nicht zu erzählen. Danach wirkte er noch verwirrter und sagte gar nichts mehr.

»Weißt du, was ich mich frage«, machte ich weiter. »Warum hat der Mörder die Leiche in den Bach geschleppt? Warum ließ er sie nicht vor Murniers Haus liegen?«

»Du siehst dir wohl keine Krimis an, was?« Endlich fand er seine Sprache wieder. »Nirgendwo lassen sich Spuren so gut verwischen wie im Wasser. Da ist es fast unmöglich, dass man am Toten noch fremde DNA und all so was findet.«

»Die Spurenwischerei nutzt doch nichts, wenn dich einer dabei erwischt. Und das Risiko war verdammt hoch. Denk doch nur daran, dass die meisten Fremdenzimmer der Winstub Mueller auf der Bachseite liegen. Ich hatte eins, Martha hatte eines, Hedwig und Erna hatten eins.«

»Wir auch«, ergänzte Felix. »Aber als wir nach dem ›Auftritt‹ der Hellsass Devils ins Hotel sind, hat keiner von uns mehr aus dem Fenster geguckt. Überhaupt, was sollen wir Deutsche mit dem Mord zu schaffen haben?«

»Die Hellsass Devils behaupten, dass es um eine alte offene Rechnung geht und dass Murniers Mörder ein Deutscher ist«, machte ich weiter, hatte Marthas abgebrochenen Satz im Ohr und spekulierte jetzt wild ins Blaue hinein: »Bei alter Rechnung habe ich an das erste Treffen von 1967 gedacht. Da waren deine Eltern auch dabei. Kann es sein, dass deine Mutter etwas darüber gewusst hat?«

Felix sah mich an, als hätte ich nicht mehr alle Tassen im Schrank.

»Meine Mutter«, flüsterte er und drückte hastig seine Zigarette aus. »Meine Mutter ist tot.«

Zwischen uns machte sich ein beklemmendes Schweigen breit, und in Felix' Augen las ich den Vorwurf, seine tote Mutter verunglimpft zu haben. In was hatte ich mich da nur vergaloppiert? Ich wollte zurückrudern, den Satz ungeschehen machen, mich entschuldigen, aber ich wusste nicht, wie.

Sophie, die zurückkam, erlöste mich. Sie setzte sich breitbeinig zwischen uns, lachte ihr knackiges Lachen und fragte: »Na, ihr zwei, amüsiert ihr euch gut?«

Keiner von uns antwortete.

»Was ist los?«, fragte sie alarmiert. »Hab ich was Falsches gesagt?«

»Nein, nein«, wiegelte Felix ab und stand auf. »Ich geh mal Pascal suchen.«

»Der spielt auch mit«, erklärte mir Sophie, sah aber ihrem Mann nach. »Einen Bauer. Ich finde, die Rolle passt zu ihm.« Dann drehte sie mir den Kopf zu und fragte noch einmal: »Hab ich wirklich nichts Falsches gesagt?«

»Ganz bestimmt nicht.«

»Weißt du, ich weiß, dass ich ihm viel zumute. Mit der Kandidatur, mit dem langen Wahlkampf, und das alles so kurz nach dem Tod von Gerti. Er ist so empfindlich in letzter Zeit, so in sich gekehrt.«

»Trauer braucht Zeit«, murmelte ich. Mit so einem Allgemeinplatz konnte ich zumindest nichts falsch machen.

»Hast wahrscheinlich recht. Ab Sonntag wird so oder so alles anders. Wenn ich gewinne, ziehen wir schnell nach Oberkirch um. Ein Neuanfang, raus aus dem Haus, wo ihn alles an seine Mutter erinnert. Ich bin sicher, das wird Felix guttun. Und wenn ich nicht gewinne, suchen wir uns in Ruhe was Neues, und ich habe wieder mehr Zeit für ihn.«

Ich nickte bestätigend, obwohl ich keine Ahnung hatte, ob Felix das eine oder das andere, ja was ihm überhaupt guttun würde.

»Und jetzt«, sagte sie entschlossen und stand auf, »gehen wir ins Theater.« Sie bat den Kellner, den restlichen Wein kalt zu stellen, und hakte sich dann bei mir unter. »Weißt du«, tratschte sie vergnügt. »Käshammer hat sich sehr gewundert, dass ich hier bin. Der hat in der Partei am schärfsten gegen meine Kandidatur mobilgemacht, und ich weiß genau, wieso. Das Schlitzohr hat einen Vertrag über alle Schulbusfahrten in Oberkirch, und er denkt halt, dass ich die streichen werde. Recht hat er, denn ich habe was gegen die, die Kommunalpolitik nur nutzen, um ihre Pfründe zu sichern. Aber ich bin clever genug, nichts vom Zaun zu brechen. Ich werde mir keine Feinde machen, wo es nicht nötig ist. Und schon gar nicht vor der Wahl.«

Diesmal lachte sie nicht knackig, nur still in sich hinein, so wie ein Schachspieler, dem ein guter Zug gelungen war. Sie ließ meinen Arm los, grüßte schon wieder nach rechts und links, an der Kasse winkte man sie durch, ihr Platz – und damit auch meiner – zählte zu den besten, ganz weit vorne, zweite Reihe, wo Felix schon saß und auf die noch leere Bühne blickte. Sophie setzte sich neben ihn und bot mir den Platz auf ihrer anderen Seite an.

»Schau nur«, schwärmte sie und deutete auf die Ruinen hinter der Bühne, die sich wie schwarze Schatten in den Abendhimmel bohrten. »Eine solch tolle Kulisse findest du so schnell nirgendwo. Jetzt muss nur noch das Stück gut sein.«

Das Stück wurde in alemannischer Mundart gespielt, Ort der Handlung war nicht das Kleist'sche Dorf in Holland, sondern eines im Renchtal. Käshammer, das musste man ihm lassen, ging in seiner Rolle auf, aber die Frau, die die Marthe Rull spielte, war nicht minder gut und bot ihm ordentlich Paroli. Während Käshammer als Richter Adam in breitestem Badisch mit derben Tricks versuchte, die Spuren seiner nächtlichen Schandtat zu verwischen, dachte ich darüber nach, dass auch Murniers Mörder Spuren hinterlassen haben musste. Richter Adams Verschleierungsversuche waren so dreist und dämlich, dass selbst der dümmste Zuschauer sie nach kürzester Zeit durchschaute. Murniers Mörder war eindeutig cleverer gewesen. Keine offensichtlichen Spuren, außer die Polizei hielt diese unter Verschluss.

Als auf der Bühne die verschwundene Perücke des Richters im Weinspalier gefunden wurde, fiel mir das rote Queen's-Pub-Zündholzbriefchen unter Murniers Fußabkratzer ein. So eines hatte Felix gerade benutzt, um sich eine Zigarette anzuzünden. Hatte er die Streichhölzer vor Murniers Haus verloren? Was hatte er dort gesucht? Gab es eine Verbindung zwischen ihm und Murnier? Schwieg Martha wie ein Grab, weil sie den Sohn ihrer besten Freundin am Bach erkannt hatte?

Der Pausenapplaus schreckte mich auf, ich war elektrisiert, furchtbar aufgeregt. Hatte ich den entscheidenden Faden gefunden, um den Fall zu entwirren? Komm, du spinnst, schimpfte ich mich, Felix doch nicht, der kann keiner Fliege was zuleide tun. Du verrennst dich da in was. Zumindest über das Streichholzbriefchen, entschied ich, würde ich mit Felix reden.

Doch das war gar nicht so einfach. In der Hektik des Aufbruchs konnte ich ihn nirgendwo mehr ausmachen, denn alle schoben sich zwischen den Stuhlreihen hindurch hinaus auf den Platz und von dort zurück in den Gasthof, wo jetzt Marthas oder eher mein Zwiebelkuchen serviert wurde.

Im Biergarten wildes Durcheinander und nervöses Gedrängel, wie immer, wenn viele Leute gleichzeitig etwas essen und trinken wollen. Ich blieb am Rand des Biergartens stehen, hielt Ausschau nach Felix, entdeckte ihn nirgends, stattdessen winkte mir aus einer der Warteschlangen Hedwig zu, heute in Jeans und himbeerfarbenem Pulli. Die hatte mir grade noch gefehlt!

»Hier«, sagte es plötzlich hinter mir, und als ich mich umdrehte, hielt Felix mir eine Serviette mit einem Stück Zwiebelkuchen hin. »Ich habe zwei ergattert. Und jetzt will ich wissen, was das für eine offene Rechnung sein soll.«

Er sagte das nicht wütend oder aggressiv, sondern ganz ruhig, fast ein bisschen traurig. Sein Atem schmeckte nach Wein. Er musste schon einiges getrunken haben.

»Joe hat sich nicht näher darüber ausgelassen«, musste ich gestehen.

»Und wie kommst du auf meine Mutter?«, fragte er weiter.

»Es gibt ein Foto von ihr, Martha und Murnier, vom allerersten Treffen in Scherwiller. Murnier steht in der Mitte und hat seine Arme um die Schultern der Frauen gelegt.«

Felix biss ein großes Stück von dem Zwiebelkuchen ab, kaute ruhig darauf herum und sah mich einfach nur an.

»Ist das alles?«, fragte er zwischen zwei Bissen, weil ich nicht weiterredete. »Ein fünfundvierzig Jahre altes Foto? Wieso soll sie Murnier kennen, nur weil sie damals mit ihm für einen Schnappschuss posiert hat?«

»Wer weiß? Vielleicht hat sich der Kontakt über die Jahre intensiviert?«

»Und zum Mord geführt? Du spinnst ja! Meine Mutter ist nur einmal in Scherwiller gewesen, und zwar bei diesem ersten Treffen.«

Er sah mich wieder an, als ob ich nicht alle Tassen im Schrank hätte, und schob dabei weitere Stücke Zwiebelkuchen in den Mund.

Sie sieht so strahlend aus auf dem Bild, so wie du früher, hätte ich antworten können. Und Martha, sie benimmt sich so komisch und bricht mitten in einem Satz über Gerti ab, nachdem sie das Schweigen zu Gold erklärt hat. Als ob Gerti über etwas geredet hat, über das sie besser geschwiegen hätte.

Aber das alles sagte ich nicht, ich hatte mich schon lächerlich genug gemacht. Fakten sammeln, nicht spekulieren, wies mich Alban Brandts Stimme in meinem Kopf zurecht.

»Sorry, Felix, tut mir echt leid«, stammelte ich mir eine Entschuldigung zusammen.

»Ich war übrigens auch nur einmal in Scherwiller, falls dich das interessiert. Und bei dem, was passiert ist, wird's auch das letzte Mal gewesen sein.«

»Dieser Mord an Murnier macht uns alle verrückt.«

Felix schob das letzte Stück Zwiebelkuchen in den Mund,

knüllte seine Serviette zusammen, steckte sie in die Hosentasche und holte die Schachtel Roth-Händle heraus.

»Der junge Murnier macht dich verrückt, Katharina«, sagte er dann leise. »In Scherwiller pfeifen es die Spatzen von den Dächern, wie sehr Vater und Sohn sich gehasst haben. Hass! Ein stärkeres Motiv für ein Verbrechen gibt es nicht.«

Er nestelte eine Kippe aus der Packung, steckte sie sich in den Mund, zog wieder das Streichholzbriefchen aus der Tasche und zündete die Zigarette an.

Ich deutete auf das Briefchen und sagte fast trotzig: »So eines hab ich am frühen Sonntagmorgen vor dem Haus von Emile Murnier gesehen.«

Er nahm einen kräftigen Zug und pustete das stinkende Kraut in die Luft.

»Bist du im Verhör nicht danach gefragt worden? Ich ja. Kann sein, ich habe es dort verloren, als ich nach der Begrüßung einen Rundgang durchs Dorf machte, aber ich weiß es nicht. Wer achtet schon auf Streichhölzer?« Wieder ein kräftiger Zug, dann: »Du entschuldigst mich?«

Er wartete meine Antwort nicht ab, ließ mich einfach stehen, verschwand zwischen den schnatternden, Zwiebelkuchen essenden Grüppchen im Biergarten. Ich hielt meinen Zwiebelkuchen immer noch in der Hand und kam mir wie eine geistige Schwester von Hedwig vor, wie eine, die bösartige Gerüchte streute.

Etwas später ließ ich mich von der Masse zurück zur zweiten Hälfte der Vorstellung ziehen. Ein frischer Wind wirbelte durch die Wipfel der Tannen, Fledermäuse flatterten lautlos zwischen den durch Bühnenlicht erhellten Ruinen, vom Boden her zog kühle Feuchtigkeit auf. Ich fror, weil ich nichts zum Wärmen mithatte, vielleicht auch, weil ich mich so dämlich angestellt hatte. Ich hielt immer noch den Zwiebelkuchen in der Hand. Sophie fragte, ob ich ihn nicht essen würde, ich reichte ihn ihr.

Auf der Bühne trat Richter Adam beim Versuch, aus seinen Lügen eine Wahrheit zu machen, in weitere Fettnäpfchen. Sophie amüsierte sich, auch die Frau auf meiner anderen Seite, überhaupt alle rundum, nur ich nicht. Auch Murniers Mörder log, schwieg, manipulierte oder legte falsche Fährten, aber im Gegensatz zu den Figuren auf der Bühne wusste ich nicht, wer der Bösewicht war.

Ich hatte keinen siebten Sinn für die Wahrheit, keine innere Uhr, die schrillte, wenn man mich anlog. Natürlich konnte man mich täuschen und manipulieren. Dabei sehnte ich mich nach schneller Wahrheit, nach besseren Zeiten, nach Wärme und nach Luc. Luc log mich nicht an, allen Warnungen zum Trotz glaubte ich das. Ich holte leise mein Handy aus der Tasche, sah nach, ob er sich gemeldet hatte. Hatte er nicht.

Auf der Bühne fand das Gewirr aus Licht und Dunkel, Wahrheit und Lüge, Ordnung und Chaos ein gutes Ende. Tosender Schlussapplaus.

Erst beim Aufstehen stellte ich fest, dass Felix nicht auf seinem Platz gesessen hatte. Sophie schien das nicht zu beunruhigen, sie sprach schon wieder mit diesem und jenem, stimmte in das Lob über Käshammers Schauspielkunst ein. So wie der spielte, dachte ich, würde er auch jenseits der Bühne ein Meister der Täuschung sein.

Vielleicht hatte er mich komplett hinters Licht geführt? Vielleicht waren seine Geschäftsverhandlungen mit dem alten Murnier ganz anders verlaufen? Zumindest seine Aussage, dass Murnier die Deutschen hasste, hatte Luc bestätigt. Und Luc sprach die Wahrheit. Ganz bestimmt.

Ich beschloss, in Carlos Küche Marthas Bleche einzusammeln und dann nach Hause zu fahren. Die meisten Theatergäste strebten verfroren dem Parkplatz zu, aber ein wackeres Häuflein Unverzagter sammelte sich im jetzt sehr kühlen Biergarten, um noch einen Abschiedstrunk zu nehmen. Durch diese Leute musste ich mich auf dem Weg in die Wirtschaft hindurchschlängeln.

»Wie hast du ihn gefunden?« Hedwig erwischte meinen Arm, in der anderen Hand hielt sie ein Glas Sekt.

»Für einen, der ansonsten Busse kutschiert …«

»Nein, doch nicht Käshammer«, sie lachte mich aus. »Pascal mein ich natürlich. Spielt er den Vater von Ruprecht nicht ganz, ganz toll? Guck mal, da kommt er schon.«

Nicht nur Pascal, auch Käshammer und die anderen Schauspieler betraten unter dem Beifall der Gäste den Biergarten. Erhitzt und gelöst wirkten sie alle, und Käshammer stolzierte wie ein aufgeplusterter Gockel zwischen den Leuten herum. Sektkorken knallten, ein Tablett mit Gläsern wurde herumgereicht.

»Denn jeder trägt den leid'gen Stein zum Anstoß in sich selbst«, tönte Käshammer. »Und darauf stoßen wir jetzt an.«

Das taten sie, und dann tranken sie auf die gelungene Aufführung und auf den Wettergott, auf dass er ihnen auch weiterhin gnädig sei, und darauf, dass das Licht im ersten Akt nie mehr ausfiel. Gläser klirrten, Füße scharrten, Gelächter füllte die Luft.

Von wo auch immer stieß Sophie zu der Runde, trank ein Glas auf alle, schüttelte dann Käshammer die Hand: »Dass du ein guter Schauspieler bist, habe ich immer gewusst.«

»Nächstes Jahr spielen wir den Macbeth. Die Lady ist noch zu besetzen. ›Meine Hände sind blutig wie die deinen, doch ich schäme mich, dass mein Herz so weiß ist.‹ Starke Rolle: eine machthungrige Frau, eine meisterliche Intrigantin. Willst du sie nicht spielen?«

»Nächstes Jahr, Manfred, bin ich Bürgermeisterin von Oberkirch, da hab ich keine Zeit für Spielchen.«

Der Ton zwischen beiden war flapsig, die Worte aber giftig und die Blicke gleichzeitig auf der Hut und kampfbereit. Die zwei hatten sich nicht zum ersten Mal in der Wolle. Hedwig, die mir mit einem Mal ihr Sektglas in die Hand drückte und Pascal aus dem Kreis der Feiernden zu uns herüberzog, hinderte mich daran, das Duell zwischen Sophie und Käshammer weiterzuverfolgen. Direkt vor meiner Nase küsste Hedwig Pascal auf den Mund, legte ihren himbeerrot gewandeten Arm auf seinen breiten Rücken und führte mir den Mann dann vor. Letztendlich habe ich den besseren Fang gemacht, sagte ihr Blick.

»Hallo«, murmelte ich und stellte mir vor, wie er mit überfahrenen Füchsen, Dachsen und Ratten im Gepäck Hedwigs propere Torten-Küche enterte und seine Beute im Thermomix kleinhäckselte. Eine Küche, in der sich Nonpareilles, Marzipanherzchen und Mandelsplitterchen den Platz mit frisch gehäuteten Straßentieren teilen sollten. Das konnte nicht gut gehen. Das passte so wenig zusammen wie die beiden.

»Hat einer von euch Felix gesehen?«, fragte Sophie, die jetzt zu uns stieß. »Dass er sich die zweite Hälfte des Stückes nicht ansieht, wundert mich nicht. So was macht er gern. Aber dann setzt er sich auf ein Glas in die Wirtschaft und wartet auf mich. Nur, ich finde ihn nirgends.«

»Vielleicht ist er doch schon heim?«, schlug Hedwig vor.

»Wie denn? Wir sind mit einem Auto gekommen, und das steht noch auf dem Parkplatz.« Sophies Stimme klang gleichzeitig nervös, ärgerlich, ungeduldig und sorgenvoll. »Du hast doch in der Pause mit ihm geredet«, wandte sie sich an mich. »Hat er irgendwas gesagt?«

Hatte er, aber nichts, was sie betraf. Er war in der Zwiebelkuchen essenden Menge verschwunden. Danach hatte ich ihn nicht mehr gesehen.

»Er trinkt viel in letzter Zeit«, meinte Pascal. »Hast du schon drinnen in der Wirtschaft nachgesehen?«

»Natürlich«, schnaufte sie verärgert. Sie war keine, die sich grundlos Sorgen machte.

»Hat er kein Handy?«, erkundigte ich mich.

»Doch. Liegt aber immer auf seinem Schreibtisch. Wisst ihr was? Ich fahr heim. Wenn er noch irgendwo auftaucht, kann er mit einem von euch ins Tal fahren.«

Sie drückte Pascal einen Zwanzig-Euro-Schein für ihre Getränkerechnung in die Hand, schloss ihre Handtasche mit einem heftigen Klick und klemmte sie unter den Arm.

Sie ist mindestens genauso verärgert wie besorgt, dachte ich, sie kocht vor Wut, sie ist auf hundertachtzig. Wenn sie nicht schnell geht, wird sie explodieren, aber das will sie nicht.

Ein eiliges »Also dann«, und sie machte sich auf den Weg. Wir sahen ihr nach. Ihre energischen Schritte hörten wir noch, als sie längst von der Dunkelheit verschluckt war.

»Ob sie ihrer Ehe mit der Kandidatur wirklich einen Gefallen tut«, murmelte Hedwig mit falscher Besorgnis, kaum dass Sophies Schritte verklungen waren. »Stellt euch vor, sie wird tatsächlich Bürgermeisterin! Der arme Felix.«

Einerseits hätte ich Hedwig ihre Dummheit gerne um die Ohren gehauen, andererseits wusste ich, dass das vergebliche Liebesmüh war. Ich sollte mir endlich die Bleche holen und gehen. Aber eines wollte ich doch noch von ihr wissen.

»Hedwig, du und Erna, ihr habt doch in der Winstub Mueller auch ein Zimmer zum Bach hinaus gehabt. Ist euch eigentlich in der Nacht nichts aufgefallen?«

Hedwig tauschte einen verschwörerischen Blick mit Pascal, bevor sie mit Triumph in der Stimme sagte: »Da war ich nicht drin, Pascals Zimmer lag zum Biergarten hin.«

Pascal, sieh an! Sollte ich mich getäuscht haben, als ich dachte, sie mache Luc beim Kochen Avancen? Auf keinen Fall! Ihr »Luc hier, Luc da« trillerte mir immer noch im Ohr.

Wie auch immer, Luc und ich waren wohl nicht die Einzigen gewesen, die in der Winstub Mueller eine Liebesnacht verbracht hatten. Aber richtig verliebt war Hedwig nicht. Sonst hätte sie sich auf der Rückfahrt im Bus an Pascal gekuschelt, hätte niemanden als nur ihn gesehen, hätte sich weder für Felix' Eheleben noch für mein Schuldenregister interessiert und auf keinen Fall Gift versprüht. Denn Frischverliebte leben immer auf einer imaginären Insel, für Frischverliebte gibt es nur den anderen, Frischverliebte nehmen ihre Umgebung gar nicht wahr, für die fließen Milch und Honig im Überfluss. Aber vielleicht war die Liebe für Hedwig eher Eroberung als Glück, oder sie spielte überhaupt keine Rolle, und Hedwig hatte einfach nur Angst vor dem Alleinsein.

»Interessant übrigens, dass du das fragst«, sagte Hedwig noch. »Das wollte der Felix vor zwei Tagen nämlich auch wissen.«

»Katharina, wegen dem Roadkill-Fleisch«, meldete sich Pascal zu Wort. »Ich würde mich wirklich freuen, wenn du mal vorbeikommst. Weil mich deine Meinung als Profi interessiert. Wenn eine Köchin wie du das auf ihre Speisekarte setzt …«

Ich hörte ihm nicht zu, ich blieb bei dem hängen, was Hedwig gesagt hatte. Felix, wieso Felix? Konnte das nicht aufhören mit den Überraschungen? Anderseits: Wieso sollte nur ich wissen wollen, wer Murnier umgebracht hatte?

Als mein Handy klingelte, wünschte ich so sehr, dass das Wünschen endlich einmal helfen würde und Luc der Anrufer wäre. Ich drehte eine halbe Pirouette weg von Hedwig, bevor ich das Gespräch annahm. Der Anrufer war nicht Luc, es war FK.

»Schlechte Nachrichten, Katharina. Die Franzosen haben Luc wegen dringendem Tatverdacht verhaftet.«

Ich drückte sofort die Off-Taste. Ich schaffte es irgendwie in den Gasthof hinein und schüttete mir auf der Toilette kaltes Wasser ins Gesicht. Ich sah nicht in den Spiegel, fand kein Papier, um mich abzutrocknen, merkte nur, dass die Kacheln zu weiß waren, das Licht zu grell und das Handyklingeln nicht aufhören wollte. Ich stellte das Teil aus. Auf dem Rückweg stolperte ich im Flur in Carlo hinein, ließ mich von ihm in die Gaststube zu einem Tisch in der Nähe der Küche bugsieren und auf eine Eckbank setzen.

»Himmel, du brauchst sofort einen Schnaps«, rief er aus. »Hast du vergessen zu essen? Ist dir deshalb schlecht?«, fragte er, als er wenig später mit der Schnapsflasche und zwei Gläsern an den Tisch zurückkam. »Eine Hühnersuppe ist noch da, oder ich mach dir einen Elsässer Wurstsalat.«

Ich nahm ihm wortlos die Flasche ab.

»Der beste Tobi, den es gibt. Den hat die begabteste Brennerin der Ortenau gemacht.«

Ein Tobi, ein Borbler, ein Rossler, ein Schnaps mit vielen Namen, badisches Allheilmittel in allen Lebenslagen, eine Wunderdroge, ein Schmerzlinderer. Ich schenkte mir ein Glas ein, leerte es mit einem Zug, genoss das scharfe Brennen in der Speiseröhre.

»Bestimmt geht es dir gleich besser. Schmeckst du, dass der Schnaps eher nussig als erdig ist?«

Ich goss mir ein weiteres Glas voll. Nussig oder erdig war mir so was von egal. Carlo blickte besorgt.

»Fährst du noch Skateboard?«, fragte ich, um von mir abzulenken, und trank das zweite Glas leer.

»Einmal Skater, immer Skater. Ich roller immer noch gern. Wenn ich Zeit hab, bin ich auf der Rampe. Jetzt gibt's eine in Achern, hinterm Möbel M & O. Handrail, Funbox, Barrier, alles da. Hast du dir eigentlich mal ein Brett gekauft?«

»Zu alt«, sagte ich und goss ihm und mir einen weiteren Rossler ein. »Und was machst du hier in Allerheiligen? Wolltest du nicht die Pizzeria von deinem Vater übernehmen?«

»Dir muss ich nicht erzählen, wie schwierig das ist! Klar hätte mein Alter mich gern im Betrieb, aber nur wenn ich nach seiner

Pfeife tanze.« – »*Carlo, Carlo, pronto, pronto*«, machte er den alten Sivori nach. – »Doch ich will mein eigenes Ding machen. Weißt ja, was mein Traum ist, hab ich dir doch damals erzählt: die Verbindung von badischer und neapolitanischer Küche. Denk doch nur an Pizza und Flammkuchen …«

Ab jetzt brauchte ich nur noch Stichworte zu geben. Carlo redete begeistert von Spaghetti und Spätzle und anderen Möglichkeiten des Crossovers, ich schüttete derweil Borbler, Tobi und Rossler nach. Ich bekam nur am Rande mit, dass sich die Gaststube nach und nach leerte, Stühle auf die Tische gestellt wurden und jemand den Boden fegte. Irgendwann schnellte der Kuckuck in der Uhr über dem Tresen zwölfmal vor und zurück. Schon Mitternacht.

»Das kannst du nicht machen, ich hab doch noch gar nicht erzählt, wie ich das Lokal einrichten würde«, protestierte Carlo, der ordentlich einen im Tee hatte, als ich entschied, endlich nach Hause zu gehen.

»Das nächste Mal«, nuschelte ich, griff mir die Schnapsflasche und stolperte hinaus in die völlige Dunkelheit.

»Wo ist der Parkplatz?«, fragte ich mich selbst. Oben, gell? Immer weiter den Berg hinauf und dann rechts. Da steht es ja, mein liebes Auto. Ganz allein. Wo sind all die anderen? Sind alle schon heim? Sind wir zwei die Letzten? Wo ist der Schlüssel? Ach, da ist er ja, der kleine Schlingel! Wirst du wohl ins Schloss gehen? Na also! Brav, brav. Jetzt fahr mich heim, mein liebes Auto! Denk an die vielen Kurven runter nach Ottenhöfen! Oh, verdammt, das ist ja der dritte Gang! Macht Platz, ihr dunklen Tannen! »Und immer, immer wieder geht die Sonne auf …« Geschafft, geschafft, ihr blöden Kurven. Ätsch, bätsch, ich krieg euch alle!

Hoppela, da ist ja schon die Abzweigung! Ganz breite Straße jetzt, wie toll. Was wollen die anderen Autos hier? Warum hupt der alte Sack? Huch, falsche Straßenseite, hups. Besser nicht den Zubringer, sage ich dem Auto, besser den Mösbacher Schleichweg. »Regentropfen, die an mein Fenster klopfen, die bringen mir einen schönen Gruß von dir …« Wieso regnet's eigentlich? Wo ist der Hebel für die Scheibenwischer? Ist es überhaupt ein Hebel? Oder ein Knopf? Ah, da kommt schon der gute alte Ossola-Steinbruch.

Jetzt ist es nicht mehr weit. Nur die Abfahrt in Mösbach nicht verpassen, liebes Auto! Ist eine ganz kleine Straße, ganz winzig, scharfe Rechtskurve. »Regentropfen, die an mein Fenster …« Regen, wieso hast du nicht noch ein klitzekleines bisschen gewartet? Nur noch, bis ich daheim bin. Ah, da sind wir schon auf dem Drei-Kirschen-Weg! Hallo, ihr lieben Kirschbäume! Geht es euch gut? Ja, ja, ich weiß schon, gleich kommt die hohle Gasse. »Durch diese hohle Gasse muss er kommen.« Juchhu, das ist wie Achterbahn fahren! Was macht der Mais da? Geh weg, du blöder Mais, hau ab! Die Kurve, Auto, du musst die Kurve nehmen. Nach links, du dummes Auto! Verflucht! Ist das ein Fahrrad? Nicht in den Mais!

Nicht in den Mais!

Rückwärtsgang, Auto, es gibt einen Rückwärtsgang. Scheißboden! Scheißmais! Und jetzt? Aussteigen am besten. Blöder Regen, blöder Boden, viel zu weich! Huch, das Fahrrad fährt davon. Gleicher Rücken wie Martha. Und die gleiche Bluse, Paradiesvögel auf türkisfarbenem Grund.

»Mama? Mama, bist du das?« Reagiert nicht. Was macht sie hier? 's ist doch mitten in der Nacht, und 's regnet. »Du und deine blöden Geheimnisse!« Brüllen tut so gut! »Du und deine blöden Geheimnisse!« Sie hört es nicht, sie hört es nicht, tritt sogar auf die Pedale. »Warum fährst du weg, Mama, warum?« Dann gucken wir doch mal, wo du gewesen bist. »Mir kannst du nichts vormachen, Mama, mir nicht!«

Was tut das Brüllen gut! Ah, fester Boden, da ist der Weg, Gott sei Dank. Geradeaus das Rückhaltebecken, links erst Mais, dann Bach. Rückhaltebecken auf keinen Fall, da muss ich klettern. Also zum Bach. Blöder Stein, musst du mitten auf der Straße liegen? Danke, Regen, dass du aufhörst! Und da kommt auch schon der liebe Mond, voll ist der auch, so voll wie ich, und der leuchtet mir, dass ich nicht in den Bach falle. »Es klappert die Mühle am rauschenden Bach, klippklapp …« Da ist ja das rauschende Bächlein, der gute alte Fautenbach, und ein Geländer zum Festhalten!

»Bach, jetzt erzähl mir mal, was hat Martha hier gewollt? Sapperlot, was liegt denn da für ein schwarzer Block? Du willst nicht mit mir reden, Bach? Na warte, dann komm ich zu dir runter!«

Als mir dämmerte, dass der schwarze Block im Wasser ein menschlicher Körper war, schoss mir eine so gewaltige Ladung Adrenalin durch die Blutbahnen, dass ich mit einem Schlag stocknüchtern wurde.

DREIZEHN

Plötzlich schmerzte das Rauschen des Baches in meinen Ohren, und ich roch diese mit Feuchtigkeit vollgesogene Nachtluft. Ich schniefte, weil mir Rotz aus der Nase lief. Ich kniete im nassen Ufergras, hielt die Augen geschlossen und dachte an Déjà-vu, an Fata Morgana, an Irrlichter und optische Täuschungen.

Aber als ich die Augen wieder öffnete, lag der Körper immer noch im Wasser. Felix, eindeutig, in diesem grauen Hemd hatte er sich von mir verabschiedet. Genau wie Murnier lag er auf dem Bauch und mit dem Kopf im Wasser. Da das Wasser des Fautenbachs allerdings tiefer war als das des Aubachs, lag der Kopf ganz unter Wasser. Im Schein des Vollmondes konnte ich erkennen, dass er weder ein Loch im Kopf noch ein Messer im Rücken hatte. War er überhaupt tot?

Ich rutschte bis an den Rand der Böschung, griff nach seinen Armen, die vor dem Kopf lagen, als hätte er versucht, sich im Wasser aufzustützen, und zog daran, bis ich neben den Armen den Kopf auf der Böschung ablegen konnte. Dann ging ich in die Hocke, suchte auf dem rutschigen Boden einen halbwegs festen Stand, verscheuchte den Schwindel in meinem Kopf, griff nach der Schulter und drehte Felix um. Er röchelte nicht, spuckte kein Wasser, begann nicht, abgehackt zu atmen. Da waren keine Lebensgeister, die zurückkehrten, da waren nur zwei geschlossene Augen und ein leicht geöffneter Mund. An beiden Wangen klebten nasse Haarsträhnen und direkt unter der Nase ein paar Grashalme. Ich wollte sie entfernen, weil mich das Gesicht so an eine Vogelscheuche erinnerte, ließ es dann aber bleiben und suchte an den Handgelenken vergeblich nach einem Pulsschlag. Ich erinnerte mich an den Trick mit dem Spiegel und hielt Felix meinen kleinen Taschenspiegel vor den Mund. Als ich ihn kontrollierte, zeigte sich darauf nicht die Spur eines Atems. Felix war tot. Aber auch tot und aus dem Wasser gezogen roch Felix noch nach Roth-Händle.

Als es wieder zu regnen begann, zog ich mich an Grasbüscheln die kleine Steigung zur Brücke hoch und lief in Richtung Auto.

Der Mais rauschte und raschelte, triefend vor Nässe bogen sich seine länglichen Blätter nach unten, die Büsche und Bäume oben auf dem Schutzwall des Rückhaltebeckens bildeten eine schwarze undurchdringliche Wand. Ich lief in die entgegengesetzte Richtung, ins Dunkle hinein, mir leuchtete von nirgendwo ein Lichtlein her, die Ölmühle und Rosas Haus am Ende des Dorfes konnte ich nur erahnen.

Die Umrisse meines Autos wurden erst sichtbar, als ich direkt vor ihm stand. Es hing mit den Hinterreifen auf dem Schotterweg, die Schnauze hatte sich in das Maisfeld gebohrt, die Fahrertür stand offen. Ich klemmte mich hinters Steuer, die Vorderräder drehten durch, ich kam nicht vor und nicht zurück. Ich stieg aus, die Allstars bohrten sich in den feuchten Boden. Jetzt muss ich sie wegwerfen, dachte ich, als ob das von Belang wäre. Ich holte zwei von Marthas Kuchenblechen aus dem Kofferraum, klemmte sie umgekehrt unter die Vorderreifen und versuchte es erneut. Ich brachte den Wagen tatsächlich auf den Schotterweg zurück, sammelte die Bleche, beziehungsweise das, was von ihnen übrig geblieben war, wieder ein und pfefferte sie zurück in den Kofferraum. Martha wird toben, wenn sie das sieht, dachte ich, als ob es im Augenblick kein größeres Problem gäbe.

Seit ich Felix gefunden hatte, funktionierte ich nur noch. Ich hatte ihn aus dem Wasser gezerrt, festgestellt, dass er tot war, ich war zurückgelaufen, ich hatte meine Karre aus dem Dreck gezogen. Jetzt musste ich mein Handy suchen, die 110 wählen, um die Polizei anzurufen. Martha. War es wirklich meine Mutter gewesen, die ich vorhin mit verschwommenem Blick zu sehen glaubte? Und ich selbst? Auch wenn ich mir nüchtern vorkam, ich war es bestimmt nicht, im Gegenteil, ich roch wahrscheinlich meilenweit nach Schnaps.

Felix war tot, und er blieb es, ob ich jetzt sofort oder später die Polizei rufen würde. Ich musste zuerst mit Martha reden, wissen, was sie hier gewollt hatte. Das schien mir eine sehr kluge Entscheidung.

Ich startete den Wagen und schlich mit höchstens zwanzig Stundenkilometern am Bach entlang durchs Oberdorf, wo alle Häuser im Dunkeln lagen, wo alles schlief, wo nicht mal der Hund vom

Schindler Sepp anschlug. Einzige Leuchtquellen waren die weißen Nebelschleier, in die der Regen das Licht der Straßenlaternen verwandelte. Da schon der Fußweg zur neuen Kirche, da der Kindergarten, und schon stand ich an der B 3.

Joe hatte den Queen's Pub längst dichtgemacht, auch in der Linde auf der anderen Straßenseite brannte nirgendwo mehr Licht. Ich parkte den Wagen, zog schon im Laufen meine Drecksschuhe aus, warf sie in den Müll, die Socken hinterher, und lief barfuß die paar Meter bis zum Hintereingang.

In der Küche machte ich kein Licht an, der Schein der Straßenlaterne reichte aus, um zu sehen, dass sie aufgeräumt und blitzsauber war und die drei Geschirrtücher zum Trocknen ordentlich nebeneinander auf der Arbeitsfläche lagen, so wie Martha es immer tat, bevor sie abends die Küche verließ.

Ich machte auch kein Licht, als ich nach oben stieg. Ich öffnete die Tür des Elternschlafzimmers, fand Edgar allein im Doppelbett schlafend, ging weiter zum Wohnzimmer, wo Martha unter einer Wolldecke auf dem Sofa lag. Ich rüttelte an ihrer Schulter, zog ihr, als sie sich nicht rührte, die Bettdecke weg, sah, dass sie das Nachthemd mit den rosa Schmetterlingen trug, das sie in der Nacht von Murniers Tod getragen hatte. Sie drehte sich, ohne wach zu werden, zur Seite. Der Verlust der Decke störte sie nicht. Ich rüttelte sie heftiger, rief laut nach ihr, klatschte ihr rechts und links auf die Wangen. Sie schreckte kurz auf, öffnete die Augen, sah mich an, ohne mich zu erkennen, schloss die Augen wieder und schlief weiter. Ich war bereits auf dem Weg ins Badezimmer, um einen nassen Waschlappen zu holen, als ich die Pillenpackung auf dem Couchtisch entdeckte. Donormyl. Davon hatte Adela mir welche verabreicht, als mein Ecki-Kummer am schlimmsten war. Die knockten einen wirklich aus. Selbst wenn Martha nur eine davon genommen hatte, würde ich sie nicht wach kriegen, auch wenn ich sie unter die kalte Dusche stellte.

Ich ließ mich auf den Sessel gegenüber dem Sofa fallen, lauschte Marthas schweren, gleichmäßigen Atemzügen, sah im schwachen Straßenlicht, wie tief sich die Falten in ihr Gesicht gebohrt hatten. Die ledrige Haut bildete eine undurchdringliche Mauer, durch die sie mich nicht hindurchsehen ließ. Meine Mutter war zum

Greifen nah und gleichzeitig unendlich fern. Ich heulte eine Weile still vor mich hin, dachte an nichts, fühlte mich nur ganz schrecklich einsam, viel einsamer als Han Solos Rasender Falke in den unendlichen Weiten des Weltalls.

Die Nässe, die Kälte, der Drang zu pinkeln, irgendwas davon ließ mich aufstehen und ins Badezimmer gehen. Ich stellte mich unter die Dusche, merkte erst da, dass ich vergessen hatte, mir BH und Slip auszuziehen, holte das nach, seifte mich ein, blieb unter dem heißen Strahl stehen, bis das Wasser kalt wurde, trocknete mich ab, schlüpfte in Marthas Morgenmantel, Frottee, blaurote Streifen, schleppte mich in mein Zimmer, ließ den Bademantel zu Boden gleiten, legte mich ins Bett und zog das Plumeau über den Kopf.

Felix, der Glückliche, winkte mir von der anderen Seite des Mummelsees fröhlich zu, er hatte kleine Bubenärmchen und hielt in der Hand den Glassplitter mit dem Auge der heiligen Katharina, in dem sich die Sonne spiegelte. Noch als ich mich wunderte, warum auf diesem Knabenkörper so ein alter Kopf saß, verschluckte ihn der kalte See wie ein gefräßiges Ungeheuer. Eine unsichtbare Kamera zoomte ihn unter Wasser an mich heran. Die Mümmelchen hatten sich ihn gepackt, sie gewährten mir einen letzten Blick auf sein grünlich weiß schimmerndes, mit Haarsträhnen und Gras beschmiertes totes Gesicht, bevor sie ihn weiter in die Tiefe zogen.

Zwei Uhr morgens zeigte mein alter Wecker an, der Schlaf hatte mich nur kurz von allem erlöst, dann hatte mein Unbewusstes den toten Felix in die Traumbilder gespült. Mein Herz klopfte laut und schmerzhaft wie immer, wenn ich aus einem Alptraum hochschreckte. Ich saß aufrecht im Bett und rieb mir das wunde Herz. Ich schloss die Augen, sah wieder das tote Gesicht von Felix. Weiteren Schlaf konnte ich vergessen. Ich stand auf, schlüpfte in Marthas Morgenmantel und sah aus dem Fenster.

Der Regen hatte aufgehört, aber noch glänzte das Wasser auf der Straße, ein Auto glitt mit schmatzenden Reifen über den nassen Belag, seine Rücklichter verschwammen in Richtung Achern. Die Nässe gab allen nächtlichen Lichtquellen eine größere Strahlkraft: Die Straßenlaterne verwandelte das Weiß des Zebrastreifens in

Perlmutt, selbst das Innere des Telefonhäuschens auf dem Rathausplatz war in warmes Gelb getaucht. Es wunderte mich, dass die Telefonzelle noch in Betrieb war, wo doch heute jeder ein Handy besaß. Ich starrte weiter aus dem Fenster. Ich wusste nicht, was ich tun sollte.

Irgendwann wählte ich Adelas Nummer, hörte ihre vertraute Stimme auf der Mailbox. Leider konnte sie in den tibetanischen Bergen, irgendwo am anderen Ende der Welt, meinen Hilferuf nicht empfangen. FK um diese Uhrzeit zu wecken würde mit Sicherheit eine Ehekrise heraufbeschwören, blieb nur einer, Alban Brandt.

Als er abnahm, stammelte ich etwas von einer Leiche im Fautenbach, doch ich merkte, dass beim Reden nicht alle Worte so aus dem Mund kamen, wie es sich gehörte.

»Frau Schweitzer, sind Sie das? Ich versteh Sie so schlecht.«

»Felix, der hat mir mal das Auge der heiligen Katharina aus dem Knie gezogen.« Auch das klang wirr, aber ich hatte keine rechte Kontrolle über meine Worte.

»Hatten Sie einen Alptraum? Sind Sie betrunken?«

Der gute Alban Brandt! Er versuchte immer, mich zu verstehen. Das mochte ich sehr an ihm. Ich mochte es auch, wenn er nach Feierabend auf ein Glas Wein in der Weißen Lilie vorbeikam und wir über dies und das plauderten. Oder wenn er mich an einem gemeinsamen freien Tag in seinen Schrebergarten einlud. Alban Brandt mochte mich auch, mehr als das, fürchtete ich manchmal. Zum Glück war er sehr zurückhaltend, was seine Gefühle betraf.

»Tobi, Rossler, Borbler. Badisches Allheilmittel, hilft immer«, antwortete ich wahrheitsgemäß.

»Ihnen wohl nur begrenzt, wenn Ihnen danach Leichen erscheinen«, konterte er trocken.

Recht hatte er, aber die Leiche war keine Erscheinung, ganz bestimmt nicht.

»Wo liegt sie?«

Natürlich. Das musste er fragen. Er wollte ausschließen, dass ich ihm Schwachsinn erzählte. Also versuchte ich, es so gut möglich zu erklären.

»Was haben Sie danach getan?«

»Ich bin heim, aber Martha hat schon geschlafen.«

»Wer ist Martha? Hat sie etwas mit dem Toten zu tun?«

Wenn ich das nur wüsste! Hatte ich eigentlich mit Brandt jemals über meine Mutter geredet? Über diese Sprachlosigkeit, die zwischen ihr und mir herrschte? Diese ewigen Missverständnisse, in die wir uns verrannten? Darüber, wie neidisch ich wurde, wenn ich irgendwo in der Stadt zufällig auf ein fröhliches Mutter-Tochter-Paar stieß? Brandt hatte eine Tochter, fiel mir ein, und seine Frau war tot.

»Ich fasse mal zusammen: Sie haben sehr viel Schnaps getrunken, Sie sind besoffen Auto gefahren, Sie haben Ihren Wagen in ein Maisfeld gesetzt, dann in einem nahen Bach die Leiche eines Felix' gefunden und sind dann zum Haus Ihrer Eltern gefahren. So weit korrekt?«

Ich nickte, murmelte ein Ja, als Brandt seine Frage wiederholte.

»Darf ich Sie fragen, warum Sie noch nicht die Polizei angerufen haben?«

»Felix ist tot, und es regnet. Ich habe gedacht ...«

»Es regnet?«, unterbrach mich Brandt. Seine Stimme klang plötzlich laut und heftig. »Wissen Sie, was das für die Spurenlage bedeutet? Sie rufen jetzt sofort die Polizei an, oder ich übernehme das.«

»Aber ich kann doch nicht ... Wie sieht das denn aus? Da mache ich mich doch direkt ...«

»Frau Schweitzer«, unterbrach er mich, zum Glück etwas weniger aufgebracht als zuvor. »Ich bin Polizist und kein Beichtvater. Und als Polizist sage ich Ihnen, dass Sie Ihre persönlichen Befindlichkeiten hintanstellen müssen. Denn es ist wichtig, hören Sie, dass alles, was es an Spuren gibt, so schnell wie möglich gesichert wird. Sie müssen sofort die Kollegen anrufen.«

»Mach ich«, sagte ich, als mein Blick wieder auf die Telefonzelle fiel. »Ich ruf an.«

»Und dann wecken Sie Ihre Eltern. Sie sollten jetzt nicht allein sein.«

Edgar würde ich mit Sicherheit nicht aus dem Schlaf reißen, und Martha, die ich mit Fragen löchern wollte, hatte sich selbst ausgeknockt. Es war mir auch lieber, allein zu sein, als ich mich brav auf den Weg zur Telefonzelle auf dem Rathausplatz machte.

Aus Marthas Morgenmanteltasche klaubte ich ein Stofftaschentuch und hielt es über den Hörer, steckte zwanzig Cent in den Geldschlitz, dann wählte ich die 110.

»Leiche im Fautenbach auf der Höhe vom Rückhaltebecken«, flüsterte ich ins Taschentuch und legte dann schnell auf. Ich kam mir unglaublich dämlich vor. Wie eine Schmierenkomödiantin aus einem billigen Film.

Zurück in meinem Zimmer beobachtete ich, wie zehn Minuten später ein Streifenwagen in die Talstraße abbog. In spätestens fünf Minuten würden sie den Toten finden und die übliche Maschinerie in Gang setzen.

Erst eine Leiche in einem elsässischen, dann eine in einem badischen Bach. Warum lagen die Toten im Wasser? Aus welchem Grund bereitete ihnen der Mörder ein kühles Grab? Murnier war bereits tot gewesen, als man ihn in den Bach schleppte – und Felix? War auch er bereits tot, als man ihn in den Bach warf? Von der kleinen Brücke aus? Durchaus möglich. Er hatte fast direkt daruntergelegen, als ich ihn entdeckte.

Was hatte Felix getan, nachdem wir uns in Allerheiligen getrennt hatten? Wie war er ins Dorf zurückgekommen? Und wieso lag er oben am Rückhaltebecken im Wasser, wo er, zwei Kilometer entfernt, im Unterdorf direkt am Bach wohnte?

Warum Felix? Er hatte doch überhaupt nichts mit Murnier zu schaffen. Wirklich nicht? Ich hatte mit ihm nur über seine Mutter und Murnier geredet. Ob er Murnier kannte, danach hatte ich gar nicht gefragt. Aber die Polizei würde das getan haben, fiel mir ein.

Die zwei kannten sich nicht, da war ich mir fast sicher. Ein alter Winzer und ein Spediteur, der vom Alter her sein Sohn sein konnte. Verschiedene Alter, verschiedene Berufe, was sollten sie miteinander zu tun haben? Gehörte Felix überhaupt zu den Fautenbachern, die Scherwiller regelmäßig besuchten? Aber wenn Felix Murnier nicht kannte, warum musste er dann sterben? Hatte er mich angelogen, als er behauptete, dass er von seinem Zimmer in der Winstub Mueller keinen Blick hinaus zum Aubach geworfen hatte? Hatte er den Täter erkannt? Und was hatte Martha mit all dem zu tun? Aber wenn Felix den Täter erkannt hatte, warum hatte er das der Polizei nicht erzählt? Etwa aus dem gleichen Grund, aus dem ich mich zur anonymen Anruferin degradiert hatte? Weil der, den er erkannt hatte, einer war, der ihm am Herzen lag? Oder die ihm am Herzen lag? Sophie?

Jetzt fing ich wirklich an zu spinnen! Ich merkte, dass ich gleichzeitig einen völlig überdrehten Kopf und wahnsinnigen Durst bekam. »Bier auf Wein, das lass sein. Wein auf Bier, das rat ich dir.« Und wie war es mit Schnaps? Egal. Bier schien mir ein geeignetes Mittel gegen Durst und Kopfrasen zu sein, also raffte ich mich auf, stieg hinunter in die Gaststube und holte mir ein Tannenzäpfle aus dem Kühlschrank.

Als ich wieder am Fenster meines Zimmers stand, sah ich, wie zwei Kombis und ein Audi von Offenburg kommend in die Talstraße abbogen. Spurensicherung und Kripo, vermutete ich. Wenn der Regen nicht alles weggewischt hatte, würden sie meine Fußspuren am Bach und die Reifenspuren im Maisfeld finden. Außerdem konnten sie den anonymen Anruf zur Telefonzelle am Rathausplatz zurückverfolgen. Und vielleicht hatte mich doch einer so spätnachts durchs Dorf fahren sehen. Keine rosigen Aussichten für mich, gute für die Polizei, sie würden bei der Spurenauswertung auf mich stoßen. Ich hoffte, dass mir genügend Zeit blieb, davor mit Martha zu reden.

In Gedanken begleitete ich die Polizeiwagen hinauf ins Oberdorf, sah sie entlang des Maisfeldes parken, sah, wie die Polizisten zu Fuß zur kleinen Brücke gingen, den toten Felix auf der Uferböschung entdeckten, Lampen aufstellten, sich in ihre Schutzanzüge zwängten und anfingen, Spuren zu sichern.

Trug Felix eigentlich Papiere bei sich? Ich hatte seine Taschen nicht kontrolliert. Wenn ja, dann würde die Polizei Sophie sehr schnell informieren, wenn nicht, konnte es eine Weile dauern. Sophie, die gestern sehr aufgebracht von Allerheiligen wegfuhr. War Felix zu Hause, als sie ankam? Wenn nicht, hatte sie weiter nach ihm gesucht? Oder hatte sie beleidigt über das sang- und klanglose Verschwinden des Gatten ein letztes Glas Wein getrunken und war dann schlafen gegangen, in der Hoffnung, dass er sich irgendwann zu ihr legen würde? Oder hatte sie ihn daheim angetroffen, sich mit ihm gestritten – verärgert genug war sie ja – und Felix war danach aus dem Haus gelaufen?

Ich hielt die vielen Fragen und das Hinausstarren nicht mehr aus. Getrieben von was weiß ich, schlüpfte ich in frische Klamotten und lief aus dem Haus. Nein, nicht den Polizeiwagen hinterher, sondern in die andere Richtung. An der Metzgerei Jörger und der alten Milchzentrale vorbei, weiter die Straße am Bach entlang, die mich zur Bahnunterführung brachte. Ein Intercity auf dem Weg nach Basel zerriss die Stille der Nacht. Sein Fahrtwind schreckte die Haselsträucher und Wildrosenbüsche am Bahndamm auf und rüttelte sie kräftig durch. Noch vollgesogen mit Wasser, tropften sie dicke Pfützen auf den Weg. Der Zug verschwand im Dunkeln, schnell kehrte wieder Ruhe ein.

Auch Scherwiller lag an einer Bahnlinie, fast mittig zwischen Straßburg und Colmar, was dem Ort den Vorteil brachte, dass er zum Bauen und Wohnen für viele interessant wurde, die in Straßburg oder Colmar arbeiteten. Scherwiller, das früher so groß wie Fautenbach war, hatte heute deutlich mehr Einwohner.

Luc! Endlich wagte ich wieder an ihn zu denken. Diesen zweiten Mord konnte er nicht begangen haben, ein besseres Alibi, als währenddessen von der Polizei verhört zu werden, gab es nicht. Aber den ersten … Nein, nein, nein. Was immer die Polizei gegen ihn in der Hand hatte, es würde sich als Irrtum erweisen. Zu gerne hätte ich FKs Optimismus geteilt, was die Fähigkeit der Polizei links und rechts des Rheins betraf, aber es gelang mir nicht. Wieso hatten sie sich auf Luc eingeschossen? Ich hatte doch ausgesagt, dass er die ganze Nacht bei mir war. Wieso glaubten sie mir nicht? In Gedanken sah ich, wie er sich unruhig in einer kargen Zelle hin- und herwälzte, vielleicht wie ich keinen Schlaf fand.

»Alles wird gut«, murmelte ich, aber ich konnte selbst nicht dran glauben.

Ich lief weiter am Bach entlang. Der Vollmond, bis jetzt hinter schweren Wolken versteckt, tauchte kurz auf, schickte einen kalten Lichtstrahl auf die graue Straße und verschwand wieder. »Fautenbach ist ein Straßendorf«, hatten wir in der Grundschule bei Fräulein Giersig gelernt, »weil ursprünglich alle Häuser in die

Nähe des Baches gebaut worden waren.« Klar. Für alles brauchte man Wasser. Zum Trinken, zum Kochen, zum Schlachten, zum Bewässern, zum Waschen. Das Wasser ein Segen, das nur bei Hochwasser zum Fluch wurde. Aber dank des Rückhaltebeckens gab es schon jahrzehntelang keine Hochwasser mehr, nur noch friedliches Plätschern. Dunkel erinnerte ich mich, dass es früher schon Tote im Bach gegeben hatte. Kinder, denen das Wasser beim Spielen zum Verhängnis geworden war.

Auch im Unterdorf brannte nirgendwo Licht. Halb vier Uhr morgens zeigte meine Armbanduhr an, die schlimmste Zeit, wenn man keinen Schlaf fand. Nie war man den Gespenstern der Vergangenheit und nagenden Zweifeln so hilflos ausgeliefert wie zwischen drei und fünf Uhr morgens. Nicht stehen bleiben! Weiterlaufen! Nur so ließen sich die Ängste vertreiben.

Vor mir tauchte die Lagerhalle der Spedition Ketterer auf, der Schriftzug über dem Tor noch aus den Zeiten von Felix' Vater, Schreibschrift, rot auf gelbem Grund, typisch sechziger Jahre. Davor parkte ein schnittiger kleiner Renault. Sophies Wagen, vermutete ich. Das alte Wohnhaus daneben lag genauso im Dunkeln wie alle anderen Häuser des Dorfes. Von Gertis Garten, der das Haus ganz umgab, wehte mir Rosenduft entgegen. Zitronig, frisch, wie ein ganz leichtes Parfüm. Der launische Vollmond, der mal wieder aus den Wolken lugte, zeigte mir nicht nur die prächtigen Rosenstöcke, die diesen Duft versprühten, sondern auch das Kiwi-Spalier, Dahlien, Hortensien und Astern, Lavendel- und Rosmarinsträucher, riesige Töpfe mit Oleander und eine Clematis, die sich in blauvioletter Blütenpracht neben dem Eingang zum Balkon im ersten Stock hinaufrankte.

Dort, im ersten Stock, flammte plötzlich Licht auf, und Sophie erschien mit dem Telefon in der Hand am Fenster. Sie schüttelte immer wieder den Kopf, patschte wie Halt suchend die Hand an die Fensterscheibe, nahm sie wieder weg, presste den Kopf gegen das Glas, drehte sich weg, verschwand aus meinem Blickfeld. Der Anruf von der Polizei, sie erfährt, dass Felix tot ist, schoss mir durch den Kopf. War ich deshalb hier? Hatte ich ihr sagen wollen, dass Felix tot war? Weil ich ihn gefunden hatte? – Ich wusste es nicht.

Aber ich fühlte so sehr mit ihr, als träfe mich selbst diese furchtbare Nachricht. Mein Magen rebellierte und wollte schlagartig all die Rossler, Borbler und Tobis ausspeien, mit denen ich mich betäubt hatte. Während ich neben einem Rosmarinstrauch würgte und spuckte, schlugen im Haus Türen an. Schon eilte Sophie auf den Hof, sprang in den Renault, startete den Wagen. Wie ein ungebetener Gast duckte ich mich hinter den Rosmarinstrauch, damit ich beim Wenden des Autos nicht ins Visier der Scheinwerfer geriet.

Sophie war keine, die Horrorgeschichten, die man ihr am Telefon erzählte, glaubte. Sophie war eine, die Gewissheit brauchte. Sie musste mit eigenen Augen sehen, dass ihr Mann tot war. Ich war mir sicher, dass sie direkt zum Rückhaltebecken fuhr. Ich würde an ihrer Stelle genauso handeln.

Ich entdeckte zwischen den Oleanderkübeln einen alten Brunnentrog, der voll Regenwasser gelaufen war. Ich spülte mir damit den Mund aus, dann machte ich mich auf den Rückweg.

Als ich an der Linde ankam, sah ich einen Leichenwagen auf die Talstraße abbiegen. So viel nächtlichen Verkehr gab es auf dieser Straße selten, irgendeiner würde von dem Lärm wach werden und den Leichenwagen sehen. Ich schätzte, dass am Morgen jeder im Dorf über Felix' Tod Bescheid wissen würde.

VIERZEHN

Heftiger Druck auf der Stirn, ein Magen wie bei hohem Seegang, schmerzhafte Blitze in den Augen, ein Pesthauch von einem Atem. Als ich die Augen aufschlug, stemmte sich mein Körper mit allen Strafmaßnahmen, die ihm zur Verfügung standen, gegen die Schnäpse, die ich mit Carlo getrunken hatte. Ich befand mich tatsächlich in meinem Bett. Harrison Ford lachte mich putzmunter von der Wand an, ich drehte sein Foto um. Einen gut gelaunten Mann konnte ich in diesem Zustand nicht ertragen. Eigentlich konnte ich nichts und niemanden ertragen, also zog ich mir die Bettdecke über den Kopf. Aber der helle Morgen, der Berufsverkehr und der tote Felix drangen durch das Plumeau zu mir hindurch, es half nichts, Augen und Ohren zu verschließen.

Das abrupte Aufstehen bescherte mir einen Schwindelanfall, und mein Magen deutete an, dass er gestern Nacht nicht alles in den Rosmarinbusch entleert hatte. Ich schaffte es ins Bad, erbrach die Reste des Borbler-Gelages, schüttete mir kaltes Wasser ins Gesicht, löste zwei Aspirin im Zahnbecher auf, trank die Medizin in schnellen Schlucken und merkte, wie mein Kopf durch lärmiges Waschmaschinenschleudern strapaziert wurde.

Waschmaschine. Wäsche. Hatte ich gestern Nacht wirklich im Wäschekorb nachgesehen, ob Marthas Wäsche nass oder dreckig war? Auf dem Weg zurück zur Linde war mir das eingefallen. Weil ich mir doch so unsicher war, ob ich Martha tatsächlich gesehen hatte. Wenn sie am Rückhaltebecken gewesen war, dann musste sie durch den Regen geradelt, also nass geworden sein, hatte ich überlegt. Also hatte ich in der Dreckswäsche nach der Bluse mit den Paradiesvögeln gesucht und sie unter meiner feuchten, verdreckten Jeans und einem sehr nassen BH gefunden. Beides hatte ich nach dem Duschen in den Wäschekorb gesteckt. Marthas Bluse war feucht, aber wodurch? Durch meine Klamotten oder schon davor? Ich wusste es nicht, und jetzt ließ sich das überhaupt nicht mehr überprüfen. Denn sowohl Marthas Paradiesvögel als auch Jeans und BH schäumten in der Trommel der Waschmaschine.

Als ich nach dem Duschen mit aufgedrehtem Frotteeturban in den Spiegel schaute, erschrak ich. Das war nicht mein Gesicht, das war Marthas. Die grauen Ringe unter den Augen, die zwei tiefen Falten, die sich von den Wangen bis zum Kinn zogen, der runzelige Hals, der erste Altersfleck unter dem rechten Auge. Je älter ich wurde, desto mehr ähnelte ich ihr. So wie sie jetzt würde auch ich mit Mitte siebzig aussehen. Ihre Hülle hatte sie mir vererbt, aber ihre Gedanken- und Gefühlswelt war mir so fremd wie die eines Südseeinsulaners. Schnell löste ich den Turban, rubbelte die Locken trocken. Immer noch rot, noch keine grauen Fäden, mein väterliches Erbe. »Papa-Kind« hatte mich Martha früher genannt. Egal ob ich etwas brauchte oder etwas angestellt hatte, bei Edgar konnte ich auf Unterstützung hoffen, aber im Gegensatz zu Martha war er Auseinandersetzungen immer aus dem Weg gegangen.

Familie! Wieso war ich wieder so tief in ihre Fänge geraten? Ich schüttelte meine Haare durch und betrachtete mich erneut. Ich sah schon noch mitgenommen aus, aber wenigstens halbwegs so wie ich.

Von der Gaststube her drang fremdes Stimmengemurmel zu mir nach oben. Kurz darauf hörte ich ein erschrecktes »Jesses, Maria und Josef!« von Martha. Dann fiel die Eingangstür zu. Die Nachricht von Felix' Tod war in der Linde angelangt.

Als ich wenig später nach unten kam, saß Martha stumm und feindselig vor ihrer Kaffeetasse am Frühstückstisch, und Edgar tigerte erregt vor dem Tresen auf und ab.

»Jetzt gib's schon zu, Martha!«, pflaumte er sie an. »Du bist wegg'wesen, gestern Nacht, hab dich doch gehört, wie du zurück'kommen bist, so gegen einse.«

»Ist es schon so weit 'komme, dass du mir nachspionierst? Dass ich nicht mal mehr zur Dreckgass laufen kann …«

»Mitten in der Nacht, Martha, mitten in der Nacht!«

Zwar herrschte dicke Luft zwischen den beiden, aber immerhin redeten meine Eltern wieder miteinander. Und Edgar, nicht die Paradiesvogel-Bluse, verschaffte mir Gewissheit, dass Martha gestern Nacht unterwegs gewesen war.

Erst als ich nach einem Kaffee fragte, richtete sich die Aufmerksamkeit der beiden auf mich.

»Jesses, wie siehst denn du aus? Da musst du kräftig in dein Farbkästle greifen, bevor du nach Straßburg gehst«, sagte Martha, nachdem sie mich gemustert hatte, und stand auf. »Musst dich ein bissl beeilen, damit du rechtzeitig zu deinem Patissier–«

»Stell dir vor, der Felix ist tot«, fiel ihr Edgar ins Wort. »Gestern Abend ist d'Sophie noch hier g'wesen und hat ihn g'sucht. Am Stammtisch haben sie sich ein Späßle g'macht, dass ihr der Mann davonläuft, jetzt, wo sie Bürgermeisterin wird. – Mit so was hat doch kein Mensch g'rechnet.«

»D'r Felix so schnell nach der Gerti«, murmelte Martha.

Ich goss mir einen Kaffee ein, aber bereits der Geruch brachte meinen Magen erneut in Wallung. Ich schob die Tasse zur Seite, griff stattdessen nach dem halben Apfel, den Martha auf ihrem Teller liegen gelassen hatte, und betrachtete meine Mutter. Sie stellte die Kaffeetassen zusammen und wich meinem Blick aus.

»Wer hat es euch gesagt?«, fragte ich.

»Der Lorenz von der Ölmühle«, erzählte Edgar. »Bei denen ist es heut Nacht zu'gangen wie auf dem Kurfürstendamm. Den Lorenz haben sie so gegen zwei rausgeklingelt. Ob er was g'hört hat, ob ihm ebbes aufg'fallen isch. Nix hat er g'merkt! Bis das Theater los'gangen ist, hat der g'schlafen wie ein kleines Kindle.«

Martha sagte nichts dazu, die Kaffeetassen in der Hand, machte sie sich auf den Weg in die Küche. »An deiner Stelle würd ich ein bissel pressieren«, rief sie, ohne sich umzudrehen. »Ich will das viele Geld für den Patissier-Kurs nicht umsonst ausgegeben haben.«

Das Geld für den Patissier-Kurs! Als ob es darum ginge! Loswerden wollte sie mich, bloß nicht in ihrer Nähe haben. Aber nichts da. Ich nahm den Apfel in die Hand und folgte ihr in die Küche.

Martha tat, als ob sie mein Kommen nicht bemerkte. Sie beugte sich über die Spülmaschine. Ich lehnte mich daneben ans Waschbecken, biss in den Apfel, holte mir Mut beim Kauen, und sagte: »Ich hab dich gesehen, oben beim Rückhaltebecken, und danach habe ich den toten Felix gefunden. Im Bach, direkt unter der kleinen Brücke.«

Das Geschirr klirrte, als sie die Tür der Spülmaschine zuschlug. »Was sagst du? Der Felix lag im Wasser? Aber der Lorenz hat doch erzählt, dass sie ihn auf der Böschung gefunden haben.«

Es gelang ihr, ihrer Stimme einen brüchigen, alarmierten Ton zu geben. Sie richtete sich mühsam auf, ging an mir vorbei zum Fenster und starrte hinaus auf den Rathausplatz und den Schulhof. So allmählich reichte es mir.

»Tu nicht so, als ob du das nicht weißt«, fauchte ich sie an. »Du bist doch vor mir dort gewesen.«

»Du glaubst, ich hab was …? Mit dem Tod vom Sohn meiner besten Freundin? Wie kannst du nur, was denkst du von deiner Mutter …?«

Sie setzte diesen Kind-du-willst-mich-nicht-verstehen-Blick auf. Damit brachte sie mich jedes Mal auf hundertachtzig. Ich verschluckte mich fast an meinem Apfel.

»Dann sag doch endlich, was du dort gewollt hast!«

Sie drehte den Kopf wieder weg, als hätten die grölenden Kinder auf dem Schulhof ihre Aufmerksamkeit geweckt.

»Gar nichts! Nicht schlafen hab ich können, bin herumgelaufen. Aber für euch ist ja alles verdächtig, was ich mach. Aber dass du denkst, ich hätt was … Das schlägt doch wirklich dem Fass den Boden aus.«

»Mama, sag endlich, was du weißt! Seit wir aus Scherwiller zurück sind, plagt dich was ganz furchtbar. Ich hab dich doch gerufen gestern Nacht. Du musst mich doch gehört haben. Deinetwegen habe ich die Polizei nicht informiert.«

Blitzschnell flog ihr Kopf in meine Richtung, machte erst halt, als er fast mit meinem zusammenstieß.

»Meinetwegen? Soso. Und was ist mit dir? Was ist mit Luc Murnier? Nur den willst du aus der Schusslinie holen, blind wie du bist. Für den reitest du sogar deine eigene Mutter …«

»Du verdrehst mir die Worte im Mund! Natürlich bin ich besorgt um Luc, aber doch auch um dich. Meinst du wirklich, du bist mir egal?«

»Du wärst ja nicht heimgekommen, wenn ich dich nicht mit dem Patissier-Kurs gelockt hätte. Um die Familie hast du dich noch nie gekümmert, holst dir nicht mal Hilfe, wenn's dir schlecht geht. Meinst du, ich weiß nicht, wie sehr dich die Sache mit dem Ecki mitgenommen hat? Aber bei Männern, ich muss es sagen, da hast du noch nie ein gutes Händchen …«

Wenn Martha mit meinen Männern anfing, knallten bei mir die Sicherungen durch. Sie redete von ihnen, als wären sie berechenbare Wesen, als wüsste man schon beim ersten Treffen, ob man sich ein gutes oder schlechtes Exemplar eingefangen hatte – und aus ihrer Sicht waren es immer zweifelhafte Exemplare, selbst Ecki hatte sie mit seinem Wiener Charme nicht einwickeln können. Sie tat so, als hätte man es in der Hand, welche Richtung eine Beziehung nehmen würde.

Jetzt flogen zwischen uns die Fetzen. Ein böses Wort gab das nächste, jeder Satz geriet lauter als der vorige. Wir machten beide die Schotten dicht, bewarfen uns mit Vorwürfen, suhlten uns in Selbstmitleid, glaubten nur an die eigene Wahrheit. Eine Gefühlsmaschinerie war das, die, wenn der Knopf einmal gedrückt war, nicht mehr zu stoppen war.

»Dann fahr ich jetzt halt zu dem Scheiß-Patissier-Kurs«, schrie ich zum Schluss und pfefferte beim Gehen den Rest des Apfels ins Waschbecken.

»Wäre ja noch schöner, wenn du den sausen lässt«, brüllte Martha zurück.

Als ich durch die Gaststube stürmte, hing Edgar am Telefon: »Jesses, die Sophie«, hörte ich ihn sagen. »Jetzt wird ihr im Endspurt vom Wahlkampf d'r Mann g'nomme. 's gibt ja viel Lumpeseckel in der Politik … Ja, ja, sell will ich meine. Wenn einer von ihre Konkurrenten … Dann kannsch wirklich keinem mehr traue.«

Vertrauen? Wem konnte man überhaupt vertrauen? Nicht mal mehr der eigenen Mutter, hätte ich ihm am liebsten entgegengeschrien. Stattdessen schlug ich nur die Eingangstür hinter mir zu.

Wieder fuhr ich durch den Mais. Scheißegal, wenn die Welt um mich herum zusammenkrachte, der Mais gedieh weiter, und ich würde in Straßburg Füllungen für Macarons aufschlagen. Ich war eine brave Tochter, ich wollte doch nicht, dass meine Mutter umsonst viel Geld für mich ausgab. Ich knüppelte meine miese Laune ins Auto hinein. Alle Schleicher auf dieser schnurgraden Straße hupte ich zur Seite oder setzte mich so lange auf ihre Stoßstangen, bis sie klein beigaben und auswichen. Auf der kurzen Strecke von zehn Kilometern missachtete ich so gut wie jede Verkehrsregel. Am liebsten wäre ich sofort nach Köln zurückgefahren. Nur die trübe Aussicht auf die leere Wohnung schreckte mich ab. Schließlich vergnügte sich Adela mit ihrem Kuno immer noch am anderen Ende der Welt, anstatt mir mit Rat und Tat zur Seite zu stehen oder wenigstens zu Hause auf mich zu warten.

Als mich die schrille Hupe eines entgegenkommenden Lkws zwang, ein gewagtes Überholmanöver abzubrechen, nahm ich endlich den Fuß vom Gas. Ganache stand heute bei Deville auf dem Programm. So bezeichnete man zarte Cremes, unterschiedlich parfümiert, zur Füllung der Macarons, ein Highlight der Patissier-Kunst. Warum nicht?, dachte ich, als ich mich in den Kreisverkehr zwischen Rheinbischofsheim und Freistett einfädelte, um weiter auf die Gambsheimer Brücke zu fahren.

Mein Handy klingelte, als ich die Brücke erreicht hatte. Luc, dachte ich, er ist frei, alles wird gut. Aber es war nicht Luc, es war Sophie.

»Du bist die Letzte, die ihn lebend gesehen hat. Ich muss mit dir reden.«

Ich hielt mich an dem »lebend« fest. Dass ich Felix auch als Erste tot gesehen hatte, konnte Sophie nicht wissen.

»Ja«, sagte ich, »natürlich.«

Ich sah sie vor mir, wie sie sich gestern Nacht ans Fenster lehnte, dann überstürzt in ihrem Auto davonfuhr. Bestimmt in der Hoffnung, einem schlechten Scherz aufgesessen zu sein, bestimmt in der Hoffnung, Felix lebend in die Arme schließen zu können.

»Nicht am Telefon«, bestimmte sie.

»In zehn Minuten kann ich bei euch in der Weststraße sein.«

»Da bin ich nicht. Ich bin daheim in Ringelbach.«

Sie erklärte mir den Weg. Ich überquerte den Rhein und seinen Kanal, wendete am ersten französischen Kreisverkehr und überlegte, wie ich am besten fuhr.

Rheinbischofsheim, Renchen, wieder Mais, manchmal ein abgeerntetes Weizenfeld, ein kleines Stück Wald oder ein Kanal dazwischen, die Rheinebene hier weites Land. Von Renchen nach Ulm, jetzt rechts und links schon die Hügel der Vorberge, in Ulm ein Blick auf den Biergarten des Braustübls, ein Stich ins Herz, der letzte Abend, die letzte Nacht mit Luc. Weiter in Richtung

Oberkirch, dann nach links, Ringelbach durchqueren, den Wagen an dem von Sophie beschriebenen Platz abstellen, weiter zu Fuß in die Weinberge hinein. Über mir blauer Himmel, blank gewaschen durch den Regen, Wolken in leuchtendem Weiß, eine prächtige Sonne, ein wundervoller Tag.

Ein Schlag ins Gesicht der trauernden Sophie, fand ich, die sich sicher regnerisches Grau und herbstliche Kälte wünschte. Aber nie ließ sich das Wetter als persönlicher Stimmungsmaler missbrauchen, es funktionierte nur umgekehrt, es konnte aufs Gemüt drücken. Ich stieg höher hinauf, unter mir weitete sich das Tal, der Rhein silbern glitzernd, in der Ferne das Straßburger Münster. Das machte die Gegend so besonders, dieser Blick ins weite Tal, mit dem man für jeden Aufstieg belohnt wurde.

»Hier bin ich«, rief mir Sophie nach der nächsten Biegung zu, und ich sah sie ein paar Meter über mir auf der Bank vor einer kleinen Holzhütte sitzen. Die Reben um die Hütte herum Spätburgundertrauben, noch zwischen Grün und Rosé changierend, in vier Wochen, schätzte ich, würden sie rot sein. Sanft zogen sie sich den Berg hoch, endeten in einem Kastanienwald. In einem Rebstück etwas weiter weg entdeckte ich das schwarze Gerippe einer ehemaligen Hütte.

»Ein Hamperle oder jugendlicher Übermut, da ist ein Feuerteufel unterwegs«, erklärte Sophie, die meinem Blick gefolgt war. »Ist in diesem Sommer schon die vierte Hütte in Ringelbach. Ich bin froh, dass sie nicht die unsrige abgefackelt haben.«

Ich stieg die letzten Meter zu Sophie hinauf und setzte mich neben sie auf die Bank. Ihre kurzen Beine baumelten in der Luft, in ihr Gesicht wagte ich nur einen kurzen Blick. Blass, Ränder unter den Augen, die Kurzhaarfrisur ungewaschen und formlos. Die kalkige Haut gab den leuchtenden Sommersprossen auf ihrer Nase etwas Unanständiges. Vor der Bank auf einem Holzpflock standen eine leere und eine halb leere Flasche Spätburgunder und zwei Gläser. Sophie griff nach der Flasche, deutete auf das zweite Glas. Ich lehnte ab, wollte den Borbler-Teufel nicht mit dem Beelzebub vertreiben.

»Dein Rückzugsort?«, fragte ich.

»Hat der Urgroßvater im Krieg gebaut. Drunter gibt es zwei

unterirdische Gänge, die oben im Wald enden. Hat man damals als Schutz vor den Bombardierungen gegraben. Als Kinder haben wir uns gern dort versteckt. Unser Lieblingsspiel, wir seien die einzigen Überlebenden nach einer großen Katastrophe und müssten nun die Welt neu aufbauen. Aber heute sind die Gänge teilweise verschüttet, und vor Katastrophen bewahren sie auch nicht mehr. – Über was hast du gestern mit Felix geredet?«

Überraschend hart, die erste Frage, nachdem sie davor in einem brüchigen Plauderton über die Hütte berichtet hatte. Ich erzählte es ihr.

»Ein altes Foto von seiner Mutter und Murnier? Ein Zündholzbriefchen? Wegen solcher Lappalien hast du ihn verdächtigt, Murnier ermordet zu haben?«

In ihrer Stimme helle Empörung, ich duckte mich unter ihrem Blick weg, der nichts als Verachtung für mich hatte. Nein, nein, wehrte ich mich und stammelte, Felix und ich, unser Treffen sei ganz friedlich zu Ende gegangen, Felix überhaupt nicht böse gewesen, dass ich das alles gefragt habe. Wir seien doch alte Kinderfreunde, er habe mir doch den Glassplitter mit dem Auge der heiligen Katharina … Und überhaupt stochere ich doch nur im Nebel, wolle irgendwie Licht ins Dunkel bringen, auf keinen Fall jemanden verdächtigen, Felix schon gar nicht, der ja auch eine völlig plausible Erklärung für das Zündholzbriefchen hatte, und das Foto eine Grille nur, ein altes Rätsel oder auch ganz harmlos, wahrscheinlich völlig unerheblich für den Mord, aber es hätte doch sein können, Gerti habe dem Sohn davon erzählt. Auch Dinge auszuschließen sei doch wichtig bei einem Mordfall.

Sophies sonst knackiges Lachen klang blechern und böse, sie trank ihr Glas leer, bevor sie bissig bellte: »Bei einem Mordfall ist es vor allem wichtig, die Polizei ihre Arbeit machen zu lassen und ihr nicht stümperhaft dazwischenzupfuschen.«

»Es tut mir so leid, Sophie«, flüsterte ich. »Wenn ich irgendwas für dich tun kann …«

»Gestern in Allerheiligen, als Felix nach der Vorstellung nicht mehr auftauchte, hab ich Panik bekommen. So was kenne ich eigentlich nicht von mir. Ich halte nichts von bösen Ahnungen, mach mir nie Sorgen um ihn, aber gegen diese innere Unruhe bin ich nicht angekommen. Und dann, als er nicht daheim war, bin ich sofort los, habe ihn gesucht bei euch in der Linde, im Eichberg, im Kreuz, sogar im Sportheim bin ich gewesen. Hab mich vor allen zur Witzfigur gemacht, die Frau, die ihren Mann am Wirtshaustisch sucht, aber das war mir egal, weil ich gespürt hab, dass es mehr war, als dass er einfach allein sein wollte wie sonst so oft. Und dann, wieder zurück, war ich sauer auf ihn und wütend, weil er einfach abgetaucht ist. Ich hätte ihm eine Gardinenpredigt gehalten, wenn er gekommen wäre, hab stattdessen einen Spätburgunder getrunken, bin ins Bett, hab sogar schlafen können. Als dann der Anruf kam, wusste ich, es ist was Schlimmes.«

Mit jedem Satz spuckte sie Trauer und Verzweiflung in die Weinberge, konnte gar nicht mehr aufhören zu reden.

»Als Erstes bin ich zum Rückhaltebecken gefahren. Alles war so gespenstisch: die Autos, die Scheinwerfer, die Leute in den Schutzanzügen, der Regen, der Mais, der Wind in den tropfnassen Blättern. Wie in einem schlechten Film, wie in einem foppenden Alptraum. Und dann, ihn da liegen zu sehen in dem grellen Licht auf dem nassen Boden. Er hat Gras im Gesicht gehabt, Katharina, Gras! Es hat ihn nicht gestört, er sah ganz friedlich aus.«

Verzweifelt trank sie das Glas leer, füllte es sofort wieder auf. Sie blickte abwechselnd ins Glas und ins ferne Rheintal. Mich nahm sie überhaupt nicht mehr wahr, und wenn, dann nur als eine, die da war, damit ihre Worte nicht ungehört in den Weinbergen verpufften.

»Es gibt Anzeichen dafür, dass ihn jemand ans Ufer gezogen hat. Aber ich bin froh, dass ich ihn nicht so habe sehen müssen, ins Wasser geworfen wie Fischfutter. Und jetzt haben sie ihn nach Freiburg in die Gerichtsmedizin gebracht, und da ziehen sie ihn nackt aus, schneiden ihn auf und höhlen ihn aus. Und dann wissen sie vielleicht, ob es Mord oder Selbstmord war.«

Sie ließ ihren Kopf schwer auf meine Schulter fallen. Selbstmord? Daran hatte ich noch gar nicht gedacht. Vielleicht weil ich, im Gegensatz zu Sophie, Felix im Wasser gesehen, sich mir das Spiegelbildliche zu Murniers Leiche so eingebrannt hatte, dass ich selbstverständlich von Mord ausging. Auch davon, dass die beiden Morde miteinander zusammenhingen.

Sophie richtete sich abrupt wieder auf, griff nach ihrem Glas und leerte es in einem Zug. Noch ein weiteres und sie hatte auch die zweite Flasche ausgetrunken.

»Oh, es war ein hartes Stück Arbeit, Felix zu erobern. Er hatte ja immer Stich bei den Frauen, konnte wählerisch sein, und ich weiß, dass ich nicht die Schönste bin. Trotzdem hat er sich für mich entschieden. Wir haben gut zusammengepasst. Feuer und Wasser, Yin und Yang, so in der Art. Ich habe kein Problem gehabt, zu ihm nach Fautenbach zu ziehen, mit Gerti in einem Haushalt zu leben, sie war ja schon Witfrau, als wir uns kennenlernten. Die zwei hatten beide so eine melancholische Ader, da war es gut, dass mit mir frischer Wind ins Haus kam. Ich sehe viel, mir liegt viel am Herzen, und ich will was bewegen. Felix mochte es häuslich, er hat so gern gekocht, glücklich ist er gewesen, wenn ihm dabei was wirklich Gutes gelungen war. Auf seine Art hat er mich immer unterstützt, sogar mit dem Umzug nach Oberkirch war er einverstanden, im Falle, dass …«

Sie brach den Satz ab, stellte fest, dass ihr Glas leer war, füllte es erneut, trank und richtete danach den Blick in die Ferne.

Ich griff ihren abgebrochenen Satz auf. »Das versteht doch jeder, dass du in so einer Situation nicht weiter Wahlkampf machen kannst. Und wenn du gewählt wirst, geben sie dir bestimmt Bedenkzeit oder so.«

Sie drehte mir den Kopf zu. Ihre Augen glasig vom Wein, aber ihr Blick wild entschlossen. »Wenn ich gewählt werde, mache ich den Job. Für mich gibt es nichts Besseres als Arbeit, um über Felix' Tod hinwegzukommen.«

Das verstand ich. Auch ich war eine, der Arbeit über Krisen hinweghalf.

»Wir hätten das alles geschafft! Ein richtiger Neustart. Felix endlich ohne die ungeliebte Spedition, er hätte beruflich was Neues probieren können, wäre in Oberkirch nicht täglich an seine Mutter erinnert worden. Ich versteh nicht, warum er so verzweifelt war, dass er …«

»Vielleicht irrst du dich. Es ist doch noch gar nicht sicher, dass er nicht umgebracht wurde. Vielleicht hat Murniers Mörder auch ihn …«

»Klar, dass dir diese Vorstellung besser gefällt«, unterbrach sie mich und lachte wieder so blechern und böse. »Dann brauchst du kein schlechtes Gewissen zu haben, dass du ihn durch deine Beschuldigungen in den Selbstmord getrieben hast. Weil du Detektivin spielen musst, ist mein Mann jetzt tot.«

»Ich habe ihn nie beschuldigt«, wehrte ich mich. »Was willst du mir da anhängen?«

»Entschuldige, entschuldige«, ruderte sie wehleidig zurück, »aber ich bin so durcheinander, mir tut alles weh, ich kann nicht mehr klar denken.«

»Auch Felix wollte doch wissen, was mit Murnier passiert ist«, rechtfertigte ich mich weiter. »Das ist doch normal, dass man Fragen stellt, wenn man in einer solchen Sache drinhängt. Und du weißt, dass mein Messer in Murniers Rücken steckte. Schön ist das nicht.«

»Was habe ich dir getan? Was?«, jammerte sie weiter und redete schon verdammt undeutlich daher. »Ich kann nichts dafür, dass du dich in einen Mann verliebt hast, der jetzt unter Mordverdacht steht. Aber du musst deswegen keine Unschuldigen verdächtigen und in den Tod treiben.«

Ich sprang auf, hätte sie am liebsten durchgerüttelt, riss mich aber zusammen und sagte nur: »Du spinnst ja!«

»'tschuldige, 'tschuldige«, lallte sie, zog mich zurück auf die Bank und ließ ihren Kopf wieder auf meine Schulter fallen. Von dort rutschte er langsam weiter auf meinen Schoß und blieb dort liegen.

Mit zwei Flaschen Wein hatte sich Sophie die Kante gegeben. Während sie auf meinen Schenkeln laut zu schnarchen begann, verzieh ich ihr ihre Anschuldigungen. Sie war besoffen, krank vor Trauer, und sie irrte sich. Selbstmörder stürzen von Brücken, hängen sich auf oder trinken Gift, aber die fallen nicht einfach in einen Bach.

Sophie zog im Schlaf die Beine auf die Bank, ruckelte den Kopf in meinem Schoß zurecht, klemmte noch ihre Hände dazu und schnarchte wie ein ausgewachsener Holzfäller. Ihr Kopf auf meinen Oberschenkeln wurde schwerer und schwerer, es konnte lange dauern, bis sie ihren Rausch ausgeschlafen hatte.

FK schien mir der Einzige, den ich anrufen konnte. Ich schilderte ihm die Situation und bat ihn, die Adresse von Sophies Eltern ausfindig zu machen. Zwanzig Minuten später hörte ich seinen Wagen. Gemeinsam schafften wir es, die schlafende Sophie den steilen Hang hinunter bis zu FKs Wagen zu tragen.

»Im Gegensatz zu dir geh ich an mein Handy und drück nicht einfach Gespräche weg«, pflaumte er mich an, nachdem wir Sophie bei ihren Eltern abgegeben hatten. »Mein Gott, immer muss man sich Sorgen machen um dich!«

»Kaffee?«, schlug ich vor. »Vielleicht ein veritables Frühstück dazu oder ein frühes Mittagessen?«

Denn zu meinem großen Erstaunen hatte mein Magen sich in der Zwischenzeit beruhigt und signalisierte, dass er dringend etwas zu essen brauchte.

Durch die Reben folgte ich FKs Wagen nach Oberkirch. Wenig später saßen wir in der Confiserie Gmeiner auf der Hauptstraße, und FK schob sich ein Engelsküssle nach dem nächsten in den Mund. Mit dem hellen Sommerhemd und dem locker geschlungenen Baumwollschal um den Hals sah er im Gegensatz zu mir frisch und munter aus. Er meinte, dass ich mit den teuren Pralinen wenigstens finanziell dafür bluten sollte, dass ich gestern seine insgesamt fünf – »Fünf, Katharina, fünf!« – Anrufe ignoriert hatte.

Wir saßen draußen, vor uns auf der Hauptstraße lärmte der Verkehr. Die Straße, die irgendwie beruhigt werden musste, wie ich aus dem Artikel über Sophie wusste. Von den Wahlplakaten an den Laternenmasten lachte sie uns entgegen. Energiegeladen und zielsicher, den Wahlsieg am kommenden Sonntag im Blick, auf dem Foto noch ahnungslos, was für ein harter Schlag sie aus der Bahn werfen sollte.

»Die ganze Stadt weiß bereits, dass ihr Mann tot ist«, berichtete FK und griff nach der nächsten Praline. »Alle fragen sich natürlich, ob sie ihre Kandidatur unter diesen Umständen zurückzieht. Der Bäuerle rechnet sich schon gute Chancen aus, dass er jetzt das Rennen machen wird.«

»Ich habe ihn gefunden, FK. Er lag im Wasser, genau wie Murnier.«

Wie bei dem Stopp-Spiel, das wir als Kinder so gemocht hatten, erstarrte FK mit dem Engelsküssle in den Fingern. Er schob es nicht mehr zwischen die Zähne, er legte es auch nicht zurück, er hielt es zwischen Tisch und Mund in der Luft.

Erst die Bedienung, die nachfragte, ob alles recht sei, löste ihn aus seiner Erstarrung. Er holte tief Luft und zischte: »Sag, dass das nicht wahr ist.«

»Ich habe ihn auf die Böschung gezogen, weil ich nicht wusste, ob er tot ist, aber er war es. Ich war sturzbetrunken, außerdem habe ich Martha am Rückhaltebecken gesehen.«

»Nenn mir ein Fettnäpfchen, in das du nicht trittst, Katharina.«

»Martha redet nicht mit mir, aber ich bin sicher, dass sie etwas über den Mord an Murnier weiß. Seit wir aus Scherwiller zurück sind, verhält sie sich so komisch. Auch mit Edgar spricht sie nicht.«

»Du warst die anonyme Anruferin? Die Polizei weiß bis jetzt nicht, dass du Felix gefunden hast?«

Langsam, aber stetig redete sich FK in Rage. Ich versuchte, ganz ruhig zu bleiben.

»Ich kann doch nicht die eigene Mutter ans Messer liefern. Kannst du nicht mal mit ihr reden? Du hast doch Erfahrung damit, Leute zum Sprechen zu bringen.«

»Ich glaube es nicht! Du bringst die Spurenlage am Tatort komplett durcheinander, du behinderst die Arbeit der Polizei, du …«

Hörte er mir überhaupt nicht zu? War FK nun mein Freund oder Hofberichterstatter der Polizei?

»Bis jetzt haben sich die nicht mit Ruhm bekleckert«, fuhr ich ihm in die Parade. »Sajdowski war's nicht, Luc ist es nicht, und jetzt haben wir schon eine zweite Leiche.«

FK beugte sich zu mir vor, presste dabei seinen Schal auf die Brust, damit er nicht in der Kaffeetasse landete, sah mir fest in die Augen und flüsterte: »Dein Luc, meine Liebe, ist am Tatort gesehen worden, morgens um drei Uhr! Oder meinst du, die Gendarmerie setzt ihn nur aus Jux und Tollerei fest?«

Ich schloss die Augen, spürte beim Atmen, wie sehr sich mein Bauch zusammenzog, wie meine Haut überall spannte. »Nein«, sagte ich entschieden. »Er lag neben mir im Bett.«

FK zog sich auf seinen Platz zurück, ließ seinen Schal los, steckte nun doch die Praline in den Mund und verdrehte die Augen. »Du hast ja auch nicht gemerkt, als er ins Bad gegangen ist.«

Unsinn, alles Unsinn, am liebsten würde ich FK durchrütteln, damit er mir glaubte. Stattdessen bombardierte ich ihn mit wütenden Fragen: »Wer behauptet das? Wer will ihn gesehen haben?«

FK zuckte mit den Schultern. »Ich erfahre schon viel über die Ermittlungsarbeit, aber doch nicht alles.«

»Weißt du, wo er ist? Wer darf ihn besuchen? Braucht er einen Anwalt?«

»Keine Ahnung. Ruf in Kehl beim Gemeinsamen Zentrum an. Die können dir die Fragen beantworten. Oder telefoniere mit seiner Tochter.«

Ich sah das trotzige Mädchen mit den kajalschwarzen Augen vor mir, das mir zweimal die Tür vor der Nase zugeknallt hatte. Die würde mir am Telefon so wenig Auskunft geben wie an der Haustür. Auskunft sollte mir FK über den Zeugen geben, der behauptete, Luc gesehen zu haben, aber ich erntete nur ein bedauerndes Kopfschütteln. Er wisse es wirklich nicht, versicherte er mir, manche Sachen halte die Polizei eben unter Verschluss.

»Wieso ist Luc überhaupt noch in Haft?«, machte ich weiter. »Durch den Mord an Felix stellt sich doch alles anders dar.«

»Wenn ein Mord wie ein Schachspiel funktionieren würde, müsste man sich tatsächlich auf die Parallelität der Ereignisse stürzen.« FK verfiel jetzt in diesen besserwisserischen Oberlehrerton, den er immer benutzte, wenn sich sein Gegenüber seiner Meinung nach besonders dämlich anstellte. »Der arrangierte Tod! Eine Leiche links, eine rechts des Rheins, beide Tote männlich, der eine alt, der andere in den besten Jahren. Und beim nächsten Spielzug schwimmen dann zwei tote Frauen im Wasser? Die alte im Fautenbach und die junge im Aubach? Seitenverkehrt sozusagen?«

»Hör auf, FK, ich bin ja nicht blöd!« Mein Einwurf nutzte leider wenig, denn jetzt hatte er sich richtig warmgeredet.

»Aber Mord funktioniert nicht wie ein Schachspiel, Mord ist in achtzig Prozent der Fälle eine Verzweiflungs-, eine Beziehungstat, meist im Affekt, selten geplant ausgeführt. Und Polizeiarbeit, ich muss es dir doch nicht vorbeten, besteht aus Faktensammeln und Faktenbewerten. Und die Fakten sehen bis jetzt so aus: Die beiden

Toten kannten sich nicht. Felix war überhaupt das erste Mal in Scherwiller dabei, weil Martha ihn für das Kochduell gewinnen konnte. Murnier wurde ermordet, bei Felix hat man keine offensichtlichen Spuren von Fremdeinwirkung gefunden, da muss man abwarten, was die Obduktion an Ergebnissen bringt. Beide waren sie, gemeinsam mit dreihundert anderen Gästen, auf diesem Fest in Scherwiller, das verbindet die Toten. Außerdem könnte Felix von seinem Hotelzimmer aus gesehen haben, wer Murnier in den Aubach gelegt hat. Es gibt also Berührungspunkte zwischen den beiden Fällen. Deshalb werden die Offenburger und die Straßburger Ermittlertruppe zusammenarbeiten. Das Gemeinsame Zentrum in Kehl sorgt dafür, dass beide Seiten über den Stand der jeweiligen Ermittlungen auf dem Laufenden sind.«

»An diesem Gemeinsamen Zentrum hast du wirklich einen Narren gefressen.«

»Du hast ja schon nicht mehr in Fautenbach gewohnt, als nach dem Wegfall der Grenzkontrollen die Straßburger Diebesbanden die Gegend aufgemischt haben. Zack, zack, zack haben die Wohnungen, Häuser und Geschäfte leer geräumt und sind dann im Affenzahn wieder nach Frankreich zurück. Dort haben sie sich ins Fäustchen gelacht, weil sie auf der anderen Seite des Rheins in Sicherheit waren, denn grenzübergreifende Polizeiarbeit war langwierig und oft ergebnislos. Durch das Gemeinsame Zentrum funktioniert die Zusammenarbeit besser und schneller. Außerdem liebe ich Pioniere, ich finde es toll, was die Truppe da in den letzten Jahren aufgebaut hat. Weißt du, dass der Charly Morgentaler da arbeitet? Mit dem habe ich früher Doppelkopf gespielt. Der war auch manchmal am Achersee dabei, wenn wir schwimmen waren.«

Immerhin wusste ich jetzt, warum FK so gut über die laufenden Ermittlungen informiert war. »So ein Drahtiger mit einer Römernase?«, fragte ich. »Der immer zum Flammkuchenessen nach La Wantzenau gefahren ist?«

»Genau der.«

»Und selbst Charly sagt dir nicht, wer der Zeuge ist, der Luc belastet?«

»*Pas un mot*, wie der Franzose sagt.«

An diesem Punkt kam ich leider nicht weiter, aber es gab da

etwas, das mich an FKs Erzählungen wirklich überrascht hatte. »Stimmt es, dass Felix nur dieses eine Mal in Scherwiller war?«

»Ja. Schau, es sind doch die Vereine und der Ortschaftsrat, die den regelmäßigen Kontakt nach Scherwiller pflegen, und die Familien, die über Jahre freundschaftliche Verbindungen aufgebaut haben. Felix ist in keinem Verein, und alte Kontakte über die Eltern gibt es auch nicht.«

»Aber die waren in Scherwiller, Gerti und Hubert, beim ersten Mal, 1967. Es gibt ein Foto, das Gerti mit Martha und Murnier bei diesem Treffen zeigt.«

Ich sah FK an, dass er meinen Einwand für kompletten Nonsens hielt. Aber ein Foto war ein Foto, etwas Greifbares, Faktisches. So kam bei FK der professionelle Journalist zum Vorschein, der Dinge abklären oder ausschließen wollte, und der fragte: »Hast du mit Felix über das Foto gesprochen? Weiß er etwas über die Verbindung seiner Mutter zu Murnier?«

»Hab ich. Er ist aus allen Wolken gefallen. Er kannte das Foto nicht. Seine Mutter hat nie mit ihm über Murnier gesprochen.«

»Bei diesem ersten Treffen waren alle in Familien untergebracht«, überlegte FK. »Weißt du, was für einen Gastgeber Gerti und Hubert hatten?«

Der Pfarrer beim Pfarrer, der Bürgermeister beim Bürgermeister, die Musik bei der Musik, der Kirchenchor beim Kirchenchor, die Fußballer bei den Fußballern, hatte mein Vater erzählt. Hubert Ketterer, der Kapitän der Fautenbacher Fußballer, Emile Murnier, der Kapitän der Scherwiller Fußballer. Dass ich darauf nicht schon früher gekommen war!

»Ich vermute, sie waren bei Emile Murnier«, rief ich aus. »Du siehst, es gibt eine Verbindung zwischen den beiden Familien.«

»Sagen wir, es gab mal eine Verbindung vor fünfundvierzig Jahren«, schränkte FK ein. »Und ich sehe nicht, dass die mit den beiden Todesfällen zu tun haben soll. Du etwa?«

Nein. Ich hatte keine Ahnung, nur das Gefühl, dass dieses Foto mehr als eine zufällige Momentaufnahme war. Gefühl! Ich wusste genau, was FK dazu sagen würde. Er käme mir wieder oberlehrerhaft mit Fakten und Beweisen daher, würde vielleicht als Zugabe die billige Karte mit der weiblichen Intuition ausspielen. Martha.

Alle Überlegungen führten zu ihr und ihrem verstockten, vielleicht verzweifelten Schweigen.

»Redest du mit Martha?«, bat ich noch einmal.

»Wenn's denn der Wahrheitsfindung dient«, brummte er nicht sonderlich motiviert. »Aber erst muss ich nach Meißenheim. Dort ist ein besoffener Achtzehnjähriger in eine Hauswand gefahren, im Wohnzimmer zum Stehen gekommen und unverletzt ausgestiegen. Du merkst, es gibt nicht nur den Toten am Rückhaltebecken, es gibt auch noch das Wunder von Meißenheim. Und du? Was machst du jetzt?«

Die Kirchturmglocken von Oberkirch schlugen zwölfmal an, dann setzte das Angelusläuten ein. Mittag. Der Kurs bei Deville war schon voll im Gange, die Fahrt nach Straßburg wäre vergebliche Liebesmüh. Was tun? Für eine erneute Konfrontation mit Martha fühlte ich mich nicht stark genug.

»Geh doch schwimmen. Das würde ich sofort machen, wenn ich nicht nach Meißenheim müsste. Eigentlich hast du doch Urlaub, oder?«

»Im Achersee?« Dort hatten wir die Sommer unserer Jugend verbracht.

»Wo sonst? Ich kann dir auch sagen, wen du da am Schwenkgrill triffst: Pascal. Er schwört, dass er nur reguläre Schweinswürste grilliert, aber bei Pascal weiß man nie, unter was er seine Roadkill-Funde mischt. Besser, du schwimmst nur! Aber pass auf, dass du nicht absäufst. Zwei Wasserleichen sind genug.«

»Du bist so aufbauend, FK.«

»Mach vorher einen Besuch beim heiligen Cyriak.« Er deutete mit dem Kopf in Richtung Kirchturm und Glockenläuten. »Er ist einer der vierzehn Nothelfer und kann Besessene heilen und bestimmt auch solche wie dich, die mit dem Kopf durch die Wand wollen. Vielleicht schenkt er dir Geduld und Gelassenheit. Mehr über den seltsamen Heiligen kannst du in meiner Serie ›Die vierzehn Nothelfer in der Region‹ nachlesen.«

»Du bist schon ein richtiges Käpsele, FK«, spottete ich. »Was du alles weißt.«

»Die Rechnung zahlst du«, antwortete er, bevor er verschwand.

FÜNFZEHN

Mein Telefon klingelte, bevor ich Pascal am Schwenkgrill kontaktieren konnte. Es klingelte, als ich den Wagen am Achersee abstellte. Während zwei Lkws auf dem Parkplatz daneben mit lautem Hupen davonfuhren und Staubwolken aufwirbelten, verhieß die französische Vorwahl einen hoffungsvollen Augenblick lang Lucs Stimme und ließ mich seinen Namen in den Hörer hauchen.

»Nein. Hier ist die Tochter. Ich bin in Straßburg. Kann ich Sie sehen? Ich komme mit dem Zug nach Achern.«

Ihre Stimme klang eher mürrisch als aufgeregt.

»Willst du mir nicht am Telefon sagen, was …«

»Nein«, unterbrach sie mich entschieden. »Es gibt einen Zug, der ist fünf vor drei in Achern. Dort gibt es ein Café Glatt, da bin ich mal mit meinem Pépé gewesen. Die machen Torten, die sind besser als die Macarons von Deville. Können wir uns da treffen?«

»Ich komme nach Straßburg«, bestimmte ich. »Ich bin in einer halben Stunde da.«

»Münster, Haupteingang«, schlug Sandrine als Treffpunkt vor.

So fuhr ich wieder über die Storchen-Autobahn nach Straßburg hinein, ließ den Wagen am Park-and-ride stehen und setzte mich in die Bahn.

Vor dem Münsterplatz summten Touristenschwärme aus aller Welt, schließlich war das Straßburger Münster ein Muss für jeden Besucher des Elsass. Der Turm bis ins neunzehnte Jahrhundert der höchste Europas, die Fensterrose in der Hauptfassade, überhaupt die Hauptfassade ein Meisterwerk gotischer Baukunst, berühmt auch die Astronomische Uhr und die Silbermann-Orgel. Und natürlich der Blick vom Turm aus über das Rheintal, den Schwarzwald und die Vogesen, bei Föhn bis zu den Alpen. Nicht zu vergessen die klugen und die törichten Jungfrauen am Seitenportal, die Antoinette mir mal gezeigt hatte.

Wegen all dem kamen die Leute hierher. Und zwischen ihnen die fliegenden afrikanischen Händler mit Gürteln und Kettchen, die Fremdenführer mit nach oben gereckten Schirmspitzen, die

Sandwich-Träger und Flugzettelverteiler, die für versteckt liegende Restaurants oder einen neuen Handyvertrag warben. Schräg vis-à-vis das berühmteste Restaurant der Stadt, das Maison Kammerzell, prächtig, krumm, uralt, schwarze Fachwerkbalken, dazwischen leuchtendes Rot, umweht vom Duft von Choucroute. Es gab keinen besseren Platz als die weiß lackierten Eisenstühle davor, um den Trubel auf dem Münsterplatz zu beobachten.

Ich entdeckte Sandrine neben dem Haupteingang vor einer frisch gehämmerten Bretterwand, hinter der etwas repariert wurde. Das Straßburger Münster war genauso eine ewige Baustelle wie der Kölner Dom. Im Schneidersitz hockte das Mädchen auf dem Boden und tippte irgendwelche Nachrichten in ihr Smartphone. Sie trug wieder Schwarz und dicken Kajal um die Augen, hängte sich im Aufstehen eine Tasche aus merkwürdigem grauen Kunststofffell um, an der ein paar Plastiktotenköpfe und eine rosa Trillerpfeife baumelten.

»Ich wäre gerne nach Achern gekommen«, maulte sie. »Die Schwarzwälder Kirschtorte ist genial.«

»Ich nehme nicht an, dass du mich wegen einer Schwarzwälder Kirschtorte angerufen hast.«

Sie klemmte ein paar Strähnen ihrer Amy-Winehouse-Frisur hinters Ohr und musterte mich genauso misstrauisch wie vor ein paar Tagen an ihrer Haustür. »Wegen Ihnen spielen also Dads Hormone verrückt.«

Ihr Deutsch war fehlerfrei, allerdings mit einem leicht englischen Akzent. Vielleicht sprach sie so, weil sie mit einer deutschen Mutter und einem elsässischen Vater in Australien aufgewachsen war, vielleicht kultivierte sie den Akzent aber nur, um sich eine besondere Note zu geben.

»Haben Sie Kinder?«

Hatte ich nicht und genauso wenig Lust, mich dem Kreuzverhör einer misstrauischen Tochter zu stellen. Die sollte ihre persönlichen Empfindlichkeiten mal schön hintanstellen. Schließlich saß ihr Vater im Gefängnis und musste da so schnell wie möglich wieder raus. Deshalb war ich hier.

»Wie geht es Luc? Kann ich ihn besuchen? Braucht er einen Anwalt?«, fragte ich.

Ohne zu antworten und ohne auf mich zu achten, bahnte sich Sandrine einen Weg durch die Touristenmassen in Richtung Gutenberg-Platz. Konnte sie nicht stehen bleiben? Oder wenigstens sagen, was sie vorhatte? Ich erinnerte mich, dass Luc in einem Nebensatz über Sandrines pubertäre Wirren gestöhnt hatte: tausend Hormone, die im Körper verrücktspielten, und ein Selbstbild, das frisch gezimmert werden musste. Himmel, diese Gören konnten kapriziös sein! Ich schlängelte mich hinter ihr her, bekam sie vor einem Geschäft, das Soufflenheimer Keramik verkaufte, zu schnappen.

»Einen Anwalt hat er, der war auch schon bei ihm, aus der Familie darf ihn keiner besuchen«, leierte sie wie auswendig gelernt herunter. »*Garde à vue* heißt das, Gefahr im Verzug, was weiß ich, ist mir alles schleierhaft. Maître Sendrier weiß auch nicht alles, manches, was er erzählt, kapiere ich nicht. Er sagt, solange Dad in der *garde à vue* ist, kann er, Sendrier, wenig tun. Aber in der *garde à vue* darf die Gendarmerie Dad nur für kurze Zeit gefangen halten, und dann kommt Sendrier an alle Akten ran und kann seine Verteidigung aufbauen und so weiter.«

»Ist Sendrier ein guter Anwalt?«

»Woher soll ich das wissen? Dad kennt ihn auf alle Fälle«, kläffte sie, als wäre die Frage unanständig, und lief weiter auf die Grand Rue und damit ins nächste Menschengewimmel mitten in die Straßburger Shoppingmeile hinein. »Und alles nur, weil Pépé Dad angerufen hat.«

»Wer ist Pépé?«

»Pépé ist mein Papy, mein Pépère, mein Großvater.«

»Wann?« Ich packte sie am Arm, zwang sie, einen Moment stehen zu bleiben. »Wann hat dein Großvater Luc angerufen?«

»In der Mordnacht. Das war sein letzter Anruf, kurz vor ein Uhr«, sagte sie, streifte meine Hand von ihrem Arm und lief weiter.

Ein Uhr. Die Zeit, als die Hellsass Devils durchs Dorf fuhren, die Zeit, als wir schnell ins Hotel wollten. Ich erinnerte mich nicht an einen Anruf, Luc musste sein Handy auf Vibration oder ausgestellt haben.

»Auf alle Fälle, der Anruf, der Zeuge, der ihn über Pépé gebeugt am Bach gesehen hat, der Streit zwischen Dad und Pépé zwei Tage vor dem Mord, das Erbe. All das, so hat es mir der Anwalt erklärt, der aber auch noch nicht alles weiß …«

Sie lief mitten in eine Gruppe Japaner oder Chinesen hinein, die alle handverschnürte rosa Kartons unterschiedlicher Größe mit Deville-Macarons am Arm trugen. Deville, ein Geschenk zur falschen Zeit! Was interessierte mich die Patisserie, wenn der Mann, in den ich mich verliebt hatte, im Gefängnis saß?

»Luc lag mit mir im Bett, als dein Großvater ermordet wurde«, sagte ich über die Japaner und die rosa Kartons hinweg und stellte erleichtert fest, dass Sandrine vor einem Schaufenster haltmachte. Nicht zufällig, wie ich schnell bemerkte. Ihr begehrlicher Blick richtete sich auf ein Paar mit Nieten beschlagene schwarze Samtstiefel, die mittig zwischen anderem mörderischen Schuhwerk in der Auslage thronten.

»Maître Sendrier sagt, eine verliebte Frau ist eine miserable Zeugin«, murmelte sie beiläufig und deutete auf die Stiefel. »Eigentlich wollte ich heute mit Dad nach Straßburg, damit er mir die kauft. Ist ein Einzelpaar genau in meiner Größe.«

Wie konnte die Göre jetzt an Schuhe denken? Ich würde auf keinen Fall mit ihr in das Geschäft gehen und ihr die Schuhe kaufen. Achtzig Euro für diesen Plunder.

»Sie könnten mir das Geld vorstrecken. Dad gibt es Ihnen bestimmt zurück«, schlug sie vor.

Noch was? Die Kleine war ganz schön abgebrüht!

»Hast du mich deshalb angerufen? Damit ich dir die Schuhe bezahle?«, bellte ich sie an.

Sie zuckte mit den Schultern. »Ich sage immer, das eine muss das andere nicht ausschließen.«

»Und was, bitte schön, ist das eine und was das andere?«

»Dad hat Pépé nicht umgebracht. So was würde er nie tun«, sagte sie mit trotziger Überzeugung und besänftigte mich damit.

»Na also, sage ich doch auch. Wir müssen nach allem suchen, was seine Unschuld beweist.«

»Genau deshalb wollte ich Sie doch sprechen, damit wir Dads Unschuld beweisen. Er hat ihn nicht umgebracht, er flippt nicht mehr so schnell aus wie damals, bevor er nach Australien …«

»Du weißt, was damals passiert ist?«, fragte ich elektrisiert.

Sie zuckte wieder mit den Schultern und starrte weiter die Schuhe an. Ich glaubte es nicht. Dieses raffinierte Biest!

»Vielleicht kriegen wir die Verkäuferin noch heruntergehandelt? An dem linken Schuh fehlen nämlich zwei Nieten.«

Ich schnaubte wütend, und Sandrine wandelte ein triumphierendes Lächeln schnell in ein sanftes ab, als wir wenig später gemeinsam den Laden betraten und ich nach Anprobe, Schaulaufen und Verhandeln fünfundsiebzig Euro für die Grufti-Stiefel abdrückte.

»Ich trage den Karton«, bestimmte ich, als wir das Geschäft verließen. »Und ich will raus aus dem Trubel hier.«

»Ich kenne ein ganz süßes Café in La Petite France.«

»Dann nichts wie hin.«

Das Mädchen führte mich durch die alten Gässchen, vorbei an verwachsenen, windschiefen, frisch gestrichenen Fachwerkhäusern bis an die Ill, wo die Touristenboote im Minutentakt vorbeituckerten, die Sonne auf dem Fluss glitzerte, die Geranien auf den Fensterbänken in sattem Rot strahlten und ein von Platanen überspanntes Café nach dem nächsten zum Sitzen am Wasser einlud. Sandrine steuerte keines dieser sonnigen Cafés an, sie bog in eine schattige Gasse ab und betrat dort zielsicher einen Laden, dessen Leuchtreklame schon bessere Tage gesehen hatte und dessen Inneneinrichtung vor allem eines war: schwarz. Die Wände, der Boden, die Sofas und Sessel, die Tische, selbst die Kerzen, die in kleinen Gläsern flackerten, alles in Schwarz. Da war die silbergraue Theke ein echter Lichtblick. Dennoch, ein süßes Café sah in meiner Vorstellung anders aus.

»Klasse, nicht?«, schwärmte Sandrine. »Wenn Sie mir fünf Euro geben, gehe ich uns Kaffee holen.«

Fünf Minuten später kehrte sie mit zwei schwarzen Tassen und einer Handvoll Zuckerpäckchen und Milchdöschen zurück. Der Kaffee schmeckte scheußlich.

»Also«, sagte ich. »Weshalb ist dein Vater nach Australien abgehauen?«

Sandrine friemelte drei Zuckerpäckchen und zwei Milchdöschen auf und schüttete alles in den Kaffee. »Das ist eine Geschichte, die ich natürlich nur vom Hörensagen kenne. Meine Mama hat mir davon erzählt, bevor wir nach Frankreich zurück sind. Sie war der Meinung, dass ich es wissen muss, wenn ich auf Pépé treffe, den ich ja so gut wie gar nicht kannte. Also: Dad und Pépé hatten einen furchtbaren Streit, nur Grand-mère hat verhindert, dass Dad Pépé totgeprügelt hat. Es ging um Dads Freundin, sie war auch eine Deutsche, Pépé hat sie gehasst. Mama hat er auch gehasst. Mama hat mich vor Pépé gewarnt. Ich musste ihr schwören, nie mit ihm allein zu sein.«

Sehr lebhaft blitzte meine einzige kurze Begegnung mit Emile Murnier vor mir auf. Dieser schnelle Griff zwischen meine Beine, diese Gier in seinen Augen. War solch ein Übergriff auf Lucs damalige Freundin der Grund für den Streit zwischen Vater und Sohn gewesen? Oder schlimmer noch, war es mehr als ein schneller Übergriff gewesen?

Sandrine arrangierte die Zuckertütchen und leeren Milchdöschen halbkreisförmig um ihre Tasse. »Mama hat nicht verstanden, dass Dad zurückwollte, nach dem, was passiert war. Warum er so Heimweh nach dem Elsass hatte. Er sei nun mal ein *tête de boche*, ein dickköpfiger Elsässer, da könne man nichts machen, hat Dad gemeint. Und Mama ist ausgeflippt, weil ich nicht in Australien bleiben wollte. Dabei wusste sie genau, dass ich den Typen nicht ausstehen konnte, wegen dem sie sich von Dad getrennt hat. Außerdem *good old Europe*. Ich wollte was sehen von der Welt, nicht nur australische Weinfelder.«

Sie nahm einen Schluck Kaffee. In der Art und Weise, wie sie die Kaffeetasse mit beiden Händen umgriff, erkannte ich Luc wieder, bei dem ich die gleiche Geste beobachtet hatte. Auch die Form der Fingernägel hatte sie von ihm geerbt.

»Ich frage mich, warum Pépé Dad angerufen hat«, wechselte Sandrine das Thema. »Und Dad hat sich das auch gefragt. Er hat mit mir darüber gesprochen am Morgen danach, bevor er zum Polizeiverhör musste. Dad und Pépé haben nie miteinander telefoniert, müssen Sie wissen. Da herrschte Funkstille.«

»Aber zwischen dir und deinem Großvater keineswegs«, erinnerte ich mich. »Das Versprechen deiner Mutter gegenüber hast du nicht gehalten. Du warst mit ihm allein unterwegs. Im Café Glatt zum Beispiel, Schwarzwälder Kirschtorte essen.«

»Himmel!« Sie schaute kurz auf, verdrehte die Augen und tauschte dann zwei Milchdöschen in ihrem Arrangement aus. »Was muss man seiner Mutter nicht alles versprechen? Viel zu viel, als dass man alles einhalten könnte. Ich bin sechzehn, fast siebzehn, ich kann auf mich selbst aufpassen. Wollen Sie wissen, wie ich ihn kennengelernt habe?«

Ich nickte.

»Pépé hat bei uns in der Schule einen Vortrag über die Elsässer und den Zweiten Weltkrieg gehalten, über die *Malgré-nous*-Soldaten. Mein Urgroßvater, habe ich erfahren, war einer davon. Vor dem Vortrag hat Pépé mich angerufen, hat gesagt, dass er mein Großvater sei, und gefragt, ob wir uns nicht mal treffen sollen. Ich habe Dad nichts davon gesagt, aber meine Freundin Marie-Claire zum ersten Pizzaessen mitgenommen. Pépé war unglaublich nett, gar nicht so furchtbar, wie Mama oder Dad behaupteten. Und sein Vortrag in der Schule war super. Alle haben gemeint, dass ich einen coolen Pépé habe. Fand ich auch, und ich finde Geschichte superspannend, deshalb haben Pépé und ich viel miteinander gemacht. Wir sind ins Mémorial d'Alsace-Moselle gefahren, um dort die elsässische Geschichte zu studieren, oder nach Obernai zum Denkmal für die *Malgré-nous*. Wissen Sie, dass meine Urgroßeltern in ihrem Leben zweimal die deutsche und zweimal die französische Staatsbürgerschaft hatten und zwei Kriege miterleben mussten? Pépé war noch ein Kind während des Zweiten Weltkrieges, aber es ist ihm sehr wichtig, dass der nie vergessen wird, und all die Elsässer, die für die Nazis in den Krieg ziehen mussten. Pépés Vater war in Stalingrad dabei und danach in russischer Gefangenschaft. Pépé hat ihn erst kennengelernt, als er acht Jahre alt war.«

Sie sah mich an, als ob sie darauf eine bestimmte Antwort erwartete. Auch Antoinette hatte immer wieder von der leidvollen Geschichte der Elsässer erzählt. Bei einem Straßburg-Besuch war sie mit mir als Erstes auf die Place de la République gelaufen und hatte mir das Monument aux Morts gezeigt.

Da musste ich in Sandrines Alter gewesen sein und keineswegs interessiert an Kriegerdenkmälern oder überlebensgroßen Monumenten. Hey, was hatte ich mit dem Krieg zu schaffen? Der war schon mehr als zwanzig Jahre vorbei, als ich geboren wurde. Also betrachtete ich zunächst gelangweilt die verschlungenen Leiber, die irgendwie an Rodin erinnerten, dessen »Denker« wir im Kunstunterricht behandelt hatten, und hörte Antoinette nur mit halbem Ohr zu, die erzählte, dass das Mahnmal 1936 entstanden war, drei Jahre vor dem nächsten Krieg, der noch schrecklicher sein sollte als der *Grande Guerre*, der Erste Weltkrieg. Das Mahnmal, das wie kein anderes die Zerrissenheit der Elsässer zeigt.

Dann erklärte sie mir das Monument: Die »Mutter« Straßburg beweint die nackten Körper ihrer Söhne. Der eine starb als französischer, der anderer als deutscher Soldat. Es spielt keine Rolle mehr, auf welcher Seite sie gekämpft haben. Tot sind alle beide.

»Das ist das wichtigste Denkmal für uns«, hatte Antoinette gesagt. »Darin siehst du die ganze Tragik des Elsass. Und es macht mich froh, dass ich es dir, der Deutschen, jetzt zeige.« Ihre Stimme hatte gezittert, Antoinette war sehr aufgewühlt gewesen. »Du weißt nicht, was für ein Glück du hast, in Friedenszeiten zu leben.«

Erst in diesem Moment wurde mir klar, was für ein großer Schritt es gewesen sein musste, dass sich die Franzosen und die Deutschen nach dem Krieg versöhnt hatten, dass die Scherwillerer die Fautenbacher 1967 zu sich eingeladen hatten.

»Nach Deutschland ist Pépé nur meinetwegen gefahren, weil ich den deutschen Kuchen so liebe«, erzählte Sandrine weiter, und ich bemerkte den zärtlichen Tonfall, in dem sie über ihren Großvater sprach. »Er hat mir auch erzählt, dass ich viel Rebland von ihm erben soll, nicht nur Jakub und Katjuscha. Geld wäre mir, ehrlich gesagt, lieber, was soll ich mit Reben?«, schwatzte sie in ihrem jugendlichen Leichtsinn daher. »Aber dabei, so hat Pépé betont, sei auch das Stück, das Dad unbedingt braucht. Ich sollte nur Dad nichts davon sagen. – Hören Sie mal! Das ist Amy Hartzler von Evanescence. *Lose Control*, das Lied ist gut!«

Ein klarer Sopran, ein lärmiges Schlagzeug, ein bisschen Weltuntergangsstimmung. Sandrine wiegte sich im Rhythmus des Stücks, sang leise mit, konnte nicht verstehen, dass ich so unbeteiligt blieb.

»Ist nicht meine Musik«, erklärte ich.

»Ihr Alten steht ja auf Jazz, Rock, Chanson und so ’nen Kram.«

Die Arroganz der Jugend. Keine Ahnung von guter Musik.

»Mit Gothic Rock konnte ich Pépé natürlich auch nicht kommen«, erzählte Sandrine, nachdem das Stück geendet hatte. »Dafür war der echt zu alt. Aber zum Beispiel bei Dominique war er gar nicht altmodisch. Es hat ihn, im Gegensatz zu Dad, nicht gestört, dass er ein paar Jahre älter ist als ich und Mitglied in einer Motorradgang.«

Die Gothic-Lady und ein wilder Rocker! Eine Kombination, auf die ich wirklich nicht gekommen wäre. Ich hätte getippt, sie stünde auf Vampirtypen mit Todessehnsucht. Aber nun ja. Wo die Liebe hinfällt …

»Dein Freund gehört nicht zufällig zu den Hellsass Devils? War der auch bei der Randale auf dem Fest dabei?«

»Ich hätte die zwei schon wieder zusammengebracht, wenn Pépé nicht umge…«, überging sie meine Fragen.

»Heißt dass, dein Vater wusste nicht, dass du so viel mit deinem Großvater gemacht hast?«

»Pépé hat gemeint, wir sollen noch ein bisschen warten, bis wir es ihm sagen, und jetzt …«

Zum ersten Mal klang so etwas wie Verzweiflung in ihrer Stimme durch. Die wurde plötzlich ganz piepsig, und ihre Finger richteten ein wildes Durcheinander mit den Tütchen und Döschen an, sammelten sie dann ein, zerknüllten sie in der kleinen Faust und stopften den Müll in die leere Tasse. Sie bemerkte gar nicht, dass ihr dabei Milchreste übers Handgelenk schlierten. Sie war nicht cool, sie tat nur so. Eigentlich war sie ein trauriges Kind, das schreckliche Angst hatte. Der Großvater tot, die Mutter in Australien, der Vater im Gefängnis …

»Bist du etwa allein im Haus, seit dein Vater weg ist? Wer kümmert sich um dich? Wer kocht dir was zu essen?«

Falsche Fragen, merkte ich an ihrem Blick. »Hey, hey, ich brauch keinen Babysitter, und die Pizzen in der Gefriertruhe reichen mindestens noch eine Woche. Außerdem sind Betty und Suzan da, unsere australischen Studentinnen für die diesjährige Weinlese.«

Dass Sandrine nicht alleine zu Hause war, beruhigte mich ein wenig, dennoch hatte ich das unbestimmte Gefühl, vor Ort nach dem Rechten sehen zu müssen.

»Weißt du was?«, schlug ich vor. »Ich fahr dich jetzt nach Scherwiller zurück.«

»Das müssen Sie nicht, ich kann wieder mit der Bahn fahren«, wehrte Sandrine ab.

Ich deutete auf die Tüte mit den Schuhen, die neben meinem Stuhl stand.

»Das ist Erpressung. Sie sind schon wie Dad«, maulte sie.

Wir liefen zur Place Kléber zurück, stiegen in die Bahn und zehn Minuten später in mein Auto. Dort reichte ich ihr die Schuhtüte, die sie sich auf die Oberschenkel stellte und festhielt. Ihre Tasche klemmte sie ans Fenster und legte den Kopf dagegen. Sie wirkte erschöpft und mit einem Mal so zugeknöpft und mürrisch wie bei unserer ersten Begegnung an der Haustür.

»Die rosa Trillerpfeife an deiner Tasche. Hat die eine bestimmte Bedeutung?«, versuchte ich es mit Small Talk.

»Hat mir meine Mama geschenkt. Damit ich mich überall laut und schnell bemerkbar machen kann.«

»Gute Idee!«

Sie reagierte mit einem Schulterzucken. Den Kopf weiter an die Scheibe gelehnt, presste sie die Schuhe fester vor die Brust und zog auch noch ihre Beine heran. Sie machte sich rund und klein, wollte keine Angriffsfläche bieten, wollte nicht gestört werden.

»Sandrine, ein ungewöhnlicher Name«, plauderte ich trotzdem weiter. »Wie sind deine Eltern darauf gekommen?«

»Sie haben sich in einem Programmkino in Sydney kennengelernt, und dort lief *›Sans toit ni loi‹* mit Sandrine Bonnaire«, spulte sie herunter. »Und als sie dann wussten, dass ich ein Mädchen werde, haben sie sich daran erinnert.«

»›Vogelfrei‹ heißt der Film auf Deutsch. Und Sandrine Bonnaire war klasse! Ist schon ein paar Jahre her, dass ich den Film gesehen habe.«

»Ich bin auch schon ein paar Jahre alt …«

»Ist ja gut, ich will dich nicht bevormunden. Ich mach mir nur Sorgen.«

»Müssen Sie nicht. Ich komm schon klar.«

Die Autobahnauffahrt nach Mulhouse, die schon vertraute Strecke nach Schlettstadt. Sandrine tat jetzt, als ob sie schliefe.

»Warum haben sich dein Vater und dein Großvater letzte Woche so furchtbar gestritten?«, fragte ich.

»Das Stück Rebland von Pépé, das in Dads Felder hineinragt. Die zwei konnten einfach nicht vernünftig miteinander reden. Sie müssen sich früher mal furchtbar verletzt haben. Und ich hätte alles heilen können.«

Ihre Stimme, so piepsig wie vorhin, brach plötzlich ab. Dann weinte sie still und leise, und weil es ihr peinlich war, dass ich es bemerkte, hielt sie sich die Schuhtüte vors Gesicht. Sie beschwerte sich nicht, als ich Charly Parker in den CD-Player schob und er *»All The Things You Are«* auf seinem Saxofon spielte.

Als wir auf dem knirschenden Kies im Hof vorfuhren, hatte sie sich wieder unter Kontrolle. In der Haustür tauchten die beiden Australierinnen auf. Sandrine stieg eilig aus und lief auf die jungen Frauen zu. Suzan und Betty nahmen sie zwischen sich, eine der beiden legte ihre Hand auf Sandrines Schultern, die andere hielt die Tür auf. Bevor sie nach drinnen traten, drehte sich Sandrine kurz um und winkte mir zum Abschied.

Beim Wenden fiel mir ein, dass ich sie gar nicht gefragt hatte, woher sie meine Telefonnummer hatte und was der eigentliche Grund ihres Anrufes gewesen war.

SECHZEHN

Langsam fuhr ich durch die Weinberge nach Scherwiller hinein. Ich überholte zwei Winzer auf ihren kleinen Traktoren, die von der Arbeit in den Weinbergen zurück ins Dorf tuckerten. Vielleicht hatten sie das Gras zwischen den Rebzeilen noch einmal gemäht oder den letzten Laubschnitt vor der Lese erledigt, die spätestens in drei Wochen beginnen würde, wie ich von Luc wusste.

Auch er würde jetzt von der Arbeit zurückkehren, säße er nicht in einer Zelle fest. Oder ich, entschlösse ich mich, hier mit Luc zu leben. Wäre das was für mich? Wollte ich die Restaurantküche gegen das Winzerhandwerk tauschen? Würde ich aus Liebe die Weiße Lilie aufgeben? Und wenn nicht ins Winzerhandwerk, dann in ein Restaurant im Elsass wechseln?

»Geht's noch?«, schimpfte ich mich selbst, und Marthas Sprichwörter-Litanei ratterte durch meinen Kopf: Du sollst den Tag nicht vor dem Abend loben. Wer hoch hinauswill, der fällt tief. Liebe macht blind. Vorsicht ist die Mutter der Porzellankiste. Nie den zweiten Schritt vor dem ersten tun.

Wie auch immer, um diese Fragen beantworten zu können, brauchte ich erst mal die Chance, Luc näher kennenzulernen. Nur dazu musste er wieder frei sein, und wenn ich es mit kritischem Blick betrachtete, dann hatte das, was Sandrine über ihn erzählte, nicht wirklich entlastend geklungen. Vater und Sohn bis heute unfähig, sich vernünftig zu unterhalten, noch vor ein paar Tagen war der Vater mit einer Rebschere auf Luc losgegangen. Dabei wäre der alte Murnier, wenn man Sandrine glauben durfte, irgendwie zur Versöhnung bereit gewesen, aber noch nicht gleich und auch nicht so richtig, vielleicht wünschte sich Sandrine das auch nur. Weshalb hatte der Alte Luc angerufen? Und Luc? Hatte er auf den Anruf reagiert, später?

Jede neue Information warf weitere Fragen auf. Die Fäden, von denen Alban Brandt so gerne sprach, ein labyrinthisches Knäuel. Ich kam mir vor wie ein Huhn, »ä Bibbele«, »ä Mistkratzerle«, das blind im Hof herumscharrte und darauf hoffte, ein echtes Korn zu finden, aber bestenfalls einen Schnabel voll labberigen Bibbeleskäs erwischte. Nichts Halbes und nichts Ganzes. Ich sollte wie FK oder Alban Brandt darauf bauen, dass die Polizei rechts und links des Rheins ihre Arbeit ordentlich tat und bald die wirklichen Mörder – oder war es nur einer? – dingfest machte.

Ich fuhr ziellos durch Scherwiller, wo nichts mehr an den Mord erinnerte. Nirgendwo mehr Polizeiwagen, das Absperrband am Aubach verschwunden, kaum Leute auf der Straße. Nur zwei alte Frauen mit geschulterten Spitzhacken fielen mir auf, die von der Feldarbeit zurückkehrten und ähnliche Kittelschürzen trugen wie die alten Bäuerinnen bei uns im Dorf.

Als der Wegweiser nach Kientzville auftauchte, wusste ich, was ich tun würde. Über die schnurgerade Straße fuhr ich die drei Kilometer bis zu Antoinettes Haus. Diesmal erwartete sie mich nicht an der Tür, aber sie war zu Hause und ließ sich gerne von mir zum Abendessen einladen. Sie schlug die Winstub Mueller vor. Ihr sei, trotz Sommer, heute nach Baekeoffe, und keiner mache einen so guten Baekeoffe mit Pinot noir wie Pierre Mueller.

Nachdem die Lippen rot gemalt waren und die Garderobe Antoinettes kritischem Blick standhielt, machten wir uns auf den Weg und saßen bald im Biergarten mit den karierten Tischdecken. Vor uns eine Flasche eisgekühlter Pinot noir und eine Karaffe Wasser, bei der ich mich bevorzugt bediente. Auf keinen Fall wollte ich mich heute wieder besaufen und dann über eine weitere Leiche stolpern.

»Für ä Baekeoffe brauchsch ä Topf von Soufflenheim mit em Deckela, und des Deckela mach'sch mit einem Streifela *pâte à pain* fescht«, erklärte mir Antoinette und fragte, ob ich wisse, warum der Baekeoffe Baekeoffe heißt.

Natürlich wusste ich das. Der Baekeoffe war das Essen für den Waschtag am Montag. Dazu schichtete man die Bratenreste vom Sonntag mit Zwiebeln und Kartoffeln in einem Keramiktopf – Antoinette bestand auf einem aus den Soufflenheimer Töpfereien –, übergoss alles mit Wein und brachte den Topf zum Bäcker, der ihn in den großen Backofen stellte. Nach dem Wäschewaschen waren alle Zutaten gar, und die Frauen konnten ein fertiges Mittagessen mit nach Hause nehmen.

»Du wotscht üb'r d'r Emile schwätza«, sagte sie dann mit einem schweren Seufzen und holte weit in die Geschichte aus.

Im Juni 1940 besetzten die Deutschen Schwerwiller. »D'Schwowa komma! D'Schwowa komma!«, hatte jemand gerufen. Mit Velos waren die Soldaten aus zwei Richtungen, vom Bahnhof und von Schlettstatt her, ins Dorf geradelt. Am Anfang hatten die Älteren, die noch die Kaiserzeit erlebt hatten, alle beruhigt. Sie glaubten, die Deutschen würden sich so verhalten wie damals, sprich, alles würde nicht so schlimm werden. Aber dem war nicht so. Das Elsass sollte deutscher sein als deutsch. Gauleiter Wagner wollte aus dem Elsass ein nationalsozialistisches Musterland machen.

Von einem auf den anderen Tag war alles Französische verboten. Überall hingen Plakate, auf denen stand: »Hinaus mit dem welschen Plunder!«. Die Nachnamen, die Straßen, die Plätze, die Ämter, alles musste eingedeutscht werden. Nirgendwo mehr durfte man Französisch sprechen. Nicht mal mehr »Trottoir«, ein Wort, das schon lange eingedeutscht war, hatte man sagen dürfen. Französische Lehrer wurden entlassen und durch deutsche ersetzt. Eheringe, die man in Frankreich links trug, mussten an die rechte Hand gesteckt werden, das Tragen von *le béret*, der Baskenmütze, war verboten. Die deutsche Polizei machte Jagd auf alle, die sich nicht dran hielten. Dennoch hatte man immer noch versucht, sich zu arrangieren. Die Elsässer mussten nicht zum ersten Mal die Nationalität wechseln.

All das müsse ich mir vorstellen, beschwor mich Antoinette, als ich vorsichtig anmerkte, dass das doch nichts mit Emile Murnier zu tun haben könnte. Das sei der Boden für Emiles späteren Deutschenhass gewesen. Aber bevor sie auf Joseph Murnier, den Vater von Emile, zu sprechen komme, müsse sie mir noch die Geschichte des verschwundenen Hitler-Bildes erzählen. Ende 1941 sei das gewesen, und danach sei die allgemeine Stimmung im Dorf den Deutschen gegenüber endgültig ins Feindselige gekippt.

Das Hitler-Bild hing im Rathaussaal, wo auch der Kirchenchor Sainte-Cécile probte, und nach einer Chorprobe war das Bild nicht mehr da. Der Ortsgruppenleiter bemerkte es zunächst nicht, erst als er nach einer Rede davor salutieren wollte und sein Hitlergruß-

Arm auf eine leere Wand traf, schäumte er vor Wut. Die Deutschen drohten damit, alle Chormitglieder ins Lager Schirmeck zu bringen, wenn sie nicht sagten, wer das Bild entwendet hatte. Aber keiner wusste es. Daraufhin wurden die Häuser von allen durchsucht, die Fahne des Chors beschlagnahmt, der Schatzmeister des Chores für zwei Tage ins Gefängnis gesteckt. Wegen eines verschwundenen Bildes! Erst nach dem Krieg sickerte durch, wer das Bild entwendet hatte.

Drei junge Männer.

»Ä Bueba-Schtreich, Catherine«, betonte Antoinette. »Dadran kannsch schtudiere, was Barbarei und Tyrannei isch!«

»War Joseph Murnier einer der drei jungen Männer?«, wollte ich wissen.

Antoinette schüttelte den Kopf. Der habe wie ihr Vater zu den Unglücklichen der Jahrgänge 1908 bis 1926 gehört, die man im August 1942 zwangsrekrutiert hatte. Zweihundertdreißig junge Männer aus Scherwiller haben Dienst in der Wehrmacht leisten müssen. Antoinette seufzte wieder, bevor sie erneut weit ausholte.

Aus Rücksicht auf das Vichy-Régime von Marschall Pétain annektierten die Nazis das Elsass nie offiziell, de facto hatte man es aber ins Deutsche Reich eingliedert. Die Elsässer wurden also gegen ihren Willen Reichsdeutsche und damit wehrpflichtig. Aber es blieb eine völkerrechtswidrige Rekrutierung, und das wussten im Elsass auch alle. Viele der Männer desertierten und versuchten nach Frankreich oder in die Schweiz zu flüchten. Sie hatten aber mit harten Strafmaßnahmen für ihre zurückgebliebenen Familien zu rechnen. Ganze Sippschaften wurden deswegen ins Lager Schirmeck gesteckt, und so waren viele aus Rücksicht auf ihre Familien nicht geflüchtet.

Insgesamt hunderttausend Elsässer mussten für die Deutschen in den Krieg ziehen, viele wurden in die Waffen-SS gezwungen, über neunzig Prozent an die Ostfront geschickt. Fast die Hälfte davon kam nicht aus dem Krieg zurück. Für die, die zurückkamen, war das Elend aber nicht zu Ende.

»Waren das die *Malgré-nous*-Soldaten?«, fragte ich. Sandrine hatte bereits von ihnen gesprochen.

Antoinette nickte und betonte, dass sie jetzt auf ein besonders schmerzliches Kapitel der elsässischen Geschichte zu sprechen komme.

Die Franzosen hielten die zwangsrekrutierten Soldaten für Kollaborateure, sie wurden als Verräter beschimpft. Die Elsässer, die in diesem Krieg einen siebenmal höheren Blutzoll bezahlt hatten als das restliche Frankreich, waren außer sich vor Wut darüber und wehrten sich. So war die *Malgré-nous*-Bewegung entstanden. Durch das *Malgré-nous* – gegen unseren Willen – machten die Elsässer nicht nur ihre erzwungene und tragische Rolle in diesem Krieg deutlich, sondern drückten auch ihre französische Gesinnung aus.

Und so, fuhr sie fort, haben die Nazis durch ihr Schreckensregime etwas geschafft, was den Franzosen in der Zeit von 1918 bis 1940 nicht gelungen war: Die Nazis haben den Elsässern das Deutsche ausgetrieben, sie haben die Elsässer zu Franzosen gemacht.

»So, und jetzerla komme m'r zum Joseph«, schloss Antoinette ihre Geschichtsstunde ab.

Joseph Murnier sei erst 1950 aus der Gefangenschaft zurückgekommen. Er habe im berüchtigten Lager Tambow eingesessen, wo achtzehntausend Elsässer gefangen waren. Ihr Vater sei darin umgekommen, genau wie sechstausend andere Elsässer. Auch nach Kriegsende habe man die Elsässer als deutsche Gefangene behandelt. Erst 1953 seien die letzten zurückgekehrt.

Als Joseph Murnier heimkam, waren seine beiden ältesten Söhne schon aus dem Haus, und Emile, den jüngsten, hatte er noch nie gesehen. Germaine, seiner Frau, die die Kinder allein großgezogen, sich um die Reben und den Wein gekümmert, die Familie durch schwierige Zeiten gelotst hatte, war der Mann fremd, der da aus Russland zurückkam. Der, den sie vor acht Jahren verabschiedet hatte, war ein anderer gewesen. Und Joseph brachte die Schrecken der Schlacht von Stalingrad mit ins Elsass und kam nicht mit einer Frau klar, die sich die Zügel nicht mehr aus der Hand nehmen ließ. Kein Einzelfall in der Nachkriegszeit, nichts Besonderes. Nur für Emile. Der Nachzügler, noch allein daheim, war dem täglichen Streit zwischen seinen Eltern ausgesetzt. Einig waren die sich nur darin, dass die Deutschen an allem schuld waren.

Und Joseph, wenn er mal wieder eine Schlacht gegen Germaine verloren hatte, ließ seine Niederlagen an Emile aus.

»Was hot d'r Joseph den Bueb verdrescht!«

Der Junge war also als ewiger Verlierer im Kampfgetümmel seiner Eltern und infiziert von deren Deutschenhass groß geworden. Besser wurde es erst, als Emile mit dem Fußballspielen anfing. Er war ein guter Spieler, blühte auf. Sein Vater war plötzlich stolz auf ihn. Und ein paar Jahre später war er ein noch besserer Spieler und richtig gut aussehend. Der konnte sich aussuchen, mit wem er samstags zum Tanzen ging. So viele Mädchen als Zuschauer bei einem Fußballspiel wie in den Hoch-Zeiten von Emile Murnier hatte die *Union sportive* nie mehr gesehen.

»Erinnerst du dich an das erste Fußballspiel gegen die Fautenbacher?«, wollte ich wissen.

»Mais oui!«, rief Antoinette. Wochenlang habe man trainiert, an der Mannschaftsaufstellung gefeilt, Wetten auf die Höhe des Sieges abgeschlossen. Für Emile sei es das Spiel seines Lebens gewesen. Endlich die Deutschen im Felde schlagen, das habe er dem Vater versprochen. Und für viele andere aus Scherwiller sei dies auch wichtig gewesen. Wie gesagt, in dieser Zeit sei man den Deutschen noch nicht sehr wohlgesonnen gewesen. Aber nun ja, manchmal komme eben alles anders, als man denkt. Und die Freundschaft zwischen den beiden Dörfern habe ja trotzdem gehalten.

»Fünfundvierzig Johr! Da muesse m'r a Schluckela trinke.« Antoinette duldete keine Widerrede, als sie mein Glas füllte. *»Santé!«* Und dann zitierte sie André Weckmann, ihren elsässischen Lieblingsdichter:

»Was seid ihr nun?, het de Schwob gfroit: Franzosen oder Elsasser?
Elsasser, het de Elsasser xait,
also seid ihr keine Franzosen, het de Schwob xait, und esch d deer nüsgflöjje.«

»Ihr seid also doch keine echten Franzosen?«

»*Mais bien sûr!* M'r sin Elsasser«, war Antoinettes überzeugte Antwort.

»Heißt das, ihr stellt euch als listige kleine Elsässer und weniger als stolze Franzosen der *Grande Nation* dar, damit die Deutschen nie mehr auf die Idee kommen, Herrschaftsansprüche auf die andere Rheinseite zu stellen?«, versuchte ich weiter, die Sätze von Weckmann zu verstehen.

Antoinette hörte mir nicht mehr zu. Ihre Aufmerksamkeit gehörte dem Keramiktopf, den Pierre Mueller eilig zu unserem Tisch trug und der sie begeistert ausrufen ließ: »Da isch jo d'r Baekeoffe!«

Der Baekeoffe dampfte noch, als er auf den Tisch gestellt wurde, aber Antoinette schnitt beherzt die heiße Brotkruste ab, die den Deckel mit dem Topf verklebte, legte jeder von uns die Hälfte des Brotes auf den Teller und öffnete dann den Deckel. Allein wegen dieses Duftes musste man Baekeoffe mögen! Deftig, erdig und von einer leichten Säure durchzogen, so roch ein guter Baekeoffe!

Und wie Antoinette prophezeit hatte, schmeckte er exzellent. Die Kartoffeln noch leicht knackig, die Zwiebeln noch nicht zerfallen, das Fleisch aber so zart, dass es auf der Zunge zerging. Ich langte herzhaft zu. Es war ewig her, seit ich die letzte Mahlzeit verzehrt hatte.

Nach der schweren Geschichtsstunde tat es gut, zu essen und über Banales zu reden. Ich fragte nach, ob es unbedingt drei Sorten Fleisch sein müssen, ob das Lamm im Vergleich zu Schwein und Rind nicht zu dominant sei. Antoinette antwortete, dass dies nicht entscheidend war, sie in den schlechten Jahren durchaus auch Karnickel dafür verwendeten, der Wein auch dieses irgendwie zart gemacht hatte.

Wir orderten Kaffee, und ich kam auf Emile zurück, genauer gesagt auf den Streit, der Luc hatte nach Australien verschwinden lassen.

So intensiv ihre Erinnerungen an die deutsche Besatzung und den Krieg waren, so nebulös waren die aus den neunziger Jahren. Gerüchte und Dorftratsch, so sagte sie, nichts Genaues also. Ja, die deutsche Freundin von Luc, eine hübsche Kleine mit hellen Locken, sei sehr wohl Thema gewesen. Zusammen mit dem ebenfalls blonden Luc hätten die beiden ein teutonisches Paar abgegeben. Die Wahl des Mädchens ein Affront gegen Emile, dem immer noch alles Deutsche verhasst war.

Emile war aber nicht nur ein Deutschenhasser, sondern auch ein »Maidleschmecker«, immer auf Eroberungen aus. Ernestine, seine Frau, eine Stille, eine Leidende, eine Langweilige, keine, die ihm Paroli bot, ganz anders als Germaine Joseph nach dessen Rückkehr aus der Gefangenschaft. Ob nun die kleine Deutsche Emiles Verführungen erlegen sei oder ob er mit Gewalt nachgeholfen habe, wusste keiner so genau. Über so was habe man damals genauso wenig gesprochen wie in der Kriegszeit.

Auf alle Fälle sei die Kleine von einem auf den anderen Tag weg gewesen, und den Streit zwischen Vater und Sohn habe man bis zur Place de la Libération hören können. Danach sei Luc verschwunden, und lange Zeit wusste niemand, wohin er gegangen war. Zuerst habe man gedacht, er sei nach Deutschland zu dem Mädchen, erst später habe man gehört, dass er nach Australien ausgewandert sei.

»Wie lang isch er jetzt z'ruck? Fünf Johr?«

»Du weißt, dass man Luc verhaftet hat?«

»Ich weiß au, dass er dir g'fallt.« Ihre rot gemalten Lippen lächelten wissend. »'s kommt, wie 's kommt. Moch d'r kei Sorge, Maidela.«

Dass sie mich »Mädchen« nannte und mir danach ein Bett für die Nacht anbot, rührte mich an diesem Abend fast zu Tränen.

Und so legte ich mich wenig später in Antoinettes kleinem Gästezimmer, das immer noch nach Lavendelsäckchen und Mottenkugeln roch, ins Bett mit der weichen Matratze und dem unförmigen, ins Leintuch eingerollten Kissen. *Polochon* hieß es, das hatte mir Antoinette vor Jahren erklärt. An den schrägen Wänden des Dachzimmers klebte noch die Rosentapete. Ich entdeckte die Stelle wieder, an der ich vor sehr langer Zeit krank vor Liebeskummer in winziger Schrift »Hansi« zwischen zwei Dornenranken gekritzelt hatte. Für einen Augenblick war ich wieder fünfzehn Jahre alt und genoss es, Antoinette und Rosa unten im Salon reden zu hören, nachdem sie mich ins Bett geschickt hatten. Ich spürte die Geborgenheit von damals wieder, weil diese zwei Frauen mich in einem Alter, als die Welt für mich weit und wild und ich selbst unausstehlich war, unter ihre Fittiche genommen hatten.

Das Gefühl der Geborgenheit ließ mich schnell einschlafen. Ich träumte von Trottoirs und Baskenmützen, ein verstaubtes Hitler-Bild spielte mit mir Katz und Maus. Ich wachte früh auf und wusste, dass ich nicht mehr einschlafen konnte, bei all dem, was in meinem Kopf herumspukte. So stand ich auf und ging ans Fenster. Im Fliederbusch vor dem Haus lärmten schon die Spatzen, manchmal mischte sich in ihr Tschilpen der helle Gesang eines Rotkehlchens. Aber der Rasen war noch feucht vom Tau und die Blüten der Sonnenblumen am Gartenzaun noch fest verschlossen.

Ich dachte an den kleinen Emile und seinen fremden Vater, der den Deutschenhass in ihn hineinprügelte. An den jungen Mann, den das Glück im Spiel und der Erfolg bei den Frauen nicht zu einem zufriedenen Menschen gemacht und der eine Frau wegen ihrer Weinberge geheiratet hatte. An den Vater von Luc, der es dem Sohn nach so langer Zeit noch übel nahm, dass er ein deutsches Mädchen ins Haus brachte. – Dass man sich Frauen nahm wie eine Ware, hatte ihm das der Kriegsheimkehrer auch eingeprügelt? – An den Großvater von Sandrine, der im Alter endlich zur Milde fähig war. Zumindest seine Enkelin würde ihn als freundlichen Mann in Erinnerung behalten.

Was für ein Leben! Eines, das ihn von einem ängstlichen Jungen zu einem harten, von Hass erfüllten Mann hatte werden lassen. Ein kleines jämmerliches Schicksal, bestimmt vom Lauf der Geschichte, das ohne die Nazi-Herrschaft ganz anders hätte aussehen können. Antoinette dagegen: geprägt von derselben Geschichte, vier tote Männer im Gepäck, aber frei von Hass. Wo im Leben wurden die Weichen für die eine oder andere Richtung gestellt? Was lag in der Macht des Einzelnen, und wo wurde er ins Mahlwerk der Geschichte gerissen? Wäre Emile Murnier ein anderer Mensch geworden, wenn er zwanzig Jahre später geboren worden wäre? Oder der Vater nicht aus dem Krieg zurückgekehrt wäre? Und was in seinem Leben hatte dazu geführt, dass ihn jemand erschlagen und ihm mein Messer in den Rücken gerammt hatte?

Verrückt machende Fragen.

Aber die Antwort auf die letzte musste ich finden.

Ich hörte weiter den Vögeln zu, sah sie erschreckt auffliegen, als eine rot-weiß getigerte Katze auf der Suche nach fetter Beute durchs Gras zum Fliederbusch schlich. Die Spatzen kehrten schnell zurück, als die Luft wieder rein war. Das Rotkehlchen blieb verschwunden. Ein gelbes Postauto ließ die Vögel das nächste Mal aufschrecken. Im Nebenzimmer hörte ich Antoinette rumoren. Ich ging hinunter in die Küche und stellte die Espressokanne aufs Gas. Es freute mich, dass Antoinette die alten *Bol*-Schalen noch besaß. Ich stellte zwei auf den Tisch, fügte Teller und Messer hinzu. Im Brotsack fand ich ein halbes Baguette, ich schnitt es in Scheiben und wärmte Milch auf.

Antoinette kam, als ich die ersten Brotscheiben röstete. Ohne Lippenrot und Wangenrouge, ohne den kecken Knoten und das gut sitzende Kostüm sah sie furchtbar alt aus.

Ich solle mich nicht genau umsehen, meinte sie. Die Unordnung, der Staub. Es sei einer der Vorteile des Alterns, dass man bei so unwesentlichen Dingen nachlässiger werde.

Würde ich noch einmal mit ihr an diesem Frühstückstisch sitzen? Hatte ich ihr jemals für ihre Freundschaft und ihre Großzügigkeit gedankt? Wie oft würde ich sie überhaupt noch wiedersehen?

»Kann ich irgendwas für dich tun? Etwas, das trotz der Vorzüge des Alterns erledigt werden muss?«, fragte ich.

Falsche Bescheidenheit war ihre Sache nicht. So schob ich die nächste Stunde Möbel hin und her, saugte Staub, brachte Altglas zum Container, hängte Bilder um, sortierte zu Kristall erstarrte Marmelade aus und besorgte allerlei anderen Kram. Antoinette legte derweil auf ihrem alten Plattenspieler die Piaf auf. Sie fand, dass es kein besseres Lied zum Putzen gab als *»Non, je ne regrette rien«*, das wir beide auch lauthals mitsangen.

Als alles erledigt war, bat ich sie um einen Gefallen. Sie rief für mich bei Maître Sendrier, Lucs Anwalt, an. Trotz Antoinettes Wortgewalt und ihrem geballtem Charme gab er sich zugeknöpft.

Er verstehe, dass ich mir Sorgen mache. Alles nehme seinen Lauf, man müsse Geduld haben. Pardon, keine näheren Auskünfte, ich sei keine Verwandte, übersetzte Antoinette.

Mir war zum Weinen wegen der mageren Auskunft, wegen Luc, wegen Antoinette, die bald sterben würde. Aber Frauen wie Rosa und Antoinette, denen das Leben so viel abverlangt hatte, mochten keine Heulsusen und keine Rührseligkeiten. Und so wehrte Antoinette meine allzu heftige Umarmung, mein gestammeltes *»Merci pour tout«* ab, stand aufrecht im Türrahmen, als sie mir *»À la prochaine fois«* hinterherrief und ich mich auf den Weg nach Straßburg zu meinem Patissier-Kurs machte.

SIEBZEHN

Deville schickte mich ohne ein *»Bonjour«* in die letzte Reihe. Er machte sich keine Mühe zu verbergen, wie beleidigt er war, weil ich schon wieder gefehlt hatte. Wenn er wüsste, wie schön ich es fände, würde die Welt zurzeit nur aus Cremes und Törtchen bestehen!

Ganache oder Canache, begann er, als die Klasse komplett war, so bezeichne man die Mischung aus Sahne und Schokolade, deren Konsistenz vom Verhältnis der beiden Zutaten abhänge. Canache lasse sich mit Alkohol parfümieren, dafür reduziere man den Sahneanteil und ersetze ihn durch Butter, da Alkohol im Gegensatz zu Sahne kein Fett enthalte.

Das war nun wirklich Basiswissen und stellte keinerlei Herausforderung dar. So schmolz ich routiniert Schokolade im Wasserbad, entschied mich für Cognac als Parfüm, verrührte die Masse vorsichtig, fügte Alkohol und Butter hinzu, ließ sie bis zu einem gewissen Punkt abkühlen und löffelte die Masse in einen Spritzbeutel. Ich begann, die Macarons zu füllen, die an einem der Tage, an denen ich gefehlt hatte, entstanden waren. Immer noch glichen sie sich nicht wie ein Ei dem anderen, sahen aber deutlich besser aus als die Produktion des ersten Tages.

Leider funktionierte die Magie des Kochens heute nicht bei mir. Kein Abtauchen ins Reich der Gerüche und Zutaten, kein Versinken ins Rühren und Schmelzen, keine Freude an Fingerfertigkeit oder Tempo. Deville machte seine üblichen Inspektionsrunden, besah sich meine Macarons genau, nörgelte ausführlich an drei überfüllten herum, lobte dafür demonstrativ einen der Jungspunde über den grünen Klee, dessen Füllungen nicht besser gelungen waren als meine. So gut er sein Handwerk verstand, als Lehrer war der Mann eine Niete.

Als Deville begann, über die Herstellung von Fruchtfüllungen zu dozieren, bekam ich eine SMS. Unter dem Tisch rief ich die Nachricht ab. Sie kam von Sandrine. »Ich muss Ihnen dringend etwas zeigen«, schrieb sie.

Devilles Föhnfrisur vibrierte, als ich sagte, dass ich gehen müsse. Was das für eine Arbeitshaltung sei, fragte er mit sehr spitzem Mund. Der Zuckerbäckerkönig war verschnupft.

»Es gibt Wichtigeres«, antwortete ich und räumte meinen Arbeitsplatz auf.

So werde ich nie eine gute Patissière. Wenn ich jetzt gehe, solle ich da bleiben, wo der Pfeffer wächst, dann brauche ich nie, nie mehr wiederzukommen, schrie er ganz unköniglich herum.

Bevor er völlig seine Contenance verlor, schlüpfte ich durch die Tür und lief nach unten, aber ich hörte ihn noch schimpfen, als ich schon draußen auf der Rue de Francs Bourgeois stand. Adieu Macarons! Adieu Engelshaar! Wie gerne hätte ich euch mehr Zeit gewidmet. Wirklich …

Auf der Straße stieg mir als herrlicher Kontrast zu Devilles klebrigen, zuckrigen Schokocremes der deftige Geruch von Choucroute und Schlachtplatte in die Nase. Auf der Place Kléber wurde dieser durch den Duft von Bratäpfeln und Zuckerwatte abgelöst, die an einem Stand am Rand des Platzes verkauft wurden. Ein älterer Herr mit Baskenmütze drückte mir ein Informationsblatt über den neuen *Conseil d'Alsace* in die Hand.

»Der elsässische Landrat« verleihe erstmals dem gesamten Elsass sowie seiner teils deutschsprachigen Bevölkerung eine wirkungsvolle politische Vertretung und schaffe damit die Voraussetzungen zur Stärkung der »elsässischen Identität«. Weitere Schritte sollten folgen, etwa die Aufwertung der deutschen Sprache, konnte ich lesen. Das Ziel sei letztlich eine Autonomie, wie sie die norditalienische Provinz Südtirol besitze.

Eine gute oder schlechte Entwicklung? Wie sollte es weitergehen im Europa der Regionen? Wie die Separatisten kleinhalten? Wie viel Autonomie durfte sein, um nicht in der Kleinstaaterei von Ex-Jugoslawien zu enden? Beim Gedanken an den jüngsten europäischen Krieg, der dazu geführt hatte, wurde mir ganz übel.

Aber die Elsässer waren genau wie die Badener keine, die Kriege anzettelten, sie hatten sich nie dazu berufen gefühlt, Reiche und Nationen zu gründen. »Lokaldemokraten« nannte André Weckmann sie. Antoinettes Lieblingsdichter, auch er ein *Malgré-nous*-Soldat übrigens, der auf Elsasserditsch, Deutsch und

Französisch schrieb. Ein Kosmopolit, der von einer Alemannischen Internationalen träumte. Schweizer, Badener, Elsässer, durch ihre gemeinsame Sprache verbunden, sollten politisch und kulturell enger zusammenwachsen. Gleichzeitig bodenständig und weltoffen, so hatte er die Alemannen gesehen.

Und es gab ja auch schon viel Grenzübergreifendes. Nicht nur das Gemeinsame Zentrum für Polizeiarbeit, auch eines für wirtschaftliche Zusammenarbeit existierte, zudem viele Gemeinde-Partnerschaften, Kooperationen von Kindergärten und Schulen, die Möglichkeit, eine Ausbildung sowohl im Badischen als auch im Elsass zu machen, und noch vieles mehr. Mit »Ä Fruehjohr für unsere Sproch« gab es eine große Bewegung zur Förderung des Elsasserditsch.

Gleichzeitig aber lernten links und rechts des Rheins immer weniger Schüler Französisch beziehungsweise Deutsch, und das Elsasserditsch verschwand mehr und mehr aus dem Alltag. Würde also die gemeinsame Sprache, die die drei Länder am Oberrhein verband, dem Geist der Globalisierung geopfert werden? Würden sich Badener und Elsässer in zwanzig Jahren auf Englisch verständigen müssen?

Auf der Fahrt nach Schlettstadt wurden die Gedanken von einer Alemannischen Internationalen schnell wieder von persönlichen verdrängt. Was wollte Sandrine mir zeigen? Ich dämpfte meine Hoffnung, dass sie einen entscheidenden Hinweis gefunden haben könnte, auf ein Minimum ein und gab Gas. In der Ferne schimmerten die Vogesen im gleichen Blau wie der Schwarzwald, wenn man auf deutscher Seite durch die Rheinebene fuhr. Die Orte in den Tälern, kleine Farbtupfen im milchigen Bergblau, flogen an mir vorbei. Schon von Weitem erkannte ich die Ruine der Ortenburg. Schwarz hoben sich der Turm und die Reste der Burgmauer vom Blau der Berge ab. Ich drosselte das Tempo und verließ die Autobahn in Schlettstadt. Die Strecke bis Scherwiller nun schon vertraut, zum Schluss das kurze Stück durch die Weinberge, dann bog ich bei der Kapelle am Tannenhues zu Lucs Hof ab.

Die beiden Australierinnen spritzten mit großen Gartenschläuchen Bottiche sauber, als ich den Wagen auf dem Kies vor dem

Haus parkte. Sie sahen kurz auf, arbeiteten aber weiter, als Sandrine mir vom Carport her zuwinkte. Breitbeinig saß sie auf einer Bierbank, trug eine sehr weite schwarze Latzhose, und ihre Frisur wurde diesmal von einem Totenkopftuch zusammengehalten. Ihr Kajalstift war heute in der Schublade geblieben, überhaupt hatte sie noch keinerlei Schminke benutzt. Erst jetzt sah ich, wie jung sie war. Wie schön ihre Augen glänzten, wenn sie diese nicht schwarz zukleisterte!

»Das ging aber schnell«, staunte sie. »Sie müssen ja sämtliche Geschwindigkeitsrekorde gebrochen haben.«

»Ich war schon in Straßburg«, erklärte ich und schaute fragend auf die mit Rebscheren gefüllte Kiste zu ihren Füßen.

»Ich muss alle Rebscheren ausprobieren und die kaputten aussortieren. Damit sie in Ordnung sind, wenn die Lesehelfer kommen. Wissen Sie, es stehen jetzt all die Vorbereitungen für die Lese an: Bottiche säubern, Rebscheren und die Geschirre für den Traubentransport kontrollieren, wenigstens das können wir ohne Dad erledigen. Aber für die ganzen Maschinen im Keller brauchen wir ihn. Und dann sind da noch Pépés Reben! Jakub und Katjuscha machen erst mal weiter wie bisher. Ich kann doch da nichts entscheiden, das muss Dad tun. Dad muss ganz schnell wieder ...«

Ihre Sätze sprudelten immer hastiger heraus, am Ende überschlugen sich die Worte. Schon die ganze Zeit hatte sie mit dem Fuß gegen die Scherenkiste gekickt, wieder und wieder tat sie das, bis die Kiste umkippte, und dann sah sie mich an, als wäre alles meine Schuld.

Ich stellte die Kiste wieder auf, sammelte die herausgefallenen Scheren ein, setzte mich neben Sandrine auf die Bank, nahm eine der Scheren aus der Kiste, öffnete den Verschluss, drückte die Griffe ein paarmal in der Hand zusammen und prüfte die Schärfe der Klingen.

»Die würde ich zu den Guten tun«, sagte ich und reichte sie an Sandrine weiter. »Ich nehme an, der Scherenschleifer kommt noch?«

Mit einem Schulterzucken nahm Sandrine mir die Schere ab, legte sie in eine Kiste hinter der Bank, die ich bisher noch nicht gesehen hatte, griff sich dann ihrerseits eine weitere Schere. Und so arbeiteten wir, bis die Scheren alle kontrolliert waren. Ob es das war, was sie mir zeigen wollte? Ihre Überforderung? Das Fehlen von Luc nicht nur als Vater, sondern auch als Chef des Winzerbetriebes? Ich fragte nach weiterer Familie, nach guten Freunden, nach Kollegen, die eventuell einspringen, hilfreich zur Seite stehen könnten. Sandrine nannte ein paar Namen, bemerkte sarkastisch, dass sie schon nicht verdursten und verhungern würde, behauptete, dass Betty und Suzan schon sehr viel von Weinbau verstanden.

Auch wenn es ihr gelang, ihre Stimme wieder flapsig klingen zu lassen, die Angst, die sich auf ihre Haut und ihre Seele gelegt hatte, verschwand nicht. Jedes Tier hätte sie riechen können und instinktiv gewusst, dass das Mädchen leichte Beute war. Verstört, überfordert, alleingelassen. Es wurde höchste Zeit, dass Luc zurückkam.

Motorradlärm zauberte ein Lächeln auf Sandrines Gesicht. Der Fahrer brachte seine Maschine im knirschenden Kies zum Stehen, nahm seinen Helm ab, hängte ihn an den Lenker und lief dann auf uns zu. Ich erkannte ihn wieder. Er war das Kraftpaket aus der Wäschekammer. Im Gehen öffnete er seine Lederjacke, zeigte unter dem engen T-Shirt sein hart antrainiertes Sixpack, ließ die Armmuskeln spielen, kickte mit den strammen, in engen Jeans steckenden Beinen einen Stein aus dem Weg, führte so in wenigen Sekunden all die überschüssige Kraft vor, die in diesem Jungmännerkörper steckte. Umso überraschender dann die leise Stimme, mit der er Sandrine begrüßte. Auch der Kuss, der folgte, nicht herrisch oder besitzergreifend, sondern ganz zart, fast ein bisschen unbeholfen, linkisch, und der Blick, mit dem er das Mädchen liebkoste, aus Milch und Honig. Ich hatte ja erlebt, was für eine unberechenbare Kraftmaschine der Kerl war, aber hier gab er sich völlig handzahm. Wahrscheinlich hätte selbst ein Blinder bemerkt, wie verliebt der Junge in die Kleine war.

»Das ist Dominique«, erklärte sie. »Und das ist …« Sie sah mich fragend an.

»Katharina«, sagte ich.

Kein Händedruck, nur ein kurzes Kopfnicken. Auch er erinnerte sich, dass er mich schon mal gesehen hatte. Ob es ihm peinlich oder er stolz darauf war, dass ich ihn Handtücher werfend und später von zwei Gendarmen niedergerungen gesehen hatte, konnte ich seinem Blick nicht entnehmen. Milch und Honig jedenfalls schüttete er über mich nicht aus, eher eine geballte Ladung Misstrauen.

»Zeig's ihr!«, befahl ihm Sandrine, und als er zögerte, drängte sie: »Los, mach! Wir haben nichts zu verlieren.«

Er griff in seine hintere rechte Hosentasche, holte Zeitungspapier heraus, faltete es auseinander und legte es neben mich auf die Bierbank. Das Gruppenfoto von der Place de la Libération aus dem Acher und Bühler Boten, das FK seinem Artikel über die Fünfundvierzigjahrfeier angehängt hatte. Das Foto, mit dessen Hilfe Joe den Hellsass Devils erklärt hatte, wer wer war.

»Je l'ai vu!«, sagte er und deutete mit dem Finger auf Felix Ketterer, der versteckt zwischen Sophie und Pascal in der dritten Reihe stand.

»Ich habe ihn gesehen«, so viel verstand ich noch, aber dann redete Dominique in einem so schnellen und wirren Französisch weiter, dass Sandrine übersetzen musste.

Dominique hatte Felix rauchend neben dem Haus von Emile Murnier stehen sehen, weil er, im Gegensatz zu den restlichen Hellsass Devils, am Festabend die schmale Straße zur *Salle polyvalente* gefahren war. Der Mann war ihm aufgefallen, weil niemand im Dorf auf jemanden wartete, höchstens mal ein Betrunkener durch die Straßen torkelte, alle anderen um diese Zeit schnell nach Hause gingen. Nur eine kurze Impression aus dem Augenwinkel, die glimmende Zigarette, im Licht des Motorradscheinwerfers ein kurzer Blick ins Gesicht, mehr nicht. Er hatte dem Mann keine weitere Beachtung geschenkt. Er wollte doch mit den anderen gleichzeitig auf der Place de la Libération ankommen.

Der Typ war schon vergessen, als die Hellsass Devils gemeinsam die Maschinen aufheulen ließen, bevor sie die *Salle polyvalente* enterten. Am nächsten Morgen, als die *keufs* die Hellsass Devils zum Verhör holten, war ihm der Mann wieder eingefallen, aber er hatte nur eine vage Beschreibung abgeben können und überhaupt: Die *flics* glaubten doch immer, dass er log. War ihm normalerweise ziemlich egal, zudem er für die Nacht ein Alibi hatte.

Der kurze, verräterische Blickwechsel zwischen den beiden machte mir klar, dass vor mir das dritte Paar stand, das in der Festnacht miteinander geschlafen hatte. Ob sie die sturmfreie Bude im Hause Murnier fürs erste Mal genutzt hatten? Ob sie schon länger miteinander schliefen? Wie stand Luc als Vater dazu? Himmel! Komm runter von dem Trip, schimpfte ich mich aus. Du bist nicht die Mutter der Kleinen, das alles geht dich nichts an.

»Erst als mein Vater verdächtigt wurde«, übersetzte Sandrine weiter, »ist Dominique der Sache nachgegangen.« Er hatte sich von Joe das Foto und den Namen besorgt, ging freiwillig zur Gendarmerie. – Alles nur für Sandrine, die gerührt kicherte, als sie diesen Satz übersetzte. – Die *flics* hatten auch alles aufgenommen, aber eher pro forma. Einem Hellsass Devil glaubten die erst mal gar nichts.

Während Dominique weiterredete und Sandrine übersetzte, starrte ich das Foto an. Felix, schüchtern lächelnd im Schatten von Sophie. Felix, der Mann mit dem Hundeblick, Felix, der keiner Fliege etwas zuleide tun konnte, Felix, der Junge mit den MAOAM-Küssen. Ich hatte kein Problem, mir vorzustellen, wie er rauchend und versteckt in einer Ecke stand oder wie er Leute beobachtete. Nur, was wollte Felix von Murnier, einem Mann, den er überhaupt nicht kannte? Wollte etwa er die alte offene Rechnung begleichen, von der Joe gesprochen hatte?

Von einer alten oder offenen Rechnung wisse Dominique nichts, übersetzte Sandrine.

»Und jetzt«, erzählte sie aufgeregt weiter, »kommt die größte Überraschung. Als Dominique mir gestern Abend den Mann auf dem Foto gezeigt hat, wusste ich, dass ich ihn schon mal gesehen habe. Nicht auf dem Fest, auf der Straße, ist schon ein paar Wochen her. Ich war auf dem Rückweg von Pépé nach Hause, da hat ein Auto neben mir angehalten, und der Fahrer hat sich nach dem Weingut von Emile Murnier erkundigt. Ich erklärte ihm den Weg, habe ihn für einen Weinkäufer gehalten, mir nichts dabei gedacht, bis Pascal gestern mit dem Foto ankam. Der Fahrer war dieser Felix Ketterer, da bin ich mir ganz sicher.«

Vor Staunen brachte ich erst keinen Ton heraus, und um mich zu vergewissern, dass ich mich nicht verhört hatte, fragte ich ein paarmal: »Bist du sicher? Bist du wirklich sicher?«

Sandrine nickte, hob theatralisch die Hand zum Schwur, und ich dachte wieder an Felix. Felix, der behauptet hatte, Emile Murnier nicht zu kennen und vor dem Fest noch nie in Scherwiller gewesen zu sein. Er hatte gelogen. Warum? Welche Verbindung zu Murnier musste geheim bleiben? In meinem Kopf tauchte wieder das Foto von Martha, Murnier und Gerti auf. Es war die einzige Verbindung, die ich kannte. Wenn Felix wegen Murnier gelogen hatte, wieso sollte ich ihm dann glauben, dass er von dem Treffen 1967 nichts wusste?

»Kurzum. Wir glauben, dieser Felix hat Pépé umgebracht!«

Sandrine wartete gespannt auf meine Reaktion. Es machte keinen Sinn, ihr und Dominique zu verschweigen, dass Felix tot war. Wenn die Nachricht nicht schon über den Rhein geschwappt war, würde man spätestens morgen in den elsässischen Zeitungen über die Leiche im Fautenbach lesen können.

»Merde!«

Dominique reagierte als Erster. Er trat gegen die leere Scherenkiste und kickte sie hinaus auf den Kies. Sandrine sah mich an, wie man Überbringer schlechter Nachrichten ansah, die man am liebsten umbringen wollte, und brüllte: »Wenn dieser Felix Ketterer Pépé wirklich umgebracht hat, wie kann man das jetzt noch beweisen?«

Dann strafte sie mich mit Nichtachtung und redete auf Dominique in einem verdammt schnell gesprochenen Französisch ein. Ich verstand nur einzelne Brocken, immer wieder war von den Hellsass Devils die Rede. Hatten sie etwa schon einen Besuch bei Felix geplant, um ihn zum Reden zu bringen? Damit die Hellsass Devils aus der Schusslinie gerieten? Hatte Sandrine durch ein erzwungenes Geständnis von Felix Lucs Unschuld beweisen wollen? Ich schwor mir, mein Französisch so schnell wie möglich aufzufrischen.

»Das bringt alles nichts. Damit bringt ihr euch nur in Schwierigkeiten«, behauptete ich auf Deutsch und hatte damit zumindest Sandrines Aufmerksamkeit wieder.

Ich behauptete weiter, dass es Möglichkeiten gab, auch einem Toten einen Mord nachzuweisen, und beteuerte die Wichtigkeit ihrer Beobachtungen. Ich bat Sandrine, ihrerseits zur Gendarmerie zu gehen und dort zu erzählen, dass sie Felix bereits vier Wochen vor dem Fest in Scherwiller gesehen hatte. Vielleicht war sie nicht die Einzige gewesen, bei der sich Felix nach Emiles Weingut erkundigt hatte. Ich bat die beiden, sich im Dorf umzuhören, um das herauszufinden, und auf gar keinen Fall irgendetwas Unüberlegtes zu tun.

Denn ich musste zurück nach Deutschland. Zu der Informationsquelle, die mir so nah und so unzugänglich wie sonst keine war: Martha. Sie hielt den Schlüssel in der Hand. Alle Fährten führten zu ihr.

ACHTZEHN

Ich nahm den schnellsten Weg zurück. Autobahn, Pierre-Pflimlin-Brücke, Autobahn. Um mich zu beruhigen, legte ich den alten Louis Armstrong in den CD-Player. *»Stars Fell On Alabama«* hörte ich, gefolgt von Ellas *»Summertime«* und anderen Jazz-Sommerstücken, die ich mir mal zusammengestellt hatte.

Aber die Gedanken ließen mich nicht in Ruhe, sie trieben mich zur Festnacht zurück: Felix, der rauchend vor Murniers Weingut wartet, Emile nach seinem Streit mit Sajdowski auf dem Weg dahin, die Hellsass Devils auf ihren lärmenden Maschinen, Luc und ich auf dem Weg ins Hotel. Die Hellsass Devils, die den Saal aufmischen, Luc und ich, die wir kaum erwarten können, endlich ins Bett zu kommen, Felix und Murnier treffen aufeinander. – Felix, wann habe ich ihn auf dem Fest zum letzten Mal gesehen? Auf dem Weg zu den Toiletten prostet er mir zu, gemeinsam mit Sophie, gut gelaunt, wie ich finde, aber sehe ich zu diesem Zeitpunkt nicht schon alles durch eine rosarote Brille? – Und Murnier nach dem Streit mit Sajdowski? Ist er wütend oder nur müde? Sauer, weil er bei keiner Frau hat landen können? Oder ist er etwa – man darf nichts ausschließen – so spät noch mit Felix verabredet? Ich sehe den wartenden Felix, und ich sehe den alten Mann. Torkelt er? Oder ist er nur erschöpft? Und dann? Tritt Felix aus dem Schatten und sagt … Was? Und der Alte, sagt er: Hau ab. Lass mich in Ruhe. Verpiss dich? Und Felix? Trollt er sich? Schubst er den Mann? Stürzt er dabei auf den Fußabtreter? Aber warum sollte Felix ihn schubsen? Was hat der Alte ihm getan? Felix ist doch keiner, der sein Mütchen kühlen will, er ist keiner, der angreift, er ist ein Schattenmann. Und wieder von vorne. Ich sehe Murnier, ich sehe Felix, Felix bleibt in der Ecke stehen, Murnier torkelt herbei. Ja, er torkelt, und er ist wütend. Und was passiert dann? Ich kann es nicht sehen. Denn zwischen die Bilder der beiden mischen sich die von Luc und mir, wie wir uns im Bett wälzen, gierig den anderen erkunden, nichts kennen außer uns beiden.

Setz an einem anderen Punkt an, geh zurück! Das Foto

von 1967. Zwei Freundinnen, und zwischen ihnen ein Franzose, den sie gerade kennengelernt haben. Alle drei sind gut gelaunt. Im Hintergrund Stuhl- und Sitzreihen in einem vollen Festsaal. Also ist das Bild abends beim Feiern entstanden, das Fußballspiel längst gelaufen. Nach dem Fußballspiel hat Murnier Hubert Ketterer nicht mal die Hand gereicht, ein paar Stunden später umarmt er dessen Frau. Im Laufe des Abends macht er Martha an, aber die ist so in Edgar verliebt, dass sie ihn nicht mal abblitzen lassen muss, sie nimmt Murnier gar nicht wahr. Sitzen sie alle zusammen an einem Tisch: die Ketterers, die Murniers, meine Eltern? Fordern die Herren die Frauen der anderen zum Tanz auf? Redet Ernestine, die scheue Frau von Emile, mit Gerti? Gibt es in einem Scherwiller-Album ein Foto, das Ernestine mit Hubert zeigt? Feiern sie lange? Trinken sie viel? Worüber reden sie? Wie gehen sie nach Hause? Gerti mit Ernestine und Hubert mit Emile oder Gerti mit Emile und Hubert mit Ernestine oder Gerti und Hubert und Ernestine und Emile? Hat man sich im Haus noch einmal auf einen Quetsch oder Kirsch zusammengesetzt, oder ist man direkt schlafen gegangen? – Martha musste das wissen. Wenn sie doch endlich reden würde!

Wieder zurück zum Fest am letzten Samstag. Der wartende Felix, der ankommende Emile. Bleibt Felix im Schatten? Unternimmt er überhaupt nichts? Beobachtet er nur, wie ein anderer kommt, mit Murnier in Streit gerät, diesen zu Boden schlägt? Muss Felix sterben, weil er Murniers Mörder erkannt hat?

Fragen, immer neue Fragen, es war zum Verrücktwerden. Als ich zwischen Appenweier und Achern in einen kleinen Stau geriet, rief ich FK an, wollte wissen, ob er schon mit Martha geredet hatte.

»Wunder dauern etwas länger, und das von Meißenheim hat besonders lang gedauert. Ich bin erst auf dem Weg zurück nach Achern«, kam als Antwort.

Es wäre auch zu schön gewesen, wenn FK einmal, nur einmal, einer Bitte von mir nachgekommen wäre.

»Du hast nicht zum heiligen Cyriak gebetet. Immer diese Ungeduld«, nörgelte er.

»Ich zumindest habe Neuigkeiten, und die hätte ich nicht, wenn ich wie du Däumchen drehen würde«, gab ich retour und erzählte von den Gesprächen mit Sandrine, Antoinette und Dominique.

Mit kurzen, überraschten Zwischenbemerkungen kommentierte FK meine Erzählung. Ich hatte seine volle Aufmerksamkeit. Wie eine gute Dramaturgin hob ich mir Sandrines und Dominiques Felix-Geschichten bis zum Schluss auf.

Danach herrschte erst mal Schweigen, und dann kam: »Aber ich habe Felix doch im Festsaal gesehen, nachdem die Hellsass Devils wieder abgerauscht waren. Er hat kaputte Gläser eingesammelt und in die Küche gebracht.«

Felix war also, nachdem ihn Dominique vor Murniers Haus gesehen hatte, zum Fest zurückgekehrt. Was war in der Zwischenzeit passiert? FK hatte nicht den leisesten Schimmer.

»Ich habe über dieses Foto nachgedacht«, wechselte er das Thema, »bin mal davon ausgegangen, dass es tatsächlich etwas bedeutet. Dann habe ich an Gerti gedacht, an ihre Krankheit, daran, dass sie wusste, dass sie bald sterben musste. Was – lach mich nicht aus, es klingt so melodramatisch –, wenn sie auf dem Sterbebett reinen Tisch gemacht hat? Dem Sohn ein Geheimnis anvertraute, das sie nicht mit in den Tod nehmen wollte?«

Klingt tatsächlich melodramatisch, dachte ich und hoffte gleichzeitig, dass dies der Schlüssel sein könnte, um endlich Marthas Schweigen zu brechen.

»Ich bin in zehn Minuten in Fautenbach, ich spreche darüber mit Martha. Und wenn sie immer noch nicht auspackt, musst du sie zum Reden bringen.«

»Untersteh dich, mich als Inquisitor aufzubauen!«, drohte mir FK. »Ich will in der Linde weiter mein Bier trinken.«

Ich parkte auf dem Rathausplatz, denn da, wo ich normalerweise das Auto abstellte, stand ein dunkler Kombi mit Offenburger Nummer. Ich nahm den schmalen Weg zum Hintereingang. Martha stand am offenen Küchenfenster. Als sie mich bemerkte, erschrak sie. Mit den Händen winkte sie mich weg. Ich sollte endgültig verschwinden. Jetzt drehte sie wirklich durch! Na warte, dachte ich.

Ich nahm beherzt die Stufen vom Hintereingang zur Küche hoch und riss die Tür auf. Martha wartete direkt dahinter.

»Hau ab!«, zischte sie. »Fahr zurück nach Köln, mach, dass du fortkommst!«

Sie schob mich nach draußen, aber ich war stärker als sie und drängte uns beide in die Küche zurück. Bei dieser Rangelei irritierte mich, dass es Angst war, die ich in ihren Augen sah. Kein Trotz, keine Wut, keine Besserwisserei.

»Mama!« Ich rüttelte sie an den Schultern, als könnte sie das zur Besinnung bringen. »Sag endlich, was du weißt. Was wollte Felix von Murnier? Was hat er mit ihm zu schaffen?«

»Du steckst schon in Teufels Küche. Hau ab, solange du noch kannst«, flüsterte sie und versuchte, mich wieder nach draußen zu drängen.

»Verdammt. Jetzt hör auf mit dem Theater!«, brüllte ich. »Ich lass mich nicht länger für dumm verkaufen!«

»Wir uns auch nicht«, sagte da eine fremde Stimme.

Als ich aufblickte, standen in der Tür, die zur Gaststube führte, die zwei Polizisten, die mich vor ein paar Tagen zum Mord an Murnier befragt hatten. Der ältere hatte gesprochen. Er hieß Hodapp, erinnerte ich mich, und der junge Wadenbeißer neben ihm Stechele. Stechele hielt eine Plastiktüte in der Hand und hatte ein triumphierendes Glitzern in den Augen. Hodapps Blick war undurchdringlich, und Marthas Blick sagte: Jetzt siehst du, was du davon hast, dass du nie auf mich hörst.

»Bitte begleiten Sie uns zum Polizeirevier«, sagte Hodapp in einem Ton, der deutlich machte, dass es sich nicht um eine Bitte, sondern um einen Befehl handelte. »Unser Wagen steht vor der Tür.«

Sie fuhren mich nach Achern, was mich grundlos erleichterte. Besser als Offenburg, nur ein Revier, zur Not kann ich von dort aus zu Fuß nach Hause gehen, schoss es mir durch den Kopf. Im Wagen herrschte Schweigen, dafür drang das geschäftige Feierabendtreiben auf der Hauptstraße umso lauter ins Auto hinein. Auf dem Bürgersteig schlängelten sich Leute mit Einkaufstaschen an Blumenständen und Ramschtischen vorbei, vor der Zufahrt zum Adlerplatz stauten sich die Autos. Als mein Blick am Rathausplatz ein fröhliches Frauengrüppchen streifte, das mit einer Flasche Sekt den Beginn des Wochenendes oder sonst etwas feierte, kam ich mir plötzlich wie auf der Fahrt zum Schafott vor. Warum befragten sie mich nicht wie beim letzten Mal in der Linde? Warum nahmen sie mich mit auf die Wache?

Das neue Polizeirevier lag verkehrsgünstig am Kreisverkehr nach Sasbach und Sasbachwalden, der propere Neubau strahlte Bürgernähe aus. Hodapp hielt mir die Eingangstür auf, Stechele folgte auf dem Fuß. Wie einen Sträfling umrahmten sie mich beim Gang durch einen langen Flur. Hodapp, etwa einen halben Kopf kleiner als ich, ging links, Stechele, der etwa meine Größe hatte, rechts von mir. Hodapp sonderte einen herben Männerduft ab, und Stechele hielt immer noch die Plastiktüte in der Hand. Sie setzten mich in ein spärlich möbliertes Zimmer – ein Tisch, vier Stühle – und baten mich zu warten.

Der Raum lag auf der Straßenseite. Durch zwei gekippte Fenster krochen die Geräusche von Abbremsen und Losfahren im Kreisverkehr herein. Die gegenüberliegende Wand zierten zwei beliebige Blumenbilder, wahrscheinlich einem Katalog für Standardmöblierung von Wartezimmern entsprungen. Eine Sommerwiese mit Mohn- und Kornblumen auf dem einen, ein Sonnenblumenacker auf dem anderen Bild. Wollte man die »Kunden« durch so harmlose Bildchen in Sicherheit wiegen? Oder waren die Bilder nur eine profane Übergangslösung für die weiße Wand eines Neubaus? Denn im ganzen Raum hing noch dieser typische Neubaugeruch von Farbe und Fußkleber, und bestimmt übertünchte dieser noch den Gestank aus Angst, Schweiß und Lügen, der sich in jedem Verhörzimmer festsetzte.

Hodapp und Stechele kehrten mit zwei Bechern Kaffee, einer Tüte Fast Food und einem Schnellhefter zurück. Auch Stecheles Plastiktüte brachten sie mit. Sie setzten sich an den Tisch, forderten mich auf, auf der gegenüberliegenden Seite Platz zu nehmen. Ein bisschen Geplänkel, die üblichen Formalien, dann legten sie los.

Wie ein Zauberlehrling, der es nicht erwarten kann, seine frisch erlernten Tricks zu zeigen, griff Stechele in die Plastiktüte und stellte meine lehmverschmierten Turnschuhe auf den Tisch.

»Kennen Sie diese Schuhe?«

»Natürlich. Ich habe sie in den Müll geworfen.« Ich erzählte, wieso und warum. Ich hatte nicht vor, zu lügen, wollte nur nicht alles auf den Tisch legen.

»Sie sind also von Mösbach her kommend durch die hohle Gasse gefahren, mussten dann einem Radfahrer ausweichen und sind so im Mais gelandet«, fasste Hodapp meinen Bericht zusammen.

Ich nickte bestätigend.

»Und dann?«, fragte Stechele lauernd. »Was haben Sie dann gemacht?«

Ich erzählte, wie ich den toten Felix gefunden hatte. »Er lag mitten im Bach, genau wie Murnier. Ich habe ihn aus dem Wasser gezogen. Ich habe mich gefragt, ob er noch lebt, ich konnte doch nicht warten, bis der Notarzt kommt. Wenn ich gewusst hätte, dass er schon tot war, hätte ich ihn nicht angerührt.«

»Ich möchte noch einmal zu Ihrem erzwungenen Halt im Maisfeld zurückkommen«, warf Hodapp ein. »Sie sind ausgestiegen und registrierten, dass Sie feststeckten. Sie haben aber zunächst nichts unternommen, um den Wagen frei zu kriegen, sondern sind um das Maisfeld herum, am Rückhaltebecken vorbei circa dreihundert Meter zum Bach gelaufen. Warum?«

Weil Martha von dort gekommen war, weil ich wissen wollte, wo sie gewesen war. »Wissen Sie, ich war ziemlich betrunken, und in so einem Zustand macht man manchmal Unsinn. Ich habe mich gewundert, dass der Radfahrer …«

»Sind Sie sicher, dass es ein Mann war?«, unterbrach mich Stechele.

Wie war das? Wenn man log, sollte man so nah wie möglich an der Wahrheit bleiben. »Nein, es war eine Frau.«

»Alt oder jung? Dick oder dünn? Groß oder klein?«

»Eher groß und kräftig«, gab ich preis.

»Jemand, den Sie kannten?«

»Ich habe das Rad zu kurz gesehen, um jemanden zu erkennen«, redete ich mich raus.

Die beiden verschränkten ihre Blicke ineinander. Sie mussten sich gut kennen, wenn sie sich so verständigen konnten. Aber sie konnten nicht wissen, dass Martha die Radlerin war. Die hatte darüber mit Sicherheit keinen Pieps gesagt.

»Mein Kollege hat Sie unterbrochen«, fuhr Hodapp fort. »Über was hatten Sie sich gewundert?«

»Darüber, dass die Radfahrerin nicht angehalten hat. Ich habe ihr noch hinterhergerufen, aber sie hat nicht reagiert. Da wollte ich nachsehen, wo sie herkam. Am Bach wurde mir schwindelig, ich musste mich am Geländer festhalten. Es war Zufall, dass ich in den Bach gesehen und den Toten entdeckt habe.«

Die zwei sahen sich an und mich an, und mir war klar, dass sie mir das nicht glaubten.

»Ich gebe zu, es klingt unwahrscheinlich, aber genauso war's.«

»Viel unwahrscheinlicher ist, dass Sie den Weg einer Ihnen fremden Radfahrerin zurückverfolgt haben«, warf Hodapp ein. »Warum hätten Sie das tun sollen? Dieses Verhalten macht nur Sinn, wenn Sie die Radlerin gekannt hätten. Ich frage Sie also noch einmal: Sind Sie sicher, dass Sie die Radlerin nicht erkannt haben?«

»Die Identität der Radlerin wäre auch hilfreich für uns, um Ihre Aussage zu bestätigen«, ergänzte Stechele.

»Tut mir leid. Es war zu dunkel und ich zu besoffen.« Ich hoffte, dass es mir Martha irgendwann mal danken würde, dass ich sie aus der Sache heraushielt.

Beide schauten sich wieder an, verständigten sich mit Blicken über die Fortsetzung des Verhörs oder was auch immer. Hodapp blätterte in dem Schnellhefter, und Stechele packte die Schuhe in die eine und friemelte einen Döner aus der zweiten Plastiktüte.

»Nachdem Sie festgestellt hatten, dass Felix Ketterer tot war, was haben Sie dann getan?«

Ich ritt ausführlich auf meinem betrunkenen Zustand herum. Der musste für meine Verwirrung herhalten, dafür, dass ich die Polizei nicht sofort benachrichtigt, sondern erst später durch einen anonymen Anruf von dem Leichenfund erzählt hatte.

Keiner der beiden ging auf meine Geschichten ein.

»Nach dem jetzigen Stand unserer Ermittlungen sind Sie die Letzte, die Felix Ketterer gesprochen hat«, machte Hodapp weiter. »In der Pause der Vorstellung von ›Der zerbrochene Krug‹. Ist das richtig?«

Das bestätigte ich und erzählte auch wahrheitsgemäß von meinem Gespräch mit Felix.

»Dieses Foto von 1967. Warum haben Sie das bei unserem ersten Gespräch nicht erwähnt?«, wollte Stechele zwischen zwei Döner-Bissen wissen.

»Ich habe ihm keine Bedeutung beigemessen. Es ist mir wieder eingefallen, als ich Felix begegnet bin. Er kannte das Foto nicht. Aber er hat auch behauptet, dass er nur einmal in Scherwiller war, und das stimmt nicht. Bei Sandrine Murnier hat er sich vier Wochen davor nach dem Weingut von Emile Murnier erkundigt, und Dominique, den Nachnamen weiß ich nicht, einer von den Hellsass Devils, hat Felix am Festabend kurz vor ein Uhr morgens vor dem Weingut Murnier warten sehen. Jetzt frage ich Sie, warum hat Felix gelogen? Was hat Felix von Murnier gewollt?«

»Und wir fragen Sie, was Felix Ketterer nach dem Gespräch mit Ihnen gemacht hat.« Stechele wischte sich mit der Papierserviette einen Zwiebelring aus dem Mundwinkel. Der ganze Raum stank nach Zwiebeln.

»Er ist im Biergarten zwischen all den Pausengästen verschwunden«, erklärte ich. »Aber es ist doch merkwürdig, dass Felix sich bereits vier Wochen zuvor mit Murnier treffen wollte oder getroffen hat. Ich finde, Sie sollten der Sache unbedingt nachgehen.«

»Wer behauptet das? Sandrine Murnier, die Tochter von Luc Murnier, richtig? Und Dominique Guntz ...« Hodapp blätterte in seinen Unterlagen. »Ist der Freund von Sandrine, nicht wahr?«

»Berichten Sie uns, was Sie nach dem Gespräch mit Ketterer gemacht haben«, schmatzte Stechele zwischen zwei Bissen. Er nahm den Mund gern voll.

Ich erzählte alles bis zu dem Stopp im Maisfeld. Dabei konnte ich Stechele kaum ansehen. Der biss ungeniert weiter in seinen Döner, kaute mit fetten Hamsterbacken, störte sich nicht daran, dass ihm Joghurtsoße über das Kinn lief und Rotkohlschnipsel aus den Mundwinkeln lugten. Ich hatte mal gelesen, dass sich Polizisten arbeitsbedingt hauptsächlich von Fast Food ernährten, und ich wusste, wie schwer es war, einen Döner ohne Schlabbern zu essen. Aber einer Köchin wie mir tat es in der Seele weh, jemanden so futtern zu sehen.

»Gab es einen Grund, warum Sie an dem Abend dem Schnaps so zusprachen?«, wollte Hodapp wissen.

»Ich habe erfahren, dass man Luc Murnier festgenommen hat. *Garde à vue* oder wie das heißt.«

Die zwei wechselten wieder mehrdeutige Blicke. Während sich

Hodapp in seine Unterlagen vertiefte, beugte sich Stechele über den Tisch und blies mir seinen Zwiebelatem ins Gesicht.

»Würden Sie sagen, dass Sie in Luc Murnier verliebt sind?«

»Ja«, sagte ich, lehnte mich zurück und wedelte gegen die Zwiebeln an.

Stechele lächelte schmierig. »Wir fragen uns jetzt, wie weit Sie aus Liebe gehen …«

Hodapp schnitt ihm mit einem Blick das Wort ab und signalisierte mit der Hand, dass Stechele sich zurückhalten sollte. »Wie Sie bereits wissen, haben die französischen Kollegen Luc Murnier festgenommen, nachdem ein Zeuge …«

»Zeuge oder Zeugin?«, wollte ich wissen.

»Nachdem ein Zeuge Luc Murnier im Aubach über die Leiche seines Vaters gebeugt gesehen hat«, überging Hodapp meinen Einwurf. »Diese Zeugenaussage widerspricht der Ihren. Sie behaupten, Luc Murnier habe die ganze Nacht neben Ihnen gelegen.«

»Das stimmt auch.«

»Sie haben also nicht geschlafen?« Stechele zündete sein Bömbchen mit großem Vergnügen.

»Doch. Aber ich wäre aufgewacht, wenn er gegangen wäre«, behauptete ich.

»Haben Sie an dem Abend viel Riesling getrunken?«, wollte Hodapp wissen und fuhr, nachdem ich das bestätigt hatte, fort: »Gerade haben Sie uns erzählt, wie sehr der Alkohol Sie verwirrt hat, dass er der Grund war, warum Sie beim Auffinden von Ketterers Leiche nicht das Nächstliegende getan haben. Aber in der Nacht mit Murnier hat der Riesling Sie nicht verwirrt, da hat er Sie nicht in einen alkoholbedingten Tiefschlaf versetzt, da wollen Sie gemerkt haben, dass der Mann in Ihrem Bett nicht aufgestanden ist?«

»Er war es nicht.« Ich wusste, dass es falsch war, das zu sagen, aber ich konnte nicht anders. Hodapp hatte meine Achillesferse getroffen. Vorbei die Sicherheit, nur das preiszugeben, was ich preisgeben wollte, vorbei die Gewissheit, Luc entlasten zu können. Plötzlich hatte ich den Eindruck, in diesem Raum zu ersticken, mein Mund war mit einem Mal ganz ausgetrocknet.

»Kann ich ein Glas Wasser haben?«

»Hat Ihnen Luc Murnier von seinen Schulden bei der Crédit Lyonnais erzählt?«, wollte Stechele wissen.

»Warum hätte er das tun sollen?«

»Weil er sie nicht bezahlen kann. Deshalb.«

»Frau Schweitzer!« Jetzt beugte sich Hodapp über den Tisch und legte eine väterliche Gutmütigkeit in seinen Blick. »Haben Sie sich schon einmal gefragt, ob Luc Murnier Sie benutzt haben könnte? Sie selbst haben erzählt, dass Sie ihn erst an dem fraglichen Abend kennengelernt haben. Ist es nicht vorstellbar, dass er Sie mit Berechnung ausgesucht hat, weil er wusste, dass er ein Alibi für die Nacht brauchte? Weil Murnier den Mord an seinem Vater, der ihn enterben wollte, für diese Nacht geplant hatte?«

»Liebe kann man nicht planen. Seine Gefühle sind echt. Ich hätte gemerkt, wenn er mir etwas vorgemacht hätte.«

»Gefühle kann man nicht planen?«, höhnte Stechele. »Fragen Sie mal einen Schauspieler! Oder all die Frauen, die auf einen Heiratsschwindler hereingefallen sind.«

Nein! Luc hatte mir nichts vorgemacht. Das war nur ein gemeines Was-wäre-wenn-Spiel, was die zwei da mit mir trieben. Dennoch merkte ich, wie ich den Boden unter den Füßen verlor. Die Luft war schrecklich, immer noch dieser Zwiebelgestank, mein Mund staubtrocken.

»Kann ich bitte ein Glas Wasser haben!«

»Luc Murnier hatte ein Motiv, er hatte die Gelegenheit, und er ist gesehen worden«, fasste Hodapp zusammen.

»Zeugen können lügen«, krächzte ich. »Bitte, ich brauche unbedingt ein Glas Wasser.«

»Wir wissen, dass Zeugen lügen können«, bestätigte Hodapp weiterhin väterlich. »Es ist unser Job, die Spreu vom Weizen zu trennen.«

»Uns kann so schnell keiner was vormachen. Wir wissen, wie wir die Leute dazu kriegen, die Wahrheit zu sagen.« Stechele weiterhin kampflustig.

»Ein Glas Wasser, bitte!«

Hodapp gab Stechele ein Zeichen, der sich daraufhin gnädig erhob und kurz aus dem Zimmer verschwand.

»Ich bin sicher, dass es Luc nicht war«, sagte ich noch einmal zu Hodapp, weil er für mich der Verständnisvollere der beiden war.

Der seufzte nur und meinte: »Ich wünsche mir auch manchmal, dass der Glaube Berge versetzen kann.«

Stechele kam mit einer Wasserflasche und einem Plastikbecher zurück. Er goss mir ein Glas ein, das ich wie eine Verdurstende austrank. Ich wollte schon aufstehen und gehen, aber das Verhör war noch nicht zu Ende.

»Wir wissen noch nicht, wie Felix Ketterer von Allerheiligen nach Fautenbach zurückkam«, machte Hodapp weiter. »Bisher haben wir niemanden gefunden, der ihn mitgenommen hat.«

»Zu Fuß wird er wohl nicht gegangen sein.« Stechele lachte allein über seinen Witz.

»Ich weiß es auch nicht«, sagte ich.

»Carlo Sivori, der Wirt der Allerheiligen-Gaststätte, hat ausgesagt, dass Sie gegen Mitternacht das Lokal verließen und die Flasche Topinambur mitnahmen, aus der Sie den Abend über getrunken haben«, las Hodapp aus seinem Schnellhefter ab. »Warum haben Sie den Schnaps mitgenommen?«

Stimmt, hatte ich. Aber ich hatte keine Ahnung, wieso. Vielleicht, weil er so gut war, weil ich mir den Namen der Brennerin merken wollte, vielleicht weil ich zu Hause weitersaufen wollte. Die Flasche musste noch irgendwo in meinem Auto liegen.

»Haben Sie Felix Ketterer mit ins Tal genommen?« Stechele, wieder lauernd.

»Nein«, erklärte ich. »Ich war froh, dass ich mein Auto gefunden habe. Ich war mutterseelenallein.«

»Felix Ketterer hat nicht auf dem Parkplatz auf Sie gewartet?«, hakte Hodapp nach.

Was wollten sie mir da anhängen? Dass ich Felix mitgenommen, ihn besoffen gemacht, anschließend in den Bach geworfen hatte? Ich roch die Zwiebeln, den scharfen Männergeruch von Hodapp, die verbrauchte Luft, wieder die Atemnot, wieder hatte ich entsetzlichen Durst.

»Ein Glas Wasser, bitte.«

»Warum hat Felix Ketterer auf Sie gewartet? Wollte er Sie vor

Luc Murnier warnen?« Stechele hielt die Wasserflasche fest, machte keine Anstalten, mir etwas davon einzugießen.

»Er war nicht da«, krächzte ich. »Ich habe ihn in der Pause zum letzten Mal gesehen und dann erst wieder, als er tot im Bach lag.«

»Die Liebe, Frau Schweitzer, lässt Menschen die seltsamsten Dinge tun«, gurrte Hodapp in diesem falschen väterlichen Ton. »Und Sie wollen Luc Murnier doch entlasten, Sie wollen doch beweisen, dass er kein Mörder ist.«

»Deswegen bringe ich doch keinen Menschen um!«, schrie ich und sprang auf. »Sie sind auf dem falschen Dampfer. Zudem besteht doch die Möglichkeit, dass er sich selbst umgebracht hat. So was muss sich doch feststellen lassen. Wie sieht das Ergebnis der Obduktion aus? Ich bestehe darauf, dass Sie mir die Ergebnisse zeigen.«

»Beruhigen Sie sich«, befahl mir Hodapp und füllte meinen Becher mit Wasser. »Die Ergebnisse der Obduktion liegen noch nicht vor. Trinken Sie.«

Sie gönnten mir nur eine kurze Pause. Dann machten Sie weiter. Wiederholten Fragen, dröselten Unstimmigkeiten auf, sprangen wild zwischen dem Fall im Elsass und dem im Badischen hin und her, klangen mal heiter, mal aggressiv, demontierten mein Bild von Luc und träufelten mir so lange das Gift des Misstrauens ein, bis ich nicht mehr wusste, was ich glauben sollte.

Sie ließen mich über die Klinge springen. Ihrem abgekarteten Spiel war ich nicht gewachsen. – Um meine Widersprüche aufzuzeigen, zitierten sie Aussagen von mir, die ich vor fünf oder zehn Minuten, vielleicht vor einer Stunde gemacht hatte. In meinem Kopf drehte sich alles, ich vergaß, was richtig und was falsch war, ich hatte keinerlei Zeitgefühl mehr.

Kurz verlor ich mich in einer Geschichte, die Luc mir über New York erzählt und über die wir herzlich gelacht hatten. Im berühmten Kath's Deli hatte er das nicht minder berühmte Pastrami-Sandwich gegessen und an die ebenfalls berühmte Szene aus »Harry und Sally« gedacht, die genau dort spielte. Er erzählte von den Touristinnen, die es sich nicht nehmen ließen, Sallys Orgasmus-Stöhnen nachzuahmen, und von Touristen, die darauf mit dem Filmzitat reagierten: »Ich möchte das Gleiche haben, was sie hatte.« Falls ich ihm jemals ein Pastrami-Sandwich serviere, hatte ich geantwortet, dann wisse er, dass der Sex zwischen uns nur noch *Fake* sei. Und wir hatten mit der grenzenlosen Sicherheit von Verliebten gelacht, die glaubten, dass so etwas niemals geschehen würde.

Vielleicht fiel mir die Geschichte wegen Hodapp ein, der jetzt ein Fleischkäse-Weckle futterte, vielleicht um mich an Luc und seine vor Glück strahlenden Herbstaugen zu erinnern, in denen ich keinen Betrug und keine Lügen gesehen hatte. Sollte ich mich wirklich getäuscht haben?

Die beiden zwangen mich schnell zurück in ihre inquisitorische Fragemühle, kauten alles noch mal und noch mal durch, und ich wurde so mürbegekocht, dass ich mich bereits wie Luc in einer Gefängniszelle sah.

Und dann ganz plötzlich, nachdem ein Beamter ins Zimmer gekommen war und Hodapp etwas in Ohr geflüstert hatte, war ich entlassen.

»Sie können gehen«, sagte Hodapp. »Kollege Stechele bringt Sie nach draußen.«

NEUNZEHN

Es war bereits dunkel, als Stechele mich entließ. Ich stolperte vor die Tür, blieb auf dem hellen Rechteck stehen, welches das Licht aus dem Eingang auf die Auffahrt malte, und wusste nicht, was ich tun sollte. Ich konnte die Vorstellung, dass Luc gelogen hatte, nicht mehr verdrängen. Ich kam mir so dreckig, so benutzt vor. Ich stand blöd vor der Wache herum und wusste einfach nicht, was ich tun sollte. Ich sah einen Polizeiwagen kommen und zum Parkplatz fahren, der im Dunkeln lag.

Bald tauchten ein Mann und eine Frau aus dem Schatten auf, beide in Uniform, beide blond, beide sehr jung. Sie liefen achtlos an mir vorbei in die Wache hinein. Vor dem Kreisverkehr bremste ein Ford Kombi mit lockerem Auspuff, der kräftig schepperte und knatterte, als der Wagen Gas gab. Auf der Hauptstraße lockte eine Leuchtreklame mit Pascha-Döner und XXL-Burger. Der Laden hieß Futterquelle. Irgendwo kläffte ein Köter, ihm antwortete eine Katze mit wütendem Fauchen. Die Nacht war kühl, fast schon ein bisschen herbstlich, in der Luft hing die Ahnung von baldigem Nebel. Ich stand immer noch auf dem hellen Rechteck.

Die junge Blonde wechselte ein paar Worte mit dem Kollegen am Empfang, und ihr Partner joggte an mir vorbei über die Straße hinweg zur Futterquelle. Aus Sasbachwalden kommend bog ein Reisebus in den Kreisverkehr ein. Das Busunternehmen hieß »Der fliegende Holländer«, kam aber aus dem Schwäbischen. Ein offener Amischlitten voll junger Männer zerriss die Nacht mit laut aufgedrehtem, dreckigem Rap. Komm schon, sie haben dich durch die Mangel gedreht, du fühlst dich dreckig, du bist müde, du bist verletzt. Aber das heißt noch lange nicht, dass die zwei recht haben! Denn wenn jeder, der Schulden hat, deswegen mordet, dann wäre die ganze Welt mit Leichen gepflastert, redete ich mir ein. Ich stand immer noch auf dem hellen Rechteck.

Der Partner der Blonden eilte mit drei Tüten zurück ins Revier und zog eine Wolke von altem Frittenfett hinter sich her. Kaum war er in der Wache verschwunden, stürmten zwei andere Polizisten heraus, rannten zum Parkplatz und klatschten die Türen zu. Sekunden später schoss der Streifenwagen an mir vorbei und in den Kreisverkehr hinein.

Ich betrachtete meinen Schatten in dem hellen Rechteck und wäre ihm gerne davongelaufen. Ich blieb aber weiter stehen. Ich musste warten, bis sich das Kreiseln und Zwirbeln in meinem Kopf gelegt hatte, bis ich sicher sein konnte, dass dies fester Boden war, auf dem ich stand. Ich sehnte mich nach einem Gespräch mit Alban Brandt, der, im Gegensatz zu Hodapp und Stechele, die richtigen Fragen stellte.

Als mein Blick durch Zufall wieder auf den dunklen Parkplatz fiel, blinkten mich zwei Scheinwerfer an. Ich reagierte nicht. Das Blinken wurde fordernder. Nichts da! Ich war zwar von vielen guten Geistern verlassen, doch noch nicht von allen. Keiner konnte mich ins Dunkel locken, nach dem, was ich gerade hinter mir hatte. Stur blieb ich in dem hellen Rechteck stehen. Irgendwann wurde der Wagen gestartet, und sowie er aus dem Schatten rollte, erkannte ich, dass es Marthas alter Mercedes war. Sie streifte mich fast beim Anhalten, fuhr die Scheibe herunter, musterte mich von unten bis oben und seufzte inbrünstig.

»Steig schon ein, bevor du Wurzeln schlägst.«

Es gelang mir tatsächlich, die Füße von dem hellen Rechteck zu lösen. Ich schlurfte um den Wagen herum und ließ mich dann auf den Beifahrersitz fallen. Ich hielt mich mit beiden Händen am Sitz fest, während Martha den Wagen durch den Kreisverkehr zurück nach Achern-City lenkte. Wir erreichten Fautenbach schnell, aber Martha steuerte nicht die Linde an, sie fuhr weiter in Richtung Önsbach, bog rechts in den Feldweg zum Bitterrain ab, schaukelte den Mercedes über den steinigen Weg die Obstbaumhügel hinauf und parkte ihn wenig später unter unserem alten Kirschbaum. Sie ließ die Scheinwerfer leuchten, bis sie eine Tasche zur Bank vor dem Geräteschuppen geschleppt hatte und ich, immer noch vorsichtig Schritt vor Schritt setzend, bei ihr angelangt war.

»Kannst du mir mal sagen, was das soll?«, war der erste Satz, den ich mit ihr sprach, nachdem sie die Scheinwerfer gelöscht und auf dem Tisch ein Windlicht entzündet hatte.

»Du musst Hunger haben«, antwortete sie und holte den alten

Thermosbehälter, Löffel und Teller aus der Tasche. »Eine Rindsbouillon mit Suppennudeln. Ein Teller davon und dir geht es gleich viel besser. Gott, ich hab ja gedacht, die lassen dich gar nicht mehr raus.«

Es gibt Gerichte, die stimmen gnädig, die lindern Wunden, die verheißen Versöhnung, und Martha wusste genau, dass eine Nudelsuppe für mich ein solches Gericht war. Kaum hatte sie den Deckel abgedreht, hielt sie mir den Topf unter die Nase. Ich sog den Suppenduft ein, roch das Rind und die Knochen, das Gemüse, das Lorbeerblatt, den Hauch von Muskat, spürte, wie sich der Duft wohltuend durch meinen Körper schlängelte.

Martha schöpfte den Teller voll, zauberte aus einem Plastikschälchen Petersilie und Schnittlauch herbei, und ich aß die Suppe und spürte ab dem ersten Löffel, wie sie Leib und Seele wärmte, sich die Fettaugen beruhigend auf die nervösen Magenwände legten.

Kindheitserinnerungen an sonnige Sommer und süße Kirschen blitzten in meinem Kopf auf, an Kirschkernweitspucken und Übernachten unter freiem Himmel. An Martha, die für uns Picknickkörbe gefüllt und Autan eingepackt hatte. Damals war sie noch eine wundervolle Mama, das lag weit vor den zermürbenden Kämpfen, von denen wir bis heute nicht lassen konnten.

»Ich habe nicht erzählt, dass ich dich am Rückhaltebecken gesehen habe«, murmelte ich und hielt ihr den Teller zum Nachfüllen hin. »Ich hoffe, das weißt du zu würdigen.«

»Frag, was du wissen willst. Ich habe beschlossen, dir alles zu sagen.«

Ihre Stimme vibrierte, ich spürte ihre Anspannung. Aufrecht saß sie neben mir auf der Bank. Den großen Busen nach vorne gereckt, die Augen auf die wenigen Leuchtpunkte der im Dunkeln liegenden Rheinebene gerichtet, die Hände nebeneinander auf den Tisch gelegt, über dem sich hartnäckig ein Hauch von Muskat in der Luft hielt. Die Kerze im Windlicht flackerte, und es zischte kurz, als eine Mücke ihre Suche nach Licht mit dem Leben bezahlte.

Marthas Vorstoß überraschte mich. Wollte sie mir den Wind aus den Segeln nehmen? Ein paar Halbwahrheiten in die Versöhnungssuppe rühren? Immerhin durfte ich jetzt fragen.

»Also gut. Was wolltest du oben am Rückhaltebecken?«

»Gar nichts!«, antwortete sie widerwillig. »Ich bin von Oberachern gekommen und war auf dem Heimweg. Ich fahr jetzt viel Rad, das predigst du mir doch schon lange, dass ich mich mehr bewegen soll, und ich wollte so schnell wie möglich heim. Spät genug war's ja.«

»Aber du musst mich doch gehört haben!«

»Nur ganz undeutlich, und ich wollt doch heim, es hat sich doch schon der nächste Schauer angekündigt«, wedelte sie weiter Staub auf, um ihr Wissen noch nicht preisgeben zu müssen.

»Mama!«

Martha schindete weiter Zeit, indem sie nach der Tasche zu ihren Füßen griff, diese auf den Tisch stellte und umständlich eine Flasche Wasser und zwei Becher herausholte.

»Du musst doch was trinken«, murmelte sie. »Bestimmt bist du schon völlig dehydriert. Gott, verdammi!«

Sie fluchte über einen festen Verschluss, sie drehte und zerrte daran. Das Wasser lief über, als die Flasche endlich offen war. Fahrig goss sie es in die zwei Becher und trank den ihren in einem Zug aus.

Erst dann kam sie auf meine Frage zurück: »Hab gedacht, so lange du noch herumschreien kannst, ist nichts passiert.«

Das stimmte nicht. Martha hätte nie eine Chance verstreichen lassen, mich aus dem Dreck zu ziehen. Weil sie so ihr Fleißheftchen weiter mit guten Taten füllte, die sie mir dann später vorhalten konnte. Sie wollte in dieser Nacht nicht gesehen werden, oder sie wollte auf keinen Fall auf ihre Tochter stoßen. Aber wieso?

»Was hast du eigentlich in Oberachern gemacht?«

Schweigen. Nicht im Walde, sondern unter den Kirschbäumen, die hier dicht an dicht standen und deren sanftes Rauschen erst jetzt, wo keiner sprach, zu hören war.

»Mama!«, wiederholte ich voller Ungeduld.

»Ich habe mich mit Pierre Mueller getroffen, in Kinnigers Hirsch. 's ist doch so viel passiert. Meinst du, du bist die Einzige, die das beschäftigt?«

»Und wieso in Oberachern? Wieso nicht in der Linde?«, fragte ich und verstand nichts.

»Der Pierre und ich … Also, es ist nicht so, wie du jetzt denkst. Aber doch so, dass ich mich Jahr für Jahr auf das Wiedersehen mit ihm gefreut habe. Wir verstehen uns so gut, und tanzen kann der … Und die Elsässer, die haben doch schon viel französischen Charme, so was trifft man bei uns nicht …«

Ich traute meinen Ohren nicht, und doch klingelten dort lauter Alarmglöckchen. Bilder stürzten auf mich ein: die aufgeregte Martha im Bus, Pierre, der Martha beim Kochen etwas ins Ohr flüstert, Martha und Pierre in Eintracht hinter dem Tresen der Winstub. Ich musste blind gewesen sein, und dennoch konnte ich es immer noch nicht glauben.

»Du hast was mit Pierre Mueller?«

Nein, nein, wehrte sie ab. So könne man das nicht nennen. All die Jahre nur verstohlenes Händchenhalten, mal ein flüchtiger Kuss, nur immer diese Freude aufeinander, aber dann am letzten Wochenende, wo Pierres Frau doch auf und davon mit einem aus der Normandie … Der verfluchte Riesling, der einen so locker macht, die laue Sommernacht, sie habe sich so jung gefühlt, so spritzig, sie sei in so einer Einmal-ist-keinmal-Stimmung gewesen, und dann sei es halt passiert. Und der Sex! Sie habe gar nicht mehr gewusst, wie toll der sein konnte.

Ich trank schnell ein Glas Wasser und wehrte mich gegen die Bilder, die mir meine Mutter mit diesem Elsässer im Bett zeigten. Das reinste Liebesnest war die Winstub Mueller in dieser Festnacht gewesen, ein einziges Sodom und Gomorrha, Luc und ich mittendrin und im Bach der tote Murnier.

Deshalb habe sie mich wecken müssen, machte Martha weiter, sie habe ja schlecht gemeinsam mit Pierre hinauslaufen können, nachdem sie beim Fensteröffnen den Mann im Bach entdeckten. Sie sei doch kein Flittchen und bei Pierre Diskretion Ehrensache.

Ich trank weiter Wasser, hätte gern etwas Stärkeres geschluckt, schlug wie wild nach den Schnaken, die mir das Blut aussaugen wollten, gleich darauf nach dem Ungeziefer, das meine Beine vom Boden her angriff, und fragte mich, ob ich das wirklich alles wissen wollte, was Martha jetzt erzählte. Aber für diese Frage war es jetzt zu spät. Meine Mutter redete wie ein Wasserfall, alles, was sie so lange zurückgehalten hatte, sprudelte nur so aus ihr heraus.

Pierre habe sie gefragt, ob sie nicht zu ihm ziehen, mit ihm ein neues Leben anfangen wolle. Dafür sei es doch nie zu spät, das könne man doch auch noch mit siebzig plus. Das Angebot schmeichle ihr, lasse ihr Herz hüpfen, aber natürlich habe sie sich Bedenkzeit ausgebeten, so einfach sei alles ja nicht.

»Du willst Papa verlassen?«, quiekte ich. Der passende Tonfall war mir angesichts von Marthas Enthüllungen abhandengekommen.

Völlig durcheinander sei sie, wisse nicht mehr ein noch aus, das Leben plötzlich eine Achterbahn, nachdem es so lange friedlich dahingeplätschert war. Sie brauche wirklich dringend meinen Rat, weil ich doch so viele Erfahrungen mit Männern und Affären habe.

»Du? Meinen Rat bei Männern?« Ich quiekte immer noch, japste zudem nach Luft. »Was habe ich denn vorzuweisen? Ecki, ein mieser Verräter, Luc, der Mörder seines Vaters.«

Darüber wolle sie gleich noch mit mir reden, erst mal brauche sie meine Hilfe. »Was soll ich nur machen, Kind? So kenn ich mich doch gar nicht.«

Es war gut, dass ich schon saß. Ich konnte mich nicht erinnern, dass meine Mutter mich je um Rat gefragt hatte. Sie meinte es wirklich ernst, sie machte keine Show. Wie lange hatte ich darauf gewartet, dass sie mich nicht mehr als Kind, sondern endlich als gleichberechtigte Partnerin sah. Nur hätte ich mir für diesen Anlass ein anderes Thema gewünscht. Was stellte sie sich vor? Sollte ich Punkte sammeln, was für den einen und was für den anderen Mann sprach, und ihr am Ende die Rechnung aufmachen? Wollte sie von mir überredet werden, bei Edgar zu bleiben? – Was ich sowieso für das Beste hielt. Wer wollte schon, dass seine Eltern sich trennten? – Oder brauchte sie meinen Segen, um ihn verlassen zu können?

»Ich kann dir nichts raten, Mama. Keiner kann das. Und ich schon gar nicht.« Ich konnte mir nicht vorstellen, dass sie nicht mehr mit Edgar in der Linde stand. Auch nicht, dass ihr Leben eine Achterbahn war.

»Kein Wort darüber! Zu niemandem!«

»Mama!«

»Seit die Gerti tot ist, habe ich keinen mehr, mit dem ich darüber reden kann.«

Ihren Worten folgte ein Schniefen. Mit einem Taschentuch wedelte sie wild über das Windlicht und verscheuchte das Ungeziefer noch, als schon keines mehr da war.

Natürlich. Gerti war ihre beste Freundin gewesen. Und beste Freundinnen redeten über Männer und vertrauten sich Geheimnisse an. Gerti mit ihren prachtvollen Blumensträußen! Immer nachmittags, in Marthas freier Zeit zwischen Mittags- und Abendbetrieb, war sie in die Linde gekommen. Die beiden Frauen im hintersten Winkel der Küche. Das Wispern, Tuscheln und Seufzen. Das plötzliche Verstummen, wenn ich zufällig auftauchte. »Hau ab! Verschwinde! Lass uns allein!« Hatte ich bisher angenommen, dass es in den Geheimgesprächen immer um Gerti ging, dämmerte mir erst jetzt, dass es genauso um Martha gegangen war. Ein Geheimnis blieb nur ein Geheimnis, wenn es ein zweites gab, mit dem es aufgewogen werden konnte.

»Gerti«, wiederholte ich. »Was ist mit Gerti?«

Martha seufzte so schwer, dass das Windlicht auf dem Tisch zitterte und ein paar Schnaken eilig davonschwirrten. »Ich habe ihr geschworen, niemals darüber zu reden.«

»Mama, sie ist tot.«

»Der Schwur gilt über den Tod hinaus.«

Ihre Stimme klang so fest und klar, als wollte sie gleich ein Kirchenlied anstimmen, und machte deutlich, dass dies ein Punkt war, über den sie nicht mit sich reden ließ. Von wegen ich-sag-dir-alles-was-ich-weiß! Warum war sie jetzt nicht die geschwätzige Wirtin, die mir so oft auf den Geist ging? Die, durch deren Mund tagein, tagaus jeder Dorftratsch Verbreitung fand, die, die keine Skrupel hatte, Halbwahrheiten zu verbreiten. Aber was Gerti betraf, war sie schon immer schweigsam gewesen. Auch früher hatte sie nie etwas über ihre gemeinsamen Gespräche ausgeplaudert. Gerti und Martha und die hinterste Ecke der Küche, das war ein eigener Kosmos, für alle anderen unbekanntes Land, Betreten verboten.

Wieder zischte es in der Kerze des Windlichts, eine weitere Schnake taumelte ins weiche Wachs, das schon schwarz vor Leichen war. Entweder waren die Schnaken zu blöd, aus den Fehlern ihrer

Artgenossen zu lernen, oder das Licht besaß eine so magische Anziehungskraft, dass sie dafür den eigenen Tod in Kauf nahmen. Oder ich dachte am Ende dieses langen Tages nur Schwachsinn, da ich Insekten schon menschliche Eigenschaften andichtete. Unten in der Rheinebene zerriss ein Zug die Stille der Nacht, im Nachhall drang das ferne Rauschen der Autobahn zu den Kirschbaumhügeln. Es schien mir ewig her, dass ich dort heute Morgen auf dem Rückweg von Scherwiller im Stau gesteckt hatte. Mir fiel mein letztes Gespräch mit FK wieder ein.

»Und wenn Gerti selbst angefangen hat, darüber zu reden?«, fragte ich leise. »Ist dann der Schwur nicht aufgehoben?«

Martha sah mich an, als würde ich ihr die Lösung für etwas präsentieren, das sie als unlösbar empfunden hatte.

»Ich habe sie beschworen, nichts zu sagen«, sprudelte es aus ihr heraus. »Es gibt Geheimnisse, die nimmt man besser mit in den Tod. Nur seit Murnier tot genau an der Stelle gelegen hat, an der er sie damals … Und der Felix … Ich kriege den Verdacht nicht aus dem Kopf … Aber was, wenn ich mich täusche?«, unterbrach sie sich selbst.

Tot an der Stelle … Er sie damals … »Was ist am Bach passiert?«, wollte ich wissen.

Martha wiegte ihren schweren Körper hin und her, reagierte nicht sofort auf meine Frage, brauchte Zeit, bis sie die richtigen Worte fand.

»Er hat der Gerti g'fallen, der Emile. Ein kleiner Spaziergang durchs Dorf, wieso nicht? Hubert hat mit seinen Fußballern gefeiert, Emiles Frau war schon mit Kopfweh heimgegangen. Und ich habe nichts mitgekriegt, weil ich nur Augen für Edgar hatte! Auf alle Fälle, am Bach ist der Emile zudringlich geworden. Und Gerti, wie soll ich sagen? Halb zog er sie, halb sank sie hin. Aber dann! D'r Emile wollte alles, die Gerti aber nicht …«

»Wieso hat sie nicht um Hilfe geschrien?«

»Weil damals andere Zeiten waren. Die Gerti hätte nicht wie du eine Szene machen können. Einen Mann wegen so was zu ohrfeigen? Wegen so was laut schreien? Sie ist doch mit ihm gegangen! Mitgefangen, mitgehangen, hat Gerti gedacht und sich gefügt. So wie sich ihre Mutter gefügt hat, als nach dem Krieg die Franzosen durchs Dorf sind. Drei Marokkaner haben sie … Die Gerti hat es aus einem Spalt im Schrank gesehen. Und sie musste still sein, so hat es ihr die Mutter eingebläut, so still wie die Mutter, damit nicht alles noch schlimmer wird.«

Die marodierenden Franzosen im April 1945: Geplündert hatten sie, was Küche und Schränke hergaben, die Tabakernte in den Scheunen beschlagnahmt, Vieh gestohlen und geschlachtet, darüber hatten die Großeltern geredet, wenn sie vom Krieg sprachen. Nie aber über die Vergewaltigungen. Darüber nur ein Raunen, Gespräche, die plötzlich verstummten, vielsagende Blicke unter den alten Frauen. Für mich als Kind Signal für etwas Schreckliches, Furchtbares, Unaussprechliches. – Schon wieder der Krieg! Emile und Gerti, zwei Kriegskinder, ein rechts- und ein linksrheinisches, sie hatten den Krieg noch im Gepäck, als sie 1967 aufeinandertrafen.

»Das erklärt, warum Gertie nie mehr nach Scherwiller gereist ist. Angezeigt hat sie Murnier auch nicht«, folgerte ich.

»Auf so eine Idee wäre damals keine gekommen! Sexuelle Gewalt, sexuelle Belästigung waren große Tabuthemen. Schande! So ein Wort nimmt heute keiner mehr in den Mund. Wenn man damals schon so offen damit umgegangen wäre, dann wäre vielleicht der Mord …«

Endlich verstand ich Marthas Gedankengang! Sie nahm an, dass Gerti Felix alles erzählt und dieser seine Mutter gerächt hatte.

»Immer wieder hat sie auf dem Krankenbett davon gesprochen, dass der Bub doch die Wahrheit wissen muss. Und Sorgen hat sie sich gemacht um den Felix, weil die Spedition so schlecht lief. Und von mir hat sie gewusst, wie wohlhabend Emile war. ›Tu's nicht, Gerti‹, hab ich sie beschworen, ›du machst den Jungen unglücklich damit.‹ – ›Aber Emile hätte für den Jungen Alimente zahlen müssen, und weil er das nicht getan hat, muss er den Felix beim Erbe berücksichtigen. Er könnte ihm Geld für die Firma vorstrecken, als Wiedergutmachung sozusagen.‹ Ich habe gebettelt, dass sie Felix aus der Sache raushält. Ich habe sie sogar überredet, selbst bei Murnier anzurufen, damit sie ihren Frieden mit der Sache findet.«

Durch meinen Kopf ratterten plötzlich Zahlen. Das erste Treffen im Juli 1967, Felix exakt zwei Wochen jünger als ich, geboren am 30. April 1968, also genau neun Monate nach dem Besuch in Scherwiller.

»Felix ist der Sohn von Murnier?«

»Gerti hat es schnell gewusst. Zwei Jahre hat sie es davor schon mit dem Hubert probiert, und direkt nach dem Scherwiller-Besuch wird sie schwanger. Wegmachen lassen wollt sie es auf keinen Fall. Sie hat sich doch so sehr Kinder gewünscht. Nur Angst hat sie g'habt, dass es aussieht wie Emile. Aber es ist nie jemandem aufgefallen. Und der Hubert hat immer geglaubt, dass der Felix sein Kind ist. Und ausgesehen hat er wirklich nicht wie Emile. Aber als du in der Grundschulzeit heimgekommen bist und von Felix geschwärmt hast, da habe ich gewusst, dass er das Mädleschmeckerische von Emile geerbt hat.«

»Murnier wusste die ganze Zeit nicht, dass Felix sein Sohn ist?«

»Wo denkst du hin? Zwei Tage vor ihrem Tod hat Gerti es ihm gesagt. Ich war dabei. Gerti hatte das Telefon auf laut gestellt. Weißt du, was der Drecksack geantwortet hat? Gerti wer? Ach ja, das Fußballspiel. Unverdientermaßen haben die Deutschen gesiegt, als Revanche dafür musste er sich die Frau des Kapitäns nehmen. Und überhaupt! Er war in seinem Leben mit vielen Frauen im Bett, Felix bestimmt nicht sein einziger Bastard. – Ich habe Gerti den Hörer aus der Hand gerissen und Murnier gesagt, dass er an seiner Bosheit verrecken soll.«

»Und das ist er dann ja auch irgendwie«, warf ich ein, doch das hörte Martha nicht. Sie saß in Gedanken immer noch an Gertis Bett und redete einfach weiter.

»›Gerti, da merkst du, was das für ein Drecksbolle, was für ein Lumpensiach der Kerle ist‹, habe ich ihr gesagt. ›Dein Felix ist ein guter Junge, der hat nichts Böses wie sein Erzeuger. Verschweig ihm die Sach! Sonst machst du deinen Sohn unglücklich.‹ Aber die Gerti hat rumphantasiert, dass sie das Beste für ihren Bub will und es jetzt diese Gentests gibt, mit denen man Vaterschaft ganz leicht nachweisen kann, und dass Murnier endlich bluten soll. All die Jahre hat sie nie über Rache nachgedacht, erst nach dem Telefongespräch. Ich mach mir die bittersten Vorwürfe, dass ich ihr das vorgeschlagen habe. Und wenn Felix Murnier … dann ist das doch auch meine Schuld.«

»Arme Mama!«

Da hatte sie versucht, etwas zu verhindern, und es war noch viel schlimmer gekommen, als sie befürchtet hatte. Plötzlich ergab alles, was ich über Felix wusste, einen Sinn. Seine Verstörtheit im Bus, seine Lügen. Mir fiel dieser merkwürdige Satz ein, den er auf der Rückfahrt gesagt hatte: dass es sogar Mörder gab, die hinterher nicht sagen konnten, warum sie gemordet hatten. Ob er sich selbst damit gemeint hatte? Waren ihm die Sicherungen durchgebrannt, und er hatte hinterher fassungslos vor dem toten Murnier gestanden?

Immer noch weitere Fragen, auch nachdem Martha ihre Geheimnisse preisgegeben hatte. Dachte ich überhaupt in die richtige Richtung? Oder klammerte ich mich an die neuen Hinweise und versteifte mich darauf, einen Toten zu Murniers Mörder zu machen, damit Luc nicht mehr als solcher dastand? Luc ... Mein Herz hüpfte nicht mehr, wenn ich an ihn dachte. Vielleicht weil es von Hodapp und Stechele vergiftet worden, vielleicht nur, weil ich hundemüde war.

»Spiel mit offenen Karten«, sagte ich, als wir die Tasche packten und zum Auto zurückkehrten. »Sag Papa, dass du dich verliebt hast. Er wird froh sein, dass es nicht Murnier ist. Und alles andere ... Da musst zusehen, wie sich die Dinge entwickeln. Die Liebe ist ein weites Feld.«

ZWANZIG

Das Dorf schlief, auch in der Linde brannte kein Licht mehr, als Martha den alten Benz auf dem Parkplatz hinter der Küche abstellte. Wie zwei Einbrecher schlichen wir uns durch die Hintertür ins Haus. Ich verschwand schnell in meinem Zimmer, weil ich nicht wissen wollte, ob Martha sich in dieser Nacht neben Edgar ins Bett legte oder wieder Quartier auf dem Wohnzimmersofa bezog. Ich wollte überhaupt nichts mehr wissen, für heute hatte ich mehr als genug. Mein Körper drängte mit Macht ins Bett, aber in meinem Kopf türmten sich Fragen auf, er flirrte vor Gedanken und Bildern, da hätte ich mit dem Hammer draufhauen oder eine Flasche Borbler leeren müssen, damit er endlich Ruhe gab.

Draußen röhrte ein lautstarker Motor. Der Krachmacher gehörte nicht zu Joes Gästen, wie ich bei einem Blick aus dem Fenster feststellte. Vor dem Queen's Pub stand keine einzige Maschine mehr, dort türmten sich nur die Plastikstühle in zwei krummen Stapeln. Beim nächsten Aufheulen entdeckte ich den tiefergelegten BMW vor dem Schaufenster von Elektro-Schindler. Sein Auspuff hatte die Größe eines Ofenrohrs. Aus dem offenen Kofferraum ragte eine Metallstange. Wie ein nervöser Hengst trat der Fahrer immer wieder aufs Gas, bog, als die Straße frei war, mit quietschenden Reifen auf die B 3 ab, nur um dann sofort wieder abzubremsen und auf den Parkplatz vor dem Rathaus abzubiegen. Drei junge Männer stiegen aus.

Ich wusste genau, was Martha jetzt sagen würde: »Fahrrad solle se fahre, die Kerle. Wenn die im Saft stehen, brauche se kei Auto, sondern Bewegung. Und des Rad macht müd und kei Krach.«

Ich holte mein Handy aus der Hosentasche und rief Alban Brandt an. Er meldete sich sofort, klang zum Glück noch wach und wirkte erleichtert, mich zu hören.

»Frau Schweitzer! Nüchtern und lebendig. Wenn das keine guten Nachrichten sind.«

»Ich habe eine Reihe weniger gute Nachrichten und verdammt viele Fragen.«

»Wenn eine der weniger guten die ist, dass Sie die Polizei immer noch nicht über den Leichenfund im Bach informiert haben, lege ich sofort wieder auf und rufe die Kollegen an.«

Was das anging, konnte ich ihn beruhigen. Ich erzählte ihm ausführlich von meinen Gesprächen und dem Verhör. Brandt hörte aufmerksam zu und unterbrach mich nur, wenn er etwas nicht verstand.

»Was Luc Murnier betrifft, haben die Kollegen eine nachvollziehbare Argumentations- und Indizienkette aufgebaut, die Sie nicht entkräften konnten«, fasste er das Verhör zusammen. »Zentral ist natürlich die Zeugenaussage. Jemand hat Luc Murnier am Bach gesehen, wie er sich über den Toten beugte. Das wiegt schwer.«

Brandt blieb sehr sachlich. Ich war froh, dass er sich an dieser Stelle eine weitere Bemerkung über meine unsoliden Männer verkniff. Draußen jaulte der BMW noch einmal auf, dann verstummte der Motor, stattdessen klatschten Türen. Ich sah drei junge Männer aussteigen. Wollten sie die Telefonzelle benutzen? Was anderes gab es da nicht.

»Was, wenn der Zeuge lügt?«, fragte ich Brandt.

»Polizisten haben in diesem Bereich viel Erfahrung. Es muss ein sehr glaubwürdiger Zeuge sein, wenn sie seiner Aussage so viel Wert beimessen.«

»Glaubwürdig heißt was?«

»Es gibt – im Gegensatz zu Ihnen zum Beispiel – für den Zeugen keinen Grund zu lügen. Er hat keinen Bezug zum Opfer, zu dessen Umfeld und so weiter. – Fällt Ihnen da jemand ein?«

»Ungefähr siebzig. So gut wie alle Fautenbacher, sieht man von Felix ab.« Draußen zerrten die Kerle das Metallteil aus dem Kofferraum und schleiften es über den Rathausplatz. Es sah aus wie eine aus dem Boden gehebelte Straßenschranke. Ein Dummejungenstreich, redete ich mir ein, und doch kam es mir vor, als wollten sie mir vorführen, wie sehr die Welt aus den Fugen geraten war.

»Felix Ketterer … Ich gebe zu, es ist interessant, was Sie über ihn herausgefunden haben. Leider alles recht spekulativ«, seufzte Brandt. »Ein Streichholzbriefchen, die Aussagen von zwei Zeugen, die einem weiteren Verdächtigen eng verbunden sind, eine fünfundvierzig Jahre zurückliegende sexuelle Nötigung als recht wackeliges Motiv. Das ist nichts mit Hand und Fuß. Da würde Sie jeder Staatsanwalt auslachen, wenn Sie damit ankämen.«

Das hatte ich nun davon, einen Polizisten anzurufen! Brandt pflückte meine Theorie, dass Felix der Mörder von Murnier sein könnte, so lange auseinander, bis nichts mehr davon übrig blieb. All die Gründe – der Tod der Mutter, der Schock darüber, ein Kuckuckskind zu sein, der drohende Verlust der Firma, die Karriere der Frau –, die ich für seinen labilen seelischen Zustand anführte, nickte Brandt brav ab, sagte dann aber, dass eine Depression keinen zum Mörder machte. Und überhaupt: Beweise, Beweise, Beweise.

Aber ich gab nicht auf. »Und wenn Felix sich umgebracht hat?«, fragte ich.

»Selbstmörder, die ins Wasser gehen, beschweren sich die Taschen mit Steinen oder schwimmen so weit hinaus, dass sie keine Kraft zum Zurückschwimmen haben, aber die legen sich niemals in einen zwanzig Zentimeter tiefen Bach«, dozierte er müde. »Aber nun ja, ich habe schon Pferde kotzen sehen. Man muss die Ergebnisse der Obduktion abwarten. Wenn dabei überraschenderweise ein Suizid festgestellt und Luc Murnier weiter leugnen würde, seinen Vater getötet zu haben, dann … Allerdings: Warum das Messer? Und warum kehrte Ketterer nach der Tat in die Festhalle zurück? Doch lassen wir das! Das sind wilde Spekulationen! Vertrauen Sie auf die Kollegen. Die wissen schon, wie sie ihre Arbeit tun müssen. – Was macht denn Ihr Patissier-Kurs?«

Draußen heulte wieder der getunte Motor auf. Ich sah, wie sich der letzte der drei Kerle ins Auto schwang, die Tür zuwarf, der Fahrer mit einem gewagten Wendemanöver Kies aufwirbelte und die Telefonzelle mit einem Steinhagel bombardierte.

»Was ist das für ein Krach bei Ihnen?«, wunderte sich Brandt. »Sagen sich in Ihrem Dorf Hase und Igel nicht schon am frühen Abend Gute Nacht?«

»Die Zeiten, als das Landleben friedlich war, sind lange vorbei«, schrie ich gegen den Autolärm an.

Zum Glück bretterte der BMW endlich in Richtung Achern davon, und es kehrte Ruhe ein. Die Straßenschranke hatten die drei zurückgelassen. Sie steckte als hässlicher Fremdkörper im Brunnentrog direkt vor dem Eingang zum Rathaus.

»Wohl wahr, bei zwei Leichen innerhalb einer Woche«, hörte ich Brandt sagen.

»Der Patissier-Kurs«, kam ich auf seine Frage zurück. »Da brauche ich gar nicht mehr hin, weil ich so viel gefehlt habe.«

»Sie sollten sowieso endlich nach Köln zurückkommen. Habe ich Ihnen schon erzählt, was für wunderbare grüne Böhnchen in meinem Schrebergarten wachsen? Ein paar Kilo davon würde ich gerne der Weißen Lilie spendieren. Es wird Zeit, dass Sie wieder am Herd stehen und die Arbeit tun, die Sie können.«

Die Weiße Lilie! Meine schöne Küche! Arîn und ich am Herd. Friedlicher Alltag. »Glauben Sie mir, Herr Brandt, im Moment würde ich nichts lieber tun«, seufzte ich, und das war die reine Wahrheit.

»Erinnern Sie sich an die Rosenhecke neben dem Wasserbehälter, die bei Ihrem letzten Besuch die ersten Knospen zeigte? Sie blüht prächtig in einem leuchtenden Burgunderrot. Ich schneide Ihnen einen Strauß davon als Willkommensgruß. Kommen Sie zurück! Hören Sie endlich auf, Detektivin zu spielen und einem Mann hinterherzurennen, der nichts Gutes verheißt!«

»Sie sind so fürsorglich, Herr Brandt. Schlafen Sie gut!«, antwortete ich und drückte schnell die Off-Taste.

Von wegen, Luc verhieß nichts Gutes! Er lockte mit der großen weiten Welt und ein paar Geheimnissen. Brandt dagegen mit einem Schrebergarten, einem offenen Ohr und einer grundsoliden Ehrlichkeit. So schnell, merkte ich, würde ich doch noch nicht nach Köln zurückkehren.

Ich träumte nicht von Luc und der großen weiten Welt, auch nicht von Brandts burgunderroten Rosen, ich träumte von Störchen. Störche, die den Rhein nach Lust und Laune überquerten, Störche, die sich mal auf einem badischen, mal auf einem elsässischen Dach niederließen, Störche, die nicht einzeln oder in kleinen Familien, sondern in Scharen kamen. Aber es waren nicht die scheuen heil- und glückbringenden Tiere, als die wir sie kannten, die Traumstörche waren kein bisschen freundlich. Diebischer als

Elstern schnappten sie mit ihren spitzen Schnäbeln nach allem, was nicht niet- und nagelfest war. Wäschestücke oder verschreckte Hühner, Obstkörbe oder lahme Ratten. Alles Lebendige liebten sie besonders: Sie hackten Augen aus und rissen Schwänze ab. Sie waren bei ihrer Beute nicht wählerisch, aber man fürchtete sie am meisten, weil sie auch Babys klauten. Die packten sie, wie in diesen kitschigen Glückwunschkarten zur Geburt, am Bauch bei den Windeln und flogen mit ihnen auf und davon, scherten sich nicht um verzweifelte Mütter, hilflose Väter und greinende Kinder. Als in meinem Traum Martha laut schrie, dass der Storch ihrer Kleinen nicht die Augen aushacken sollte, schreckte ich hoch.

Die Leuchtziffern meines alten Digitalweckers zeigten vier Uhr fünf an. Störche! Keine Ahnung, warum mir ausgerechnet um diese Uhrzeit einfiel, dass Himmler sie im Zweiten Weltkrieg zu Propagandazwecken einsetzen wollte. Sie sollten auf ihrer Reise nach Afrika Flugblätter an den langen Beinen tragen, diese abwerfen und so für Großdeutschland werben. Das Gutachten eines Vogelexperten verhinderte, dass diese irrwitzige Idee umgesetzt wurde. Warum hatte ich von Störchen geträumt? In diesem Zwischenreich von Tag und Nacht, von Traum und Wirklichkeit schien mir das völlig klar. Ich war genau wie Felix ein Kuckuckskind, auch ich hatte einen Elsässer zum Vater. Diesen Pierre Mueller, diese Camembert-Reklame, diesen *Béret*-Träger, diesen welschen Charmebolzen. Martha hätte mir das nie gestanden, dieses Geheimnis wollte sie für sich behalten, es im Gegensatz zu Gerti mit ins Grab nehmen. Aber mein Traum hatte es ans Licht gebracht. Ich fühlte mich betrogen und auf eine Art und Weise so kolossal entwurzelt, dagegen nahm sich die Straßensperre auf dem Rathausplatz wie ein Fliegenschiss aus. Was für ein Elend! Tränen stiegen in mir auf, sturzbachartig flossen sie heraus, ich weinte mir die Augen wund, bis sie von meiner Heulerei genug hatten und einfach zufielen. Völlig erschöpft entließ mich das Hirn zu früher Stunde in einen gnädigen traumlosen Schlaf.

Als ich am nächsten Morgen nach unten kam, saßen Martha und Edgar in alter Eintracht beim Frühstück. Die Zeitung lag neben Edgar auf dem Tisch, das Radio dudelte im Hintergrund,

und die beiden redeten über die Straßenschranke im Brunnentrog vor dem Rathausplatz.

»Ich habe immer g'sagt, dass es Blödsinn ist, wegen der neuen Diskothek eine Sperre zu bauen«, behauptete Edgar. »Schleichweg lasse sich nicht ausrotten, die sin hartnäckiger als Unkraut.«

»Aber warum liegt der Lärmkasten so nah bei Fautenbach, direkt hinter der Autobahnunterführung? Und Codex? Was ist das auch für ein Name!«, hielt Martha dagegen. »Das ist doch typisch für die Acherner. Gewerbesteuer nehmen sie gerne, aber den Krach sollen wir Fautenbacher aushalten.«

»Jugendlicher Übermut«, seufzte Edgar. »Wir haben früher am ersten Mai auch Gartentörle ausg'hängt.«

»Das war was anders. Das waren Erster-Mai-Streiche.«

So ging es weiter hin und her. Sie beharkten sich, spitzten ihre Positionen zu, pflegten Rechthaberei. Wie in alten Zeiten, wie sie es seit Jahren machten. Nichts verriet mir, ob Martha Edgar ihre Affäre mit Pierre gestanden oder sich stillschweigend entschieden hatte, bei ihm zu bleiben. Oder ob sie noch auf eine passende Gelegenheit wartete, mit ihm darüber zu reden. Für die beiden gab es im Moment nur diese Straßenschranke. Ob die im Rathaus schon Bescheid wussten? Wie schnell die entfernt würde? Wie viel Mann man dafür brauchte? Denn einer allein konnte das schwere Ding nicht vom Fleck kriegen.

Martha goss mir nebenbei einen Kaffee ein.

»Beeil dich. Sonst kommst du zu spät zu dem Patissier-Kurs!« Edgar schob mir die Zeitung zu. »Lass doch die Katharina in Ruhe frühstücken!«

Vertraute Sätze, vertraute Gesten, schon üblich, als ich noch zu Hause lebte, mit großer Selbstverständlichkeit fortgeführt, wenn ich jetzt zu Besuch kam. Eltern sollten sich nicht trennen, dachte ich. Von wildem Beziehungsdurcheinander sollten sie die Finger lassen, es reichte, dass wir Kinder uns diese daran verbrannten. Eltern sollten weiter der sichere Hafen sein, wo wir uns von den Stürmen des Lebens ausruhen und wieder Segel setzen konnten, wenn sie uns mit ihrer Fürsorge oder Kontrolle auf den Geist gingen.

Ich sah von der einen zum anderen, wusste, dass sie auf ihre Art immer dieser Hafen gewesen waren, und als ich meinen Arm neben dem von Edgar auf dem Tisch liegen sah, auf unsere helle Haut und die Sommersprossen blickte, da wusste ich, dass der Traum mich genarrt hatte, die nächtlichen Gedanken falsch gewesen waren. Wenn ich nicht Edgars Tochter war, wer dann? Außerdem hatte die Affäre mit Pierre viel später begonnen, sie war, im Gegensatz zu mir, keine fünfundvierzig Jahre alt. Diese Erkenntnis erleichterte mich so, dass ich mich den Eltern wie eine folgsame Tochter anschloss, als diese vor die Tür traten, um nachzusehen, was nun mit der Schranke geschah und was sich im Dorf an diesem Morgen überhaupt so tat.

Auf der Schranke war über Nacht die schwarze Anarchistenfahne gehisst worden. Martha verdächtigte wilde Revoluzzer – bestimmt Gäste von Joe –, die sich tagsüber nicht auf die Straße trauten! Die, die jetzt bei der Schranke standen, konnten es nicht gewesen sein. Vertraute Gesichter, Neugierige, die zu uns herüberwinkten. Martha machte sich sofort auf den Weg dorthin, Edgar blieb noch stehen, ließ die Augen wie jeden Morgen großräumig über Straße, Kreuzung und Rathausplatz schweifen, stupste mich an, als ein olivfarbener Land Rover vor Elektro-Schindler abbremste, und meinte: »Der Pascal kommt von der ›Jagd‹ zurück. Was er wohl heut g'funden hat? Ein Reh oder nur zwei Ratten?« Dann erst folgte er Martha langsam zum Rathausplatz.

Ich sah Pascals Wagen nach, der in Richtung Achern davonfuhr, und landete in Gedanken wieder bei Felix. Beweise, Sie brauchen Beweise, hörte ich Brandts Stimme. Beweise, das hieß Information, das hieß Wissen. Und was wusste ich eigentlich von Felix? Viel zu wenig. Pascal dagegen war sein bester Freund, einer, der ihm viel Geld geliehen hatte. Und bei Geld hörte bekanntlich die Freundschaft auf …

Der Patissier-Kurs konnte mich mal. Ich hatte Wichtigeres zu tun, als bei diesem eingebildeten Deville schön Wetter zu machen, damit ich zu seinen Cremes und Törtchen zurückkehren konnte.

EINUNDZWANZIG

Ich holte mir Handtasche und Schlüssel, setzte mich in den Wagen und fuhr los.

Pascals Land Rover parkte vor seinem Elternhaus am Eichberg. Ich stellte mein Auto hinter den Geländewagen und stieg aus. Eine hagere Frau um die sechzig rupfte mit Eifer welke Blüten von den Geranien in Waschbetonkübeln, die den Weg zur Haustür einrahmten. Pascals Schwägerin, vermutete ich, das Haus hatte sein älterer Bruder geerbt. Ich fragte nach Pascal.

»Der isch hinte im Schöpfel«, antwortete sie und deutete mit dem Kopf unwirsch auf einen versetzt ans Haus gebauten Schuppen, dessen Tor weit offen stand. »Der isch mit sinnem Viehzeugs b'schäftigt.«

Eindeutig niemand, der Freude an Roadkill-Fleisch hat, dachte ich und lief zu dem Schuppen. Bereits vor dem Tor schlug mir ein strenger Geruch von Wild und Gerberei entgegen.

»Pascal?«, rief ich ins Innere.

Zuerst ein Knurren, dann ein Bellen, dann tauchte Pascal aus dem Dunkel auf. Neben ihm ein Dackel, der direkt vor mir stehen blieb. Er kläffte mich eifrig an und fixierte mit bösartigem Blick meinen linken Knöchel.

»Still, Stoffel!«

Pascal schob den Hund mit dem Fuß etwas von mir weg. Mit seiner speckigen, bodenlangen Wildlederschürze sah er wie ein verirrter Schmied aus. Sein Blick war im Gegensatz zu dem seines Hundes nicht bösartig. Er wirkte ein wenig verunsichert. Ob es an seinen blutverschmierten Fingern lag oder daran, dass er so selten Besuch bekam, darüber konnte ich nur spekulieren.

»Katharina! Das ist aber eine Überraschung.«

Er wischte seine Finger an der Schürze ab. Ich war ihm dankbar, dass er darauf verzichtete, mir die Hand zu geben.

»Hätte ich gewusst, dass du kommst, hätte ich was gekocht. Ich bin grad dabei, meinen Morgenfund zu verarbeiten. Fleisch darf man ja nicht liegen lassen, das muss man schnell präparieren, aber das brauch ich dir als Köchin ja nicht zu erzählen. – Geh ruhig schon rein, ich muss noch schnell den Hund wegbringen.«

Ich betrat den Schuppen, wo mir der Hautgout von Wild, Blut und Verwesung fast den Atem nahm. Von der Decke baumelte eine Girlande aus Fuchsschwänzen, an der Wand hing eine Batterie von Fleischerhaken, rechts hinten brummte eine riesige Kühltruhe, links hinten klebte ein Waschbecken an der Wand. Neben dem Tisch stand ein Holzblock, in dem ein Beil steckte, auf dem Tisch in der Mitte lagen wie zum großen Halali aufgereiht zwei Hasen, ein Fuchs und ein kleines Wildschwein, Letzteres bereits ausgenommen. Obwohl der Raum sehr kühl war, lockten die toten Tiere jede Menge Fliegen an. In kleinen schwarzen Wolken hingen sie über dem Fleisch, füllten die Luft mit ihrem nervigen Summen.

»Die Sau ist natürlich ein echter Knaller, so was findest du nicht jeden Tag!« Voll Finderstolz klopfte der zurückgekehrte Pascal auf die Hinterläufe des Wildschweines und scheuchte eine Fliegenwolke auf. »Ist aus der Rheinebene, aus dem Maiwald. Soll ich dir ein paar Kilo für ein Ragout richten?«

»Ich koch ja zurzeit nicht …«

»Soll ich's dir tieffrieren? Dann kannst du es mitnehmen, wenn du zurück nach Köln fährst.«

Wenn's denn der Wahrheitsfindung dient, zitierte ich in Gedanken wie schon FK den alten Fritz-Teufel-Spruch und versuchte, meinem Nicken eine gewisse Begeisterung zu geben, bevor ich sagte: »Ich komme auch wegen Felix.«

»Gibt's was Neues? Weiß man jetzt, was passiert ist?«, fragte er wie jemand, der sehnlichst darauf hoffte, endlich Antworten zu erhalten. Gleichzeitig entwickelte er aber eine hastige Geschäftigkeit. Er packte den Fuchs bei den Pfoten, scheuchte mit der anderen Hand die Fliegen weg, griff sich zwei kleine Fleischerhaken und hängte das Tier an den Hinterbeinen an einer Cromargan-Platte auf, die neben dem Spülbecken an der Wand befestigt war. Hektisch wühlte er dann die Schublade neben dem Spülbecken durch, hielt irgendwann ein kleines Messer in der Hand, das er an der Kante des Spülbeckens scharf schliff. Ich ließ meinen Blick durch den Schuppen kreisen: die Gefriertruhe, der Hackblock, das Beil, das Messer. Da mochte Pascal noch so gutmütig gucken, ich sollte mit meinen Fragen vorsichtig sein.

»Haben die Polizisten dich noch nicht in der Mangel gehabt?«, fragte ich so locker wie möglich.

Pascal schnippelte in kleinen, sicheren Schnitten das Fell unterhalb der beiden Hinterpfoten auf, stülpte es wie ein erfahrener Kürschner um und zog dem Fuchs dann peu à peu den Pelz ab.

»Doch. Aber ich weiß nichts. Das letzte Mal habe ich in Allerheiligen mit ihm geredet. Gestritten haben wir. Hätte ich ihm doch nur das Geld nicht geliehen! Dieses Geschäft sollte man den Banken überlassen, das ist nichts für Freunde! Er hat mich wieder vertröstet. Getrunken hatte er schon wieder. Viel zu viel, wie immer in letzter Zeit. Sauer war ich! Hab ihm die Pistole auf die Brust gesetzt. Und jetzt ist er tot. Mord oder Selbstmord. Das eine wie das andere passt nicht zum Felix. Ich kapier es nicht, ich kapier es nicht.«

Bei den letzten Sätzen war er laut geworden. Felix' Tod nahm ihn mit, er machte überhaupt den Eindruck einer ehrlichen Haut. Glaubte ich wirklich, Pascal hätte Felix wegen des Geldes …? Würde er dann so offen über seinen Streit mit ihm reden?

Ich beobachtete, wie er die Prozedur an den Vorderpfoten wiederholte, dann vorsichtig den Kopf säuberte, dabei das Blut in einer Schüssel auffing, dem Fuchs zum Schluss mit sicherem Griff das Fell über die Ohren zog. Wie ein Wäschestück hängte er es auf eine Leine zwischen Spülbecken und Fenster, platt wie eine Flunder baumelte das Fuchsfell hin und her. Sofort surrte ein Fliegenschwarm herbei, suchte nach den klitzekleinen Fleischresten, die Pascal vergessen hatte.

»Ich würd gern meiner Schwägerin die Schuld an allem geben.« Pascal deutete mit dem Kopf in Richtung Wohnhaus. »Die schreit jedes Mal Zeter und Mordio, wenn ich mit meiner Beute komme und alles nach Wild stinkt. Die gibt einfach keine Ruh. Der fehlt jedes Verständnis fürs Ursprüngliche. Für die ist Fleisch gleich Hühnerbrust, entbeint und in Folie. Frauen! Die sind halt bei so was empfindlich. Deshalb will ich doch bauen und endlich mein eigener Herr sein.«

Erst mit ein paar kleinen Schnitten, dann mit einem beherzten großen Schnitt öffnete Pascal die Bauchdecke des Fuchses, holte mit der Faust die Innereien heraus und warf sie in die Schüssel, mit der er vorhin das Blut aufgefangen hatte. »Bei der Galle musst du immer aufpassen, dass nichts zurückbleibt, sonst wird das Fleisch bitter«, murmelte er, als er sie aus der Bauchhöhle herausriss.

Ich lief kurz nach draußen, um einen Schwall frische Luft zu tanken.

»Ihr habt bei dem Gespräch in Allerheiligen also nur über Geld geredet?«, fragte ich bei meiner Rückkehr.

»Ja, das hat doch zwischen uns gestanden wie eine riesige Wand. Dabei war die Geldspritze nur zur Überbrückung gedacht, bis sein Erbe da ist, schon vor sechs Wochen wollte er es mir zurückzahlen.«

»Sein Erbe? Hat Gerti ihm so viel hinterlassen?«

»Nix da. Von Gerti ist praktisch nur das Haus.«

Der Fuchs hing nun nackt und ausgenommen an der Wand. Schau jedem Tier, das du isst, in die Augen! Dieser Spruch einer Tierschutzorganisation fiel mir ein, als Pascal mit dem Messer das erste Auge aus dem Kopf des Fuchses pulte und es in die Schüssel zu den ungenießbaren Innereien warf. Ich gebe zu, dass ich mich in diesem Augenblick gerne zur Hühnerbrust-Fraktion gesellt hätte, die sich keine Gedanken über Aufzucht von Fleisch oder das Schlachten machte. Pascal drehte den Kopf des Fuchses und stach ins zweite Auge. Für ihn war das Routine.

»Ein kinderloser Onkel, der seit Langem in Frankreich lebt, hat ihm was vererbt«, erzählte er weiter. »Für den Felix war's wie ein Sechser im Lotto. Damit hätte er die Durststrecke nach dem Schließen der Glashütte gut überstanden. Und bis alles mit der Erbschaft geregelt war, dafür hat er mein Geld gebraucht. Nur für eine kurze Zeit war abgemacht. Und dann ging das mit der Erbschaft nicht voran, und gleichzeitig kam das Angebot mit dem Bauplatz. Wenn er mir ehrlich erzählt hätte, dass er mit dem Rücken an der Wand steht, dann hätte ich doch wegen meinem Geld nicht so einen Druck gemacht, dann hätte ich das mit dem Bauen noch mal verschoben. Er war doch mein Freund.«

Pascals Selbstvorwürfe interessierten mich nicht, mich interessierte etwas anderes. »Was für ein Onkel?«

»Emil oder Emile. Von dem hat ihm die Gerti erst während ihrer Krankheit erzählt. So was wie das schwarze Schaf der Familie, ich weiß nichts Genaueres. Den gibt's wahrscheinlich gar nicht.«

Und ob es ihn gab! Zwar nicht als Onkel, aber es konnte sich nur um Emile Murnier handeln. Endlich ein erster Beweis! Gerti hatte ihrem Sohn erzählt, dass Murnier sein Vater war und er diesen um Geld angehen sollte. Anders ließ sich das Gerede von der Erbschaft nicht erklären. Hatte Felix bereits vor vier Wochen, als Sandrine ihn gesehen hatte, mit Murnier gesprochen? Nein, hatte er nicht, überlegte ich, sonst hätte er es doch beim Fest nicht versucht. Oder aber er war beim ersten Termin abgeblitzt und hatte es beim Fest zum zweiten Mal probiert. Wie verzweifelt musste er gewesen sein, bei dem fremden Erzeuger Geld für seine marode Spedition zu erbetteln? Einem Erzeuger, der den unbekannten Sohn keineswegs mit offenen Armen empfangen, sondern ihn, wie im Gespräch mit Gerti, möglicherweise einen dreckigen Bastard geschimpft hatte. War Felix so verzweifelt oder verletzt gewesen, dass er zuschlug? Dass er tötete?

Beweise, Beweise, Beweise, verlangte Alban Brandt in meinem Kopf. Bleib also an dem Erbe dran, sagte ich mir selbst. In Allerheiligen, also nach dem Mord an Murnier, hatten Felix und Pascal zum letzten Mal über das Geld gesprochen.

»Ist es da noch mal um das Erbe gegangen? Hat Felix in Allerheiligen wieder versucht, dich damit zu vertrösten?«

Pascal nahm den Fuchs von der Wand und schüttelte den Kopf. »Das hat er sich nicht mehr getraut. Er hat schon gemerkt, dass ich ihm nicht mehr glaube. Ich bin doch nicht blöd! Nachgefragt habe ich, wie der Onkel mit Nachnamen heißt, wo er wohnt und so weiter. Müller und Straßburg, da hat man dran fühlen können, dass er lügt. Warum?« Er drehte den Wasserhahn auf und wusch den Fuchs aus. Wieder und wieder hielt er ihn unter den Strahl. »Glaub mir, das ist das Schlimmste für mich, dass er mir nicht die Wahrheit gesagt hat.«

Das hatte Felix wohl nicht können. Wer gestand schon gerne, dass er, ohne es zu ahnen, ein Kuckuckskind war? Oder dass der spät gefundene Vater zu keinerlei finanzieller Wiedergutmachung bereit war?

»Habt ihr denn nie darüber geredet, wie es wäre, wenn er die Spedition dichtmacht?«

Pascal stellte das Wasser ab, legte den Fuchs auf die Spüle, rieb ihn mit Küchenpapier trocken und packte ihn in eine Plastiktüte.

»Hedwig holt den gleich ab. Heute Abend gibt es Fuchspfeffer.«

»Hedwig kann auch Fleisch?«, fragte ich ungläubig.

»Die kann mehr, als du denkst.« Er lächelte leicht. »Vorgestern hat die einen Baeckeoffe mit Luchs gezaubert. So was Tolles hab ich mein' Lebtag noch nicht gegessen.«

War zwischen den beiden doch echte Liebe im Spiel? Dass die Kuchenkönigin Fuchsfleisch anpackte, sprach eindeutig dafür.

»Ich muss weitermachen. Sonst wird das Fleisch schlecht«, murmelte Pascal entschuldigend und holte sich den ersten Hasen.

»Die Spedition, Pascal«, erinnerte ich ihn.

»Die Spedition und Felix waren eins.« – Klick, klick machten die Fleischerhaken, als Pascal den Hasen aufhängte. – »Und damit war er auch nicht ungeschickt. Als er Sophie kennengelernt hat, war er der junge Unternehmer mit florierender Firma und sie die kleine Verwaltungsfachfrau. Und jetzt? Du hast doch mitgekriegt, wie über ihn geschwätzt wird. First Lord der Ortenau, Herrenkränzchen und so weiter. Jetzt ist sie die Erfolgreiche und er der Verlierer. So was tut jedem Mann weh. Auch dem Felix. Aber nicht, dass du denkst, Sophie hätte ihn hängen lassen. Niemals! Die hätte alles getan für ihren Felix. Für den wäre sie durchs Feuer gelaufen, für den hätte sie sich die Hand abhacken lassen. Für den hätte sie sogar die Bürgermeisterei sein lassen. Aber die Sache mit der Spedition hat sie falsch eingeschätzt.«

Die feinen, kleinen Schnitte um die Hinterläufe herum, das vorsichtige Umstülpen, das kräftige Ziehen am Hasenfell.

»Sie hat immer gedacht, dass die Firma Felix ein Klotz am Bein ist«, erzählte Pascal weiter. »Dass es ihn befreit, wenn er die Spedition endlich los ist. Aber dem war nicht so. Die Spedition war sein Gegengewicht zu Sophie, das war seine Welt. Deshalb hat er der Sophie am wenigsten davon erzählt, wie schlecht es um seinen Betrieb steht. Sonst hat er ihr ja immer alles erzählt, er konnte ihr nichts vormachen, über jeden Pups von ihm hat sie Bescheid gewusst. Aber in dem Punkt war er eigen. Ich habe ihm ein paarmal gesagt, er soll ihr endlich reinen Wein einschenken. Mit ihren Beziehungen hätte sie ihm doch Aufträge zuschanzen können. Aber genau das wollte er nicht.«

Vermaledeiter Männerstolz. Dass Felix noch so altmodisch gedacht hatte, hätte ich bei dem sanften Mann nicht für möglich gehalten. Aber ich hätte auch nie geglaubt, dass er Murnier erschlagen, erstochen … Fakten, Frau Schweitzer, Fakten, mahnte wieder Alban Brandt an. Okay, Schweitzerin, denk nach!

Pascal zog derweil dem Hasen das Fell mit einem Ruck ab und setzte das Messer an der Bauchdecke an. Die Schweinerei mit den Innereien wollte ich mir kein zweites Mal ansehen. Ich drehte den Kopf in die andere Richtung und entdeckte, dass an der Gegenwand das gleiche Plakat zu »Der zerbrochene Krug« wie in Käshammers Büro hing. Stimmt. Pascal hatte ja mitgespielt. Allerheiligen. Dazu hatte er mir noch nicht alles gesagt.

»Wie hast du Felix bei eurem letzten Gespräch die Pistole auf die Brust gesetzt?«, fragte ich.

»Mit einer Galgenfrist von einer Woche.«

Der Mann war echt gutmütig. So was blieb doch völlig wirkungslos, wenn man kein anderes Druckmittel zur Hand hatte. »Und wenn er es dir bis dahin nicht zurückgezahlt hätte, was dann?«, fragte ich.

»Ich habe ihm gedroht, Sophie davon zu erzählen. Die hat nämlich nichts von unserem Deal gewusst.«

Gar nicht so dumm, musste ich zugeben. Ich drehte mich wieder zu ihm um. »Und seine Reaktion?«

»Kein Wort.« Er stach dem Hasen die Augen aus. »Nur der Hundeblick.«

»Der Hundeblick!«

Ich richtete die Augen über Pascal und den Hasen hinweg auf die Wand und dachte nach. Felix hatte in Allerheiligen erfahren, dass Pascal Sophie bald von seinen Schulden berichten würde. Hätte er nicht noch einmal versucht, den Freund von diesem Vorhaben abzubringen?

»Ihr habt nicht noch mal miteinander geredet? In der Pause vielleicht?«

Pascal nahm den Hasen von der Wand, zog ihm die Haken aus

den Läufen und tütete ihn ein. »In der Pause habe ich meine Szene mit Ruprecht geprobt.«

»Oder nach der Vorstellung? Hat Felix am Parkplatz auf dich gewartet?« Natürlich spürte ich die Ungeduld in meiner Stimme, und Pascal spürte es auch.

»Du fragst schon wie die Polizei«, beschwerte er sich beim Händewaschen. »Ich kann dir nur die Antwort geben, die ich denen gegeben habe. Nach der Vorstellung haben wir gefeiert, danach bin ich mit Hedwig nach Hause gefahren. Du weißt doch selbst, dass Sophie Felix in der Wirtschaft gesucht hat. Auf mich jedenfalls hat Felix nirgendwo gewartet.«

Ein lückenloses Alibi, würde Alban Brandt sagen, Pascal hatte nichts mit Felix' Tod zu schaffen. Felix aber, so fiel mir ein, musste an diesem Abend nicht nur die schlechten Nachrichten, was seine Schulden bei Pascal betraf, verkraften. Der hatte auch von mir erfahren, dass ich das Foto von Gerti, Martha und Murnier kannte. Spätestens zu diesem Zeitpunkt musste ihm gedämmert haben, dass Martha als beste Freundin von Gerti Bescheid wusste, dass seine Verbindung zu Murnier nicht geheim bleiben würde. Was hatte er dann getan? Wohin war er gegangen, so betrunken, so durcheinander? Wie war er gestorben? Wie im Bach gelandet?

»Aber Sophie hat dich doch angerufen, später. Als sie festgestellt hat, dass er nicht zu Hause war. Hast du dich an der Suche nach ihm beteiligt?«

Er schüttelte den Kopf. »Sophie hat mich erst am nächsten Tag angerufen und mir gesagt, dass der Felix tot ist.«

»Hallihallo? Ist da einer?«

Hedwigs glockenhelles Trällern unterbrach unser Gespräch. Am Arm ein Weidenkörblein, stöckelte sie auf uns zu. In den hellen Jeans, der Bluse in Altrosa, der Handtasche mit Schleifchenverschluss wirkte sie in diesem Schuppen wie ein Bonbon in einer Schlachterei. Ein blumiges Parfüm hüllte sie ein, hielt aber den archaischen Wildgerüchen nicht lange stand. Sie rümpfte die Nase und tat dies so, dass man merkte, wie unangenehm ihr der Gestank war, sie sich aber – der Liebe wegen oder um des lieben Friedens willen? – nicht darüber beschweren würde.

Solche Feinheiten nahm Pascal nicht wahr, der strahlte wie ein Honigkuchenpferd, als er ihr die Tüte mit dem ausgenommenen Fuchs hinhielt.

»Ich habe gedacht, ich mache breite Nudeln dazu und vielleicht einen Kopfsalat«, plapperte sie und legte das Fleisch in den Korb. »Oder willst du lieber ein Gemüse, Füchschen?«

Füchschen? Wie dämlich war das denn? Ich musste mich sehr zurückhalten, um nicht laut loszuprusten. Ob sie, wenn's Hase gab, Hasilein sagte? Und beim Wildschwein Schweinebäckchen? Und bei Ratte? Gab es dafür überhaupt eine Koseform?

Sie drückte dem Füchschen einen spitzen Kuss auf den Mund. Frisch gestärkte Popeline traf auf speckiges Wildleder, befreite sich, wurde unauffällig auf Flecken überprüft und dann glatt gestrichen. Es war schon erstaunlich, über was die Frau hinwegsah, nur um sich weiter einzureden, dass der Mann zu ihr passte.

»Ich würde Gemüse vorschlagen«, meldete ich mich zu Wort.

Erst jetzt bemerkte Hedwig mich: Was macht die hier?, fragte der Blick, den sie Pascal schickte.

»Pascal hat mir gerade ein paar Kilo Wildschweingulasch angeboten«, erklärte ich ihr. Ich wollte den gutmütigen Kerl nicht in Verlegenheit bringen. Warum der Hedwig anstrahlte, war mir allerdings auch ein Rätsel.

»Du interessierst dich für Roadkill-Fleisch?«

Der helle Sopran jetzt mit einem Hang zum Hysterischen. Das Misstrauen in ihrer Stimme war nicht zu überhören.

Ich brauchte nicht zu antworten, denn Pascal wollte etwas ganz anderes wissen.

»Wie war's denn?«, fragte er neugierig und erzählte mir, weil mich das bestimmt interessieren würde, dass Hedwig gerade von ihrem Termin bei der Polizei zurückkam.

»Natürlich«, bestätigte ich.

»Erzähl ich dir beim Abendessen«, antwortete sie kurz angebunden.

Sie drehte mir den Rücken zu. Es war offensichtlich, dass sie in meiner Gegenwart nicht darüber sprechen wollte.

»Ich geh dann mal!« Wieder ein spitzer Kuss.

Auf keinen Fall! Mich interessierte brennend, wie ihr Gespräch bei der Polizei verlaufen war. Und eigentlich tratschte Hedwig furchtbar gerne, ich musste sie nur zum Reden bringen.

»Hodapp und Stechele?«, fragte ich. »Die zwei haben mich gestern in der Mangel gehabt.«

»Zu mir waren sie ausgesprochen höflich«, kam schnippisch zurück, dann stöckelte sie schon aus dem Schuppen hinaus.

Ich folgte ihr auf den Kiesweg, der zur Straße führte. »Du bist ja auch eine unbescholtene Zeugin«, rief ich ihr hinterher. »Auf die ist die Polizei besonders angewiesen. Die behandeln sie mit Sicherheit höflicher als jeden andern und als mich sowieso. Dein Messer hat ja nicht im Rücken des Toten gesteckt.«

Der Kies knirschte, als sie sich zu mir umdrehte. Sie pausierte vor einem Hortensienstrauch, dessen Blüten exakt den Roséton ihrer Bluse hatten. Zufall, dachte ich, das kann nur Zufall sein.

»Und ich bin nicht zweimal als Erste am Tatort gewesen. Und damit du es weißt, ich habe nie behauptet, dass du Murnier umgebracht hast. Ich habe immer nur die Wahrheit gesagt. – Wo ist bloß der Autoschlüssel?« Sie stellte den Korb auf dem Boden ab und durchforstete ihre Handtasche.

»Und du bist eine sehr gute Beobachterin«, machte ich weiter. »Keine sieht so viel wie du!«

Sie unterbrach ihre Suche und sah mich an. »Zwei Morde, ich bitte dich. Da ist es doch selbstverständlich, dass man auch noch die schwächste Erinnerung aus sich herauspresst.«

»Sag ich doch! Also mich haben sie hauptsächlich zu Felix befragt. Nicht nur zu Allerheiligen und dem Rückhaltebecken, auch zu Scherwiller.« Oh Gott! Gut, dass mich niemand sonst hörte! Ich redete schon in diesem geschwätzigen Wirtinnenton meiner Mutter!

»Jedes Detail ist wichtig«, bestätigte Hedwig, wühlte wieder in ihrer Handtasche, förderte aber nicht den Schlüssel, sondern ein Parfüm zutage, mit dem sie sich und die Hortensien dahinter kräftig einsprühte. »Ich muss ehrlich sagen, ich bewundere die Polizei. Die vielen Aussagen, die sie miteinander vergleichen und dabei nachsehen müssen, wo es Unstimmigkeiten gibt! Diese ganze Kleinarbeit, die nötig ist, um dem Täter auf die Spur zu kommen.«

»Genau!«, stimmte ich ihr eifrig zu. »Zum Beispiel, wer zwischendurch mal weg war und wer wieder zurückgekommen ist. Das können sie nur so herauskriegen. Ich habe da leider wenig zu sagen können, weil ich doch nur Augen für Luc gehabt habe.«

»Liebe macht halt blind!« Sie gluckste und steckte das Parfüm zurück in die Handtasche. »Es tut mir so leid für dich, dass sie den Luc verhaftet haben.« Mit der freien Hand zerstäubte sie das Parfüm in der Luft, und mit dem Duft von Veilchen wehte mich ihr falsches Mitgefühl an. Es hielt nicht lange vor. Schnell spitzte sie den Mund und sagte besserwisserisch: »Aber bestimmt nicht grundlos. So gut, wie die Polizei arbeitet!«

Ich konnte die Frau nicht ausstehen, selbst jetzt noch nicht, wo ich wusste, dass sie eher dumm als böse war. Aber Dummheit war mindestens eine genauso große Plage wie Bösartigkeit. Dennoch tat ich weiter so, als erzählte sie mir die klügsten und interessantesten Dinge, und redete ihr nach dem Mund. Wenn's denn nur auch der Wahrheitsfindung diente! »Aber dich hat die Liebe nicht blind gemacht. Du hast zum Beispiel gesehen, wie Sajdowski Murnier gefolgt ist und bestimmt noch viel mehr.«

»Natürlich!«, trällerte sie und begann wieder in ihrer Handtasche zu stochern. »Ich hab ja eine ganze Zeit mit der Erna vor der Tür gestanden. Alle habe ich kommen und gehen sehen, bevor der Pascal sich endlich getraut hat, mich zum Tanzen aufzufordern.«

Ein träumerischer Erinnerungsblick kombiniert mit frischem Besitzerstolz. Ich zwang mich zu einem mitfühlenden Lächeln und hoffte, dass mich mein Blick nicht verriet.

»Wer war denn alles vor der Tür, bevor Pascal und du …?«

»Die größte Gruppe waren natürlich die Raucher!«

»Natürlich«, bestätigte ich. »Auch in Frankreich herrscht Rauchverbot. Und Felix war ja nun wirklich ein starker Raucher.«

»Ja, sicher, der war immer dabei! Der Felix war bestimmt mehr draußen als drinnen. Manchmal hat er auch eine kleine Runde gedreht, mal rechtsrum zum Aubach, mal linksrum zum Aubach. Er war ja nicht so der Gesellige, der sich beim Rauchen gern zu fremden Menschen stellt, eher so ein einsamer Raucher, habe ich den Polizisten erklärt.«

Wie gut, dass sie das getan hatte! Ein Segen, dass sie so viel plapperte! Wie nützlich Dummheit sein konnte! »Wart ihr eigentlich noch im Festsaal, als die Hellsass Devils kamen? Die sollen ja schlimm gewütet haben«, fragte ich mit verschwörerischem Unterton.

»Das kannst du laut sagen!«

Jetzt hatte sie leider ihren Schlüsselbund gefunden.

»Sind die denn auch auf Leute los?«, fragte ich schnell.

»Nicht sofort. Aber allein, wie die aufgetreten sind! Die Lederjacken, die Nieten, die breiten Schultern, die Stiefel! Einer vorneweg, zwei direkt dahinter, dann vier und so weiter. Wie ein Pfeil haben sie sich in den Saal gebohrt, geschubst und gedrängelt haben sie, sofort alles zur Seite gekickt, was ihnen im Weg stand. Die waren noch keine Minute da, da krachten schon die ersten Stühle zusammen. Dann haben sie sich frech an den Tabletts der Kellnerinnen bedient, die Mädchen durch die Stuhlreihen gejagt. Daraufhin haben natürlich die jungen Kerle im Saal die Ärmel hochgekrempelt und sich die Dumpfbacken vorgenommen. Da ging eine Keilerei los, frag nicht, wie! Panik im Saal, Riesengeschrei, alle haben nach draußen gedrängt. Ich habe mir Pascal gepackt und uns hinter dem Tresen in Sicherheit gebracht. Aber ich kann dir sagen, wer sich von dem Schlachtgewimmel nicht aus der Ruhe bringen ließ, das war Sophie. Sofort nach der Gendarmerie telefoniert, alte Leute gerettet, die Musiker, ihre Instrumente und so weiter, alles wahnsinnig schnell. Und dann – das musst du dir mal vorstellen! – hat sie sich ans Mikrofon gestellt und auf Deutsch und Französisch gesagt, dass die Gendarmerie im Anmarsch ist! Also, ich muss schon sagen, Nerven wie Drahtseile. Also, ich hätte mich das, ehrlich gesagt, nicht getraut. Stell dir nur vor, die Rowdys hätten die Bühne gestürmt! Man kann ja von Glück sagen, dass sie danach sofort abgerauscht sind. Ist ja alles noch mal glimpflich abgegangen. – So«, meinte sie dann und klimperte mit den Schlüsseln. »Ich muss jetzt fahren.«

»Wie gut, dass ihr euch in Sicherheit gebracht habt! Wie gut, dass euch nichts passiert ist«, redete ich weiter und hielt sie wie zufällig am Unterarm fest. »Also, ich hätte mich das auch nicht getraut, war ja wirklich nicht ohne für Sophie. Und danach, was ist dann passiert?«

»So ein Häuflein Aufrechter wie Pascal und ich haben nach dem

Überfall wenigstens ein bisschen Ordnung in der Halle geschaffen. Ein paar von den Franzosen waren noch da, FK hab ich gesehen, den Droll Erwin … Ach ja, und Felix ist noch gekommen! Der war schon auf dem Weg ins Hotel, als er festgestellt hat, dass Sophie den Zimmerschlüssel hat.«

»Der war während der Schlägerei gar nicht im Saal?«

»Nein, nein, der ist erst danach aufgetaucht. Kurz bevor die Gendarmerie kam, hat er plötzlich im Eingang gestanden, ganz verstört hat er gewirkt, als er das Durcheinander gesehen hat! Anstatt dass er seine Sophie mal nach der ganzen Aufregung in den Arm nimmt, musste sie ihn trösten.«

Ich traute meinen Ohren nicht! Ausgerechnet die dumme Hedwig ließ meine Verdächtigungen zur Gewissheit werden. Felix war erst nach dem Aufritt der Hellsass Devils zurückgekommen. Davor war er auf Murnier getroffen, hatte den alten Mann umgebracht und in den Bach geschleppt. Dass er den Zimmerschlüssel vergessen hatte, glaubte ich nicht. Aber wieso war er dann zurückgekommen?

»Stimmt«, sagte Alban Brandt in meinem Kopf. »So könnte es gewesen sein. Aber beweisen können Sie bisher nur, dass er zur vermeintlichen Tatzeit vor dem Haus von Murnier gewartet hat und nicht in der Festhalle war. Für ein intensives Verhör würde das allemal ausreichen, aber die Möglichkeit gibt es leider nicht. Tote können nun mal nicht reden. Ein Selbstmord allerdings würde einem Schuldeingeständnis schon recht nahekommen.«

»Ist wahrscheinlich in jeder Beziehung so, dass einer das Heft fest in der Hand halten muss«, erklärte mir Hedwig. »Das merk ich doch schon nach der kurzen Zeit mit Pascal. Der Mann braucht nicht nur eine feste Hand, der braucht auch eine Grundrenovierung. Weißt du, was ich gemacht habe, nachdem ich bei der Polizei fertig war?«, flüsterte sie mir ins Ohr und antwortete, als ich den Kopf schüttelte: »Ich habe ihm ein neues Hemd gekauft! Willst du's mal sehen?«

Ich nickte ergeben. Schnell lief sie zu einem himmelblauen Fiesta voraus, öffnete den Kofferraum und hielt mir ein lindgrünes Hemd in einer durchsichtigen Plastiktüte hin.

»Na, was sagst du?«

»Es wird ihm gefallen«, log ich.

»Ich werde ihm seinen Military-Look schon austreiben!«

Sie zwinkerte mir zu, als sie sich hinters Lenkrad setzte. Die Schonbezüge der Sitze zierte ein wuscheliger Kunststoff mit Wolkenmuster, unter dem Rückspiegel baumelten zwei Engelchen, die ein Herz festhielten. –Sie erfüllte tatsächlich ein Klischee nach dem nächsten. Ihre Küche hatte ich mir bereits bei unserer ersten Begegnung rosa vorgestellt. Jetzt war ich mir sicher, dass sie es war.

»Geschmack muss man halt den Männern erst beibringen«, setzte sie noch obendrauf und startete dann den Wagen.

Kaum war sie hinter der Kurve bei Boscherts Haus verschwunden, holte ich mein Handy aus der Tasche. Sophie meldete sich nicht. Ich hinterließ eine Nachricht. Von der Kirche kommend fuhr ein roter Audi an mir vorbei. Gleichzeitig schlugen die Glocken von Sankt Bernhard zwölfmal, und das Angelusläuten setzte ein. FK, dachte ich und wählte seine Nummer.

»Hast du wieder Neuigkeiten?«, fragte er in diesem Oberlehrerton, mit dem man übereifrige Schüler ausbremste.

Ich hielt mir das Ohr zu, damit ich FK verstehen konnte. Ich hörte Fahrgeräusche, eine Stimme im Hintergrund, eine Hupe.

»Bist du allein?«, wollte ich wissen.

»Ich bin auf dem Weg nach Oberkirch. Sophie gibt eine Pressekonferenz. Wir sind zu dritt: mein Wagen, mein Radio und ich. Was soll das Misstrauen? Sind deine Neuigkeiten so sensationell, dass sie schärfste Geheimhaltung brauchen?«

»Felix war Murniers Sohn.«

Wie um das Gewicht dieser Aussage zu untermauern, schwoll das Läuten um mindestens drei weitere Glocken an. So eng ich das Handy auch ans Ohr presste und das andere zuhielt, von FK hörte ich erst mal nichts.

»Das ist jetzt aber wirklich mal was … Mannomann, wie bist du denn darauf …?«, staunte er dann in Halbsätzen.

»Meine Mutter«, schrie ich gegen das Läuten an. »Ohne dich hätte ich sie nicht zum Sprechen gebracht.«

FKs Antwort ein Stöhnen, dann ein Jammern darüber, dass Martha ihm nie mehr sein Spezialschnitzel machen werde, er nie mehr gemütlich in der Linde ein Bier trinken könne.

»Kannst du wohl!« Auf der Straße auf und ab gehend, brüllte ich ihm die Geschichte ins Ohr. Die zwischen Martha und Pierre Mueller ließ ich natürlich weg. Ein alter Käfer hupte mich zur Seite, fuhr an mir vorbei hinauf bis zur Kirche und parkte dort. Es stieg niemand aus. Überhaupt war niemand zu sehen. Auch Pascals Blumen zupfende Schwägerin war verschwunden.

»Das erklärt einiges«, meinte FK, als ich zu Ende erzählt hatte. »Trotzdem bleibt der Obduktionsbericht wirr.«

»Den gibt es jetzt?«, schrie ich, dämpfte aber schnell meine Stimme, als die Glocken plötzlich verstummten. »Und du weißt, was drinsteht?«

»Keine Details. Nur ein paar Eckdaten. Er hatte jede Menge Alkohol plus Schlafmittel im Blut.«

»Selbstmord?« Hatten Hodapp und Stechele mich deshalb gestern Abend so schnell gehen lassen?

»Wenn er zu Hause im Bett gefunden worden wäre, gäbe es daran nichts zu rütteln«, rekapitulierte FK. »Das würde auch zu dem passen, was du gerade erzählt hast. Aber die Kombination von Bach und Schlaftabletten ist komisch. Genau wie Murnier war er übrigens schon tot, als er im Bach landete. Die Frage ist, ob man einen Selbstmord vertuschen oder vortäuschen wollte, und natürlich, wer. Die Spurenlage am Bach dazu war katastrophal, aber daran bist du ja nicht ganz unschuldig ...«

»Hätte ich ihn im Wasser liegen lassen sollen oder was?«, blaffte ich ihn an.

»Du weißt genau, was ich meine. Du hättest sofort die Polizei ...«

»Musst du immer wieder auf meinen Fehlern herumreiten?«

»Ich will nur verhindern, dass du sie noch mal machst.«

»Na prima!«

FK konnte einem wirklich auf die Nerven gehen! Dieses Besserwisserische, Oberlehrerhafte hatte ich immer schon an ihm gehasst. Zum Glück hackte er nicht weiter auf diesem Punkt herum, sondern lenkte das Gespräch schnell in andere Bahnen.

»Fällt dir, die du dich doch so gerne ins Reich der Spekulationen vorwagst, ein, warum Felix voll mit Schlaftabletten im Bach gelandet ist?«

»Nein«, sagte ich nach einigem Nachdenken. »Die Kombination von Schlafmittel und Bach irritiert mich genauso wie das Messer im Rücken von Murnier. Der Stich erst nach seinem Tod ausgeführt, warum?«

»Rätsel, die unsere Freunde und Helfer lösen werden.«

»Na ja«, setzte ich an, um ihm zu widersprechen, aber weiter kam ich nicht, denn FK verkündete: »Ich bin jetzt gleich in Oberkirch! Bin sehr gespannt, was Sophie zu sagen hat.«

»Rufst du mich nach dem Termin an?«

Er brummte so etwas wie »Mach ich«, konnte es dann aber nicht lassen hinterherzuschicken: »In der Zwischenzeit lässt du die Finger von allem, was gefährlich werden könnte.«

ZWEIUNDZWANZIG

Der alte Käfer stand noch am Parkplatz vor der Kirche, als ich zu Fuß den Weg hoch zum Eichberg einschlug. Ich brauchte Bewegung, frischen Sauerstoff, endlich einen klaren Kopf. Der Himmel heute bewölkt, dazwischen Fetzen von Blau, die Sonne eine Diva, die sich mal kurz zeigte und dann wieder auf unbestimmte Zeit hinter einem grauen Wolkenvorhang verschwand. Ein Himmel ohne klare Verheißungen. Der Wind raschelte in den Buchenhecken, die das Kriegerdenkmal umgrenzten, und blies mir die Haare aus dem Gesicht, als ich oben angelangt war. Ich blickte über die Kirschbaumhügel, zwischen denen sich in der Ferne die L 87 ins Achertal hineinbohrte. Mein Fußweg dagegen führte in sanften Wellen geradeaus, und auf eine so eindeutige Linie wollte ich auch meine Gedanken bringen.

Wieder sah ich Felix im Dunkeln vor Murniers Haus warten: Vielleicht macht er das an diesem Abend nicht zum ersten Mal, vielleicht ist er schon öfter hier gewesen, wieder zum Festsaal zurückgekehrt, als Murnier nicht kam. Und dann endlich taucht er auf. Gut angetrunken, die Hand schmerzt ihm nach der Prügelei mit Sajdowski. Er ist müde, er ist schlecht gelaunt. Dies war kein guter Abend für ihn.

Wie geht Felix vor? Stellt er sich Murnier in den Weg? Sagt er: Ich bin Gertis Sohn? Schiebt Murnier ihn weg? Schimpft er ihn einen dreckigen Bastard? Oder fragt er misstrauisch: Was willst du von mir? Erzählt Felix von seiner Mutter? Von ihrem Wunsch nach später Wiedergutmachung? Kommt der schüchterne Felix überhaupt so weit, sein Anliegen nach finanzieller Unterstützung vorzubringen? Wieso wählt er dafür einen so ungünstigen Zeitpunkt? Weil er denkt, dass ein erschöpfter alter Mann ein leicht zu übertölpelnder Gegner ist? Aber er irrt sich. Warum soll Murnier mit Felix anders umgehen als mit Sajdowski?

Er beschimpft ihn, er schlägt zu, Felix schlägt zurück, Murnier stürzt, zieht sich am Fußabtreter die tödliche Verletzung zu. Felix packt Panik, er schleppt ihn das kurze Stück zum Bach. Weil Murnier dort seine Mutter vergewaltigt hat? Weil im Wasser Spuren schwer nachweisbar sind? Warum geht er danach zur Festhalle zurück? Um sagen zu können, dass er den ganzen Abend auf dem Fest gewesen ist? Weil er nach dem, was vorgefallen ist, auf keinen Fall allein sein kann? Aber das Fest ist nicht normal weitergelaufen, da haben inzwischen die Vandalen gehaust. Er kann sich nicht mehr wie ein Fisch im Wasser zwischen drinnen und draußen bewegen.

Verstört trifft er auf den spärlichen Rest der Übriggebliebenen, seine Frau bemerkt seine Verwirrtheit und tröstet ihn. Erzählt er ihr, was passiert ist? Auf keinen Fall! Er hilft, die Scherben aufzulesen, er hört von Sophies Heldentaten. Er weiß, dass er schweigen muss, weil er Sophie sonst mit in den Abgrund zieht. Das Messer. Entschließt er sich beim Aufräumen, es mitzunehmen? Wieso nimmt er es überhaupt mit, wo Murnier doch bereits tot ist? Wieso legt er eine Spur zu mir?

An diesem Punkt nur Fragezeichen, da kam ich nicht weiter. Ich entschloss mich, wie früher bei Klassenarbeiten, Mut zur Lücke zu haben, und sprang zum nächsten Tag:

Felix ist erleichtert, weil Sajdowski so schnell ins Visier der Ermittler gerät. Das verschafft ihm Zeit, mögliche Spuren zu verwischen. Hat er die Chuzpe, zu behaupten, er habe Luc am Bach bei der Leiche gesehen? – Dass Luc durchaus ein Motiv für den Mord hat, weiß jeder, dafür haben der Tratsch und die Gerüchteküche in der Winstub Mueller am Morgen danach gesorgt. – Nein, nein, diese Aussage hat Felix nicht am ersten Tag gemacht, sonst hätte man Luc schon früher verhaftet. Das war sein Plan B, der kam zum Tragen, als man Sajdowski freigelassen hat. Damit ist Felix wieder aus dem Schneider. Keiner verdächtigt ihn, er macht weiter wie bisher.

Allerdings sitzt ihm Pascal immer noch mit seinen Rückforderungen im Nacken, eine Woche gibt ihm der Freund noch, dann will er Sophie informieren. Sophie, die davon nichts wissen soll. Und dann erzähle ich ihm von dem Foto, und er merkt, dass er nicht bedacht hat, dass Martha Gertis Geheimnis kennen könnte …

Allerheiligen, die Pause zu »Der zerbrochene Krug« geht zu Ende, Felix steht mit zwei Hiobsbotschaften da. Er kann nicht zur Vorstellung zurück. Er läuft zur Straße, er hält ein Auto an, es ist noch nicht spät, irgendeiner fährt immer ins Tal zurück. Er geht nach Hause, er weiß jetzt, dass es eine Spur zu ihm gibt. Er ist verzweifelt, er sieht keinen Ausweg mehr. Schlaftabletten … Bestimmt bekam Gerti welche, sehr starke sogar, zum Ende ihrer Krankheit. Es sind noch welche übrig.

Aber wenn er sich zu Hause umbringt, ist dies gleichbedeutend mit einem Schuldeingeständnis. Was wird dann aus Sophie? Er will sie nicht belasten. Ein letzter Liebesdienst, den Selbstmord wie einen Mord aussehen zu lassen. Felix hinterlässt keine Nachricht für Sophie, will sie nicht in Verlegenheit bringen. Der Bach fällt ihm ein, vielleicht gefällt ihm die Parallelität zu Murnier?

Er läuft durchs Dorf, es ist schon dunkel, gut möglich, dass ihn keiner sieht. Vielleicht nimmt er nicht die Straße, sondern den Weg durch die Felder, den ich gerade gehe. Fängt er bereits unterwegs an, die Tabletten zu schlucken? Schleppt er sich schon benommen noch bis ans Rückhaltebecken? Setzt er sich dort auf das Geländer der Brücke, schluckt den Rest der Tabletten, wartet darauf, dass er kopfüber ins Wasser fällt?

Es erleichterte und erregte mich gleichermaßen, dass ich endlich ein plausibles Szenario für die beiden Morde, beziehungsweise für Mord und Selbstmord, gefunden hatte! So könnte es gewesen sein, dachte ich, genau so!

Beim Aufblicken sah ich eine schwarze Regenwand vom Schwarzwald her ins Rheintal ziehen. Ich hatte sie nicht kommen sehen, so sehr war ich von meinem Kopf-Kino in Beschlag genommen. Eine kräftige Böe fegte durch die Kirschbäume, versetzte die zigtausend Blätter in helle Aufregung. Die ersten Tropfen fielen, als ich, um den Rückweg abzukürzen, querfeldein zur Talstraße hinunterlief. Ich schaffte es noch halbwegs trocken unters Vordach des Einganges der Gaststätte Zum Eichberg, bevor es anfing, richtig zu schütten. Von jetzt auf gleich krachten harte Tropfen auf die Straße, schienen vom Beton hochzuspringen, bevor sie wieder auf der Straße landeten und diese in Windeseile in einen Bach verwandelten.

Nach fünf Minuten Sintflut und Weltuntergang war alles vorbei. Der Regen zog weiter, der Himmel wie rein gewaschen, sogar die Sonne wagte sich wieder hervor. Die Welt frisch und klar, so wie ich mir meine Gedanken wünschte.

Und die kamen wie früher am Ende von Klassenarbeiten auf noch offene Fragen zurück. Wenn mein Szenario zutraf, so fehlte mir weiter eine Erklärung für das Messer. Zudem, fiel mir ein, wusste ich nicht einmal, ob Felix Linkshänder gewesen war. Dieses verflixte, blöde Messer!

Ich trat den Heimweg an, lief die nassglänzende Talstraße entlang, hörte im noch aufgewühlten Bach neben der Straße ein paar Enten schnattern, sah, wie sie auf den hüpfenden Wellen bachabwärts schwammen. Dabei fragte ich mich: War ich schon bereit für einen Außenblick auf meine Gedanken? Konnte ich schon mit Alban Brandt telefonieren?

»Was du heute kannst besorgen, das verschiebe nicht auf morgen.« Martha! Sie hatte mir im Laufe meines Lebens so viele Sprichwörter eingetrichtert, dass ich für jede passende Gelegenheit eines aus dem Hut zaubern konnte. »Besser ein Ende mit Schrecken als ein Schrecken ohne Ende.«

Ich rief Brandts Nummer an. Er müsse mich zurückrufen, sagte er schnell, er könne im Augenblick nicht sprechen. Auch recht. Dann würde ich nach Hause gehen, mir was Trockenes anziehen, mein Auto abholen. Gedanken tat es sowieso immer gut, wenn sie erst mal sacken konnten.

FK rief an, als ich eine Stunde später den Fußweg von der B 3 aus zur Kirche hinauflief, um mein Auto abzuholen. Er telefonierte wieder beim Fahren. Im Hintergrund knatterten Staumeldungen im Radio.

»Eins sage ich dir: Oberkirch wird nicht die letzte Station für Sophie sein«, erzählte er. »Alle Achtung, die hat da gerade einen Parforceritt hingelegt! Also wenn die am Sonntag die Wahl nicht gewinnt, dann muss ich ernsthaft an meinem journalistischen Spürsinn zweifeln.«

»Und womit hat sie dich überzeugt?«

»Felix! Der hat im Vorder- und im Hintergrund immer mitgespielt. Die große Liebe ihres Lebens. Richtig schlafen, sagt sie, kann sie erst wieder, wenn die Polizei seinen Mörder gefunden hat. Ausführlich hat sie über ihre politischen Ziele gesprochen, ist auf kontrovers diskutierte Projekte eingegangen: Hauptstraße, Hochregallager …«

»Interessiert mich nicht«, unterbrach ich FK. »Ich will wissen, was sie über Felix erzählt hat.«

»Natürlich! Wie konnte ich nur annehmen, dass du dich für die Niederungen der Kommunalpolitik interessierst«, spottete FK.

»Die Niederungen, in denen ich mich zurzeit bewege, reichen mir völlig.«

»Also gut, ich fasse zusammen: Seit Sophie Felix am Rückhaltebecken identifiziert hat, belastet sie die Ungewissheit. Sie sagte, das Schlimmste für sie sei, nicht zu wissen, warum Felix sterben musste.«

»Hat sie von Mord oder von Selbstmord gesprochen?«

»Weder – noch. Hat auf Anfrage gemeint, dass sie aus Rücksicht auf die laufenden Ermittlungen und in Absprache mit der Polizei darüber nicht reden will. Gesagt hat sie allerdings, dass sie sich nicht vorstellen könne, dass Felix' Tod etwas mit dem von Murnier zu tun habe, obwohl sie verstehe, dass die Polizei dieser Spur nachgehen müsse. Aber: Sie habe volles Vertrauen in die Ermittlungsarbeit, sie wisse aus vielen Gesprächen und Begegnungen, wie gut und gewissenhaft die Arbeit der hiesigen Polizei sei und so weiter.«

»Ob sie schon von den Obduktionsergebnissen weiß?«

»Davon gehe ich aus. Wenn ich die Eckdaten kenne, dann sie auch. Du darfst nicht vergessen, wie exzellent vernetzt Sophie ist. Auch innerhalb der Polizei hat sie gute Kontakte. Die wird denen Dampf gemacht haben, damit sie auf Hochtouren ermitteln!«

»Und ihre Kandidatur hält sie tatsächlich aufrecht?«

»Ich zitiere wörtlich«, machte FK weiter. »›Ich dät verruckt wäre, wenn ich nur noch daheim hocke dät!‹ Wie Sophie das gesagt hat, machte jedem in der Pressekonferenz klar, dass die trauernde Witwe bereit ist, ihre Kraft und Energie trotz oder gerade wegen ihres Schicksalsschlags in die Gemeindearbeit zu stecken, und darum bittet, dass man ihr diese Chance gibt. Das war echt beeindruckend, wie sie diesen Spagat zwischen Trauer und Weitermachen, trotz alledem, hingekriegt hat. Große Authentizität, sage ich nur. Das ist doch die Zauberformel, was die Glaubwürdigkeit bei Politikern angeht. Und die hat Sophie, wirklich.«

»Ich würde auch arbeiten. Das kann ich gut verstehen«, meinte ich. »Und weiter? Nirgendwo ein Haar in der Suppe? Eines findest du sonst doch immer, da kannst du noch so begeistert sein.«

»Na ja, sie hat schon einen recht verklärten Blick auf Felix. Ich will jetzt nicht sagen, dass er ihre politische Karriere blockiert hat, aber aktiv unterstützt hat er sie auf keinen Fall. In allem war der doch ein bisschen ein Bremsblock. Nicht, dass Sophie sich mal darüber beschwert hat. Nie! Aber das hat man gemerkt, wenn man die zwei zusammen erlebte. Aber nun gut: Den verklärten Blick auf den frisch verstorbenen Gatten kann man einer Witwe nicht vorwerfen. – So. Und jetzt hau ich den Bericht über die Pressekonferenz in den Rechner und hoffe darauf, danach nicht noch einen Termin am Arsch der Welt aufgedrückt zu kriegen. Hast du später Lust auf ein Feierabendbier? So zwischen sechs und sieben? Damit ich rechtzeitig zum Abendessen zurück bin.«

»Und wenn es dann wieder später wird, bin ich schuld an deiner nächsten Ehekrise?«

»Aber immer! Also, was sagst du?«

»Im Prinzip ja, außer …« Ich dachte an meine Nachricht auf Sophies Handy, ging davon aus, dass sie jetzt nach der Pressekonferenz schnell zurückrief und sich mit mir treffen wollte.

»Die Witwe trösten oder was?«, schlussfolgerte er, zählte dann aber eins und eins zusammen, und sein nächster Satz klang nach Alarm und Misstrauen: »Sag nicht, du willst mit ihr über deinen Verdacht, dass Felix Murniers Mörder ist, reden!«

»Er war es, FK, ich bin sehr sicher.«

»Dann überlass es der Polizei, die Beweise dafür zusammenzutragen und der Witwe die Hiobsbotschaft zu überbringen. Halt dich da raus, wie oft muss man das dir noch sagen?«

»Sophie hat mich doch auch zu sich zitiert, weil sie wissen wollte, was ich mit Felix besprochen habe«, rechtfertigte ich mich. »Gerade hast du erzählt, wie wichtig es für sie ist, endlich Gewissheit zu haben. Und ich schwöre dir, ich lass ihr gegenüber kein Wort über meinen Verdacht verlauten, solange ich nicht hundert Prozent sicher bin. Es gibt da ein paar Kleinigkeiten, die mir noch zum Gesamtbild fehlen. Dafür brauche ich Sophie. Oder weißt du etwa, ob Felix Linkshänder war?«

»Linkshänder? Was soll das denn jetzt?«

»Der Messerstich in Murniers Rücken ist von einem Linkshänder gesetzt worden.«

»Katharina!« Meinem Namen folgte ein sehr tiefer Seufzer. »Noch mal ganz langsam und zum Mitschreiben. Lass die Finger davon!«

»Es ist mein Messer, vergiss das nicht!«

»Du bist befangen! Du willst mehr als alles in der Welt, dass jemand anderer als dein Luc den alten Murnier umgebracht hat! Vergiss das nicht!«

Luc! Hatte FK recht und ich verbiss mich Lucs wegen in meinen Verdacht? Diese zwei gemeinsamen Nächte, die wenigen Gespräche, der Musette-Walzer, das alles war schon so weit weg, so unwirklich. Wie Traumbilder, die die Zeit und der Alltag langsam auslöschten.

Und dann noch das Gift, mit dem Hodapp und Stechele mich infiziert hatten. Die Behauptung, dass Luc mich eiskalt und berechnend benutzt haben könnte. Die im Gegenschluss bedeutete, dass ich meiner eigenen Wahrnehmung, meinen Gefühlen nicht trauen konnte. Nein, nein. Luc hatte seinen Vater nicht umgebracht. Er saß im Gefängnis, weil Felix gelogen hatte!

Auch deshalb musste ich mit Sophie reden! Ganz kurz und in weiter Ferne sah ich Luc an dem Harry-and-Sally-Tisch in New York sitzen und hörte sein Lachen. Eine Sekunde lang kitzelte meine Nase seinen Hals, als er mich beim Musette-Walzer an sich presste. Aber ewig konnte ich die spärlichen Erinnerungen nicht wiederbeleben. Ich brauchte Luc zurück! Aber nicht bevor seine Unschuld bewiesen war.

»Lass die Finger davon, hörst du?«, wiederholte FK in seinem drohenden Oberlehrerton.

Das konnte ich nicht mehr. Ich hatte mich schon zu tief in die Geschichte eingegraben. Und Sophie, das wusste ich, war die Einzige, die mir noch weiterhelfen konnte. Keine kannte Felix so gut wie sie.

»Das perfekte Verbrechen gibt es nicht«, hatte Alban Brandt mal behauptet. »Es gibt immer Spuren. Nur solange man nicht weiß, wonach man suchen muss, sieht man sie nicht.« Wenn es so war, wie ich dachte, dann hatte Felix Spuren hinterlassen. Den

Beipackzettel der Schlaftabletten, einen angefangenen und dann weggeworfenen Abschiedsbrief, irgendwas.

»Mach dir keine Sorgen«, sagte ich zu FK und beendete das Gespräch.

Ich war auf dem Platz vor der Kirche angelangt. Die Türen standen sperrangelweit offen. Drinnen spielte die Orgel. Gewaltige Musik drang nach draußen, die Kirchenmauern zitterten unter all den wuchtigen Tönen. Da zog einer sämtliche Register. Mir blieb nur noch eines.

Ich nahm die Orgelmusik mit, als ich an dem alten Käfer vorbeilief, der immer noch einsam auf dem Parkplatz stand. Vielleicht gehörte er dem Orgelspieler. Bei meinem Auto angelangt, hatte die Orgel ihre Wucht verloren, ihre Töne verschwammen zu einem fernen Rauschen. Auf meiner Kühlerhaube fand ich eine Kühltasche, gefüllt mit Roadkill-Gulasch. Ich warf sie in den Kofferraum und fuhr los.

Wenn Sophie sich nach der Pressekonferenz auf den Heimweg gemacht hatte, musste sie jetzt oder gleich in der Weststraße ankommen. So unangemeldet bei ihr aufzutauchen, war nicht die feine Art, aber ich schätzte Sophie so ein, dass sie deswegen kein Theater machte. Sie wollte Gewissheit über Felix' Tod, genau wie ich. Vielleicht fanden wir die, wenn wir unsere Informationen austauschten.

DREIUNDZWANZIG

Sophie war noch nicht da, stattdessen traf ich Käshammer vor ihrem Haus. Breitbeinig, die Hände in den Hosentaschen, stand er vor Gertis Garten, den ich zum ersten Mal in diesem Sommer bei Tageslicht sah. Ein üppiger Wildwuchs aus Blumen, Kräutern und Unkraut, vor dem sich Käshammer in dem weißen Hemd mit rosa Streifen wie ein verirrter Gast beim Sonntagskaffee ausmachte. Er war mindestens genauso überrascht, mich zu sehen, wie ich ihn, fand aber vor mir die Sprache wieder.

»Da kriegt die Sophie heute aber ein großes Begrüßungskomitee«, schwatzte er los. Umständlich zog er den schwarzen Gürtel in Form, der seine Hose unterhalb des Bauches festhielt, gleichzeitig platzte er fast vor Neugierde. »Ich habe gar nicht gewusst, dass Sie zwei sich näher kennen.«

»Ja, die Ereignisse der letzten Tage … Sophie hat immer ein offenes Ohr gehabt«, antwortete ich vage.

Käshammer war kein Freund von Sophie. Obwohl in der gleichen Partei, hatte er ihre Kandidatur lange torpediert. Die zwei Mal, die ich die beiden gemeinsam erlebt hatte, waren von gegenseitigem Belauern und spitzen Wortduellen geprägt. War er als Parteifreund auf ihrer Pressekonferenz gewesen? Hatte sie etwas gesagt, das ihn misstrauisch gemacht hatte? Etwas, mit dem er sie unter Druck setzen wollte? Etwas, das FK entgangen war? Oder wollte er schön Wetter machen, jetzt, wo es so aussah, als könnte sie die Wahl am Sonntag für sich entscheiden?

»Typisch für sie! Kümmert sich um alles und jeden und verliert trotzdem nicht ihr Ziel aus dem Blick«, schwadronierte er weiter. »Sogar jetzt, wo ihr Mann tot ist. Schlimme Sache … Wissen Sie, dass meine Frau ihn mit ins Tal genommen hat?«

Ich schüttelte den Kopf. Woher auch?

»Frauen und ihre Hobbys! Meine Karin schwört auf Meditation. Deshalb musste sie in Allerheiligen in der Pause gehen, weil sie den letzten Flug von Baden-Baden nach Berlin gebucht hatte. Sie hat Felix im Kreisverkehr beim Scheck-in-Supermarkt herausgelassen«, erzählte er, als wären wir alte Bekannte. »Felix hatte schon gut getankt und den ganzen Weg über kein Wort gesagt. ›So ein stierer Blick ins Nirgendwo, ganz in einer anderen Welt‹, hat meine Frau gemeint, als würde ihn gar nichts mehr jucken, als wäre alles für ihn nur noch Bibbeleskäs. Hoffentlich fällt er nicht über die eigenen Füße oder rennt gegen einen Baum, ist meiner Frau durch den Kopf gegangen, aber dann hat sie gedacht, dass Besoffene wie alte Ackergäule immer den Weg heimfinden.«

»Kein Wort?«, echote ich und konnte mich nicht gegen die Frage wehren, die plötzlich meinen Kopf füllte. Wie sollte ein Besoffener, der sich zudem mit Schlaftabletten vollgepumpt hatte, auf dem schmalen Geländer einer Brücke sitzen und sich so lange festhalten, bis er tot ins Wasser fiel?

»Schon sehr merkwürdig, die Sache. Da liegt er am nächsten Tag tot im Fautenbach, so wie der Murnier tot im Aubach lag. Schlaftabletten soll er geschluckt haben, aber Selbstmord scheidet aus, weil er sich nicht selbst in Wasser gelegt haben kann. Das passt alles hinten und vorne nicht zusammen.«

Gerade Besoffene brachten manchmal noch die erstaunlichsten Dinge zustande, überlegte ich. Wahrscheinlich musste man sogar besoffen sein, um einen inszenierten Selbstmord so umsetzen zu können, wie ich ihn Felix unterstellte. Nein, meine Theorie war nicht falsch. Was Käshammers Frau über Felix' Zustand bei der Rückfahrt erzählte, das passte zum Bild von einem, der völlig aus der Bahn geworfen war, der keinen Ausweg mehr sah. Nur: Wieso wussten Hodapp und Stechele das nicht?

»Hat Ihre Frau das nicht sofort der Polizei erzählt?«

»Stichwort Meditation. Die war zwei Tage im Brandenburgischen zu einem Kurs. Kein Handy, kein Internet, kein Garnichts. Hab ihr erst sagen können, was passiert ist, als sie heute Morgen wieder daheim war. Da hat sie natürlich sofort angerufen.«

Dann wussten Hodapp und Stechele jetzt, wer Felix mit ins Tal genommen hatte und dass ich es nicht gewesen war. Käshammer blickte verstohlen auf seine Uhr und zog wieder an seinem Hosengürtel.

»Sind Sie mit Sophie verabredet?«, erkundigte ich mich.

»Ich frag mich die ganze Zeit, was mit dem Felix los war. Gut, man hat ja gehört, dass es mit seiner Spedition nicht mehr läuft, seit die Glashütte dichtgemacht hat, aber getrunken hat der eigentlich nie«, redete Käshammer weiter, ohne auf meine Frage einzugehen. »Mal ein Glas Sekt oder einen Schoppen Wein, aber wenn die zu zweit unterwegs waren, hat immer Sophie noch ein Glas mehr trinken dürfen, und er ist gefahren. Ich frag mich also, was den in Allerheiligen so tief hat ins Glas schauen lassen. Haben Sie da nicht länger mit ihm geredet?«

Er musterte mich mit listigem Blick, so als wäre er sich sicher, dass ich ihm darüber Auskunft geben konnte. Wollte ich aber nicht.

»Keine Ahnung«, antwortete ich. »Ich nehme mal an, dass es nicht Ihr Theaterstück war. Sie waren großartig als Richter Adam.«

Er deutete augenzwinkernd eine Verbeugung an. Er wusste genau, dass er in der Rolle brilliert hatte. »Ja, das Theater! Das lehrt einen viel über das Leben«, verlegte er sich aufs Philosophieren. »Nichts ist spannender, als zu studieren, wie die Dichter ihre Figuren lügen und betrügen und am Ende über ihre Fehler stolpern lassen.«

»Wissen Sie noch, wie Sie mir bei unserem letzten Aufeinandertreffen gesagt haben, dass der Schuldige sich selbst ans Messer liefern wird?«, fragte ich ihn.

»Wer weiß? Vielleicht hat er's schon?« Er drehte den Kopf leicht schief und legte einen hinterhältigen Ton in seine Stimme, so wie er es in seiner Rolle als Dorfrichter getan hatte. »Jeder richtet sich am Ende selbst, der eine aus sich heraus, der andere, weil er überführt wird. Auch das Leben kennt einen fünften Akt. Und danach ist Schluss.«

Spielte er mir etwas vor? Was sollte das Theater? Ich deutete durch kurzes Klatschen einen Applaus an. »Herr Käshammer«, rief ich. »Und jetzt Butter bei die Fische! Was sollen die Andeutungen? Wer war's?«

»Spaß beiseite, Frau Schweitzer«, sagte er wieder mit normaler Stimme. »'s wär halt zu schön, man könnt im Leben wie im Theater wissen, wie die Sache ausgeht. So ist es leider nicht. Aber über Motive von Figuren, ihre Absichten und über die Unberechenbarkeit von Gefühlen kann man viel beim Theater lernen. Shakespeare!«, rief er mit verklärtem Blick aus. »Denken Sie nur an Macbeths Mord an Duncan!«

Shakespeare? Ich hatte keine Ahnung, worauf Käshammer hinauswollte, wenn er denn überhaupt auf irgendwas hinauswollte und nicht nur schwafelte, weil er sich selbst so gerne reden hörte oder Leute gerne durcheinanderbrachte. »Macbeth«? Stimmt, darüber hatte er bereits in Allerheiligen mit Sophie gesprochen. Das Stück wollte er im nächsten Jahr für die Freilichtbühne inszenieren. Viele Morde, viel Schuld, drei Hexen, viel Wahnsinn. Am Ende alle tot oder so ähnlich. Ob's ihm das Publikum dankte, wenn er ihnen ausgerechnet dieses blutrünstige Stück präsentierte? Wenn schon Shakespeare, warum nicht »Wie es euch gefällt«?

»Sophie wäre meine Idealbesetzung für die Lady Macbeth!« Käshammer kam richtig ins Schwärmen. »Die kann nur eine spielen, die weiß, wie Politik funktioniert! Die weiß, wie man Intrigen spinnt und falsche Fährten legt. Außerdem beweist die Lady in den ersten zwei Akten erstaunliche Kaltblütigkeit, die hat noch ganz klar den Thron vor Augen, als Macbeth schon die Knie schlottern vor Schuld und Schande. Die zieht ihr Ding durch, bis sie dann dem Wahnsinn verfällt.«

Frauen, die an die Macht wollten, konnten nur intrigant und kaltblütig sein! Das war seine Botschaft, so also sah Käshammer Sophie! Es ärgerte mich, wie bösartig er sie über Lady Macbeth charakterisierte. Männer! Sie wollten einfach nicht einsehen, dass weibliche Konkurrenz das Geschäft belebt und nicht kaputt macht!

»Wollten Sie eigentlich von Ihrer Partei für den Bürgermeisterposten nominiert werden?«, fragte ich nun selbst ein wenig bösartig. »Können Sie es nicht verwinden, dass eine jüngere Frau das Rennen gemacht hat?«

»Falsche Fährte, Frau Schweitzer, ganz falsche Fährte!«, dröhnte Käshammer mit seiner Theaterstimme. »Aber ich gebe gerne zu, dass ich einen anderen für geeigneter gehalten habe. Ich habe nie zu den Hurra-Schreiern für Sophie gehört.«

»Weil Sie Angst um Ihr Schulbus-Geschäft haben?«

»Wer hat Ihnen das erzählt? Sophie?« Er lachte trocken. »Gut, Sie kennen mich nicht, deshalb muss ich es sagen. Wenn ich eines nicht bin, dann ein Kleingeist. Und überhaupt: Wenn ich meine

Schäfchen ins Trockene bringen will, habe ich Möglichkeiten dazu, mit und ohne Sophie. Aber darum geht es nicht.«

»Sondern?«

»Sie ist noch zu jung, sie traut sich zu viel zu. Sie braucht noch ein paar Jahre Erfahrung in einer größeren Verwaltung, bevor sie den Posten in Oberkirch stemmen kann.«

Ja, sicher. Frauen brauchten immer mehr Erfahrung. Die sollten Erfahrungen sammeln, bis sie schwarz wurden, und nur keinen Anspruch auf einen Posten anmelden, der bisher fest in Männerhand war. Ehrgeiz bei Männern hieß: Der hat Biss, der traut sich was zu. Frauen dagegen waren vom Ehrgeiz besessen und damit wie diese Lady Macbeth immer am Rande des Wahnsinns.

»Sie soll also noch ein paar Jahre in der zweiten Reihe bleiben«, spottete ich. »Und darf auf der Bühne die Lady Macbeth geben.«

»Das ist eine Rolle, bei der man viel lernen kann.«

Das meinte er tatsächlich ernst. Was bildete sich dieser Lokalmatador eigentlich ein? Dass er die Weisheit mit Löffeln gefressen hatte? Dass er die Puppen tanzen lassen konnte? Ich merkte, dass ich immer wütender wurde, und war froh, dass mein Handy eine SMS ankündigte und mich aus diesem Gespräch erlöste. »Sitze in der Hütte in Ringelbach und könnte Beistand gebrauchen«, simste Sophie.

Endlich! Ich setzte mich sofort in den Wagen und startete den Motor. Sollte sich Käshammer hier weiter die Füße in den Bauch stehen und von Sophie als Lady Macbeth träumen. Und dabei warten, bis er schwarz wurde.

Das sonnige Intermezzo nach dem Gewitter war beendet. Auf meinem Weg nach Ringelbach trieb der Wind wieder graue und schwarze Wolken über den Himmel. Alles war ungewiss. Ich stellte den Wagen auf demselben Platz wie letztes Mal ab und merkte beim Aussteigen, dass sich die Luft abgekühlt hatte. Ich hätte gut eine Jacke gebrauchen können, aber mein Kofferraum bot mir nichts Wärmendes, nur vier Kilo Roadkill-Fleisch, das bereits einen kräftigen Hautgout verströmte. Hundefutter oder Marthas Mülltonne, dachte ich, und dass ich nicht vergessen sollte, den Kofferraum danach mit Essigwasser auszureiben.

Leicht fröstelnd stieg ich den steilen Weg zu Sophies Hütte hinauf. Ich rieb mir die Arme warm, als ich zum Luftholen pausierte und ins Rheintal hinunterblickte. Über den Vogesen riss kurz der Himmel auf. Die Sonne zeigte sich nicht, sie schickte nur einen Streifen frühen Abendrots, den die Wolken schnell vertrieben. Dann tauchte die Hütte auf. Sophie, ebenfalls frierend, wartete vor der offenen Tür.

»Lass uns drinnen hinsetzen«, schlug sie vor. »Es ist frisch, und wer weiß, wann der nächste Schauer kommt.«

Drinnen gab es eine handgezimmerte Eckbank und einen alten Küchentisch, auf dem eine Flasche Wein und zwei Gläser standen. An einer Wandleiste hingen Rebscheren und Bastfäden, in einer Ecke standen verschiedene Ackergeräte und ein Kanister. Die Hütte muffelte nach Motoröl und angestauter Wärme. Im Boden entdeckte ich eine verschlossene Einstiegsluke.

»Kommt man durch die in den Tunnel, von dem du gesprochen hast?«, fragte ich.

»Schon seit Jahren hat das keiner mehr probiert«, erklärte sie. »Ist es dir recht, wenn wir die Tür auflassen? Mein Vater deponiert hier immer einen Ersatzkanister Benzin für den Traktor. Aber bei offener Tür verflüchtigt sich der Gestank schnell. Komm, setz dich!«

Ich klemmte mich auf die Längsseite der Bank, Sophie setzte sich ans Kopfende. Mit der silbergrauen Hose, der passenden Bluse, den spitzen, ebenfalls grauen Wildlederschuhen mit Pfennigabsatz war sie für Hütte und Weinberg verdammt falsch anzogen. Dafür sah sie deutlich besser aus als beim letzten Mal: dezent geschminkt, frisch gewaschenes Haar, manikürte Nägel. Aus ihrem Gesicht war die Verzweiflung verschwunden, aber ich konnte nicht sagen, was es stattdessen ausstrahlte.

»Käshammer wartet vor eurem Haus in der Weststraße. Er will, dass du nächstes Jahr die Lady Macbeth gibst.«

»Klar, in der Rolle gefiele ich ihm. Aber deshalb kommt er extra bei mir vorbei? Um mir, noch bevor mein Mann unter der Erde ist, eine Theaterrolle anzubieten?«

»Keine Ahnung!« Erst jetzt merkte ich, dass ich nicht herausgefunden hatte, warum Käshammer Sophie sprechen wollte. In meiner Hosentasche klingelte das Handy. Ich drückte das Gespräch weg.

»Ich habe ihm vor Jahren einmal erzählt, wie sehr mir die Lady Macbeth imponiert – nein, das ist das falsche Wort – wie sehr sie mich irritiert hat, als wir das Stück im Englischunterricht gelesen haben. Seither nervt er mich immer wieder mit der Rolle«, erklärte sie mir und wechselte dann das Thema. »Ich nehme an, du bist wegen Felix hier. Irgendwas wirst du gefunden haben, das Felix be- und deinen Luc entlastet. Aber pass auf! Bei dem Spiel stehen wir auf verschiedenen Seiten.«

Ihre Stimme klang scharf, so als hätte sie die Messer gewetzt und wäre zum Zustechen bereit. Aber ich kam nicht als Gegnerin, ich war genau wie sie auf der Suche nach der Wahrheit.

»Wir spielen nicht gegeneinander. Du willst doch auch wissen, was mit Felix passiert ist, oder?«

»Die Suche nach der Wahrheit erfordert Geduld und einen unparteiischen Blick. Beides hast du nicht! Warum überlässt du die Arbeit nicht denen, die darüber verfügen und zudem noch dafür bezahlt werden?«

»Weil ich schon verdammt viel herausgefunden habe, deshalb.«

»Ach?« Hatte sie bisher gedanklich zum Zustechen angesetzt, so signalisierte sie jetzt nichts als freundliche Aufmerksamkeit. Ihr fiel auf, dass sie mir noch nichts zum Trinken angeboten hatte. »Heute trinkst du aber ein Glas Wein mit mir, nicht wahr? Ich verspreche auch, mich nicht wie letztes Mal zu besaufen. Danke übrigens, dass du mich zu meinen Eltern gebracht hast.«

Sie hatte die Flasche auf dem Tisch bereits geöffnet und schon vor meiner Ankunft ein Glas halb geleert. Als ich nickte, füllte sie das zweite Glas. Ich sah, dass sie am Armgelenk eine schöne Uhr im Silberton ihrer Hose trug. Sie nahm ihr Glas und hielt es sich unter die Nase.

»Riech mal«, befahl sie mir. »Brombeere. Und er ist ganz samten im Abgang. Ein 2006er übrigens.« Dann prostete sie mir zu, gemeinsam tranken wir den ersten Schluck. »Also, was hast du herausgefunden?«, fragte sie dann.

Plötzlich hatte ich Angst. Konnte ich Sophie die Wahrheit wirklich zumuten? Was, wenn sie ausflippte, zusammenbrach, durchdrehte, davonrannte, in Ohnmacht fiel? Wieder nervte das Handy, wieder drückte ich es weg. Bei der Polizei hatten sie für so was Psychologen. Ich hatte keine Ahnung, was ich dann tun sollte.

»Ich glaube, du hast recht«, ruderte ich zurück. »Wir sollten die Ermittlungsarbeit der Polizei überlassen.«

Sophie stellte ihr Weinglas ab. In ihrem Blick nichts als Verachtung für meinen hasenfußartigen Rückzieher. »Du kannst nicht daherkommen, mit Enthüllungen drohen und dann den Mund halten«, kanzelte sie mich ab. »Ich bin in der Politik. Da ist man Kummer genauso gewohnt wie den Umgang mit bösen Überraschungen. Also leg los! Ich werde dir schon nicht den Kopf abreißen.«

Himmel! Die Variante hatte ich oben in der Liste möglicher Horrorreaktionen vergessen. Nur zu, machte ich mir Mut. Du hast dieses Gespräch gewollt, sag, was du zu sagen hast!

Vorsichtig legte ich ihr meine Sicht von Felix' letzten Stunden dar. Wie er von Allerheiligen in die Weststraße gekommen war, sich die Schlaftabletten genommen, seinem Leben oben am Rückhaltebecken ein Ende gesetzt hatte.

Durch die offene Tür sah ich, wie der Himmel sich weiter verdunkelte, der Wind mit Getöse die Blätter der Rebstöcke durchschüttelte. Ein weiteres Gewitter war im Anmarsch. Sophie griff nach der Weinflasche, die silberne Uhr schob sich kurz unter der Bluse hervor, ihre Hand zitterte leicht, als sie unsere Gläser wieder vollgoss.

»Du hast nicht den kleinsten Hinweis gefunden? Leere Tablettenschachteln oder so was?«, fragte ich.

»Was glaubst du, wie die Polizei mich deswegen gelöchert hat! Ich habe in unserer Wohnung alles umgedreht, aber nichts gefunden. In der Zwischenzeit glaube ich auch nicht mehr daran, dass er sich umgebracht hat. Aus welchem Grund? Wegen Geldproblemen? Dafür hätten wir eine Lösung gefunden. Also nur, weil du ihn mit einem alten Foto seiner Mutter erschreckt hast? Das ist doch lächerlich!«

»Nein. Weil er Murnier umgebracht hat. Deshalb!«

Jetzt war es raus. Ich trank schnell einen Schluck Wein, bevor ich mich traute, Sophie ins Gesicht zu blicken. Es wirkte steinern, maskenhaft, undurchschaubar.

»Warum«, fragte sie gefährlich leise, »hätte er das tun sollen?«

»Weil Murnier vor fünfundvierzig Jahren seine Mutter vergewaltigt hat. Weil Murnier sein Vater war. Weil Murnier ihn verhöhnt hat, anstatt sich mit ihm zu versöhnen und ihn zu unterstützen«, zählte ich auf, während draußen der Donner heranrollte. »Ich vermute, es war kein geplanter Mord, vielleicht Totschlag, vielleicht nur ein Unfall«, setzte ich schnell hinterher und stärkte mich mit einem weiteren Schluck Wein. »Aber Felix ist durchgedreht, hat den Alten ins Wasser geschleppt und ihm später das Messer in den Rücken gestoßen.«

Sophie schüttelte wieder den Kopf. »Die Obduktion hat ergeben, dass er von einem Linkshänder erstochen wurde. Felix war kein Linkshänder, genauso wenig wie er ein Mörder war.«

Vielleicht log sie? Verständliche Reaktion auf Horrornachrichten. Sicher konnte man auch post mortem nachweisen, ob einer Rechts- oder Linkshänder war.

»Er war Rechtshänder«, bekräftigte Sophie. »Und du bist komplett auf dem Holzweg.«

Nein, war ich nicht, auch wenn mich die Tatsache, dass Felix Rechtshänder war, verunsicherte. Vielleicht hatte er, um zu täuschen, mit der linken Hand zugestoßen?

»Das ist alles, was du herausgefunden hast? Mehr hast du nicht zu bieten?«, fragte sie mit Verachtung im Blick.

»Doch«, sagte ich und machte einfach weiter. »Felix ist gesehen worden, wie er vor Murniers Haus gewartet hat. Er war nicht im Saal, als die Hellsass Devils randalierten, er kam erst hinterher, war völlig verstört. Sei ehrlich, Sophie! Hast du dich nicht gefragt, was ihn so durcheinandergebracht hat? Warum er nicht darüber sprechen wollte?«

Wieder schüttelte sie den Kopf. »Du kannst wirklich froh sein, dass ich in der Politik bin, gewöhnt an Frechheiten und haarsträubende Geschichten«, putzte sie mich wieder gefährlich leise herunter. »Aber die Art und Weise, wie du meinen verstorbenen Mann zum Verbrecher machst, das sprengt all meine traurigen Erfahrungen. Finde dich endlich damit ab, dass es Luc Murnier war! Er ist bei der Leiche gesehen worden und nicht Felix!«

Woher wusste sie von der Zeugenaussage? FK hatte davon

durch seinen Polizeikontakt erfahren, er hatte diese Information in keinem Artikel verwendet, ich war sicher, dass er niemandem außer mir davon erzählt hatte. Mich hatten Hodapp und Stechele im Verhör damit konfrontiert, und ich hatte mit niemandem darüber gesprochen. Natürlich, auch Sophie hatte gute Kontakte zur Polizei. Vielleicht stammte ihre Information aus dieser Quelle, vielleicht aber wusste sie, dass Felix der Zeuge war. Vielleicht hatte sie von Anfang an viel mehr gewusst …

Der Wind knallte die Hüttentür zu und riss sie dann wieder auf, erste Regentropfen trieben herein. Sophie sprang auf und schloss die Tür, die silberne Uhr leuchtete im ersten Blitzlicht auf. Nur noch durch ein kleines Fenster fiel Gewitterlicht in die Hütte, wenn es nicht blitzte, saßen wir fast im Dunkeln.

»Du bist Linkshänderin!« Der Satz rutschte mir so raus wie die plötzliche Erkenntnis. Die Armbanduhr trug man links. Der Griff nach der Weinflasche, das Schließen der Tür …

»Na und?«

Der alarmierte Ton ihrer Stimme, das leicht hysterische Lachen, das folgte. Ich hatte einen wunden Punkt getroffen. Warum? In meinem Kopf wirbelte der Wind der neuen Erkenntnis meine Gedanken so kreuz und quer durcheinander wie das Gewitter die Blätter an den Rebstöcken vor der Hütte. Etwas, das Pascal mir erzählt hatte, klingelte in meinem Kopf. »Er konnte ihr nichts vormachen. Sie wusste über jeden Pups von ihm Bescheid …«

Natürlich! Felix hatte Sophie schon im Festsaal erzählt, was passiert war. Sie hatte von Anfang an Bescheid gewusst. Sie hatte ihm geholfen, seine Tat zu vertuschen. Der ominöse Zeuge, der Luc gesehen haben wollte. »Es muss ein sehr glaubwürdiger Zeuge sein«, hörte ich Alban Brandt sagen. »Einer, der nicht im Bezug zum Opfer und seinem Umfeld steht.«

Wer konnte glaubwürdiger sein als Sophie? Die Vermittlerin zwischen Franzosen und Deutschen, die Frau, die bei der Randale der Hellsass Devils Nerven wie Drahtseile bewiesen hatte. Die Zeugin ohne offensichtlichen Bezug zu Murnier. Aber warum hatte sie keinen anderen Weg gewählt? Warum war sie nicht mit der Wahrheit in die Offensive gegangen? … Die Aussicht auf Macht und Einfluss, irregeleiteter Ehrgeiz … Nein …

Der Wind rüttelte an den Wänden der Hütte, das Gewitter tobte genau über uns. Die Luft hier drinnen zum Schneiden, fiebrig und krank, Sophie mir gegenüber ohne jede Angriffslust, kein bisschen nervös, eher schwer, müde und erschöpft. Oder war ich selbst so müde?

»Warum mein Messer?«, fragte ich mit bleierner Stimme. Wieder meldete sich das Handy. Ich hatte Mühe, die Off-Taste zu treffen.

»Deine Messertasche lag zuoberst.«

Ihre Stimme so ruhig wie meine, kein Versteckspiel mehr, die Wahrheit jetzt. Ich sah sie vor mir in der *Salle polyvalente* nach der Auseinandersetzung mit den Hellsass Devils. Gleichzeitig erschöpft und euphorisiert, weil die Geschichte ein so gutes Ende genommen hatte. Alle Dinge, die sie anpackte, nahmen ein gutes Ende. Und dann gesteht ihr Felix, dass er den toten Murnier in den Bach gelegt hatte. Wie nur sollte sie für diese Geschichte ein gutes Ende finden?

»Warum überhaupt das Messer? Murnier war doch schon tot. Das macht doch überhaupt keinen Sinn.«

»Dein Messer habe ich mir beim Auftauchen der Hellsass Devils geschnappt. Verteidigungsreflex. Es steckte noch in meiner Jackentasche, als Felix in den Saal kam. Wieso nur hat er Gertis Geständnis so lange für sich behalten? Wieso hat er heimlich mit Murnier Kontakt aufgenommen? Warum hat er nicht früher mit mir darüber geredet?«

»Er hat dir erst an dem Abend, erst nach Murniers Tod davon erzählt?«

Sie nickte, dann schüttelte sie wieder den Kopf. »So ein dummer Junge, manchmal war er nur ein dummer Junge … Ich musste ihn doch da rausholen, nachdem er uns so in die Scheiße geritten hatte.Ich musste Staub aufwirbeln, falsche Fährten legen. Und vor allem musste ich ihm zeigen, dass ich an seiner Seite bin, dass uns auch ein Verbrechen nicht trennen kann. Lieber mache ich mich mitschuldig, als dass ich das zulasse. So weit wie Lady Macbeth bin ich nicht gegangen, aber die Richtung hat sie vorgegeben.«

Wieso war mir nie in den Kopf gekommen, dass Sophie Bescheid wusste? Jetzt schien es mir sonnenklar. Felix, ihr Augenstern,

Felix, ihr Ein und Alles, Felix, ihre ganz große Liebe. Sie hatte ihm die Katastrophe angesehen, als er in den Festsaal stolperte. Bestimmt hatte sie einen schnellen, unauffälligen Abgang aus der *Salle polyvalente* gefunden, damit niemand hören konnte, was Felix gestehen musste. Bestimmt hatte sie darauf bestanden, dass Felix ihr den Toten zeigte. Und dann?

»Du bist einfach ins Wasser gestiegen und hast dem toten Mann das Messer in den Rücken gerammt?«, fragte ich und spürte Ekel in mir aufsteigen. »Was für eine bescheuerte, schwachsinnige Leichenfledderei! Sophie, du bist eine kluge Frau, wie …«

Sie unterbrach mich mit einer kurzen Handbewegung. »Felix wollte nicht zurück ins Hotel, der wollte abtauchen, verschwinden, und schon gar nicht wollte er noch mal zum Aubach. Aber man löst nichts, wenn man davonläuft. Also habe ich ihn hingeschleppt. Bibbernd stand er auf den Waschsteinen, als ich ins Wasser stieg, um mir den Toten anzusehen. Gewimmert hat er wie ein kleines Kind. Ein Häufchen Elend, ein Wrack, nicht mehr mein Felix. Und schuld daran war der böse Alte! Da war immer noch das Messer in meiner Tasche. Es war ein Reflex, ein spontaner Gedanke, eine schnelle Eingebung. Ich wollte mich mit demselben Blut besudeln, mit dem Felix sich besudelt hatte. Ich musste ihm zeigen, dass ich auf immer und ewig, auf Treu und Verderben zu ihm stehe, deshalb habe ich Murnier das Messer in den Rücken gestochen.«

Wie krank was das denn? Es kam mir ein bisschen wirr vor, was sie sagte, aber merkwürdigerweise störte es mich nicht. Ich war seltsam gelöst, fast ein bisschen bedudelt, der Wein so herrlich schwer. Ich trank das Glas aus, füllte mir selbst nach.

»Aber«, sagte ich nach einiger Zeit und hatte den Eindruck, in Zeitlupe zu reden. »Felix hat den Druck nicht ausgehalten. Er war ein Nervenbündel, ein Weichei, hat keinen Ausweg mehr gesehen, als er gemerkt hat, dass man ihm auf die Spur gekommen war.«

»Wieso hat die dumme Gerti nicht den Mund gehalten?« Sophies Stimme kam aus weiter Ferne, auch sie sprach merkwürdig langsam. »Und dann noch du mit diesem verräterischen Foto und deiner Neugier. Ohne dich hätte ich ihn da rausgehauen. Ohne dich hätte er sich nicht umgebracht.«

Jetzt also doch Selbstmord. Aber nicht so, wie ich es mir ausgemalt hatte, irgendwie anders, dachte ich im Schneckentempo. Ich griff nach meinem Glas. Es dauerte ewig, bis ich es zum Mund geführt, getrunken und wieder abgestellt hatte.

»Er sollte kein Mörder und kein Selbstmörder sein. Für niemanden«, nuschelte Sophie träge. »Wenn ich eine Stunde früher aus Allerheiligen zurückgekommen wäre, hätte ich ihn vielleicht noch retten können, aber so war er schon tot. Deshalb habe ich ihn ins Auto gepackt und in den Bach gelegt. Ganz vorsichtig und liebevoll ins kalte Nass, zu seinem Besten. Tausendmal habe ich ihn geküsst … Dann habe ich ihn in allen Wirtschaften im Dorf gesucht. Falsche Fährten legen, du verstehst?«

»Liebe«, nuschelte ich. »Du hast es aus Liebe getan!«

»Natürlich«, bestätigte sie, und für einen winzigen Moment klang ihre Stimme ganz klar und erlöst, fast ein bisschen himmlisch. »Deshalb habe ich auch gewusst, dass du nicht aufhören wirst, Lucs Unschuld beweisen zu wollen. Zwei liebende Frauen, das sind wir …«

»Du hast Luc angeschwärzt! Du wusstest, dass ich ihn mit auf mein Zimmer genommen habe. Du wusstest, dass man dir eher glauben würde als mir. Du hast einen Unschuldigen ins Gefängnis geschickt.«

»Das habe ich aus Liebe getan. In der Liebe ist alles erlaubt! Liebe ist die größte Macht von allen. Sie ist stärker als der Tod. Deshalb gehe ich jetzt zu meinem Felix.«

»Quatsch«, presste ich mühsam heraus und legte meinen Kopf auf den Tisch. »Liebe gibt es nur für die Lebenden.«

Mit Mühe hielt ich die Augen auf und sah Sophie langsam aufstehen und um den Tisch schlurfen. Draußen prasselte der Regen jetzt ganz friedlich aufs Dach. Alles war friedlich. Abendstille überall …

Das Handy klingelte wieder, es störte mich nicht, ich ließ es klingeln. Alles, alles musste man einfach nur geschehen lassen. Etwas gluckerte, ich roch das Benzin. Sophie kniete am Boden, ich sah nur ihren Rücken, es war mir egal. Ein Streichholz ratschte, flammte kurz auf, verlöschte wieder.

»Der Feuer…teufel.« Es kostete sie viel Zeit und Mühe, die

Worte aus sich herauszuholen. »Er … wird … uns … jetzt … holen …«

Du musst nach draußen, sagte eine Stimme zu mir, aber ich konnte nicht aufstehen. Dann mach die Bodenklappe auf und kriech in den Tunnel!, befahl die Stimme, aber ich konnte immer noch nicht aufstehen.

Ratsch, machte das Streichholz und verlöschte. Ratsch … ratsch … ratsch …

»Verdammt«, schimpfte Sophie, aber das war mir egal.

Ich war müde, ich wollte schlafen, nur noch schlafen. Ich schloss die Augen, versank tief im Reich der Träume, und in meiner Traumwelt versammelten sich alle meine Männer und all die Katharinas, die ich je gewesen war. Wir alle tanzten auf dem Vulkan, immer wieder stoben wir nach einem Feuerstoß auseinander, in einer schnellen Bildfolge verwischten sich die unterschiedlichen Zeiten und Lieben: FK jagt mich ins Wasser des Achersees, Ecki hält mir am Naschmarkt einen Käsekrainer unter die Nase, Spielmann legt mir auf dem Sportplatz die Welt zu Füßen, Tayfun tanzt mit mir Tango, und Luc, ja Luc …

VIERUNDZWANZIG

Die Nässe spürte ich als Erstes. Ich tastete mit der Hand Po und Schenkel ab, alles nass. Hatte ich in die Hose …? Nein, auch die Brust, die Arme und das Gesicht waren nass. Gras kitzelte mir beim Drehen des Kopfes in der Nase, ich roch feuchte Erde. Ein heftiger Husten stach mir in die Lunge, er rüttelte mich durch, ließ Sternchen vor meinen Augen tanzen. Die brannten wie Feuer, es schmerzte, sie zu öffnen. Rechts und links Rebstöcke, neben mir lag Sophie. Ich hörte ihren gleichmäßigen Atem und setzte mich auf. Es regnete sanft und leise, das heftige Gewitter hatte einem Landregen Platz gemacht. Mein Kopf brummte schlimmer als nach einer durchzechten Nacht. Die Hütte rechts neben mir sah aus wie ein Hexenhäuschen, aus dem Rauch kroch. Eine schwarze Gestalt trat aus dem Qualm und kam auf mich zu.

»Kannst du mir mal sagen, warum du überhaupt ein Handy hast?«, pflaumte mich FK an und stellte den Feuerlöscher neben mich ins Gras. »Für dich ist es wohl nicht dringend, wenn zwei Leute pausenlos versuchen, dich zu erreichen.«

»Zwei?« Ich rieb mir den Kopf, nadelfeine Stiche traktierten die Schädeldecke.

»Du hast keine Schutzengel, du hast Schutzmänner. Dein Polizistenfreund Alban Brandt ist bei dem wirren Zeugs, was du ihm erzählt hast, zu dem logischen Schluss gekommen, dass sowohl beim Mord an Murnier als auch beim Tod von Felix zwei Personen beteiligt gewesen sein müssen. Naheliegend für ihn die Ehefrau. Und weil er dich nicht erreichte, aber Gefahr im Verzug witterte, hat er seine Kollegen in Offenburg angerufen, zur Sicherheit aber auch Martha, die ihm meine Nummer gab. Und ich habe mal wieder ein Candle-Light-Dinner mit Rita sausen lassen und wusste ja zum Glück, wo ich dich und Sophie suchen musste. Rettung in letzter Minute, das sage ich dir. Als ich die Tür zur Hütte aufriss, hielt Sophie mit glasigen Augen ein brennendes Streichholz an die kleine Benzinpfütze auf dem Boden. Das war, den Streichhölzern auf dem Boden nach zu urteilen, nicht ihr erster Versuch, aber der, der Erfolg hatte. Ich hab also zuerst dich und dann sie nach draußen geschleppt, dann den Feuerlöscher aus dem Auto geholt, gelöscht, was damit zu löschen ging, gleichzeitig Feuerwehr und Polizei angerufen, und während all dem habe ich dafür gebetet, dass du schnell wieder aufwachst, damit ich dich nach Strich und Faden zusammenscheißen kann.«

Selbst wenn er noch stundenlang weiterschimpfte, ich würde es ihm nicht übel nehmen. Vor Rührung, Erschöpfung, Erleichterung oder allem zusammen schossen mir Tränen in die Augen. Dass Sophie tatsächlich die Hütte anzünden und uns verbrennen wollte, hatte ich in meinem betäubten Zustand überhaupt nicht begriffen, das wurde mir erst jetzt klar. FK und Alban Brandt hatten mir das Leben gerettet.

»Ist besser, du stehst mal auf. Sonst holst du dir auf dem nassen Boden noch eine Lungenentzündung.«

FK hielt mir den Arm hin und zog mich hoch. Sicherer Stand ging anders, ich schwankte schwer, und so hielt ich mich an ihm fest und heulte seine Schulter nass.

»Dass Sophie von Anfang an Bescheid wusste, das hatte ich einfach nicht auf dem Schirm, das ist mir zu spät klar geworden«, schniefte ich.

»Wie oft habe ich dir gesagt, du sollst die Finger davon lassen? Wenn du wenigstens aus deinen Fehlern lernen würdest!«, schimpfte FK weiter.

So allmählich konnte er aufhören mit seiner Schimpferei. Ich hatte mich nicht absichtlich in Lebensgefahr begeben.

»Nicht absichtlich, aber fahrlässig«, schnaubte er.

»Okay, reden wir über Wiedergutmachung!«

»Ein fünfgängiges Menü für Rita und mich, am besten Tisch der Linde serviert. Mit Schätzen aus Edgars Weinkeller und von dir höchstpersönlich gekocht. Aber du tauchst nicht ein einziges Mal im Restaurant auf und störst mein eheliches Tête-à-Tête. Nicht mal hinterher, um zu fragen, ob es geschmeckt hat«, bestellte FK, während wir Feuerwehr-, Notarzt- und Polizeiwagen den Berg herauffahren sahen.

Wildes Durcheinander danach. Die Sanitäter hängten mir eine Decke um, kontrollierten Puls und Atmung, leuchteten mir in die

Augen, fragten, was ich geschluckt hatte. Irgendwas, das furchtbar müde machte, mehr wusste ich nicht. Polizisten durchforsteten derweil Sophies Handtasche und zeigten dem Notarzt eine Pillenpackung. Den Namen des Medikamentes verstand ich nicht, nur dass es einen Zwei-Zentner-Mann einschläfern konnte. Sophie, die immer noch schlief, wurde der Magen ausgepumpt. Feuerwehrleute kontrollierten FKs Löscharbeiten in der Hütte, der redete derweil mit Hodapp und Stechele.

Als der Notarzt mich durchgecheckt und als nicht gefährdet eingestuft hatte, kamen die zwei Ermittler auf mich zu. Ich erzählte von meinen Gesprächen der letzten Tage und insbesondere von dem mit Sophie, und sie erzählten ihrerseits, dass sie Sophie bereits im Visier hatten, was den inszenierten Selbstmord betraf, polizeiliches Vorgehen aber nie hoppla hopp, sondern immer von klaren Absprachen und Sicherheitsvorkehrungen gekennzeichnet war, eine solche Kamikaze-Aktion wie die meine selten sachdienlich war, ich überhaupt mehr Glück als Verstand gehabt hatte.

Hallo? Ohne mich hätten sie noch eine Weile gebraucht, um Sophie zu überführen. Ich hatte ihnen die Lösung des Falles gerade frei Haus geliefert. Aber ich war zu müde, um mich aufzuregen, zu erschöpft, um mich mit den beiden anzulegen.

Martha, die plötzlich in diesem Gewusel auftauchte, drängte alle mit dem Hinweis zur Seite, dass ich nach diesem Schock etwas essen musste, und packte den Henkelmann mit der Nudelsuppe aus. Während ich im Stehen meine Suppe löffelte und sie meinen Gesamtzustand als stabil einstufte, flüsterte sie mir zu, dass sie gestern zu Edgar ins Bett gekrochen und der Sex phantastisch gewesen sei. Aber wie der Sex meiner Eltern war, wollte ich am Ende dieses Tages nun wirklich nicht hören.

Und so war ich dann auch heilfroh, als ich eine Stunde später frisch geduscht und mit trockenem Schlafanzug allein in meinem Bett lag und endlich Brandts Nummer wählen konnte. FK hatte ihm bereits von der Hütte aus eine SMS geschickt, sodass er zumindest wusste, dass mir nichts passiert war.

»Herr Brandt«, sagte ich. »Ohne Sie wäre ich jetzt nur noch ein Häufchen Asche.«

»Ich bin froh, das verhindert zu haben, denn aus Fleisch und

Blut gefallen Sie mir entschieden besser. – Sie war es also«, fügte er nach einer kurzen Pause hinzu.

»Sie hat von Anfang an Bescheid gewusst. Weil Felix die Leiche schon in den Bach geschleppt hatte, sah sie keine andere Chance, als den Totschlag, der es vielleicht war, als Mord zu deklarieren und falsche Fährten zu legen.«

»Haben Sie denn nicht gemerkt, dass sie ein Schlafmittel unter den Wein gerührt hatte?«

»Wie sagen Sie immer? Man kann nur Dinge bemerken, von denen man eine Ahnung hat. Oder so ähnlich. Der Wein war sehr schwer, er schmeckte ein bisschen merkwürdig, hatte aber einen samtenen Abgang. Und sie hat mitgetrunken. Nein, als ich es gemerkt hatte, war es zu spät. Wenn also Sie und FK nicht gewesen wären …«

»Hatte sie denn von Anfang vor, Sie und sich selbst umzubringen?«

Das Schlafmittel musste sie auf alle Fälle bereits vor meiner Ankunft in den Wein gerührt haben. Ob sie aber nur mich oder uns beide betäuben wollte oder von Anfang vorhatte, das Feuer zu legen, wusste ich nicht.

»Sie sagten, dass sie mitten im Wahlkampf steckte?«, machte Brandt weiter. »Für eine Politikerin kommt natürlich weder ein Mörder noch ein Selbstmörder als Gatte gut.«

»Ja, aber ich glaube, dass das nicht ihr Hauptmotiv war. Sie hat es für ihren Mann getan. So wie sie immer alles für ihn getan hatte. Nach dem ersten Mord wollte sie ihn, nach seinem Selbstmord wenigstens sein Ansehen retten.«

»Sie hat aus Liebe ein Verbrechen vertuscht?«

»Ja, so könnte man sagen.«

Wieder fragte ich mich, wie weit ich für Luc gegangen wäre. Ich war froh, mir diese Frage nicht mehr stellen zu müssen. Hodapp und Stechele hatten mir versichert, dass er spätestens morgen früh auf freiem Fuß sein würde.

»Wissen Sie bereits, wann Sie nach Köln zurückkommen?«

Brandt versuchte, die Frage belanglos klingen zu lassen, aber ich spürte, dass es ihm um mehr als eine Zeitauskunft ging.

»Bald«, versicherte ich. »Und dann nehme ich Ihnen all Ihre

Zucchini ab, auch die ganz dicken. Und die grünen Böhnchen sowieso.«

»Mal schauen, was dann davon noch übrig ist«, seufzte Brandt. »Bald ist eine sehr dehnbare Zeiteinheit.«

»Ach, Herr Brandt!«

Ich war zu müde, um weiter über bald und Brandt und komplizierte Gefühle nachzudenken. Das musste warten. Alles musste warten.

FÜNFUNDZWANZIG

Luc weckte mich am nächsten Morgen. Es war merkwürdig, seine Stimme zu hören, merkwürdig, in meinem Bett zu liegen, merkwürdig, dass jetzt neue Zeiten anbrachen. Wir stammelten halbe Sätze, wussten mit den Pausen dazwischen nichts anzufangen. Natürlich wollte ich ihn sehen. Schnell, so schnell wie möglich. Heute Abend? Aber ja. Sessenheim, Auberge au Boeuf.

Sessenheim, ein symbolträchtiger Ort. Ort einer berühmten deutsch-französischen Liebesgeschichte. Johann Wolfgang und Friederike. Die Sessenheimer Lieder: »Und doch, welch Glück geliebt zu werden / Und lieben, Götter, welch ein Glück!« Goethe hatte die Pfarrerstochter sitzen lassen.

Ich machte mich schön: der grüne Kaftan, die Kette aus Casablanca, luftgetrocknete Locken, ein Hauch Parfüm. Die Fahrt nach Westen, bei offenen Fenstern der untergehenden Sonne entgegen, Mais und Sonnenblumen standen Spalier. Bilder wie für ein Film-Happyend.

Luc wartete in Jeans und weißem Hemd. Das Gesicht blass, in den Wangen ein paar Falten tiefer eingekerbt, die *garde à vue* hatte Spuren hinterlassen, aber die Herbstaugen leuchteten, als sie mich sahen. Der Kuss auf dem Parkplatz noch fremd, der Arm um meine Schulter schon vertraut, als wir wenig später ins Restaurant traten.

Im Foyer Goethe in Hülle und Fülle: Briefe, Skizzen, Porträts, Devotionalien, die Sessenheimer Lieder hinter Glas. Auf der Terrasse ein Tisch für uns reserviert, gestärktes Leinen, Sonnenblumen in Glasschalen, die unvermeidlichen Deko-Olivenbäumchen. Die Speisekarte bot Elsass vom Feinsten: Foie gras, Froschschenkel und Schnecken, Saibling und Hecht, Ente und Milchkalb. Als Amuse-Bouche servierte man Variationen vom Bibbeleskäs. Luc suchte mit kundigem Blick die Weine aus, als Aperitif natürlich einen Crémant d'Alsace.

»Bibbeleskäs. Erinnerst du dich, dass der auch im Ulmer Braustübl auf der Karte stand?«, fragte Luc und probierte die Variante mit Wachteleiern.

Natürlich erinnerte ich mich. Auch daran, dass in dieser Geschichte vieles als Bibbeleskäs, als Unsinn, als nicht so wichtig abgetan wurde, was sich als etwas ganz anderes herausstellte.

»Auf den Bibbeleskäs!«, Luc prostete mir zu.

Das Essen, der Sekt und die Nähe lösten langsam unsere Zungen. Gott, was hatten wir uns alles zu erzählen! Luc sprach von den endlosen Verhören und den schlaflosen Nächten in der kleinen Zelle, darüber, wie er sich den Kopf zerbrochen hatte, wer ihn denunziert haben könnte. Das halbe Dorf hatte er unter die Lupe genommen, jeden, mit dem er je ein Geschäft gemacht hatte, jeden, mit dem er je aneinandergeraten war, jeden, der ihn misstrauisch beäugt hatte, als er mit großen Plänen aus Australien zurückgekommen war. Aber Sophie? Niemals.

Auch über seinen Vater hatte er nachgedacht. Die Liste derer, von denen Luc wusste, dass sie mit Emile über Kreuz lagen, war lang. Aber wie er es drehte und wendete, er hatte sich nie auf einen Hauptverdächtigen einschießen können. Für ihn blieb Emile auch nach seinem Tod ein halsstarriger, hasserfüllter Mann. Einer, der andere bis aufs Blut reizen konnte, einer, bei dem man schnell die Kontrolle verlor. Wenn einer wusste, zu welchen Bösartigkeiten Emile fähig war, dann er.

Felix als Täter überraschte ihn, dass er sein Halbbruder gewesen war, wiederum nicht. Er wusste aus schmerzhafter Erfahrung, dass sein Vater jede Frau nahm, die ihm gefiel, ob diese wollte oder nicht, dabei nicht mal vor Roswitha, seiner ersten Freundin, haltgemacht hatte.

»Ich habe die zwei erwischt, in meinem Zimmer. Roswitha ist sofort verschwunden, ich habe nie mehr etwas von ihr gehört. Konnte sie nie mehr fragen, ob er sie gezwungen hat oder … Es war eine ungeheure Demütigung!«

Danach hatte er in rasender Wut auf Emile eingeschlagen, nur seine Mutter hatte verhindert, dass er den schon wehrlos am Boden Liegenden totgeprügelt hatte.

Ich wiederum erzählte von meinen Gesprächen mit Antoinette und Sandrine. Luc fiel aus allen Wolken, als er von dem guten Kontakt zwischen Enkelin und Großvater hörte. Dass Sandrine den Eindruck hatte, Emile wollte sich mit ihm aussöhnen, konnte er nicht glauben. Ich merkte, wie ihn dieses Gespräch aufwühlte, nicht immer heilt die Zeit alte Wunden.

Luc eilte mit seinen Gedanken weiter und fragte sich, ob seine Vorliebe für deutsche Frauen eine Reaktion auf den Deutschenhass des Vaters war, eine Art unbewusste Wiedergutmachung, die Emile allerdings nie zulassen konnte. Vielleicht ein bisschen bei Sandrine, warf ich ein und dachte an dieses komplexe, komplizierte Gebilde namens Familie, in dem wir ein Leben lang gefangen waren und das noch komplexer und komplizierter wurde, wenn Politik und Geschichte so grausam hineinregierten, wie die Nazis dies getan hatten.

Wir aßen Schnecken und Milchkalb, tranken auf friedliche Zeiten, darauf, dass die Grenzen zwischen unseren Ländern offen blieben, darauf, dass es weiter links und rechts des Rheines Bibbeleskäs gab, darauf, dass es egal war, ob er mit Quark oder *Fromage blanc* angemacht wurde.

»Was ich auch jetzt, nachdem ich weiß, was passiert ist, nicht kapiere, ist sein Telefonanruf. Warum hat mich mein Vater in dieser Nacht angerufen? Ich wusste nicht mal, dass er meine Handynummer gespeichert hat!«

Ich zuckte mit den Schultern. Auch für mich war dieser Anruf ein Rätsel.

»Ein Hilferuf?«, spekulierte Luc. »Er ahnt, dass die Auseinandersetzung mit Felix nicht gut ausgehen kann? Da fällt ihm der Sohn ein, dem er ein Leben lang nichts als Steine in den Weg gelegt hat?«

In Lucs Stimme schwang ein Wirrwarr an Gefühlen: Unglauben, Wut, Verzweiflung, Verletzung.

»Vielleicht sind wir so auf negative Weise quitt«, murmelte er. »Wie auch immer! Es ist typisch für den Alten, dass er mich auch nach seinem Tod nicht in Ruhe lässt.«

Beim Nachtisch – gewagt dekorierte Sorbets und göttliche Brombeer-Tartelettes – waren wir endlich bei uns angelangt, und auch da hatten wir uns viel zu erzählen.

»In zwei Wochen beginnt die Lese, der Höhepunkt des Weinjahres. Endlich kann die Ernte eingefahren werden. Nichts wäre schöner, als dich in meinem Weinberg zu sehen!«, sagte Luc irgendwann.

»Ich habe ein Restaurant zu führen, ich brauche dringend einen neuen Sommelier, und Köln ist eine schöne Stadt!«

»Was ist eine Stadt gegen das Elsass!«

Oje! Schon betraten wir wackeligen Boden! Fallstricke, tiefe Löcher, unüberwindbare Hindernisse warteten auf uns. Sicher auf diesem Weg war nur der ungewisse Ausgang! Es würde kompliziert werden, das Leben war immer kompliziert! Aber nicht jetzt. Morgen erst oder übermorgen. Ich fragte den Kellner nach einem freien Zimmer. Auch dieses Mal hatten wir Glück.

»Ich werde den Fautenbachern ewig dankbar sein, dass sie vor fünfundvierzig Jahren die Partnerschaft mit Scherwiller gesucht haben«, flüsterte Luc mir beim Treppensteigen ins Ohr.

»Oh ja«, flüsterte ich zurück. »Und jetzt feiern wir unsere ganz persönliche *jumelage à deux*!«

BADISCHE UND ELSÄSSISCHE KLASSIKER ZUM NACHKOCHEN

Bibbeleskäs

Bibbeleskäs ist der alemannische Begriff für Quark. »Bibbele« sind Küken, die man früher mit Quark gefüttert hat. Der Begriff existiert auch im Elsässischen. Im übertragenen Sinn bedeutet »Bibbeleskäs« etwas Unwichtiges oder gar Unsinn.
Bibbeleskäs ist wie viele einfache Gerichte eines mit unendlichen Variationen. Nur die Grundzutaten Quark, Rahm und Schnittlauch sind fix, ob Zwiebeln, Knoblauch oder Kümmel dazukommen, hängt von Geschmacksvorlieben ab. Wichtig ist, den fertigen Quark zwei, drei Stunden durchziehen zu lassen, damit er das Kräuteraroma aufnimmt. Klassisch serviert man Bibbeleskäs zu Pellkartoffeln, die im Alemannischen G'schwelldi heißen.
Hier meine Lieblingsvariante:

Zutaten für vier Portionen (als Hauptgang zu einem Kilo Kartoffeln):
500 g Quark, Magerstufe
1 Becher Sauerrahm
1 Handvoll Kräuter aus dem Garten oder je ½ Bund Schnittlauch und Petersilie
½ Bund Radieschen
1 kleine Zwiebel
Pfeffer und Salz

Zubereitung:
Quark und Sauerrahm gut miteinander verrühren, Kräuter sehr fein hacken, Radieschen und Zwiebel in kleine Würfel schneiden, beides unter die Quarkmischung rühren, mit Salz und Pfeffer würzen.

Gugelhupf classique

Der Gugelhupf, früher im Elsass als Nachtisch gereicht, wird heute gerne zum Aperitif oder zwischendurch zu einem Glas Wein serviert. Seine Grundlage bildet ein feiner, briocheähnlicher Hefeteig, Mandeln und Rosinen gehören unbedingt in die klassische süße Variante. Man kann ihn aber auch herzhaft mit Zwiebeln und Speck zubereiten. Er wird in einer Gugelhupfform gebacken, die im Elsass aus Ton (Soufflenheimer Töpfereien) und nicht aus Metall ist.

Zutaten:
500 g Weizenmehl
1 Würfel Hefe
75 g Zucker
200 g Butter
200 ml Milch
2 Eier
1 gute Prise Salz
80 g Rosinen
3 EL Kirschwasser
1 Handvoll ganze Mandeln, geschält oder ungeschält
etwas Puderzucker

Zubereitung:
Die Rosinen in Kirschwasser einlegen. 50 ml Milch lauwarm erhitzen, die Hefe hineinbröckeln und etwas Zucker zufügen, alles gut verrühren. Das Mehl in eine große Schüssel geben, die Hefemasse hinzufügen, den Vorteig gehen lassen. Dann das Fett lauwarm schmelzen, mit der restlichen Milch verrühren, gemeinsam mit den handwarmen Eiern, Salz, Zucker und den Kirschwasserrosinen dem Mehl hinzufügen. Die Masse mit dem Knethaken des Mixers zu einem glatten Teig verrühren und auf die doppelte Größe gehen lassen, dann noch mal gut durchkneten. Eine Gugelhupfform ausfetten, den Boden mit Mandeln belegen, so noch einmal eine halbe Stunde gehen lassen. Den Teig bei 175 Grad 40 bis 50 Minuten backen. Auskühlen lassen, stürzen und mit Puderzucker bestäuben. Lauwarm servieren.

Das badische Menü

Vorspeise:
Markklößchensuppe mit Flädle

Zutaten für vier Portionen:
1 l Rinderbrühe, selbst gemacht oder als Fond gekauft
2 dünne Pfannekuchen (Flädle) vom Vortag
1 Bund Suppengemüse
1 Bund Schnittlauch
50 g Semmelbrösel
40 g Rindermark
½ eingeweichtes Brötchen
2 EL Petersilie
1 Ei
Salz, Pfeffer, Muskat

Zubereitung:
Für die Markklößchen das Mark aus den Knochen kratzen, zerdrücken, in der Pfanne bei milder Hitze auslassen und wieder erkalten lassen. In der Zwischenzeit die Pfannekuchen und das Suppengemüse in dünne Streifen schneiden. Das erkaltete Mark schaumig schlagen, mit Semmelbrösel, Brötchen, Petersilie verrühren und mit Salz, Pfeffer und Muskat würzen. Daraus kleine Kugeln formen und diese kalt stellen. Die Brühe erhitzen, das klein geschnittene Suppengemüse hinzufügen, wenn dieses »Biss« hat, die Markklößchen in die Brühe geben, sie brauchen nicht lange. Sowie sie oben schwimmen, sind sie gar. Unmittelbar vor dem Servieren die Pfannekuchenstreifen und den fein geschnittenen Schnittlauch zugeben.

Hauptspeise:
Schäufele mit Meerrettichcreme und Kartoffelsalat

Zutaten für vier Portionen:
1 Schäufele (gepökelte und geräucherte Schweineschulter, im Badischen besorgen)
1 frische Meerrettichwurzel, am besten aus Fautenbach

100 g Frischkäse
100 g Crème fraîche
1 kg festkochende Kartoffeln
1 Zwiebel
100 ml Gemüsebrühe
3 EL Weißweinessig oder heller Balsamico
6 EL Sonnenblumenöl
1 Bund Schnittlauch
Salz und Pfeffer

Zubereitung:
Frischkäse und Crème fraîche miteinander verrühren, einen Teil der Meerrettichwurzel schälen. (Vorsicht! Wenn sie frisch ist, ist sie richtig scharf!) Auf der Käsereibe reiben, ungefähr 2 EL davon zur Frischkäsemasse geben, mit Salz und Pfeffer würzen. Kalt stellen. (Den Rest des Meerrettichs anderweitig verwenden.) Die ungeschälten Kartoffeln in Salzwasser garen. Derweil das Schäufele im Wasser erhitzen. (Wer will, kann ein Lorbeerblatt, ein paar Pfefferkörner und eine Zwiebel zugeben, aber auf keinen Fall Salz, das hat das Schäufele genug.) Bis zum Servieren in sanft köchelndem Wasser ziehen lassen. Die fertigen Kartoffeln abschütten, sofort schälen, in dünne Scheiben schneiden und in eine große Schüssel geben. Die Zwiebel fein würfeln und hinzufügen. Die heiße Gemüsebrühe (man kann auch etwas von der Schäufele-Brühe nehmen) darübergießen, Essig und Öl zugeben, mit Salz und Pfeffer würzen. Vorsicht mit dem Salz! Die Brühe enthält schon welches. Zum Schluss den fein geschnittenen Schnittlauch unterheben. Schmeckt am allerbesten lauwarm.
Zum Auftragen das Schäufele in Scheiben schneiden und gemeinsam mit der Meerrettichcreme und dem lauwarmen Kartoffelsalat servieren. Dazu schmeckt Holzofenbrot.

Nachtisch:
Schwarzwälder Kirschtorte

So wie die Badener zum Flammkuchen- oder Schneckenessen ins Elsass fahren, kommen die Elsässer zum Kaffeetrinken ins Badische. Sie lieben die deutschen Torten. Die Schwarzwälder ist nun mal in der Gegend die berühmteste. Es gibt Konditoren, die schrauben sie mit Sahnebergen in schwindelerregende Kuchen-Höhen, was den Verzehr schwierig macht. Dabei kommt es bei der Schwarzwälder vor allem auf das richtige Verhältnis zwischen Mürbeteig, Biskuit, Sauerkirschen, Kirschwasser, Schokolade und Sahne an.

Zutaten für den Mürbeteig:
100 g Mehl
100 g sehr fein gemahlene Haselnüsse
80 g Zucker
100 g Butter
1 Ei
1 Prise Salz

Zubereitung:
Haselnüsse, Mehl und Zucker mischen, mit Ei und Butter entweder per Hand oder mit dem Mixer zu einem festen Teig verkneten. Die Prise Salz nicht vergessen. Eine Kugel formen, zugedeckt zum Ruhen eine halbe Stunde in den Kühlschrank legen. Dann ausrollen und in einer Springform bei 175 Grad 20 bis 30 Minuten backen.

Zutaten für den Biskuitteig:
6 Eier
300 g Zucker
300 g Mehl
3 EL Kakaopulver

Zubereitung:
Eier trennen. Zum Eigelb 6 EL lauwarmes Wasser hinzufügen, mit dem Zucker schaumig rühren, bis eine feste, helle Masse entsteht. Kakao und Mehl zugeben. Das Eiweiß sehr steif schlagen, ⅓ unter den Teig rühren, den Rest vorsichtig unter den Teig heben. In einer Springform gleichen Durchmessers wie für den Mürbeteig circa 40 Minuten bei 175 Grad backen.

Zutaten für die Füllung:
½ Glas Sauerkirschmarmelade
750 g Sauerkirschen (Glas)
350 ml Sauerkirschsaft (aus dem Glas)

30 g Speisestärke
6 EL Kirschwasser (kann à gusto nach oben oder unten variiert werden)
2 Becher Sahne
2 Tüten Sahnesteif (eventuell)
Vanillezucker
100 g Blockschokolade

Zubereitung:
Den Mürbeboden mit der Sauerkirschmarmelade bestreichen. Schokoladenbiskuit zweimal durchschneiden. Die unterste Scheibe auf den mit Marmelade bestrichenen Mürbeboden legen. Kirschsaft erhitzen, Stärke in 2 EL Kirschwasser anrühren, zu dem kochenden Kirschsaft geben, Temperatur zurückfahren, warten, bis der Kirschsaft andickt, dann die Kirschen zugeben. (12 Kirschen als Deko zur Seite legen.) Die Sahne steif schlagen, zum Schluss Vanillezucker einrühren, wenn der Kuchen nicht sofort verzehrt wird, Sahnesteif hinzufügen. Den auf dem Mürbeteig liegenden Biskuitboden mit etwas Kirschwasser tränken, dann die Kirschmasse darauf verteilen, den zweiten Boden darauflegen, wieder mit Kirschwasser tränken, mit Sahne bestreichen, den letzten Boden daraufsetzen. Den Kuchen komplett mit Sahne umhüllen, etwas davon in einen Spritzbeutel füllen. Die Blockschokolade grob reiben und über die Sahne verteilen. Mit dem Spritzbeutel zwölf Rosetten auf den Kuchen spritzen, die Kirschen in die Rosetten legen.

Das elsässische Menü

Vorspeise:
Pâté en croûte mit Crudités

Pâté en croûte ist eine im Teig gebackene Fleischpastete. Zum Selbstherstellen ist sie etwas aufwendig, man benötigt dazu einen Fleischwolf oder einen leistungsstarken Mixer, deshalb hier kein langes, kompliziertes Rezept, sondern die Empfehlung, beim Metzger Ihres Vertrauens pro Person eine Scheibe Pâté en croûte zu kaufen.

Zutaten für vier Portionen:
4 Scheiben Pâté en croûte
1 Gläschen Cornichons
3 Möhren
½ Sellerie
1 Rote Bete
1 Bund Radieschen
4 EL Essig
8 EL Öl
1 TL Senf
1 kleine Schalotte
2 EL Mayonnaise
2 EL Sahne
Saft einer halben Zitrone
Pfeffer und Salz

Zubereitung:
Sellerie schälen und raspeln, sofort mit dem Zitronensaft beträufeln, damit er nicht braun wird. Aus Mayonnaise, Sahne, ½ TL Senf, dem restlichen Zitronensaft, Salz und Pfeffer eine Soße rühren, diese unter den Sellerie heben. Kalt stellen. Möhren und Rote Bete in zwei Schüsseln raspeln. Aus Essig, Senf, klein geschnittener Schalotte, Pfeffer, Salz und Öl eine Vinaigrette rühren, zu gleichen Teilen über die beiden Salate verteilen. Radieschen waschen, Spitzen abschneiden, das Grün zum Teil stehen lassen.
Die Scheibe Pâté en croûte auf einen Teller geben, mit den Roh-

kostsalaten, den Radieschen und den Cornichons dekorieren. Bei Bedarf Senf dazu reichen.

Hauptspeise:
Coq au Riesling mit Nudeln

Coq au Riesling schmeckt wie alle Schmorgerichte großartig, wenn man ihm Zeit lässt. Zwei bis drei Tage sind optimal. Einen Coq für Samstag also am Donnerstag ansetzen, am Freitag zubereiten, wieder erkalten lassen und dann am Samstag fertigstellen.

Zutaten für vier Portionen:
1 Bio-Poularde
200 g Möhren
70 g Petersilienwurzel
200 g kleine weiße Zwiebeln
1 kleine Stange Porree
3 Knoblauchzehen
10 weiße Pfefferkörner
2 Lorbeerblätter
4 Stiele Thymian
700 ml Elsässer Riesling, am besten aus Schwerwiller
Salz, Pfeffer
10 EL Öl
40 g Butter
2 EL Mehl
500 ml Hühnerfond (kann man aus den Knochen und Hautresten selbst herstellen oder kaufen)
60 g geräucherter Speck (ohne Schwarte)
200 g kleine braune Champignons
500 g Elsässer Eiernudeln

Zubereitung:
Die Poularde mit der Brust nach oben auf die Arbeitsfläche legen. Die Keulen vom Rumpf her nach außen drücken, die Haut zwischen Oberschenkel und Rumpf durchtrennen. Dann die Keulen stark nach außen biegen, bis die Gelenkkugeln herausgedrückt werden. Die Keulen vom Rumpf abtrennen. Das Brustfleisch

durch einen scharfen Schnitt am Brustbein entlang halbieren. Den flachen, weichen Brustknochen mit einer Geflügelschere durchschneiden. Die Bruststücke vom Rücken trennen. Die Haut von den Geflügelteilen entfernen. Bruststücke nochmals quer mit einem scharfen Küchenmesser halbieren. Von den Flügeln die Flügelspitzen im Gelenk durchtrennen. Die Keulen im Gelenk in Ober- und Unterschenkel trennen, sodass sich insgesamt 8 Teile ergeben.
Für die Marinade Möhren und Petersilienwurzel schälen, Porree waschen. Das Gemüse schräg in 3 bis 4 cm große Stücke schneiden, Zwiebeln und Knoblauch pellen. Geflügelteile, Gemüse, Zwiebeln, Knoblauch, Pfefferkörner, Lorbeer und Thymian in eine Schüssel (6 l Inhalt) geben und mit dem Riesling auffüllen. Fest verschließen und das Fleisch über Nacht im Kühlschrank marinieren. Mariniertes Fleisch mit dem Gemüse in einen Durchschlag über eine Schale geben, die Marinade dabei auffangen. Pfefferkörner und Lorbeer entfernen. Geflügelteile, Gemüse und Thymian trocken tupfen. Geflügelteile rundum salzen und pfeffern.
4 EL Öl und 10 g Butter in einem Schmortopf erhitzen und die Brustteile mit dem Knoblauch darin von beiden Seiten bei mittlerer Hitze goldbraun braten. Fleisch herausnehmen und beiseitestellen. Nochmals 2 EL Öl und 10 g Butter in den Topf geben und die Keulenteile darin von beiden Seiten goldbraun braten. Dann Möhren, Petersilienwurzel, Porree und Zwiebeln dazugeben und mit Mehl bestäuben. Mit der Marinade und dem Hühnerfond auffüllen, aufkochen und bei milder Hitze 30 Minuten offen kochen lassen. Dann die Brustteile und den Thymian dazugeben. Zugedeckt weitere 15 Minuten schmoren lassen. Danach vom Feuer nehmen und am besten über Nacht ruhen lassen!
Kurz vor dem Essen den Coq wieder erwärmen und einen großen Topf Wasser für die Nudeln aufsetzen. Nudeln nach Gebrauchsanweisung kochen. In der Zwischenzeit den Speck in kleine Würfel schneiden. Champignons putzen, größere Exemplare eventuell halbieren. Restliches Öl und restliche Butter in einer Pfanne erhitzen, den Speck bei milder Hitze darin auslassen. Temperatur erhöhen, die Champignons dazugeben und goldbraun braten. Salzen und pfeffern. Champignons und Speckwürfel auf das geschmorte

Geflügel und Gemüse geben. (Wichtig! Die Champignons und den Speck wirklich erst ganz zum Schluss zugeben!) Mit Salz und Pfeffer abschmecken. Das Gericht gemeinsam mit den Nudeln servieren.

Nachtisch:

Tarte au myrtilles

Zutaten:

300 g Mehl
225 g eiskalte Butter
1 TL Salz
15 g Zucker
1 ½ Eigelb
500 g Heidelbeeren aus dem Wald, keine Züchtung!
75 g Puderzucker

Zubereitung:

Mehl auf den Tisch türmen, eine Mulde formen. Butter in kleine Würfel schneiden, mit Salz und Zucker auf dem Mehlrand verteilen. Das Eigelb und 1½ EL Eiswasser in die Mehlmulde geben. Von der Mitte aus alle Zutaten schnell zu einem glatten Teig verarbeiten, zu einer Kugel formen und zugedeckt mindestens für 30 Minuten in den Kühlschrank stellen. In der Zwischenzeit die Heidelbeeren waschen, alle Blätter aussortieren, dann abtropfen lassen.

Den Teig ausrollen, in eine Tarteform legen, den Rand mit einer Gabel an den Formenrand drücken, den Boden mehrfach einstechen. Bei 200 Grad circa 10 Minuten vorbacken. (Sehr wichtig, nur dann wird die Tarte knusprig!) Dann die Heidelbeeren auf dem Boden verteilen. Weitere 15 Minuten backen. Dann den Puderzucker auf die Heidelbeeren sieben. So lange backen (circa 10 Minuten), bis der Puderzucker geschmolzen ist. Lauwarm servieren. Schmeckt herrlich mit angeschlagener Sahne oder einer Kugel Vanilleeis.

Zum Schluss

Dies ist ein Roman, folglich sind alle Figuren und Geschichten erfunden. Was es allerdings gibt, sind die Dörfer, Fautenbach und Scherwiller, und die beiden verbindet tatsächlich seit fünfundvierzig Jahren eine grenzüberschreitende Freundschaft mit vielen gegenseitigen Treffen, bei denen es allerdings nie zu Mord und Totschlag kam, auch ein Kochduell hat nie stattgefunden.

Beim ersten Treffen der beiden Dörfer war ich als Zwölfjährige dabei, meine Familie wurde damals von zwei wunderbaren alten Damen, Madame Fels und Madame Amman, aufgenommen. Die Freundschaft zwischen ihnen und meinen Eltern dauerte bis zu ihrem Tod, und ich gebe gerne zu, dass in die Figur der Antoinette viel von den beiden »Madamen«, wie mein Vater sie nannte, eingeflossen ist. Dieser Freundschaft verdanke ich übrigens meinen ersten Paris-Aufenthalt bei einer Nichte von Madame Amman, die sich für mich vier Wochen lang quer durch Frankreichs Regionen kochte und aus meiner zarten Begeisterung fürs Kochen ein leidenschaftliches Feuer entfachte. So hat mich schon in jungen Jahren die deutsch-französische Freundschaft bereichert, die Liebe zu Frankreich ist durch viele Reisen weiter gewachsen, nur mein Französisch muss ich wieder aufmöbeln, das rostet ein, wenn man es nur einmal im Jahr benutzt.

Für die historischen Rückblenden in diesem Buch waren mir die »Dokumentation zu 40 Jahren Partnerschaft zwischen 1967 bis 2007« von Elmar Gschwind, herausgegeben von der Ortsverwaltung Fautenbach, und »Scherwiller, Kientzville àm Bàch entlàng – Memoire de Vies«, herausgegeben von der Commune de Scherwiller im Verlag Carré Blanc, Straßburg 2010, sehr hilfreich. Inspiriert hat mich zudem die Lektüre von Pascale Hugues »Marthe & Mathilde« und Jean Egens »Die Linden von Lautenbach«. Die Zitate von André Weckmann stammen aus dem Buch »Zum Lobe des Elsaß« von Mathias Jung und Heinz Finke, Dortmund 1988.

Wie immer, wenn ich eine Geschichte schreibe, die im Badischen spielt, war mir meine Familie eine große Hilfe. Tausend

Dank an Gebhard für viele Gespräche über Kommunalpolitik, über Baden und das Elsass, fürs kritische Gegenlesen, Gebhard und Iris für den Ausflug nach Scherwiller, Hubert und Martina für wertvolle Tipps und ihre Gastfreundschaft, David und Steffi fürs Zeitungsartikel-Sammeln. Was wäre ich ohne euch!

Dank auch an Oliver Felsen, der mir über die Arbeit des Gemeinsamen Zentrums der deutsch-französischen Polizei in Kehl Auskunft gab, an Michael Karle, mit dem ich gerne über Geschichte im Großen und Kleinen rede, Arno Landerer, der mir von der Arbeit des Winzers vor der Lese berichtete, und natürlich an Marie-Françoise Quinet, die mir mit *keufs* ein neues Schimpfwort für Polizei beibrachte und dank der ich endlich weiß, dass diese Rollkissen *polochons* heißen.

Natürlich darf mein Kölner Kosmos beim Danksagen nicht fehlen. Der Dank gilt meinen Kolleginnen und Freundinnen Mila Lippke, Ulrike Rudolph und Beate Sauer, die mit mir in unserer Unkel-Kaderschmiede Luc entwickelt haben. Auch die Idee, dass Martha ein Verhältnis hat, stammt aus Unkel! Meiner jungen Kollegin Jasna Mittler, die mich die letzten zwei Monate als Testleserin begleitet und den Text mit ihren Anmerkungen sehr bereichert hat. Last, but not least meiner alten Freundin Martina Kaimeier fürs Gegenlesen! Mädels, ein Hoch auf euch alle!

Brigitte Glaser
LEICHENSCHMAUS
Broschur, 288 Seiten
ISBN 978-3-89705-292-5

»Ein Leckerbissen für alle Freunde des Kochens.« Kölnische Rundschau

»Endlich ein kulinarischer Krimi, in dem die Beschäftigung mit der gehobenen Küche nicht nur ein Vorwand für verbrecherische Aktivitäten ist. Spannende Lektüre für Genießer.« essen & trinken

Brigitte Glaser
KIRSCHTOTE
Broschur, 320 Seiten
ISBN 978-3-89705-347-2

»Witzig und spannend.« Frau im Spiegel

»Hier ist Spannung garantiert: Ein sinnliches und üppiges In-die-Töpfe-Gucken bei der Starköchin Katharina Schweitzer.«
Buchhändler heute

www.emons-verlag.de

Brigitte Glaser
MORDSTAFEL
Broschur, 320 Seiten
ISBN 978-3-89705-400-4

»Spannend und amüsant zu lesen.« Rheinische Post

»Mit viel erzählerischem Schwung und Sinn für tragikomische Szenen schildert Brigitte Glaser die Geschehnisse in einem Spitzen-Restaurant.« Live Magazin

Brigitte Glaser
EISBOMBE
Broschur, 256 Seiten
ISBN 978-3-89705-514-8

»Authentisch und lebendig erzählt die Autorin von den kriminellen Ereignissen im Küchenkosmos der pfiffigen Köchin.« Köln Sport

»Spannend und liebevoll geschrieben.« koeln.de

www.emons-verlag.de

Brigitte Glaser
BIENEN-STICH
Broschur, 288 Seiten
ISBN 978-3-89705-681-7

»Geschickt konstruiert Glaser gefährliche Situationen, die immer wieder und wohldosiert die Spannung anheben – um sich im Nachhinein als harmlose Ereignisse zu entpuppen. Eine verwirrende, temporeiche und spannende Geschichte.« Mittelbadische Presse

»Brigitte Glaser hat nicht nur einen amüsanten Krimi geschrieben, sondern setzt sich auch kritisch mit Fragen der Umwelt auseinander. Ein spannendes, lesenwertes Buch.« Kirchenzeitung Köln

Brigitte Glaser
HIMMEL UN ÄÄD
Broschur, 304 Seiten
ISBN -933-7

»Nicht nur für Kochfreunde ein Vergnügen. Brigitte Glaser erzählt spannend wie appetitanregend und gewährt ihren Lesern kenntnisreiche Blicke in die Betriebsabläufe eines modernen Restaurants.«
Kölnische Rundschau

»›Himmel und Ääd‹ ist ein Krimispaß, der direkt neben Ihren Kochbüchern in der Küche Platz finden könnte.« Radio Köln

www.emons-verlag.de

Brigitte Glaser
BITTER UND BÖSE
Broschur, 208 Seiten
ISBN 978-3-95451-069-6

»Spannend und lecker: Kulinarische Kurzkrimis aus Köln.«

www.koeln.de

www.emons-verlag.de